Louise Erdrich
LIEBESZAUBER
Roman
Aus dem Amerikanischen
von Helga Pfetsch

Verlag Volk und Welt
Berlin

Anmerkungen der Übersetzerin
am Schluß des Bandes

ISBN 3-353-00365-7
1. Auflage
Lizenzausgabe des Verlages Volk und Welt, Berlin 1988
für die Deutsche Demokratische Republik
L. N. 302, 410/133/88
Copyright © 1986 by Rowohlt Verlag GmbH, Reinbek bei Hamburg
Originalausgabe: *Love Medicine*, erschienen im Verlag
Holt, Rinehart & Winston, New York 1984;
Copyright © 1984 by Louise Erdrich
Printed in the German Democratic Republic
Einbandentwurf: Stephan Köhler
Satz, Druck und Einband: Karl-Marx-Werk Pößneck V15/30
LSV 7331
Bestell-Nr. 648 935 8
00900

Grandma Mary Gourneau, Gertrude
Crow Dog und meine Brüder Mark,
Louis Terry (Amikoos) und Raoul
gehören zu den Menschen, die besonders
in meinen Gedanken waren, als ich dieses
Buch schrieb. Ich hätte es so nicht
schreiben können ohne Michael Dorris,
der eigene Ideen und Erfahrungen
einbrachte und die Entstehung mit
Hingabe und Aufmerksamkeit verfolgte.
Dieses Buch ist ihm gewidmet, da er so
sehr ein Teil davon ist.

Die größten Angler der Welt
(1981)

I

Am Morgen vor Ostersonntag schlenderte June Kashpaw die verstopfte Hauptstraße der Ölboom-Stadt Williston in North Dakota entlang, um sich die Zeit zu vertreiben, bis der Mittagsbus kam, der sie heimbringen sollte. Sie war eine langbeinige Chippewa-Frau, stark gealtert in jeder Hinsicht, außer in ihren Bewegungen. Wahrscheinlich war es die Art, wie sie sich bewegte, leicht wie ein junges Mädchen auf schlanken, festen Beinen, die den Blick des Mannes einfingen, der ihr vom Innern der *Rigger Bar* durchs Fenster zuklopfte. Er kam ihr bekannt vor, wie viele Leute ihr bekannt vorkamen. Sie hatte so viele kommen und gehen sehen. Er beugte den Arm, lud sie ein hereinzukommen, und sie tat es ohne Zögern, dachte nur, daß sie einen oder zwei mit ihm heben und dann ihre Taschen holen könnte, um zum Bus zu gehen. Sie wollte wenigstens sehen, ob sie ihn wirklich kannte. Sogar durch das wäßrige Glas bemerkte sie, daß er gar nicht mal so alt war und daß seine Brust dick mit dunkelrotem Nylon und teuren Daunen gepolstert war.

Auf der Theke standen Kartons mit gefärbten Eiern, jedes glänzte wie ein Edelstein in seiner Zellophanhülle. Als sie durch die Tür kam, pellte er eines, das bläulich war wie das einer Wanderdrossel, er hielt es in der Handfläche, während er die Schale mit dem Daumen ablöste. Obwohl es ein trüber Tag war, reflektierte der Schnee allein so viel Licht, daß sie einen Augenblick geblendet war. Es war wie ein Eintauchen in Wasser. Mehr als auf alles andere ging sie auf dieses blaue Ei in der weißen Hand zu, einen Leuchtturm in der dunstigen Luft.

Er bestellte ein Bier für sie, ein Blue Ribbon, und sagte, sie verdiene einen Preis, weil sie das Beste sei, was er seit

Tagen gesehen hätte. Er pellte ihr ein Ei, ein rosarotes, und meinte, es passe zu ihrem Rollkragenpulli. Sie erklärte, das sei kein Rollkragenpulli. Diese Dinger hießen »Schale«. Er sagte, er würde ihr die auch abpellen, wenn sie wollte, dann grinste er dem Barkeeper zu und reichte ihr das nackte Ei.

Junes Hand war von draußen kälter als das Ei, deshalb mußte sie es eine Weile zwischen den Fingern ruhen lassen, bis es aufhörte, sich gummiartig warm anzufühlen. Beim Essen merkte sie, wie hungrig sie war. Der Rest des Geldes, das der Mann vor diesem ihr gegeben hatte, war für die Fahrkarte draufgegangen. Sie wußte nicht genau, wann sie zum letztenmal gegessen hatte. Dieser Mann schien beeindruckt zu sein, als ihr Ei aufgegessen war, und schälte ihr noch eines von derselben Sorte. Sie aß auch das und dann noch eins. Der Barkeeper sah sie an. Sie zuckte mit den Schultern und klopfte eine lange Mentholzigarette aus einem weißen Plastiketui, auf dem in Goldbuchstaben ihre Initialen standen. Sie sog einen Atemzug Rauch ein und lehnte sich dann über die zerbrochenen Schalen zu ihrem Begleiter.

»Was läuft denn?« sagte sie. »Wo ist die Party?«

Ihr Haar war sorgfältig eingedreht, für die Busreise mit Spray fixiert, und ihre Augen waren tief wachsam in ihren meerblauen Schattenschluchten. Sie überlegte.

»Ich hab nicht viel Zeit, bis mein Bus ...«, sagte sie.

»Vergiß den Bus!« Er stand auf und nahm sie beim Arm. »Wir zwei machen die Party. Hörst du? Wer hindert uns? Wir haben's doch nett zusammen!«

Als er zahlte, konnte sie nicht umhin zu bemerken, daß er einen ansehnlichen Packen von Geldscheinen bei sich hatte, in einem roten Gummi von der Sorte, mit denen im Supermarkt die Bananen gebündelt sind. Dieser Packen half. Aber noch wichtiger war: sie hatte so ein Gefühl. Die Eier brachten Glück. Und er hatte eine gutmütige Langsamkeit an sich, die anders zu sein schien. Vielleicht ist er anders, dachte sie. Die Busfahrkarte würde gültig bleiben, vielleicht für immer. Man erwartete sie nicht zu Hause im Reservat. Sie hatte dort nicht einmal einen Mann, außer dem, von dem sie geschieden war. Gordie. Wenn sie in

Not geriete, würde er ihr immer noch Geld schicken. So ging sie mit diesem Mann in der dunkelroten Weste weiter zur nächsten Bar. Sie fuhren in seinem Silverado-Pritschenwagen die Straße hinunter. Er war Tiefbauingenieur. Andy. Sie erzählte ihm nicht, daß sie schon andere Tiefbauingenieure kannte, und auch nicht von dem, der, wie sie gehört hatte, durch einen Überdruckschlauch getötet worden war. Der Schlauch war aus der Erde und ihm in den Bauch geschossen.

Der Gedanke an diesen Tod preßte ihr immer einen panischen, trockenen Klumpen in die Kehle, obwohl sie den Mann kaum gekannt hatte. Der Schlauch war es, dachte sie, der plötzlich aus seinem unsichtbaren Nest hochzischte, die Vorstellung von diesem Schlauch, der wie etwas Lebendiges zuschlug, das war fürchterlich. Mit einem Schlag hatte der Schlauch ihm die Eingeweide herausgefetzt. Und auch das verursachte ihr Schmerzen in der Kehle, obwohl sie schon Schlimmeres gehört hatte. Es war dieser Augenblick, dieser eine Augenblick, in dem man merkte, daß man völlig leer war. Er mußte das gefühlt haben. Manchmal, allein im Dunkeln in ihrem Zimmer, meinte sie zu wissen, wie es wäre.

Später, als in einer lauten Bar das Dunkel um sie fiel, schloß sie einen Augenblick die Augen gegen den Rauch und sah diesen Schlauch mit seinem mörderischen Atem plötzlich durch schwarze Erde emporknallen.

»Ahhh«, sagte sie überrascht, fast unter Schmerzen, »du mußt.«

»Ich muß was, Geißblättchen?« Er legte seinen Arm fester um ihre schmalen Schultern. Sie saßen mit ein paar anderen in einer Nische und tranken Angel Wings. Ihr Mund, auf dem der Lippenstift jetzt dunkel verschwamm, kippte schwankend auf seinen zu.

»Du mußt anders sein«, hauchte sie.

Noch später war es, da fühlte sie sich so zerbrechlich. Als sie zur Toilette ging, hatte sie Angst, gegen etwas zu stoßen, weil ihre Haut sich so hart und spröde anfühlte, und sie wußte, daß es in diesem Zustand möglich war, bei der geringsten Berührung zu zerfallen. Sie schloß sich in die

Klokabine ein und erinnerte sich an seine Hand, wie sie die durchsichtige Haut und die knisternde blaue Schale abgeblättert hatte. Ihre Kleider juckten. Die rosa Schale war verschwitzt und unter den Armen zu weit hochgezogen, aber sie konnte die Jacke nicht ausziehen, die weiße Nylonjacke, die ihr Sohn King ihr geschenkt hatte, weil das rosa Oberteil über dem Bauch eingerissen war. Aber als sie dort saß, geschah etwas. Ganz plötzlich schien sie aus ihren Kleidern und ihrer Haut herauszutreiben, ohne daß jemand etwas dazu tat. Im Sitzen beugte sie sich nach unten und legte ihre Stirn auf die Oberseite des metallenen Papierrollenhalters. Sie spürte, daß darunter ihr ganzer Körper rein und nackt war – nur die Häute waren steif und alt. Auch wenn er nicht anders war, würde sie es noch einmal durchstehen.

Ihre Tasche fiel ihr aus der Hand, alles fiel auf den Boden. Sie setzte sich auf. Der Türknauf rollte aus der offenen Tasche unter die Trennwand. Sie mußte diesen Türknauf jedesmal mitnehmen, wenn sie ihr Zimmer verließ. Es gab keine andere Möglichkeit, die kaputte Tür abzuschließen. Jetzt hob sie den Knauf auf und ergriff ihn an seinem Metallbolzen. Der runde Griff war aus Porzellan, glatt und weiß. Hart wie Stein. Sie steckte ihn in die tiefe Tasche ihrer Jacke und hielt ihn fest, während sie durch die dichter werdende Menge zurück zu der Nische ging. Ihr Zimmer war verschlossen. Und jetzt war sie bereit für ihn.

Es war eine Wohltat, als sie schließlich anhielten, weit außerhalb der Stadt auf einer Landstraße. Sogar in der Dunkelheit reflektierte der Schnee, als er die Scheinwerfer ausschaltete, genügend Licht zum Sehen. Sie ließ ihn mit ihren Kleidern kämpfen, aber er stellte sich so ungeschickt an, daß sie mithelfen mußte. Sie rollte ihr Oberteil sorgfältig hoch, verbarg immer noch den Riß und machte ein Hohlkreuz, damit er ihre Hose aufmachen konnte. Die Hose war aus einem Stretchmaterial, das elektrisch knisterte und blaue Funken sprühte, als er sie hinunter auf ihre Knöchel schob. Er schlug mit der Hand gegen die Heizungsklappen. Sie spürte, wie die Klappen sich an ihren

Schultern wie zwei Kiefer öffneten, Hitze ausströmten, und hatte einen Augenblick das lustvolle Gefühl, vor einem großen, breiten Mund ausgestreckt zu liegen. Der Atem strich über ihren Hals und machte ihre Brustwarzen steif. Dann tauchte seine Weste auf sie herunter, so glatt und samtig, daß es sich wie das Lecken einer ungeheuren Zunge anfühlte. Sie konnte nirgends einen Halt für ihre Hände finden. Und sie spürte, wie sie den glatten Plastiksitz entlangglitt, wegglitt, bis sie sich mit dem Kopf gegen die Fahrertür stemmte.

»O Gott«, stöhnte er. »O Gott, Mary, o Gott, das ist gut.«

Er tat nichts, bewegte nur seine Hüften auf ihr, und schließlich fiel sein Kopf schwer herunter.

»He, du«, sagte sie und schüttelte ihn. »Andy?« Sie schüttelte ihn heftiger. Er rührte sich nicht und ließ auch keinen Takt seiner tiefen Atemzüge aus. Sie wußte, daß er jetzt nicht zu wecken war, deshalb lag sie still unter seinem Gewicht. Sie blieb ruhig, bis sie merkte, wie sie wieder zerbrechlich wurde. Ihre Haut fühlte sich glatt und fremd an. Und dann wußte sie, wenn sie noch länger liegenbliebe, würde sie weit aufbrechen, nicht an einer Stelle, sondern in viele Stücke, die er erdrücken würde, wenn er sich im Schlaf bewegte. Sie wollte sich in sich zurück-, zusammenziehen. Deshalb winkelte sie einen Arm über dem Kopf ab, drückte den Ellbogen langsam hinunter auf den Griff und öffnete ihn. Die Tür sprang plötzlich weit auf.

June hatte sich so fest gegen die Tür gestemmt, daß sie hinausfiel, als sie die Klinke löste. In die Kälte. Es war ein Schock wie eine Geburt. Irgendwie landete sie aber mit halbausgezogener Hose, als hätte sie sie in der Luft hochgezogen, und dann schloß sie schnell ihren Büstenhalter, zog ihr Oberteil herunter und griff nach hinten ins Auto. Ohne herumzutasten, fand sie ihre Jacke und Tasche. Inzwischen war unklar, ob sie betrunkener oder nüchterner war als je zuvor in ihrem Leben. Sie ließ die Tür auf. Die Heizung, auf eine Temperaturautomatik eingestellt, gähnte hinter ihr heiser auf, und sie hörte sie, zumindest war ihr so, noch eine halbe Meile die Straße hinunter. Dann hörte sie nichts mehr als ihre eigenen Stiefel, die auf Eis knirschten. Der Schnee war hell, warf Sternenlicht zurück. Sie konzentrierte sich auf ihre Füße, darauf, sie exakt die festgefahrenen Reifenspuren entlangzusteuern.

Sie war weit genug gegangen, um den dumpf orangeroten Schein zu sehen, den Baldachin von tiefhängenden, angestrahlten Wolken über Williston, als sie beschloß, nach Hause zu gehen, anstatt dorthin zurück. Der Wind war mild und feucht. Ein warmer Fallwind, sagte sie sich. Sie bog nach rechts von der Straße ab, stieg auf eine Schneewehe, die über einem Schneezaun gefroren war, und begann, sich ihren Weg durch die Büschel von abgestorbenem Gras und die vereisten Krusten des offenen Akkerlands zu suchen. Ihre Stiefel waren dünn. Deshalb trat sie auf trockenen Boden, wo sie konnte, und vermied den Matsch und die brüchigen grauen Schollen. Es war genau, als kehre sie von einem Fiedeltanz oder vom Haus einer Freundin zurück zu Onkel Elis warmer, nach Mann riechender Küche. Sie querte die weiten Felder, schwang dabei ihre Tasche und trat vorsichtig auf, um ihre Füße trokken zu halten.

Auch als es zu schneien anfing, verlor sie ihren Richtungssinn nicht. Ihre Füße wurden gefühllos, aber sie machte sich keine Gedanken wegen der Entfernung. Die schweren Windstöße konnten sie nicht von ihrem Kurs ablenken. Sie ging weiter. Noch als ihr Herz sich ballte und ihre Haut knistrig kalt wurde, machte das nichts, denn der reine und nackte Teil ihrer selbst ging weiter.

In diesen Ostertagen fiel mehr Schnee als in den vergangenen vierzig Jahren, aber June überschritt ihn wie Wasser und kehrte heim.

2

Albertine Johnson

Nach jenem falschen Frühling, als der Schneesturm hereinbrach und den Staat zudeckte, schmolz aller Schnee, und der Sommer war da. Es war schon fast heiß in der Woche nach Ostern, als ich aus Mamas Brief erfuhr, daß June nicht mehr war – nicht nur tot, sondern plötzlich begraben, vom Erdboden verschluckt, wie jener plötzliche Schnee.

Fern von zu Hause, in der Souterrainwohnung einer weißen Vermieterin, gab mir dieser Brief das Gefühl, selbst begraben zu sein. Ich öffnete den Umschlag und las. Ich saß an meinem Linoleumtisch und hatte mein Lehrbuch beim Kapitel »Patientenmißbrauch« aufgeschlagen. Es gab zwei Möglichkeiten, die Überschrift zu deuten. Die eine fiel jeder Schwesternschülerin sofort ein, die andere war offensichtlich für eine Kashpaw. Zwischen meiner Mutter und mir waren Beschimpfungen langsam und weitschweifig, sie brauchten lange Ruhezeiten, saßen im Blut wie Hepatitis. Wenn sie ausbrachen, war das fast eine Wohltat.

»Wir wußten, daß Du wegen Deines Studiums wahrscheinlich nicht zum Begräbnis hättest kommen können«, stand in dem Brief, »deshalb haben wir Dich gleich gar nicht angerufen, um Dich nicht zu stören.«

Sie benützte immer den Pluralis majestatis, um die Bedeutung dessen, was sie sagte, durch unsichtbare andere zu verstärken.

Ich legte den Brief hin und starrte ins Leere, wie man es tut, wenn einen etwas Schlimmes getroffen hat, gegen das man nichts tun kann. Zuerst war ich so böse darüber, daß Mama mich nicht zur Beerdigung geholt hatte, daß ich nicht einmal etwas Richtiges für Tante June empfinden konnte. Dann, nach einer Weile, bemerkte ich, wohin ich starrte – durchs Fenster auf die Erde davor –, und ich dachte an sie.

Ich dachte an June, wie sie nervös in Grandmas Küche saß, Asche wegschnipste, mit einem spitzbeschuhten Fuß wippte. Oder wie sie elegant ihre Handtasche aufschnappen ließ, um jedem von uns Kindern ein Milcheis zu kaufen. Ich dachte an sie, wie sie mir das Haar über die Taille bürstete, als es so lang war, und sagte, ich hätte Prinzessinnenhaar. Prinzessinnenhaar! Ich trug es offen, nachdem sie das gesagt hatte, bis es sich so verwirrte, daß Mama wertvolle Zentimeter abschnitt.

June ist bei Großonkel Eli aufgewachsen, dem alten Junggesellen in der Familie. Er hatte sie aufgenommen, als Grandmas Schwester starb und Junes nichtsnutziger Morrissey-Vater davongelaufen war, um sich ein flottes Leben in der Stadt zu machen. Nachdem sie herangewachsen war und sich eine Weile umgesehen hatte, entschied sich June für meinen Onkel, Gordie Kashpaw, und heiratete ihn, obwohl sie durchbrennen mußten, um es zu tun. Sie waren Cousin und Cousine, aber fast wie Bruder und Schwester. Grandma ließ sie ein Jahr lang nicht ins Haus, so böse war sie. Wie sich herausstellt war es ohnehin eine Ehe mit Unterbrechungen. Da sie sich so ähnlich waren, amüsierten sie sich beide gern. Und dann hatte June auch keine Geduld mit Kindern. Sie taugte nicht viel als Mutter; alle in der Familie sagten das, sogar Eli, der sein kleines Mädchen abgöttisch liebte.

Was ihr auch als Mutter abgehen mochte, June war eine gute Tante – von der Sorte, die einen verwöhnt. Sie hatte immer eine Stange Pfefferminz auf Vorrat in der Jackentasche. Ihr Hals roch frisch und süß. Sie sprach mit mir so, wie sie mit den Erwachsenen sprach, und schickte mich nie zum Spielen nach draußen, wenn ich bei einer Unterhaltung dabeisitzen wollte. Sie war hübsch gewesen. »Die indianische Miss Amerika«, nannte Grandpa sie. Sie war hübsch geblieben, auch als es mit Gordie so schlecht ging, daß sie ihm davonlief – »wie eine nichtsnutzige Morrissey«, sagten die Leute – und ihren Sohn King zurückließ. Sie hatte immer vor, es erst woanders zu etwas zu bringen und dann den Jungen zu holen. Aber alles, was sie probierte, ging daneben.

Als sie eine Ausbildung als Kosmetikerin und Friseuse machte, erinnere ich mich, hieß es, sie hätte einer halsstarrigen Kundin absichtlich das Haar mit Chemikalien grellgrün verfärbt. Im Büro konnten die anderen Sekretärinnen sie nicht leiden. Sie trat betrunken zur Arbeit in Supermärkten an und stolzierte beim ersten blöden Witz aus Restaurants, in denen sie eine Woche lang bedient hatte. Manchmal kam sie zurück zu Gordie, und sie brachten ihre Ehe noch einmal eine Weile zum Funktionieren. Dann ging sie wieder fort. Im Laufe der Zeit zerbrach sie, wurde ganz allmählich zu einer Gestalt, deren Schultern nach vorn sackten, wenn sie glaubte, daß keiner hersah, einer Frau mit langen, ausgefransten Nägeln und mit Haaren, die immer aus dem Friseurschnitt herauswuchsen. Ihre Kleider waren voller Sicherheitsnadeln und versteckter Risse. Ihr letzter Versuch, dachte ich, daß mußte wohl Williston gewesen sein, diese Stadt voller reicher, unverheirateter Ölspekulanten mit Cowboymanieren.

Wenn ich einen Typ gut kenne, dann diese Boom-Makker, die mit ihren riesigen Schlitten voller Möglichkeiten im Land herumkurven. Ich weiß, weil ich bei ihnen gearbeitet habe, daß für diese Typen eine Indianerin nichts anderes ist als eine leicht erhaschte Nacht. Als ich da an meinem Tisch saß, sah ich es ganz deutlich vor mir, wie dicht an den Abgrund diese Art von Leben June gebracht haben mußte. Aber was wußte ich denn schon wirklich über das, was passiert war?

Ich sah sie lachen, so scharf und entschlossen, mit fest an sich gepreßter Handtasche, an der Bar, die makellosen Beine übergeschlagen.

»Wohl zu viel getrunken«, schrieb Mama. Natürlich hatte sie nicht viel von June gehalten. »Wahrscheinlich so betrunken losgezogen, daß sie von dem Sturm gar nichts gemerkt hat.«

Aber June ist in der Prärie aufgewachsen. Auch betrunken hätte sie gewußt, daß ein Sturm im Anzug war. Sie hätte es gewußt wegen der Schwere in der Luft, dem Geruch in den Wolken. Wie ein Tier hätte sie diesen Druck in den Knochen gespürt.

Ich saß da an meinem Tisch und dachte an June. Von Zeit zu Zeit hörte ich über meinem Kopf den Staubsauger meiner Wirtin. Durch mein Fenster gab es nicht viel zu sehen. Erde und toten Schnee und Räder, die auf der Straße vorüberrollten. Es war warm, aber das Gras war braun, mit Ausnahme von saftigen Flecken über den unterirdischen Dampfrohren auf dem Campus. Und da tat ich etwas an diesem Tag. Ich zog meinen Mantel an und ging los, die Straße hinunter, bis ich zu einem großen Rasen auf dem Universitätsgelände kam, den eine Dampfröhrenlinie von Gras durchzog – so grell, daß einem die Augen wehtaten, sogar mit ein paar Löwenzähnen. Ich ging hinüber und legte mich auf diesen Grasflecken über der Erde, und ich dachte an Tante June, bis ich das Richtige für sie empfand.

Ich war so böse auf meine Mutter Zelda, daß ich fast zwei Monate weder schrieb noch anrief. Wäre sie doch lieber auf den Nonnenhügel ins Kloster gegangen, wie sie eigentlich gewollt hatte, statt mich zu bekommen! Aber sie hatte den Schweden Johnson von außerhalb des Reservats geheiratet, und ich war verfrüht angekommen. Er hatte immerhin den Anstand gehabt, aus dem Armeetrainingscamp zu desertieren und ihr nie wieder unter die Augen zu treten. Alles, was ich von ihm kannte, waren Bilder, blond, düster und zum Herumziehen verurteilt, vielleicht ebensosehr durch Mamas Wut über ihren Fall wie durch die Uniform. *Ich* war diejenige gewesen, die eigentlich die Pläne meiner Mutter, rein zu bleiben, durchkreuzt hatte. *Ich* hatte sie gezwungen, für Geld zu arbeiten, Buchhaltung zu machen, anstatt Berufungen zu folgen, die ihr göttlichen Ruhm eingebracht hätten. *Ich* war auch der Anlaß dafür gewesen, in einen Wohnwagen in die Nähe von Grandma zu ziehen, damit jemand da war, um für mich zu sorgen. Später hatte ich ihr Jahre zermürbenden Kummers beschert. Ich hatte eine lange Phase der Aufmüpfigkeit durchgemacht und war weggelaufen. Doch jetzt, wo ich wieder auf der geraden Bahn war, lief es zwischen uns fast noch schlechter.

Nachdem zwei Monate vergangen und meine Kurse abgeschlossen waren und obwohl ich meiner Mutter immer noch nicht vergeben hatte, beschloß ich, nach Hause zu fahren. Ich war nicht gerade wild darauf, sie zu sehen, aber unsere Beziehung war wie eine Feile, an der wir uns rieben, und in dieser Hinsicht notwendig. Also warf ich ein paar Bücher und einige Kleider auf den Rücksitz meines Mustangs. Er war mein allererstes Auto, ein stumpfschwarzes, abgefahrenes Ding mit verrosteten Radkappen, Knüppelschaltung und einem Scheibenwischer, der nur auf der Beifahrerseite ging.

Das Land zu beiden Seiten der Straße war herrlich in diesem Frühsommer. Der Himmel dehnte sich wolkenlos. Zerfetzte silberne Windschutzzäune begrenzten flache, gepflügte Felder, für deren Brachliegen die Regierung bezahlt hatte. Alles andere war stumpf gelbbraun – die trokkenen Gräben, das absterbende Getreide, die Gebäude der Farmen und Städte. Der Regen würde dieses Jahr gerade rechtzeitig kommen. Während ich nordwärts fuhr, sah ich, wie sich die Erde hob. Der Wind war heiß und roch nach Teer und dem aufsteigenden Staub.

Nach den großen Farmen und den windverwehten Feldern kam das Reservat. Ich wußte immer schon weit vorher, daß es kam. Schon von ferne spürt man die Hügel durch ihre Gegenstücke – Vertiefungen, ausgetrocknete Sumpflöcher, Gräben voller Schilf und Senken. Und dann das Wasser. In den Hügeln gab es Wasser, wenn es in der Ebene keines gab, da die Mulden es bewahrten, Rinnsale es von den flachen Abhängen sammelten und auch die dichten Bäume es hielten. Ich dachte an das Wasser in den Wurzeln von Bäumen, braun und nach Rinde riechend, kalt.

Die Straße verengte und wand sich, dann wurde sie zu furchigem Kies mit Löchern und Büscheln von hoher blauer Luzerne in den Gräben. Kleine Hügel ragten auf. Hunde sprangen aus dem Nichts und verausgabten sich wütend. Der Staub hing dick.

Meine Mutter wohnt ganz am Rand des Reservats, bei ihrem neuen Mann, Bjornson, der eine gutgehende Weizenfarm besitzt. Sie wohnt dort schon ungefähr ein Jahr. Ich bin mit ihr in einem blaugrün-silbernen Wohnwagen aufgewachsen, der neben dem alten Haus auf dem Land stand, das meinen Urgroßeltern zugeteilt wurde, als die Regierung beschloß, Indianer zu Bauern zu machen.

Die Zuteilungspolitik war ein Witz. Als ich auf das Stück Land zufuhr und mich umsah, fiel mir wie jedesmal auf, welch ein großer Teil des Reservats an Weiße verkauft und für immer verloren war. Nur noch 3 Meilen, und ich war auf der gefurchten Lehmstraße auf dem Weg nach Hause.

Das eigentliche Haus, in dem alle meine Tanten und Onkel aufgewachsen sind, besteht aus einem großen quadratischen Raum mit einem angebauten Küchenschuppen. Das Haus hat jetzt eine helle, abblätternde lavendelblaue

Farbe, die Farbe einer blassen Petunie, aber es war nie gestrichen worden, während ich dort wohnte. Meine Mutter hat es einmal als Geburtstagsgeschenk für Grandma streichen lassen. Bald nach dem Streichen zogen die beiden Alten in die Stadt, wo mehr los war und sie nicht so weit zur Kirche fahren mußten. Glücklicherweise gefiel die Farbe zufällig auch meiner Tante Aurelia, sie ist dann nämlich in das Haus gezogen und kümmert sich seither darum.

Als ich auf das Haus zufuhr, sah ich, daß ihr braunes Auto und das cremiggelbe meiner Mutter im Hof standen. Ich stieg aus. Sie waren drinnen beim Backen. Schon auf der Treppe hörte ich ihre Stimmen und roch die köstlichen, bräunenden Kuchen. Aber als ich die halbdunkle, warme Küche betrat, bemerkten sie mich kaum, so vertieft waren sie in ihr Gespräch.

»Gut ausgesehen hat sie auf jeden Fall«, behauptete Aurelia, deren Hände in einer Schüssel mit Kartoffelsalat vergraben waren.

»Manche Leute nehmen einen Löffel zum Umrühren.« Meine Mutter hielt ihr einen schweren Blechlöffel aus der Schublade hin und spitzte die Lippen wie ein Münzgeldbeutelchen, um mich zu küssen. Sie ließ ihre Augen funkeln und riß sie weit auf. »Ich hab ja nur gesagt, sie hatte ganz schön was durchgemacht und war voller blauer Flecken . . .«

»War sie gar nicht. Du hast sie überhaupt nicht gesehen!« Aurelia war rundlich, hübsch anzusehen. Sie wies den Löffel meiner Mutter mit einer klebrigen Hand zurück. »Hat überhaupt jemand sie gesehen? Kein Mensch hat sie gesehen. Kein Mensch weiß genau, was passiert ist, also wer kann dann von blauen Flecken und so rumtönen . . . kein Mensch hat sie gesehen.«

»Na, ich hab es gehört«, sagte Mama. »Ich hab gehört, sie war mit einem Mann zusammen und er hat sie rausgeworfen.«

Ich setzte mich, tauchte eine Apfelscheibe in die Schüssel mit dem Zimtzucker und aß sie. Sie sprachen von June.

»Von wegen gehört«, fuhr Aurelia sie an. »Glaub doch nichts, was du nicht mit eigenen Augen gesehen hast. June hatte alles gepackt und war fix und fertig zur Heimfahrt.

Man hat ihre Taschen gefunden, als das Zimmer aufgebrochen wurde. Sie ist da weggegangen, weil –« Aurelia stockte, dann wurde ihre Stimme fest: »Was hat denn für sie schon das Heimkommen gelohnt? Gar nichts!«

»Gar nichts?« sagte Mama scharf. »Gar nichts, was das Heimkommen lohnt?« Sie warf mir einen kurzen, vielsagenden Blick zu. Ich war schließlich heimgekommen, wenn auch ohne Mann, kinderlos und in einem schrottreifen Auto. Ich sah weg. Mama blies vor Konzentration die Backen auf, während sie die Kuchenränder festklopfte und kräuselte. Es waren herrliche Kuchen, mit Rhabarber, wilden Birnen, Äpfeln und Stachelbeeren, alles von Grandma Kashpaw oder meiner Mutter oder Aurelia eingemacht.

»Ich nehme an, du hast dir die Hände gewaschen, bevor du sie in den Salat gesteckt hast«, sagte sie zu Aurelia.

Aurelias Gesicht verzog sich in geduldiger Erbitterung. »Also, Zelda«, sagte sie, »deine Tochter wird denken, daß du mich immer noch behandelst wie deine kleine Schwester.«

»Na, das bist du doch auch, oder? Kannst du nicht ändern.«

»Ich bin wieder da«, sagte ich.

Sie sahen mich an, als sei ich gerade in diesem Moment zur Tür hereinspaziert.

»Albertine ist wieder zu Hause«, stellte Aurelia fest. »Ich hab die Hände voll, sonst würd ich dich umarmen.«

»Hier«, sagte Mama und stellte ein Glas Essiggürkchen in meine Nähe. »Du bist hübsch angezogen. Hast du das Oberteil in Fargo gekauft? War die Fahrt schön?«

Ich sagte ja.

»Schneid die Gürkchen in Würfel.« Sie reichte mir eine Schüssel und ein Messer.

»June ist hinter Gordie hergewesen, als wenn er keine andere Wahl gehabt hätte«, stellte meine Mutter jetzt fest. »Da hätte sie ihn doch zumindest glücklich machen können, nachdem sie ihn schon in ihren Klauen hatte. Es ist doch sonnenklar, wie Gordie sie geliebt hat, nur daß er jetzt alles im Alkohol ertränkt. Er ist ständig drüben bei Eli und versucht, ihn dazu zu bringen, daß er mit ihm einen hebt. Wißt ihr, so wie June ihn behandelt hat, weiß ich nicht, wieso Gordie sie nicht einfach vor die Hunde hat gehen lassen.«

»Na, viel mehr vor die Hunde gehen als sterben hätte sie ja wohl nicht können«, sagte Aurelia.

Was komisch war an den beiden – Mama mit ihrer sorgfältigen Dauerwelle und dem groben grauen Gesicht, Aurelia mit ihrem tief blauschwarzen Pferdeschwanz, den hohen, gewölbten Wangen, engen Jeans und gerüschten Rodeohemden –, je uneiniger sie taten, um so ähnlicher waren sie sich. Beide klammerten sich an ihre felsenfesten Überzeugungen. Sie glaubten so fest an ihre eigene Meinung, daß ein Zeitpunkt kam, an dem es kaum mehr eine Rolle spielte, was genau sie glaubten; alles verschmolz zu einer einzigen Halsstarrigkeit.

Mama gab es nach Aurelias Bemerkung auf, weiter über June zu sprechen, und wandte sich mir zu.

»Hast du in Fargo schon heiratsfähige junge Männer kennengelernt?« Ihre flachen dunklen Daumen verfolgten einander um und um in Kreisen und hinterließen perfekt geformte Teigböden. Heiratsfähig, wußte ich, bedeutete bei ihr katholisch. Ich schüttelte den Kopf, nein.

»Wenn das so rasant weitergeht, bin ich dereinst so alt und steif, daß ich meine eigenen Enkel nicht mehr hüten kann«, sagte Mama. Dann lächelte sie und zuckte leicht mit den Schultern. »Mein Mädchen ist wählerisch, wie ich«, sagte sie. »Man kann nicht wählerisch genug sein.«

Aurelia schnaubte, hielt aber ihre Bemerkung zurück, die sich wahrscheinlich auf Mamas ersten Mann bezogen hätte.

»Albertine hat noch Zeit«, antwortete Aurelia für mich. »Was soll sie hetzen? Glaub mir« – jetzt sprach sie zu mir, mit gespielt ernstem Nachdruck –, »Heiraten ist nicht die Antwort auf alles. Ich hab es selbst zur Genüge ausprobiert.«

»Ich bin sowieso nicht interessiert«, ließ ich sie wissen. »Ich hab anderes zu tun.«

»Ach du liebes bißchen«, sagte Mama, »willst du etwa Karriere machen?«

Sie erstarrte mit den Händen in der Luft, scheinbar gelähmt von dieser Idee.

»Du hast doch selbst Karriere gemacht«, warf ich ihr vor. Ich reichte ihr die kleingewürfelten sauren Gürkchen hin. Mama hatte für die Priester und Nonnen oben im Heiligen Herzen Jesu die Buchführung gemacht, seit ich mich erinnern konnte. Sie ignorierte mich jedoch und begann die Teigdecken der Kuchen mit der Gabel einzustechen. Aurelia mischte Salat. Ich sah den Händen meiner Mutter zu, wie sie präzise zustachen. Nach einer Weile hörten wir von der Hauptstraße das Auto, wie es vor dem Abbiegen die Fahrt verlangsamte. Das mußten Junos Sohn King, seine Frau Lynette und King Junior sein. Sie kamen in ihrem nagelneuen Sportwagen bis vor die Eingangstreppe gefahren. King Junior war auf den Vordersitz gepackt worden, und Grandma und Grandpa Kashpaw saßen beide, unglaublicherweise, dicht gedrängt auf dem schmalen Rücksitz.

»Da ist dieses weiße Mädchen.« Mama spähte aus dem Fenster.

»Na, nun aber.« Aurelia stieß wieder ihr hitziges Schnauben aus und hielt diesmal nicht den Mund. »Und dein schwedischer Freund?«

»Hab meine Lehre daraus gezogen.« Mama wischte entschlossen die Ränder von Aurelias Schüssel sauber. »Heirate nie einen Schweden, das ist mein Grundsatz.«

Grandma Kashpaws heruntergerollte Nylonstrümpfe und ihre braunen Stützschuhe tauchten zuerst auf, dann ihr Kopf mit dem eisengrauen glatten Haar. Zum Schluß zwängte sich ihr übriger Körper durch die Tür, in meterweise winzige schwarze Blümchen gehüllt. Als ich sehr klein war, kam sie mir immer so groß vor wie die Steinhaufen, die hier in der Gegend an die Niederlagen der Indianer erinnern. Aber wenn ich sie jetzt sah, wurde mir jedesmal klar, daß sie gar nicht so riesig war, nur ihre Gestalt war verwittert und massiv wie eine aus Stein gehauene Statue. Sie hatte sich nie sehr verändert, zumindest nicht so sehr wie Grandpa. Seit ich von zu Hause weg und in die Ausbildung gegangen war, war er ein alter

Mann geworden. Das Alter war plötzlich über ihn gekommen wie ein Sturm im Herbst, der über Nacht gelbe Blätter herabschüttelt, und jetzt war sein Winter tief und ruhig um ihn. Während Grandma ihr Kleid glattstrich und durch das hintere Fenster Gepäckstücke herauszog, blieb Grandpa ruhig im Auto sitzen. Er hatte gar nicht bemerkt, daß es gehalten hatte. »Sag ihm doch, daß wir gehalten haben«, rief Grandma Lynette zu.

Lynette wechselte auf dem Vordersitz King Junior die Windeln. Gewöhnlich benutzte sie zu Hause Papierwindeln mit Klebeecken, aber seit sie das letzte Mal hiergewesen war, hatte meine Mutter sie dazu bekehrt, waschbare Mullwindeln und Sicherheitsnadeln zu benutzen. Das Baby strampelte und sträubte sich gegen ihre Hände.

»Hörst du nicht?« King, der schon ausgestiegen war und nervös die Reifen untersuchte, steckte den Kopf durch das Fenster auf der Fahrerseite und raunzte Lynette an. »Sie hat dich gerufen. Die Mutter von meinem Vater. Sie wollte was von dir.«

Lynettes Gesicht glühte fleckig und geschwollen über dem Lenkrad. Sie hatte schmutzigblondes Haar, mit Stellen dazwischen, wo es gebleicht und gebrochen war. »Ja, ich hab's gehört«, zischte sie durch die Sicherheitsnadeln zwischen ihren Zähnen. »Sag's du ihm doch.«

Sie zog das Baby hoch, klemmte seine Fußgelenke in die Zange ihrer Finger und legte das dreieckige Tuch unter seinem Hinterteil zurecht.

»Grandma hat gesagt, du sollst's ihm sagen.« King lehnte sich weiter hinein. Er hatte die langen, schlanken Beine seiner Mutter, und ganz plötzlich erinnerte ich mich, als ich ihn so ganz ins Auto gebeugt sah, wie auch June sich einmal so vorgebeugt hatte, als ich hinter ihr stand. Sie hatte ein Ruderboot vom Kiesstrand eines Sees gestoßen, zu dem wir alle zusammen einen Ausflug gemacht hatten. Ich war mit ihr ins Boot gesprungen. Sie hatte damals nur einen Sohn und dachte nicht, daß sie je noch ein Kind kriegen würde. Deshalb verhätschelte sie mich, und sie erzählte mir alles, im Glauben, daß ich nichts verstehen würde. Sie verriet mir Sachen, die man normalerweise nur einer anderen erwachsenen Frau erzählen würde, und ich hatte sie stürmisch verehrt wegen dieser erwachsenen Vertraulichkeiten, wegen ihrer Kränze aus blauem Rauch, wegen der Art, wie sie sich gab. Ich hatte sie mit meiner Verehrung so weit gebracht, daß sie mir alles erzählte, was sie erzählen mußte, und es war schon richtig, damals hatte ich die Worte nicht verstanden. Aber sie hatte nicht mit meinem Gedächtnis gerechnet. Die Worte blieben haften.

Und gerade jetzt sagte King etwas zu Lynette, das einen so merkwürdig traumähnlichen Klang hatte, daß ich es fast hörte, als hätte Junes Stimme es ausgesprochen.

June hatte gesagt: »Die flache Hand hat er genommen. Ordentlich verdroschen hat er mich.« Und jetzt hörte ich ihren Sohn sagen: ». . . mit der flachen Hand . . . aber ordentlich . . .« Lynette stieg aus, Windeln und Stecknadeln um sich streuend, das Kind mit seinem bloßen Po an ihre Hüfte gedrückt, und ich wußte nicht, was passiert war.

Grandpa hatte nichts davon wahrgenommen, was auch geschehen sein mochte. Er drehte sich zur offenen Tür und starrte sein Haus an.

»Das erinnert mich an was«, sagte er.

»Das sollte es auch. Es ist dein Haus!« Mama kam aus der Tür gesaust, packte ihn an beiden Händen und zog ihn aus dem engen Rücksitz heraus.

»Deine Enkelin ist auch hier, Daddy!« brüllte Zelda Grandpa deutlich artikuliert ins Gesicht. »Zeldas Tochter. Sie ist den ganzen Weg von ihrer Schule hier raufgekommen, zu Besuch.«

»Zelda . . . geboren am 14. September 1941 . . .«

»Nein, Daddy. Das ist meine Tochter Albertine. Deine Enkelin.«

Ich nahm seine Hand.

Daten, Zahlen und Ziffern blieben bei Grandpa haften, seit er verwirrt war, nicht aber die ermüdende Ansammlung seiner Nachkommenschaft, die sich jenseits dieser Zahlen ins Unendliche vermehrte. Er nahm meine Hand und ging mit, er traute mir, wer ich auch war.

Jedesmal, wenn er jetzt zu seinem ehemaligen Haus kam, mußte Grandpa sich von neuem mit dem Hof voller verkrüppelter Eichen anfreunden, mit den Ringelblumenbeeten, dem verrosteten Auto, das das Spielhaus für seine Kinder und für mich gewesen war, und den wenigen Kartoffelreihen und Rhabarberstengeln, die Aurelia noch immer anpflanzte. Aurelia arbeitete nachts, sie bewirtschaftete eine Bar, die *So Long* hieß, und konnte das Grundstück nicht so in Ordnung halten, wie Grandpa es immer getan hatte. Als ich ihn langsam über den Rasen führte, ging ich den Dornen aus dem Weg. Die Stockrosen wurden vom Gänsefuß fast erstickt, und die Steine, die die Einfahrt einrahmten und immer weiß oder blau gestrichen waren, blätterten wieder grau ab. Das tat auch der flache Findling unter der Wäscheleine – früher mein kühles Lieblingsplätzchen, an dem ich saß und nichts tat, während die Wäsche trocknete und mich verbarg.

Dieses Stück Land war Grandpas Mutter, der alten Rushes Bear, die den ursprünglichen Kashpaw geheiratet hatte, zugeteilt worden. Als die Zuteilungen ausgegeben wurden, waren alle ihre achtzehn Kinder außer den jüngsten – den Zwillingen Nector und Eli – alt genug gewesen, sich selbst einzutragen. Aber da für sie im Weizenland North Dakotas kein Platz war, hatte man den meisten weniger erstrebenswerte Parzellen weit fort in Montana zugeteilt, und sie mußten dorthin ziehen oder verkaufen. Die älteren Kinder zogen aus, aber die Zwillingsbrüder wohnten immer noch an entgegengesetzten Enden von Rushes Bears Land.

Sie hatte zugelassen, daß die Regierung Nector in die Schule holte, Eli jedoch, von dem sie sich nicht trennen konnte, hatte sie im Rübenkeller, der unter ihrem Haus ausgehoben war, versteckt. Damit hatte sie je einen Sohn auf beiden Seiten der Trennlinie gewonnen. Nector kam vom Internat nach Hause und beherrschte das Lesen und Schreiben der Weißen, während Eli die Wälder kannte. Jetzt, so viele Jahre später, schwer zu sagen, warum oder wie, war mein Großonkel Eli immer noch auf Draht, während Grandpas Verstand uns verlassen hatte, argwöhnisch und verstört geworden war. Als ich mit ihm ging, spürte ich, wie seltsam das war. Seine Gedanken schwammen zwischen uns, unter Steinen versteckt, in Unkraut entgleitend, und ich angelte nach ihnen, indem ich meine eigenen Worte wie Köder und Lockmittel baumeln ließ.

Ich wollte, daß er mir von Dingen erzählte, die vor meiner Zeit passiert waren, Dinge, die zu verstehen ich zu jung gewesen war. Politik zum Beispiel. Was hatte sich abgespielt? Er sei ein schlauer politischer Unterhändler gewesen, sagten die Leute, hätte mit der Regierung Kuhhandel abgeschlossen, für Gelder hier und Zuschüsse dort. Irgendwie hatte er eine Schule gebaut bekommen, auch eine Fabrik, und er hatte das Land davor bewahrt, daß es während der Terminationspolitik seinen besonderen indianischen Status verlor. Ich wollte alles wissen. Ich stellte eine Frage nach der andern, während wir dahingingen, als könne er wie durch ein Wunder anbeißen und auf der Stelle die Erinnerungen heraussprudeln.

»Erinnerst du dich daran, wie du ausgesagt hast? ... Wie war das ... die alten Schulen ... Washington ...?«

Unfaßbar, geschichtsschwanger, glitten seine Gedanken fort und zergingen. Von derselben Farbe wie Wasser. Grandpa schüttelte den Kopf, erinnerte sich an Daten ohne dazugehörige Ereignisse, Namen ohne Gesichter, Dinge, die außerhalb von Raum und Zeit passiert waren. Zumindest schien mir das so. Grandma und die anderen pflegten die wilden Sachen, die er von sich gab, abzuwimmeln oder übertönten sie. Vielleicht waren sie von seiner Verrücktheit gelangweilt, vielleicht sprudelte sein Verstand auch Geheimnisse aus der Vergangenheit heraus. Wenn das letztere stimmte, glaubte ich manchmal zu verstehen.

Vielleicht war sein Gedächtnisschwund ein Schutz vor der Vergangenheit, der ihn von allem, was geschehen war, lossprach. Er hatte seinerzeit ein aufreibendes Leben geführt. Aber jetzt lächelte er in die Luft und lebte ruhig vor sich hin, ohne Schuld und Elend. Wenn er an June dachte, beispielsweise, war sie ein junges Mädchen, das ihn mit schwarzen Pflaumen fütterte. So würde sie immer für ihn bleiben. Sein Urenkel King Junior war glücklich, weil er noch keine Erinnerung erworben hatte, während Grandpas Glück vielleicht darin bestand, die seine verloren zu haben.

Wir gingen die Einfahrt wieder zurück, an den abblätternden Steinen entlang. »Er mag den kaputten Liegestuhl«, rief Grandma jetzt und lehnte sich aus der Tür. »Setz ihn ein Weilchen hinein.«

»Soll ich dir einen Teller Essen aus der Küche holen?« fragte ich Grandpa. »Ein Butterbrot?«

Aber er sah besorgt den zusammengebrochenen Haufen an und antwortete nicht.

Ich zog das abgenutzte Plastikgeflecht und Aluminiumgestänge in die Form eines Stuhls, er ließ sich darin nieder, und ich verließ ihn, während er leise etwas zählte. Wolken. Bäume. All die Grashalme.

Ich ging hinein. Grandma holte soeben ihren teuren Dosenschinken aus der Büchse. Sie tätschelte ihn, bevor sie ihn in den Ofen schob, und schloß die Tür sorgfältig.

»Sie ist nicht daran gewöhnt, so viel Fleisch zu kaufen«, sagte Zelda. »Erinnert ihr euch, wie wir es früher eingetauscht haben?«

»Oder selbst geschlachtet.« Aurelia blies eine runde graue Wolke von Winston-Rauch über den Tisch.

»Puh«, sagte Zelda. »Tu den Deckel auf die Butter.« Sie wedelte mit der Hand vor ihrer Nase herum. »Weißt du, Mama, ich wette, du hättest jetzt am liebsten, daß es so wäre wie früher. Wir Kinder alle wieder in der Küche.«

»Ach, mit Kindern hab ich nie keine Probleme gehabt.« Grandma wischte sich die Finger einzeln an einem Spültuch ab. »Außer manchmal.«

»Außer wann?« fragte Aurelia.

»Tja, nun . . .« Grandma ließ sich auf einen langbeinigen Hocker nieder und lehnte Zeldas massiveren Stuhl mit der Hand ab. Grandma balancierte gern auf diesem Hocker wie ein Orakel auf dem Dreifuß. »Da war dieses eine Mal, als welche versucht haben, ihre kleine Cousine aufzuhängen«, verkündete sie, dann war sie plötzlich still.

Die beiden Tanten warfen ihr ungläubige Blicke zu. Dann schwiegen sie unbehaglich, und keine war willens, die Stille zu unterbrechen und die Geschichte zu erzählen, die von June handelte. Ich hatte einmal gehört, wie Aurelia und meine Mutter kichernd sich gegenseitig die Schuld für das Hängen zuschoben, früher, als es nur eine Fami-

liengeschichte war und nicht der Auslöser besonderer Schuldgefühle. Sie sahen mich an und überlegten, ob ich wohl von der Hängerei etwas wußte, aber keine tat den Mund auf, um zu fragen. Deshalb sagte ich, ich hätte gehört, wie June davon erzählt hatte.
»Stimmt«, fiel Aurelia ein. »June hat das selbst erzählt. Falls es ihr was ausgemacht hat, gehängt zu werden, dann hat sie sich jedenfalls nichts anmerken lassen.«
»Ha«, sagte Zelda. »Falls es ihr was ausgemacht hat! Ihr habt Cowboys gespielt. Du und Gordie hattet sie auf einer Kiste, das Seil war über einen Ast gezogen und um ihren Hals gebunden, ganz säuberlich. Falls es ihr was ausgemacht hat! Ich mußte sie eigenhändig retten!«
»Ja, ja, ich weiß«, gab Aurelia zu. »Aber wir haben das im Kino gesehen. Kinder machen so was nach, das weißt du doch. Wir waren danach überall bekannt, ich und Gordie. Weißt du noch, Zelda? Wie du schreiend zu Mama ins Haus gelaufen kamst?«
»Mama! Mama!« jodelte Grandma in Nachahmung ihrer Tochter. »Sie hängen June auf!«
»Und du bist rausgelaufen gekommen, Mama!« Zelda war von ihrer Geschichte mitgerissen. »Ich wußte gar nicht, daß du so schnell laufen konntest.«
»Wir hatten das Seil um ihren Hals gebunden und über den Baum geschlungen, und die arme June zitterte, solche Angst hatte sie. Aber wir hätten es nie getan!«
»Doch!« behauptete Zelda. »Ihr wolltet es wirklich!«
»Oh, hab ich euch zwei verdroschen«, erinnerte sich Grandma. »Aurelia, dich und Gordie, euch beide.«
»Und dann hast du die kleine June mit ins Haus genommen...« Zelda verstummte plötzlich.
Aurelia schlug die Hände vors Gesicht. Dann machte sie hinter ihren Fingern ein heiseres Geräusch im Hals. »Oh, Mama, wir hätten sie vielleicht umgebracht!«
Zelda preßte sich eine Faust auf den Mund.
»Aber dann, im Haus, legte sie los. Du hast ihr das Gesicht abgerubbelt«, erinnerte sich Aurelia. »Diese June. Sie brüllte mich an: ›Ich hab keine Angst gehabt. Du blödes Huhn!‹«
Und da fing Aurelia an, hinter den Händen zu kichern.

Zelda schlug mit überraschender Wucht mit der Faust auf den Tisch.

»Blödes Huhn!« sagte Zelda.

»Du mußtest sie auch noch verdreschen.« Aurelia lachte und wischte sich die Augen.

»Dafür, daß sie zum Teufel und verdammt gesagt hatte...« Grandma verlor fast das Gleichgewicht.

»Da wurde sie noch wütender...«, sagte ich.

»Stimmt!« Grandma reckte jetzt das Kinn hoch, um das Lachen zu unterdrücken. »Sie hat beschissenes altes Huhn zu mir gesagt. Nach alldem! Beschissenes altes Huhn!«

Dann lachten sie laut heraus, kreischend und brüllend, verschütteten Tränen auf ihre Schürzen und Ärmel und wedelten hilflos mit den Händen.

Draußen heulte Kings Motor gewaltig auf, und Musikgeriesel hub an.

»Er hat ein Tapedeck in dem Auto«, sagte Mama, klopfte sich aufs Herz, aufs Haar und faßte sich schnell. »Ich nehme an, das hat noch extra was gekostet.«

Die Schwestern schnüffelten, angelten Papiertaschentücher aus ihren Ärmeln, sahen einander nachdenklich an und legten die Geschichte ad acta.

»King will losgehen, wenn sie gegessen haben, und Gordie suchen«, dachte Zelda laut. »Ist der bei Eli? Das ist doch ewig weit draußen im Busch.«

»Die denken, sie kriegen Onkel Eli dazu, in diesem neuen Auto zu fahren«, sagte Grandma in gemessenem, wissendem Ton.

»Da steigt Eli nicht rein.« Aurelia zündete eine Zigarette an. Vom Rauch verhüllt schüttelte sie den Kopf. Und ausnahmsweise schüttelte auch Zelda zustimmend den Kopf und dann auch Grandma. Sie stand auf, indem sie ihre weichen, breiten Arme auf den Tisch stützte.

»Warum nicht?« wollte ich wissen. »Warum fährt Eli nicht in dem Auto?«

»Albertine weiß nichts von der Versicherung.« Aurelia deutete mit dem Kinn auf mich. Deshalb wandte sich Zelda zu mir und sprach mit ihrer leisen, gezierten Erklärstimme.

»Es war ein natürlicher Tod, verstehst du. Es gab eine

richterliche Entscheidung, die das bestätigt hat. Also kam Junes Versicherung durch, und das ganze Geld ging an King, weil er der Älteste ist, rechtlich gesehen. Er nahm etwas von dem Versicherungsgeld und hat ihr als erstes einen großen rosa Grabstein gekauft, den sie auf dem Hügel aufgestellt haben.« Sie machte eine Pause. »Mama, gehen wir rauf, ihn angucken? Ich hab den Grabstein noch nicht gesehen.«

Grandma war am Backofen, bückte sich geschäftig, um nach dem gebratenen Schinken zu sehen, und nahm keine Notiz von uns.

»Erst kürzlich hat er sich das neue Auto gekauft«, fuhr Zelda fort, »mit dem Rest von dem Geld. Es hat ein Tapedeck und alle Extras. Eli mag es nicht, das hab ich wenigstens gehört. Das Auto erinnert ihn an sein Mädchen. Du weißt ja, daß Eli June wie seine eigene Tochter aufgezogen hat, als ihre Mutter von uns ging und keiner sonst sie nehmen wollte.«

»King hat das blödsinnige Geld gekriegt«, sagte Grandma laut und unerwartet, »nicht weil er der Älteste war. June hat ihm das Geld vermacht, weil er ihr am meisten nachschlug.«

Also die Versicherung war die Erklärung für das Auto. Überdies erklärte das auch, warum alle das Auto mit besonderer Vorsicht behandelten. Weil es neu war, hatte ich gedacht. Trotzdem war mir die ganze Zeit aufgefallen, daß keiner stolz darauf zu sein schien, außer King und Lynette. Keiner lehnte sich an die glänzenden blauen Kotflügel, stützte die Ellbogen auf die Motorhaube oder stellte beim Essen Pappteller darauf ab. Aurelia wollte nicht einmal Kings Kassetten hören. Es war, als wäre das Auto an etwas angeschlossen. Als ob es einen Schlag geben würde, wenn man es berührte. Später, als Gordie kam, wischte er über das polierte Chrom und trat sacht mit den Zehen gegen die Reifen. Aber auch er wollte nicht darin fahren, obwohl King seinen Vater drängte, auszuprobieren, wie gut es fuhr.

Wir hörten, wie das Auto startete, wie die Räder im Kies und in der Schlacke knirschten. Dann war es wieder lange Zeit still.

Grandma döste im Zimmer nebenan, und ich hatte den letzten Kuchen aus dem Backofen genommen. Aurelias neuer grüner Sears-Wäschetrockner schnaufte noch vor sich hin, in dem Anbau, der Toilette, Waschküche und die Küchenspüle enthielt. Die Leitungen, erst zwei Jahre alt, waren an der Außenseite des Hauses angebracht. Saubere Handtücher bedeckten Waschmaschine und Trockner, und alle Kuchen standen darauf zum Auskühlen.
»Ja, wo sind sie denn nur?« überlegte Zelda jetzt. »Kleine Vergnügungsfahrt?«
»Dieses weiße Mädchen«, fuhr Mama fort, »die ist gebaut wie ein Fernfahrer. Die hält King nicht lange. Ein Glück, daß du schlank bist, Albertine.«
»Himmelherr, Zelda!« Aurelia kam aus dem Zimmer nebenan. »Wieso kannst du's bloß nicht lassen? Dann ist sie eben weiß! Und was ist mit dem Schweden? Was denkst du wohl, was Albertine für ein Gefühl hat, wenn sie dich so reden hört, wo ihr Dad auch weiß war?«
»Ich hab ein gutes Gefühl«, sagte ich. »Ich kenn ihn ja gar nicht.«
Ich verstand allerdings, was Aurelia meinte – ich war hell, ganz deutlich ein Mischling.
»Meine Tochter ist *Indianerin*«, sagte Zelda mit Nachdruck. »Ich hab sie als *Indianerin* erzogen, und sie ist eine.«
»Hab doch nichts anderes gesagt.« Aurelia grinste, kein bißchen verärgert, und stieß mich mit dem Ellbogen an. »Sie ist ein gutes Stück hübscher als die meisten Kashpaws.«

Als King und Lynette endlich heimkamen, war es fast dämmerig, und wir hatten Grandpa schon ins Haus geholt und ihm sein Abendessen hingestellt.
Lynette setzte sich neben Grandpa, mit King Junior auf dem Schoß. Sie fing an, ihren Sohn mit gehackter Leber aus einem kleinen Glas zu füttern. Das Baby versuchte jedesmal, wenn der Löffel an seinen Mund geschoben wurde, die Hände darüber zusammenzuschlagen. Jedesmal, wenn es ihm gelang, den Löffel zu grapschen, fuhr er ihm wieder aus den Händen und kam mit noch mehr Le-

ber wieder herunter. Lynette hatte es satt, ihre Augen waren wäßrig und rot. Ihr gelbbraunes Haar, das in einem steifen Pferdeschwanz gefangen war, sah aus, als sei sie daran hergezerrt worden.

»Du hast keine Kinder, Albertine, oder?« sagte sie und hielt den Löffel hoch, leckte selbst daran und zog ein angeekeltes Gesicht. »Dann hast du ja keine Ahnung, daß die immer an allem rumfummeln müssen.«

»Sie ist noch nicht verheiratet«, sagte Zelda und ließ einen bunten Bund mit Plastikschlüsseln vor dem Baby baumeln. »Sie denkt, sie wartet wohl mit dem Baby bis *nach* der Hochzeit. Dududududuu!« gurrte sie, als King Junior den Blick auf die Schlüssel richtete und sie in einer Anstrengung intensiven Entzückens zu sich herunterzog.

Lynette fuhr hoch, riß ihm die Schlüssel grob aus der Hand und schleppte ihn ins andere Zimmer. Er stieß ein kurzes, empörtes Geheul aus, dann verstummte er, und nach einer Weile tauchte Lynette wieder auf und zog sich die Bluse nach unten. Der Stoff hatte die Farbe einer dunkelvioletten Quetschung.

»Ich dachte, du wolltest den Grabstein sehen«, erinnerte sich Aurelia schnell, an Zelda gewandt. »Mach dich lieber auf den Weg, bevor es draußen dunkel ist. Sag King, daß er dich hochfahren soll.«

»Ich nehme an«, sagte Mama, zu mir gewandt, »Aurelia hat die beiden stinkigen Bierkisten auf dem Rücksitz nicht gesehen. Ich fahr nirgends hin mit einem, der betrunken ist.«

»Er ist nicht betrunken!« heulte Lynette mit plötzlicher Leidenschaft. »Aber ich würde auch ein paar Bier brauchen, wenn ich in dieser Familie leben müßte.«

Dann wirbelte sie herum und rannte hinaus.

King hing verdrießlich auf dem Vordersitz des Autos, ein Bier zwischen die Schenkel geklemmt. Er trommelte mit den Knöcheln zur Musik der Oak Ridge Boys.

»Ich laß sie nicht mal damit fahren«, sagte er, als ich ihn fragte. Er deutete mit dem Kopf auf Lynette, die den Graben an der Einfahrt entlangschlenderte und Prärierosen zu einem widerspenstigen Strauß pflückte. Ich sah, wie sie sich bückte und an einem zähen Zweig zog.

»Sie wird sich die Hände aufreißen.«

»Ach, die weiß doch rein gar nichts«, sagte King. »Sie ist nie in die Schule gegangen. Ich hab wenigstens ein bißchen was von der Welt gesehen, als ich im Militärdienst war. Hast du mein Bild gekriegt?«

Er hatte ein Foto von sich in Uniform geschickt. Ich hatte gestaunt, als ich das Bild sah, denn ich stellte fest, daß mein rauhbeiniger Cousin harte Wangenknochen und einen Filmstarblick bekommen hatte. Jetzt, wie er unter der Krempe seiner blauen Mütze vor sich hin brütete, richtete er diesen launischen Blick durch die Windschutzscheibe nach draußen und schüttelte den Kopf über seine Frau. »Sie paßt nicht dazu«, sagte er.

»Sie ist in Ordnung.« Ich war von mir selbst überrascht, als ich das sagte. »Gib ihr nur eine Chance.«

»Chance.« King kippte sein Bier. »Chance. Sie hat ihre Chance gekriegt, als sie mich geheiratet hat. Sie hat gewußt, wem von meinen Eltern ich nachschlage.«

Wie auf ein Stichwort kam in diesem Augenblick der, dem King nicht nachschlug, mit quietschendem Schwenk und schwer auf die Hupe gelehnt in den Hof gefahren.

Onkel Gordie Kashpaw galt als gutaussehend, wenn auch nicht in der gleichen Art wie sein Sohn King. Gordie hatte ein dunkles, rundes, lebhaftes Gesicht, das vom Zusammenflicken nach einem Unfall zerknittert und gekräuselt aussah. Es war etwas unwiderstehlich Freundliches an ihm. Auf eine merkwürdige Art hatten all die Stiche und Falten zu seinem guten Aussehen eher beigetragen als ihm Abbruch getan. Sein Gesicht war wie eine Kostbarkeit, die zerbrochen und sorgfältig wieder zusammengefügt worden war. Und noch viel liebenswerter um all dieser Sorgfalt willen. Jetzt fuhr er in einem Anfall trunkener Inspiration zweimal im Hof herum, bevor sein alter Chevy tuckernd zum Stehen kam. Onkel Eli stieg aus.

»Na, es steht ja noch«, sagte Eli zu dem Haus. »Und ich auch. Aber du«, sagte er zu Gordie, »nicht.«

Es stimmte, Gordies Füße machten Schwierigkeiten. Sie

verfingen sich in Gegenständen, als er nach dem Türrahmen tastete und sich nach draußen zog: an der Gummifußmatte, am Kotflügel, dann an den kleinen Bodenfurchen und Steinen, als er sich zur Treppe hinarbeitete.

»Zelda ist da drinnen«, rief King warnend, »und Grandma auch!«

Gordie setzte sich auf die Treppe, um seine fünf Sinne zusammen zu haben, bevor er sich mit ihnen einließ.

Drinnen setzte sich Onkel Eli neben seinen Zwillingsbruder. Sie sahen sich nicht mehr sehr ähnlich, denn Eli war verschrumpelt und zäh geworden, während Grandpa größer, weicher und sogar blasser als sein Bruder war. Allerdings waren sie zufällig gleich gekleidet, in Arbeitshosen und -jacken, nur war Grandpas Anzug marineblau und Elis olivgrün. Eli trug eine fleckige, zerdrückte Mütze, die so sehr ein Teil seines Kopfes zu sein schien, daß nicht einmal Zelda daran dachte, ihn zu bitten, sie abzunehmen. Er nickte Grandpa zu und grinste beim Anblick des Essens; ein riesiges zahnloses Lächeln nahm sein ganzes Gesicht ein.

»Das ist für meinen Onkel Eli«, sagte Aurelia und stellte einen Teller mit Essen vor ihn hin. »Für meinen Lieblingsonkel. Siehst du, Daddy? Onkel Eli ist da. Dein Bruder.«

»Ach, Eli«, sagte Grandpa und streckte die Hand aus. Grandpa grinste und nickte seinem Bruder zu, sagte aber nichts mehr, bis Eli anfing zu essen.

»Ich esse gar nicht mehr viel. Ich werde langsam alt«, verkündete Onkel Eli.

»Du ißt eine Menge«, stellte Grandpa richtig. »Bleibt überhaupt noch was übrig?«

»Du hast schon gessen«, sagte Grandma. »Hör jetzt deinem Bruder zu.« Sie fuhrwerkte um Eli herum.

»Kümmer dich nicht um ihn. Iß nur ordentlich. Du wirst dünn.«

»Es ist zu spät«, sagte Grandpa. »Er ißt alles auf!«

Er sah jedem Bissen nach, den sein Bruder zu sich nahm. Eli ließ sich nicht im geringsten stören. Er genoß das Essen sogar, trotz Grandpa.

»Ach du meine Güte«, seufzte Zelda. »Kommen wir hier überhaupt noch mal raus? Aurelia, warum nimmst du nicht dein Auto und fährst uns? Es ist jetzt sowieso zu spät, den Grabstein anzuschauen, aber verdammt will ich sein, wenn ich hier noch hocke, wenn sie mit den Bierkisten hinten in Junes Auto anfangen.«

»Trag die Wäsche raus«, sagte Grandma. »Ich bin fix und fertig. Und du, Albertine« – sie nickte mir zu, als sie aus der Tür gingen –, »sie können alles essen, was sie wollen. Wenn sie nur die Kuchen in Ruhe lassen. Die sind extra für morgen.«

»Bist du sicher, daß du nicht mit uns kommen willst?« fragte Mama.

»Sie ist jung«, sagte Aurelia. »Außerdem muß sie diese betrunkenen Männer davon abhalten, an die Kuchen zu gehen.«

Sie beugte sich dicht zu mir herüber. Ihr Atem war süß vom Kuchenguß und schal von Zigaretten.

»Ich komm später wieder«, flüsterte sie. »Ich muß einen Freund besuchen.«

Dann zwinkerte sie mir zu, genau wie June wegen ihrer heimlichen Freunde gezwinkert hatte. Ein Auge zu, die Lippen zu einem kleinen, selbstkritischen Fragezeichen verzogen.

Grandpa zwängte sich in den Rücksitz und saß da, wie ihm aufgetragen worden war, die Arme zu beiden Seiten ausgestreckt, und hielt die Stapel gefalteter Wäsche fest.

»Sie können ruhig essen«, rief Grandma noch einmal. »Aber hebt die Kuchen auf!«

Sie ruckte nach vorne, als Aurelias Auto über das Loch in der Einfahrt hoppelte, und dann schossen sie über den Hügel.

3

Sag, Albertine, wußtest du schon, daß dein Onkel Eli der letzte Mann im Reservat ist, der ein Reh mit der Schlinge fangen kann?«

Gordie machte ein Bier auf und schob es mir über den Küchentisch zu. Wir saßen immer noch am Tisch, nur hatten die Teller, Salatschüsseln und Kuchen jetzt Aschenbechern, Bier und Zigarettenpäckchen Platz gemacht.

Obwohl inzwischen Aurelia das Haus übernommen hatte, war es für die Kashpaws wie ein Gemeinschaftsbesitz. Immer kampierte irgend jemand draußen oder schlief auf ihren Klappbetten.

Inzwischen war noch einer von uns angekommen. Es war Lipsha Morrissey, der von Grandma aufgenommen worden war und immer bei uns gewohnt hatte. Lipsha setzte sich hin, mit einem Bier in der Hand wie alle anderen, und schaute auf den Boden. Er war eher ein Zuhörer als ein Vielredner, ein Schüchterner mit einem breiten, lieben, intelligenten Gesicht. Er hatte lange Wimpern. »Mädchenaugen«, neckte King ihn immer. King hatte Lipsha so oft verprügelt, als wir klein waren, daß Grandma sie nicht mehr auf derselben Seite im Hof spielen ließ. Sie mieden einander immer noch. Sogar jetzt, in der kleinen Küche, sahen sie sich weder an, noch begrüßten sie sich.

Wieder mußte ich mich, wie jedesmal, fragen, wieviel die anderen wohl wußten.

Eines der Geheimnisse, die ich dadurch erfahren hatte, daß ich still in der Nähe der Tanten saß und Gesprächsfetzen aufschnappte, bevor sie sich an mich erinnerten, war Lipshas Geheimnis, oder zumindest die Hälfte davon. Ich wußte, wer seine Mutter war. Und da ich seine Mutter kannte, kannte ich auch den Grund, warum er und King nicht miteinander auskamen. Sie waren Halbbrüder. Lipsha war Junes Sohn, war in einem jener Jahre geboren, in denen sie Gordie mal wieder verlassen hatte. Wenn man das mit June wußte und ihn dann ansah, war es deutlich zu erkennen. Er hatte ihr flaches, hübsches Gesicht und ihre schlanke Anmut, nur war beides bei ihm noch keine Spur verhärtet.

Im Augenblick sah er besorgt aus und biß sich auf die Lippen. Die Männer redeten immer noch von den Tieren, die sie getötet hatten.

»Ich mußte eben Munition sparen«, sagte Eli nachdenklich. »Die war ganz schön teuer.«

»Nur die richtigen Indianer aus der alten Zeit kennen das Wild so gut, daß sie es mit der Schlinge fangen können«, sagte Gordie zu uns. »Euer Onkel Eli ist ein richtiger alter Indianer.«

»Weißt du noch, was du als allererstes geschossen hast?« fragte Eli King.

King schaute auf sein Bier hinunter, dann warf er mir einen stolzen, schlauen Seitenblick zu. »Ein Schlitzauge«, sagte er. »Ich war bei der Marine.«

Lipsha trat gegen mein Stuhlbein. King brüstete sich immer damit, daß er in Vietnam gewesen sei, äußerte sich aber jedesmal sehr vage darüber, wo und wann genau er im Einsatz gewesen war.

»Ein Stinktier.« Gordie hob die Stimme. »King hat ein Stinktier erwischt, als er zehn war.«

»Hast du schon mal Skunk gegessen?« fragte Eli mich.

»Schmeckt wie kaltes Hähnchen«, tippte ich.

Eli und Gordie stimmten mit feierlichem Grinsen zu.

»Und wie häutest du dein Stinktier?« fragte Eli King.

King schob seine Mütze nach vorn, um seine Augen vor der Neonküchenlampe zu schützen. Ein blau-weißes Schild war vorn auf seine Mütze genäht. »Der größte Angler der Welt« stand darauf. King hob mit gewinnender Unkenntnis die Hände.

»Wie häutest *du* denn ein Stinktier?« fragte er Eli.

»Man muß zuerst die Drüsen abschneiden«, erklärte Eli bedächtig, indem er auf verschiedene Teile seines Körpers zeigte. »Hier, hier, hier. Dann zieht man das Fell ab wie bei jedem anderen Tier. Man muß es dreimal in frischem Wasser kochen.«

»Und dann eßt ihr das wirklich?« fragte Lynette. Sie war mit einem neuen Bier hereingekommen und kaute jetzt zufrieden an einer fransigen Haarsträhne, die sich aus ihrem Pferdeschwanz gelöst hatte.

Eli setzte sich kerzengerade auf und schob seine kleine grüne Mütze nach hinten.

»Ach, bist du auch so etepetete? Wie Zelda. Die ist einmal mit ihrem ersten Mann, mit diesem Schweden Johnson, zu Besuch zu mir rübergekommen. Es war Essenszeit. Ich hatte grade ein Stinktier fertiggemacht, und das hab ich ihnen vorgesetzt. Oooooooh, als sie rauskriegte, was sie da aß, war sie vielleicht sauer auf mich, Mann. Stinktier! sagte sie. Wie eklig! Ihr alten Kerle eßt doch wirklich alles!«

Lipsha lachte.

»Ich würd's essen«, erklärte Lynette und warf ihr Haar mit einer ruckartigen Kopfbewegung zurück. »Ich würd es ohne weiteres essen.«

»Du würdest auch Scheiße fressen«, sagte King.

Ich starrte sein klares Profil an. Er blickte über den Tisch zu Lipsha, der plötzlich von seinem Stuhl aufstand und zur Tür hinausging. Die Fliegengittertür fiel zu. Kings Mund kräuselte sich in prahlerischer Mimik nach unten, wie in einer Schmierenkomödie, aber sein Kinn zitterte. Ich sah, wie er die Zähne zusammenbiß, und dann fühlte ich, wie eine Art Traurigkeit sich wie eine nasse Decke über uns alle legte. Ich wäre Lipsha gern nachgelaufen. Ich wußte, wohin er gegangen war. Aber ich verließ den Raum nicht. Lynette zuckte strahlend mit den Schultern und überging Kings Bemerkung. Aber die Worte blieben am Tisch, als hätten sie eine Tür zu etwas geöffnet, zu einem traurigen, häßlichen Schauplatz, den wir wider Willen betreten mußten. Ich nahm einen langen Zug und beugte mich zu Onkel Eli.

»Füchse schlafen fest, was?« sagte Eli nach einigen Augenblicken.

King beugte sich vor und zog seine Mütze noch tiefer, so daß sie auf seiner Nase zu sitzen schien.

»Ich hab schon mal einen Fuchs geschossen, der geschlafen hat«, sagte er. »Kennt ihr das kleine schwarze Loch unter dem Schwanz beim Fuchs? Direkt da durch hab ich geschossen. Mit Pfeil und Bogen, und mein Pfeil ging mitten durch den Fuchs durch. Der wurde steif und sprang schnurgerade durch die Luft. Machte sich flach wie ein Blitz und war weg in seinem Bau. Ich hab ihn nie da rausgekriegt.«

»Und auch nie mit Pfeil und Bogen geschossen«, sagte Gordie.

»Ha, stimmt. Ich hab nie mit Pfeil und Bogen geschossen«, gab King mit einem komischen, knurrenden Lacher zu. »Aber ich hab mal von einem Kerl gehört, der seinen Pfeil durch einen Fuchs durchjagte und den dann im Busch rumstieben ließ, bis er dachte, er wär tot. Dann ist er ihn suchen gegangen. Wißt ihr, was er gefunden hat?

Der Fuchs hatte den Pfeil an beiden Seiten von seinem Körper abgenagt und war verschwunden.«

»Die haben ihren Namen nicht umsonst«, sagte Eli.

»Fuchs«, sagte Gordie und guckte das Schlüsselloch in seiner Bierdose von ganz nah an.

»Kannst du mir 'ne Zigarette geben, Eli?« fragte King.

»Wenn du hier 'ne Zigarette willst«, sagte Gordie, »sagst du nicht, kann ich 'ne Zigarette haben. Du sagst *ciga swa.*«

»Die Michifs sagen so«, sagte Eli. »Du mußt einen echten alten Cree wie mich nach den richtigen Wörtern fragen.«

»Sag's ihnen, Onkel Eli«, rief Lynette in einem raschen Ausbruch trunkener Begeisterung. »Die müssen ihr eigenes Erbe erst noch kennenlernen! Wenn du mal gehst, ist alles weg!«

»Was redst du da rum, Frau? He!« schrie King und füllte die Küche mit dem schroffen Riß seiner Stimme. »Hab gefälligst ein bißchen Achtung, wenn du mit meinen Verwandten redest!« Er nahm die Arme hoch und pufftte sie gegen die Brust. »Da könntest du dein Leben drauf wetten, Onkel Eli«, sagte er ruhiger und lehnte sich wieder auf den Tisch. »Du bist der größte Jäger. Aber ich bin der größte Angler der Welt.«

»Nein, bist du nicht«, sagte Eli. Seine Stimme war leicht und glücklich. »Ich hab mal eine Forelle von 32 Zentimeter Länge gefangen!«

King sah ihn vorsichtig an und fixierte ihn mit Mühe.

»Dann bist du der Größte«, gab er zu. »Hier.«

Er streckte den Arm aus und zog Eli die schmierige olivbraune Mütze vom Kopf. Elis Kopf schimmerte braun und glänzend durch die weißen Bürstenschnittstoppeln. King nahm seine blaue Mütze ab und schob sie Onkel Eli auf den Kopf. Die Mütze rutschte Onkel Eli über die Augen.

»Die ist ihm viel zu groß!« kreischte Lynette mit hoher, wütender Stimme.

King rückte das Plastikschild der Mütze zurecht.

»Die Mütze hab ich dir geschenkt, King! Das ist deine schönste Mütze!« Ihre Stimme schraubte sich scharf in die Höhe. »Die gibst du nicht weg!«

Eli saß ruhig unter der Mütze da. Sie paßte wie angegossen. Er schien sich Kings Opfer gar nicht bewußt zu sein, saß einfach nur da, seine alte Mütze auf den Knien, und drehte immerfort die Dose in der Hand, ohne zu trinken.

King taumelte auf die Füße und packte die gepolsterte Plastiklehne seines Stuhls. Seine Stimme klang gepreßt und belegt. »Onkel Eli.« Er beugte sich über den alten Mann. »Onkel Eli, du bist mein Onkel.«

»Haargenau!« stimmte Eli zu.

»Ich hab immer viel von dir gehalten, Onkel!« klagte King laut und unglücklich.

»Haargenau«, sagte Eli. Er wandte sich an Gordie. »Der ist ja sternhagelvoll. Ich muß einfach immer ja sagen.«

»Ich halt verdammt viel von dir, Onkel!«

»Recht hast du. Ich bin ein alter Mann«, sagte Eli mit ausdrucksloser, leiser Stimme.

King legte sich plötzlich die Hände auf die Ohren und stolperte zur Tür hinaus.

»Frische Luft tut dem bestimmt gut«, sagte Gordie erleichtert. »Sag, Albertine, kennste den Witz von dem Indianer, dem Franzosen und dem Norweger in der Französischen Revolution?«

»Isses ein norwegischer Witz?« fragte Lynette. »He, ich hab hundert Prozent norwegisches Blut in mir. Ich weiß nix weiter von meiner Familie, aber ich weiß, daß ich hundert Prozent norwegisches Blut hab.«

»Nein, da geht's eigentlich gar nicht um Norweger«, fuhr Gordie fort. »Na, jedenfalls . . .«

Trotzdem ging sie hinter King her zur Tür hinaus.

»Also da waren die drei. Ein Indianer. Ein Franzose. Ein Norweger. Die waren alle bei der Französischen Revolution dabei. Und alle waren sie zur Guillotine verurteilt, ja? Aber als sie den Indianer reintun, fällt das Beil nur halb runter und bleibt stecken.«

»Verdammtes Luder! Gibste mir die Schlüssel!« brüllte King direkt vor der Tür.

Gordie hielt einen Augenblick inne. Dann war es still. Also erzählte er den Witz weiter.

»Also sagen sie, das wär ein Fingerzeig Gottes. Du kannst gehen, sagen sie zu dem Indianer. Der Indianer steht also auf und geht. Dann ist der Franzose dran. Sie stecken seinen Hals in den Block, und alles ist startklar für die Hinrichtung. Aber das gleiche passierte. Das Beil klemmte.«

»Verdammtes Luder! Verdammtes Luder!« schrie King wieder. Die Autotür schlug zu.

Gordies Augen schnellten zur Tür, dann fragend zurück zu mir.

»Sollen wir rausgehen?« fragte ich.

Aber er erzählte seine Geschichte weiter. »Also marschiert der Franzose los und ist gerettet. Aber wie die Reihe an den Norweger kommt, da guckt der Norweger die Guillotine hoch und sagt: Ihr Burschen seid ganz schön blöd. Bißchen Öl an das Ding, und es funktioniert wie geschmiert.«

»Du Luder! Du Luder! Ich bring dich um! Gibste mir die Schlüssel!« Wir hörten ein kurzes, schmetterndes Geräusch, splitterndes Glas und ließen Eli am Tisch allein.

Lynette hatte sich in den Firebird eingeschlossen und kauerte auf der Beifahrerseite. King brüllte sie an und warf sein ganzes Gewicht gegen das Auto, schlug mit hohlem Dröhnen auf die Motorhaube, hämmerte sich das Dach entlang, zerrte mit den Fäusten an Antennen und Seitenspiegeln, trat in die zerbrochenen Scheinwerfersokkel. Schließlich brach er an der Fahrerseite einen Spiegel ab und fing keuchend an, rhythmisch auf das Auto einzuschlagen. Aber obwohl er den Spiegel wieder und wieder gegen die Windschutzscheibe und die Seitenfenster hieb, gelang es ihm nicht, sie zu zertrümmern.

»King, Jungchen!« Gordie sprang von der Treppe und zog King mit dem massiven Gewicht seines Körpers in einer Umarmung zu Boden. »Das ist ihr Auto. Du bist Junes Sohn, King. Wein doch nicht!« Denn als sie da lagen, durch den Schreck miteinander verbunden, wühlte sich Kings Gesicht tief in die Schlacke, und seine Schultern zuckten vor heftigem Schluchzen. Er schrie durch den Dreck zu seinem Vater hinauf.

»Es ist schrecklich, tot zu sein! O Gott, sie ist so kalt!«

Plötzlich waren sie wieder auf den Füßen. King wand sich aus Gordies Armen und hielt in Ringerhaltung die Balance. »Es ist deine Schuld, und du willst ja nur das Auto haben«, sagte er wild. Er sprang auf seinen Vater los, aber Gordie machte einen Schritt zurück, sammelte Kräfte, und wieder schloß er King fest in seine Arme, und wieder schluchzte King und sackte gegen ihn. Gordie ließ ihn abermals in die Schlacke nieder. Während sie sich umklammert hielten, schlüpfte Lynette aus dem Auto und lief ins Haus. Ich folgte ihr. Sie rannte durch die Küche, sah nach dem Baby und kam dann zurück.

»Setz dich«, sagte ich. Ich hatte mich auf einen Stuhl neben Eli gesetzt.

Sie ging hinüber zu Eli. Sie konnte nicht stillsitzen.

»Da draußen gibt's wohl Streit«, stellte er fest.

»Hm«, sagte sie. »Seine Mutter hat ihm das Geld gegeben!« Sie stibitzte eine Zigarette aus Elis Packung und schenkte ihm dafür ein schüchternes Grinsen. »Weil sie wollte, daß er Verantwortung übernimmt. Er hat nie Verantwortung für etwas gehabt. Sie wollte, daß er sich um seine Familie kümmert.«

Eli nickte und schob ihr das ganze Päckchen hin, als sie die halbgerauchte Zigarette ausdrückte. Sie zündete sich eine neue an.

»Weißt du, er muß seinen Onkel wirklich gern haben«, sagte sie mit leiser, fester Stimme. Sie ließ sich neben Eli hinplumpsen und lächelte ohne Unterlaß die blaue Mütze an. »Die Anglermütze da. Es ist seine allerbeste Mütze. Ich hab ihm den Aufnäher besorgt. King. Die halten unheimlich was von ihm, unten in den Städten. Jeder kennt ihn. Sie erkennen ihn an der Mütze. Es ist seine allerbeste. Nimm sie lieber ab.«

Eli nahm die Mütze ab und drehte sie in den Händen. Er betrachtete mit zusammengekniffenen Augen den Aufnäher und las ihn laut vor. Dann nickte er, als dämmere ihm endlich, was Lynette meinte, und er drehte die Mütze wieder um.

»Laß sie mich ein Weilchen aufsetzen«, bettelte Lynette. Dann ergriff sie sie, setzte sie sich selbst auf den Kopf und rückte den Rand zurecht. »So.«

Onkel Eli nahm seine alte Mütze vom Knie und setzte sie auf.

»Die hier paßt mir«, sagte er.

Im Zimmer nebenan fing King Junior an zu weinen.
»Ach, mein Kind!« schrie Lynette, als sei es in Gefahr, und schoß hinaus. Ich hörte, wie sie Kings Namen murmelte, als Vater und Sohn wieder hereinkamen. King setzte sich an den Tisch, legte seinen Kopf auf die verschränkten Arme und atmete heiser. Gordie nahm Lynette die Schlüssel ab und sagte zu Eli, sie würden jetzt nach Hause fahren.

»Er ist okay«, sagte Gordie und nickte dabei zu King hinüber. »Solang man ihn in Ruhe läßt.«

So fuhren sie in der klaren blauen Nacht davon. Ich legte eine Decke um Lynettes Schultern, und sie sank auf die Couch. Ich ging nach draußen, an King vorbei. Er schnaufte immer noch hoffnungslos in seine verschränkten Arme. Ich ging hinunter zu der Stelle, an der Lipsha sein mußte, am Fuß des Hügels unterhalb des Hauses. Und er saß wirklich dort, den Rücken an einen Balken aus dem Holzstoß gelehnt. Er gab mir eine Flasche mit süßem Rosé herüber, ich trank. Ich kippte die Flasche, sah hinauf zu den Sternen und fiel fast um vor Erstaunen und zu viel Bier angesichts der überwältigenden Schönheit.

Nordlichter. Etwas in der kalten, nassen Atmosphäre brachte sie hervor. Ich packte Lipshas Arm. Wir trieben in das Feld und sanken zu Boden, zerdrückten dabei grünen Weizen. Wir kauten die süßen Körner, sahen nach oben und waren verloren. Alles schien eins zu sein. Die Luft, unsere Gesichter, ganz kühl, feucht und dunkel, und der geisterhafte Himmel. Blaßgrüne Lichtzungen pulsierten und verblaßten darüber hin. Lebendige Lichter. Ihre Feuer stiegen auf, höher, höher, dann erstarben sie in Dunkelheit. Zeitweise war der ganze Himmel übersät mit schießenden Punkten und Falten von Licht, die sich sammelten und fielen, pulsierten, verblaßten, rhythmisch wie Atem. Alles aus einem Stück. Als sei der Himmel ein Nervengeflecht und unser Denken und unsere Erinnerungen reisten darüber hinweg. Als sei der Himmel ein einziges riesiges Gedächtnis für uns alle. Oder ein Ballsaal. Und alle wandernden Seelen der Welt tanzten dort. Ich dachte an June. Sie würde tanzen, wenn es im Weltall einen Ballsaal gäbe. Sie würde einen Twostep für die wandernden Seelen tanzen. Ihre langen Beine würden sich heben und fallen. Ihr Lachen ein Trumpf. Ihr süßes Parfüm so, wie alle erwachsenen Frauen duften mußten. Ihre Belustigung über Schlimmes und Gutes. Ihre Niederlage. Ihr unbekümmerter Sieg. Ihre Söhne.

4

Nach einer Weile mußte ich die Augen schließen. Die Mischung aus Bier und Rosé ließ meinen Kopf wirbeln. Die Lichter, die hoch hinaufschossen, brachten den Boden unter mir zum Beben. Ich winkte ab, als Lipsha meine Hand mit dem kalten Ende der Flasche berührte.
»Nix mehr?«
»Später«, sagte ich. »Red weiter.«
Lipshas Stimme war eine feste Brücke über einem tiefen schwarzen Raum von Übelkeit, den ich überquerte. Wenn ich nur immer weiter zuhörte, wußte ich, daß ich wohlbehalten darüber wegkommen würde. Er sprach über King. Seine Stimme war undeutlich und verträumt.
»Ich geb's zu«, sagte er. »Ich habe Angst vor seinen Ideen. Du weißt nie vorher, wann es bei ihm umschlägt. Einmal, vor langer Zeit, sind wir Taschenratten schießen gegangen. Ich hab nicht aufgepaßt und ihn hinter mir gehen lassen. Und weißt du, was er getan hat? Er hat sich im Gebüsch versteckt und aus nächster Nähe wild in die Gegend geballert.«
»Glück gehabt.«
»Genau. Ich geh King lieber aus dem Weg. Ich kehr ihm auch nie mehr den Rücken zu.«
»Hab doch keine Angst vor King«, sagte ich. Es gelang mir nur mit großer Mühe, etwas zu sagen. Es ging, solange ich lediglich meine Lippen bewegte und sonst nichts.
»Klar. Dich hat King nie angeballert.«
»Unten drunter hat er Angst.«
»Wovor?« fragte Lipsha.
Aber ich wußte es nicht. »Diese Veteranen«, sagte ich, »die spinnen.«

»Er ist kein Vet«, begann Lipsha. Doch dann schwang die Schwärze zu stark aus und kippte mich um. Eine Weile hörte ich nichts, sah nichts, und wagte es nicht einmal, meine Lippen zu bewegen, um zu sprechen. Es machte nichts. Lipsha fuhrt fort: »Energie«, sagte er, »elektromagnetische Wellen. Es hängt mit der Temperatur zusammen. Sie entstehen durch die Unterschiede.« Er sprach von den Nordlichtern. Obwohl er in der Schule nie gut gewesen war, wußte Lipsha überraschende Dinge. Er las Bücher über Computer und Vulkane und die Lebenszyklen von Salamandern. Manchmal benutzte er Wörter, nach deren Bedeutung ich ihn fragen mußte, und zu anderen Zeiten ergab das, was er sagte, nicht den geringsten Sinn. Ich liebte ihn, weil er so und so sein konnte. Eine Welle von Liebe hob mich über die Übelkeit hinweg. Ich setzte mich auf.

»Ich muß über etwas Bestimmtes mit dir reden«, fing ich an. Meine Stimme war plötzlich ernst und machte ihm Angst. Er rückte mißtrauisch von mir ab. Ich wollte ihm erzählen, was ich erfahren hatte, als ich die Gespräche meiner Tanten mitgehört hatte. Ich wollte ihm erzählen, daß June seine Mutter war. Da es schon so viele andere wußten, war es nicht mehr als recht und billig, daß er es auch erfuhr.

»Deine Mutter...«, fing ich an.

»Der verzeih ich nie, was sie ihrem Kind angetan hat«, sagte er. »Man hat mich aus ihren Fängen retten müssen.«

Ich versuchte es noch einmal.

»Ich möchte über deine Mutter sprechen...«

Lipsha nickte, schnitt mir das Wort ab. »Ich betrachte Grandma Kashpaw als meine Mutter, auch wenn sie mich nur aufgenommen hat wie eine streunende Katze.«

»So war das nicht«, sagte ich. »Sie wollte dich.«

»Nein«, sagte Lipsha. »Albertine, du hast ja keine Ahnung.«

Jetzt war es an mir, mich unwissend und verwirrt zu fühlen.

»Was meine Mutter angeht«, fuhr er fort, »selbst wenn sie jetzt zurückkäme, in dieser Minute, und auf die Knie fallen würde und sagen: Mein Sohn, es tut mir leid, was ich dir angetan hab, ich würde mich nicht erweichen lassen.«

Ich wußte nicht, wie ich meiner Absicht treu bleiben und weiterreden sollte. Ich dachte eine Weile nach oder versuchte es, aber das Aufsetzen und Reden zugleich war zuviel gewesen.

»Und wenn deine Mutter es gar nicht gewollt hat?« Ich legte mich wieder hin, ließ mich vorsichtig in den Weizen hinab. Der Tau schlug sich nieder. Mir war kalt und übel, es war feucht. »Was, wenn es nur eine Art Irrtum war?«

»Es war kein Irrtum«, sagte Lipsha fest. »Sie hätte mich ertränkt.«

Ich lag still, und durch meine Übelkeit und seine Sicherheit verwirrt, glaubte ich ihm fast. Ich dachte, er würde June hassen, wenn er es erführe, und es war ohnehin zu spät. Ich rechtfertigte mein Schweigen. Ich sagte es ihm nicht.

»Und dein Vater?« fragte ich statt dessen. »Wünschst du dir, daß du ihn kennen würdest?«

Lipsha war still, er überlegte, bevor er antwortete.

»Es würde mir nichts ausmachen.«

Dann fiel ich, und er redete wieder. Ich wartete und hörte zu.

»Hast du schon mal geträumt, daß du durch die Luft fliegst?« fragte er. »Hast du schon mal geträumt, daß du auf einem Planeten oder einem Stern landest? Ich hab mal geträumt, daß ich dort hochgeflogen wär«, sprach er weiter. »Es war alles erleuchtet. Mann, war das schön! Ich bin auf dem Mond gelandet, aber als ich dann endlich dort stand, hab ich nicht gewagt, Luft zu holen.«

Ich rückte dichter. Er hatte eine leichte Nylonjacke an. Er zog sie aus und legte sie mir über. Mir war plötzlich behaglich, sehr behaglich und warm.

»Nein«, sagte er. »Nein, ich hatte Angst zu atmen.«

Ich wachte auf. Ich war in der Umarmung von Lipshas Jacke eingeschlafen, im kalten, nassen Weizen unter dem blitzenden Himmel. Ich hörte das klappernde Geräusch von Schlägen auf Metall, von Töpfen, die im Haus umfielen. Gordie war fort. Eli war fort. »Komm«, sagte ich und sprang vor Schreck über den Krach auf. »Die prügeln sich.« Ich lief den Hügel hinauf, Lipsha stampfte hinter mir her. Ich stolperte geradewegs in die beleuchtete Küche und sah mit einem Blick, daß King versuchte, Lynette zu ertränken. Er drückte ihr Gesicht in die Spüle mit dem kalten Abwaschwasser. Hielt sie im Nacken und an den Ohren. Ihre Arme wirbelten, schlugen Löffel und Messer und Schüsseln aus dem Abtropfgestell. Sie wehrte sich mit aller Kraft, aber er hielt sie fest. Ich packte einen Birkenklotz aus der Holzkiste und schlug King in den Nacken. Das Holz sprang mir aus den Fäusten. Er preßte sie tiefer, und in ihrem Hals stockte und gurgelte es.

Ich packte ihn an den Schultern. Ich dachte, Lipsha sei hinter mir. King merkte mein Gewicht kaum. Er drückte sie noch tiefer. Also hatte ich keine Wahl mehr. Ich sprang auf seinen Rücken und biß ihn ins Ohr. Meine Zähne schlugen aufeinander, und Blut füllte meinen Mund. Er schnellte zurück und warf mich ab, und ich flog quer durch die Küche, schlug hart gegen den Kühlschrank und kam wieder auf die Füße.

Seine Hände waren zu Boxerfäusten geballt. Er überlegt, auf wen er zuerst losgeht, dachte ich, auf mich oder auf Lipsha. Ich sah mich um. Ich war allein. Ich starrte King an, zum erstenmal voller Angst. Dann verließ mich die Angst, und ich war wütend, nur noch wütend, auf Lipsha, auf King, auf Lynette, auf June ... Ich schaute an King vorbei und sah, was sie angerichtet hatten.

Sämtliche Kuchen waren zerquetscht. Aufgerissen. Schwarzer Saft blutete durch den Teig. Stücke des gezackten Teigbodens hingen an der Wand, und einige Kuchen waren umgekippt. Rhabarberbrei war über den Boden verschmiert. Eiweißkrusten klebten an Handtüchern.

»Die Kuchen!« schrie ich. »Du gottverdammtes Arschloch, du hast die Kuchen kaputtgemacht!«

Seine Augen weiteten sich. Während er ringsum auf das Zerstörungswerk sah, verdrückte Lynette sich unter den Tisch. Er nahm in sich auf, was er konnte, dann senkten sich seine Fäuste, und ein Blick, der zumindest so etwas wie Beschämung und Verwirrung ausdrückte, zog über sein Gesicht, und er rannte an mir vorbei. Beim Laufen trat er voll auf seine Anglermütze, und als er draußen war, hob ich sie auf.

Ich ging ins Zimmer nebenan und stopfte die Mütze unter King Juniors Matratze. Dann saß ich lange Zeit da und lauschte seinem leichten Atem. Er war immer ein braves Baby oder vielleicht eher eine weise Seele. Er durchschlief alles, was er nur durchschlafen konnte.

Lynette hatte das Licht in der Küche ausgemacht, als sie das Haus verließ, und jetzt hörte ich sie draußen vor dem Fenster, wie sie King bat, mit ihr im Auto wegzufahren.

»Komm, wir fahren los, bevor sie alle zurückkommen«, sagte sie. »Es ist wegen denen. Du drehst immer so durch, wenn du hier bist. Wir holen das Kind. Wir fahren weg. Wir fahren nach Hause, heim.«

Und dann schrie sie einmal auf, aber es war deutlich ein Schrei wie Lust. Mir schien, ich hörte ihre Körper aneinanderknarren, oder vielleicht waren es nur die Holzstufen unter ihnen, die alten, abgetretenen Bretter, die ihr Gewicht trugen.

Kurz danach stiegen sie ins Auto. Türen schlugen. Aber sie fuhren nur ein paar Meter, dann hielten sie an. Die Hupe plärrte leise. Wahrscheinlich stießen sie in der Leidenschaft dagegen. Die Heizung röhrte von Zeit zu Zeit auf. Es war eine kalte, kärgliche Dämmerung.

Irgendwann um diese Stunde stand ich auf, verließ das Baby und ging in die Küche. Ich löffelte die Füllungen wieder in die Böden, vereinte Teigstückchen, strich mit nassem Finger über die Teigränder, paßte Teigfalte an Teigfalte und auf den Beeren oder dem Pudding sogar Schaum an Schaum. Über eine Stunde lang arbeitete ich mit aller Sorgfalt. Aber wenn sie einmal kaputt sind, kriegt man sie nie mehr richtig hin.

Heilige Marie
(1934)

Marie Lazarre

Als ich dann hinging, wußte ich, daß die dunklen Fische nach oben kommen müssen. Strahlenkränze hatten mich geschweißt. Kein Mädchen aus dem Reservat hatte je so heftig gebetet. Es hatte keinen Zweck mehr, zu versuchen, mich weiter unbeachtet zu lassen. So ging ich dort den Hügel hinauf zu den Schwarzkuttenfrauen. Sie waren kein bißchen heller als ich. Ich ging dort hinauf, um so gut zu beten wie sie. Denn soviel indianisches Blut habe ich nicht. Und sie hätten nie gedacht, daß sie ein Mädchen aus diesem Reservat als Heilige bekommen würden und vor ihr niederknien müßten. Aber nun würden sie mich bekommen. Und ich würde aus purem Gold geschnitten sein. Mit Lippen aus Rubin. Und meine Zehennägel würden kleine rosa Meeresmuscheln sein, und sie würden von ihrem hohen Roß heruntersteigen müssen, um sie zu küssen.

Ich war unwissend. Ich war fast vierzehn. So weit sich der Himmel dehnt, so groß war etwa meine Unwissenheit. Rein und weit. Und eben das – die Reinheit und Weite meiner Unwissenheit – war es, was mich den Hügel hinauf zum Kloster des Heiligen Herzens trieb und mich lebendig wieder herunterbrachte. Denn Jesus schnappte vielleicht nicht nach meinem Köder, aber diese Nonnen versuchten, mich in einem Stück hinunterzuwürgen.

Habt ihr schon mal einen Zander so kämpfen sehen, daß der Köder praktisch schon am Hinterende wieder raus ist, bis man die Schnur eingeholt hat? Genau das haben sie mit mir gemacht. Ich ziehe diesen niedrigen Vergleich nicht gern, aber ich hab mal gesehen, wie ein Zander das getan hat. Und den gleichen Versuch hat Schwester Leopolda unternommen, um mich in ihre Gewalt zu kriegen.

Ich hatte die katholische Versandhausseele, die man bei Mädchen findet, die draußen im Busch aufgewachsen sind und deren einziger Gedanke ist, in die Stadt zu kommen. Denn die Sonntagsmesse war die einzige Gelegenheit, zu der mein Vater seine Kinder mit dorthin nahm, abgesehen von der Schule, wo wir aber streng gehalten wurden. Unsere Seelen waren billig zu haben. Wir waren so scharf darauf, in die Stadt zu kommen, daß wir auf Händen und Knien hingelaufen wären. Wir waren versessen darauf, in den Laden zu gehen, Flaschendeckel in den Staub zu werfen und einander blöde Blicke zuzuwerfen. Und natürlich gingen wir in die Kirche.

Das Kloster steht ganz oben auf dem höchsten Hügel, damit die Schwestern von seinen Fenstern aus mitten in den Kern der Stadt sehen können. Vor kurzem wurde vor der Bar ein Windschutz gepflanzt, »aus Versicherungsgründen für den Fall eines Tornados«. Das kann mir keiner erzählen. Dieser Pappelbestand wurde hingesetzt, um die Trinker zu verbergen, während sie ihre Verwandlung durchmachen. Während sie zum Tier ihres Lasters gemacht werden. Während sie trinken, überkommt sie dieser Körper, und dann torkeln oder kriechen sie aus der Tür der Bar und schleppen ein Gewicht, das sie nicht an den Pappeln vorbeikriegen. Die wünschen keine heiligen Zeugen bei ihrem Fall.

Ich jedenfalls stieg hinauf. Das war an einem Tag vor langer Zeit. Damals gab es eine Straße für Wagen, die sich auf den Hügel wand, wo die Nonnen ihre Gebäude aus geweißten Ziegelsteinen hatten. Ein strahlendes Weiß. So weiß, daß die Sonne in blendendem Prunk abprallte und einem wirbelnde Formen hinter die Augenlider malte: das Angesicht Gottes, das man kaum ansehen kann. Doch an jenem Tag nieselte es, so daß ich schauen konnte, soviel ich wollte. Ich sah die weniger schöne Seite. Die Risse in der Farbe und die Schwalben, die in den geborstenen Enden der Dachrinnen nisteten. Ich sah die Bretter, die auf die Größe zerbrochener Fensterscheiben zurechtgesägt waren, und die abgeernteten Obstbäume. Nur der zähe wilde Rhabarber gedieh. Goldrute rieb sich an den Wänden hoch. Es war ein armes Kloster. Damals bemerkte ich es nicht, aber jetzt weiß ich es. Verglichen mit anderen, war es ärmlich, baufällig, draußen mitten im Nirgendwo. Für manche war es das Ende der Welt. Dort, wo die Landkarten aufhörten. Wo Gott nur mit halber Hand an der Schöpfung beteiligt war. Wo der Böse dichten Busch, Alkohol, Wildhunde und Indianer hingeschmuggelt hatte.

Später hörte ich, daß das Kloster zum Heiligen Herzen ein Auffangplatz für Nonnen war, die woanders nicht zurechtkamen. Nonnen, die sich zuviel beschwerten oder den Verstand verloren. Seitdem ich das gehört habe, werde ich mich immer fragen müssen, wo sie wohl Schwester Leopolda aufgegabelt haben. Vielleicht hatte sie jemand anderen verunstaltet, so wie sie auch auf mir ihr Zeichen hinterlassen hat. Vielleicht wurde sie nur hergeschickt, um den Glauben ihrer Mitschwestern zu versuchen, mal hier, mal da, wie der Kontrolleur in einer Fabrik. Denn sie war gewiß die härteste Versuchung für die Geduld eines jeden Mitmenschen, wie sehr einem auch anfangs Schleier erbärmlicher Liebe die Augen umfloren mochten.

Ich war das Mädchen, das glaubte, der schwarze Saum ihres Gewands würde mir helfen, mich zu erheben. Schleier der Liebe, die aber durch Sehnsucht versteinerter Haß war – das war ich. Ich war wie jene Buschindianer, die den heiligen schwarzen Hut eines Jesuiten stahlen und kleine Stückchen davon schluckten, um sich vom Fieber zu kurieren. Doch der Hut übertrug Pocken und tötete die Menschen durch ihren Glauben. Schleier des Glaubens! Ich setzte solches Vertrauen in Leopolda. Sie war anders. Die anderen Schwestern hatten schon vor langer Zeit das Interesse verloren und den Satan aufgegeben. Für sie schlief er. Sie bemerkten sein Kommen und Gehen nicht einmal. Doch Leopolda blieb ihm auf der Spur und kannte seine Gewohnheiten, die Seelen, in die er sich vergrub, die tiefen Stellen, an denen er sich verbarg. Sie wußte soviel über ihn wie meine Grandma, die ihn mit anderen Namen nannte und keine Angst hatte.

Im Unterricht trug Schwester Leopolda einen langen Eichenstock bei sich, um hochgelegene Fenster zu öffnen. Am einen Ende saß ein Haken aus Eisen daran, der einem ein Büschel Haare ausreißen oder einen am Kragen schütteln konnte – und das alles aus der Ferne. Sie benützte diesen tödlichen Hakenstock, um Satan zu überraschen. Er konnte ohne dein Wissen in dich hineingelangt sein – durch deine Lippen oder deine Nase oder sonst eine deiner sieben Öffnungen – und deine Seele gewonnen haben. Aber sie sah ihn. Der Stock sauste von hinten auf deinen Kopf. Und dann schnappte *er* verwirrt nach Luft und nahm das erste, was sie ihm anbot, nämlich den Schmerz.

Sie hatte einen Schwarm von Kindern hinter sich, die nur atmen konnten, wenn sie das Wort verkündete. Ich war die Schlimmste von ihnen. Sie sagte immer, der Dunkle wolle mich am meisten, und ich glaubte es. Ich ragte heraus. Das Böse war etwas Gewohntes, dem ich traute. Manchmal vor dem Einschlafen kam er und flüsterte Worte in der alten Sprache des Buschs. Ich hörte zu. Er erzählte mir Dinge, die er nie jemand außer Indianern erzählte. Ich war in beide Welten seines Wissens eingeweiht. Ich hörte ihm zu, aber ich hatte Vertrauen in Leopolda. Sie war die einzige von der ganzen Sippschaft, die er überhaupt wahrnahm.

Es kam jedoch ein Tag, an dem Leopolda mit ihrem Hakenstock das Blatt wendete.

Es war ein ruhiger Tag, und alle arbeiteten an ihren Tischen, als ich ihn hörte. Er war in die Wandschränke an der Rückseite des Zimmers geschlüpft. Er kratzte umher, probierte Krümel aus unseren Taschen, stahl Knöpfe, spritzte seinen dunklen Saft in die Futterstoffe und die Stiefel. Ich war die einzige, die ihn hörte, und ich wurde waghalsig. Ich lächelte. Ich blickte nach hinten und lächelte und sah schlau zu ihr hoch, um zu sehen, ob sie etwas bemerkt hatte. Mein Herz hüpfte. Denn sie sah mich direkt an. Und sie schnupperte. Sie hatte eine große, starkknochige Nase mitten im Gesicht sitzen, um Schwefel und böse Gedanken auszuschnüffeln. Sie hatte ihn an mir gerochen. Sie stand auf. Groß und blaß, eine Schwärze, die in die tiefere Schwärze der Schieferwand hinter ihr überging. Die Eichenstange war in ihren Klammergriff geflogen. Sie hatte mich auf den Wandschrank schauen sehen. Oh, sie wußte es. Sie wußte genau, wo er war. Ich sah ihr zu, wie sie ihm mit ihrem inneren Auge auflauerte. Die ganze Klasse sah jetzt zu. Sie starrte, taxierte und verfolgte sein Scharren. Und ganz plötzlich straffte sie sich nach vorn, stellte sich mit gebeugten Knien bereit und winkelte den Arm an. Sie warf die Eichenstange pfeifend über meinen Kopf, durchbrach mein Hirngespinst, durchbrach das dünne Holz der Wandschranktür, und der schwere, spitze Haken fuhr durch sein Herz. Ich drehte mich um. Sie hatte ihren schwarzen Gummiüberschuh aufgespießt, wo er in der Spitze ihres dunkelsten Zehs Schutz gesucht hatte.

Etwas heulte auf in meinem Kopf. Verlust und Dunkelheit. Ich begriff. Ich würde für mein Lächeln büßen müssen.

Er stieg heftig in meinem Herzen empor. Ich zuckte nicht mit der Wimper, als der Stock niederkrachte. Mein Schädel war robust. Ich fuhr nicht zusammen, als sie mir ins Ohr kreischte. Ich zuckte nur mit den Schultern über die Blumen der Hölle. Er wollte mich. Mehr als alles andere begehrte er mich. Aber dann tat sie das Schlimmste. Und was sie tat, zerbrach meine Zuneigung zu ihr. Sie packte mich am Kragen, zerrte mich auf fliegenden Füßen durchs Zimmer und warf mich zu ihrem toten schwarzen Überschuh in den Wandschrank. Und da saß ich dann. Das einzige Licht kam durch den Spalt unter der Tür. Ich bat den Dunklen, in mich einzuziehen und meine Seele zu stehlen. Ich bat ihn, meine Tränen zurückzuhalten, denn sie drückten hinter meinen Augen. Aber er hatte Angst, hierher zurückzukommen. Er hatte Angst vor ihrer spitzen Stange. Und auch ich hatte zum erstenmal Angst vor Leopoldas Stange. Ich spürte den kalten Haken in meinem Herzen. Jeden Augenblick konnte er durch die Tür krachen und mich herauszerren wie einen toten Fisch am Angelhaken, mich auf den Boden fallen lassen wie ein ins Eingeweide getroffenes Eichhörnchen.

Ich war nichts. Ich drückte mich nach hinten an die Wand, so weit ich konnte. Ich atmete den Kreidestaub. Der Saum ihres weiten schwarzen Mantels rieb sich an meiner Wange. Er hatte mich verlassen. Ihr Speer konnte mich jederzeit finden. Ihre scharfen Ohren würden den Haken in den Schlag meines Herzens bohren.

Was für ein Geräusch war das?

Es füllte den Wandschrank, füllte ihn, bis er überfloß, aber ich erkannte die schreiende, wimmernde Stimme erst als meine, als die Tür in die Helligkeit aufbrach und sie mich an ihre nach Kampfer riechenden Lippen hob.

»Er *will* dich«, sagte sie. »Das ist der Unterschied. Ich gebe dir Liebe.«

Liebe. Der schwarze Haken. Der Speer, der durch die Seele schwirrt. Ich sah, daß sie dem Dunklen bis zu meinem Herzen gefolgt war und ihn hinaus ins Freie gescheucht hatte. Mein Herz war jetzt also ein leeres Nest, in das sie sich einschleichen konnte.

Gut, ich war schwach. Ich war schwach, als ich sie hineinließ, aber sie setzte sich darin fest, war über die Jahre hin schwer zu vertreiben. Manchmal spürte ich ihn – das Vorbeistreifen flüchtiger Flügel –, doch nur selten setzte mir seine Stimme zu. Es ging jetzt zwischen Marie und Leopolda hin und her, und der Kampf veränderte sich. Mir wurde allmählich klar, daß ich mit den Früchten der Hölle auf der falschen Spur gewesen war. Der wahre Weg, Leopolda zu bezwingen, war dieser: Ich würde zuerst in den Himmel kommen. Und dann, wenn ich sie kommen sah, würde ich das Tor schließen. Sie würde draußen stehen! Deshalb wollte ich, abgesehen von den Verneigungen und dem Gescharre, das man mir zukommen lassen würde, als Heilige auf dem Altar sitzen.

Zu diesem Zweck stieg ich den Berg hinauf. Schwester Leopolda war die geweihte Nonne, die die Schirmherrschaft über mein Kommen trug.

»Eitel bist du nicht«, sagte sie. »Du bist zu ehrlich dafür, wenn du in den Spiegel guckst. Klug bist du auch nicht. Du hast keinen Ehrgeiz, loszukommen. Du hast zwei Möglichkeiten. Erstens, du kannst einen Taugenichts von einem Indianer heiraten, seine Blagen in die Welt setzen und wie ein Hund sterben. Oder zweitens, du kannst dich Gott schenken.«

»Ich komme rauf«, sagte ich, »aber nicht aus dem Grund, den Sie meinen.«

Ich hätte damals bei Gott jeden Mann im Reservat haben können. Und ich hätte jeden dazu bringen können, mich auf Händen zu tragen. Ich sah gut aus. Und ich sah weiß aus. Aber ich wollte Schwester Leopoldas Herz. Und das Komische dabei war: manchmal wollte ich ihr Herz in Liebe und Bewunderung. Manchmal. Und manchmal wollte ich ihr Herz, um es an einem schwarzen Stock zu rösten.

Sie öffnete die Hintertür, wo man mir zu klopfen befohlen hatte. Ich stand da mit meinem Bündel. Sie sah mich von oben bis unten an.
»Na schön«, sagte sie schließlich. »Komm rein.«
Sie nahm meine Hand. Ihre Finger waren wie ein Bündel Besenstroh, so dünn und trocken, aber ihre Kraft war unnatürlich. Ich hätte mich nicht losreißen können, und wenn sie mich durch Räume voller weißglühender Kohlen geführt hätte. Ihre Kraft war eine Art perverses Wunder, denn sie bezog sie daraus, daß sie sich dünn fastete. Wegen dieser Hungerübungen waren ihre Lippen von wundem Braun und ihre Haut totenblaß. Ihre Augenhöhlen waren zwei tiefe, wimpernlose Löcher in einem straffen Schädel. Von der Nase hab ich schon erzählt. Sie ragte weit heraus und ließ die Stellen, an denen sich ihre Augen bewegten, noch tiefer erscheinen, so als ob sie aus dem falschen Ende eines Gewehrlaufs herausschaute. Sie nahm mir das Bündel aus den Händen und warf es in die Ecke.
»Du schläfst da hinter dem Ofen, Kind.«
Er war ungeheuer, wie ein riesiger Hochofen. Ein schmales Bett stand dicht dahinter.
»Sieht aus, als könnt es dort warm werden«, sagte ich.
»Heiß. Wird es auch.«
»Krieg ich ein Habit?«
Ich wollte etwas wie das, was sie anhatte. Fließende schwarze Baumwolle. Ihr Gesicht war mit weißen Binden umwickelt, und ein scharfer Helm aus gestärkten weißen Kartons hing über ihrer Stirn wie ein strahlender Schnabel. Wenn möglich wollte ich einen größeren, längeren weißeren Schnabel als sie.
»Nein«, sagte sie und grinste ihr breites Totenschädelgrinsen. »Du kriegst noch keins. Wer weiß, vielleicht magst du uns nicht. Oder wir mögen dich nicht.«

Aber sie hatte mich geliebt oder mir Liebe angeboten. Und sie hatte versucht, den Bösen zu verjagen. Also war ich zuversichtlich.

»Ich werde Ihre Schlüssel von Ihnen erben«, sagte ich.

Sie sah mich scharf an, und ihr Grinsen verwandelte sich seltsam. Sie zischte, sog den Atem ein. Dann wandte sie sich zur Tür und nahm einen Schlüssel von ihrem Gürtel. Es war ein riesiger Schlüssel, und er schloß die Speisekammer auf, in der die Lebensmittel aufbewahrt wurden.

Drinnen waren alle möglichen leckeren Sachen. Dinge, die ich erst ein- oder zweimal in meinem Leben gekostet hatte. Ich sah Stangen getrockneter Früchte, Gläser voller Orangenschalen, Gewürze wie Zimt. Ich sah Keksdosen mit aufgemalten Schiffen. Ich sah eingelegtes Gemüse. Töpfe mit Heringen und Schweineschwarte. Es gab einen Käse, einen großen braunen Block aus der dicken Milch von Ziegen. Und daneben stand das Zeug für den täglichen Gebrauch, in großen Mengen, das Mehl und der Kaffee.

Der Käse hatte es mir angetan. Als ich ihn sah, wurde mein Magen hohl. Meine Zunge troff. Diesen Ziegenmilchkäse mochte ich lieber als alles, was ich je gegessen hatte. Ich starrte ihn an. Die köstliche Rundung in dem buttrigen Tuch.

»Wenn du meine Schlüssel erbst«, sagte sie mürrisch und schlug mir die Tür vor der Nase zu, »kannst du vom Käse des Priesters essen, soviel du willst.«

Dann schien sie zu überdenken, was sie getan hatte. Sie sah mich an. Sie nahm den Schlüssel von ihrem Gürtel und ging zurück, schnitt ein Stück ab und gab es mir in die Hand.

»Wenn du brav bist, wirst du diesen Käse wieder zu kosten kriegen. Wenn ich tot und unter der Erde bin«, sagte sie.

Dann zog sie den großen Mehlsack heraus. Als ich das Himmelszeug aufgegessen hatte, befahl sie mir, die Ärmel aufzukrempeln und anzufangen, Gottes Arbeit zu tun. Eine Weile arbeiteten wir stumm, kneteten den Teig und schlugen ihn auf den Steinplatten glatt.

»Gottes Arbeit«, sagte ich nach einer Weile. »Wenn das

Gottes Arbeit ist, dann habe ich mein Leben lang Gottes Arbeit gemacht.«

»Dann hast du sie aber mit dem Teufel im Herzen gemacht«, sagte sie, »nicht mit Gott.«

»Woher wissen Sie das?« fragte ich. Aber ich wußte, daß sie es wußte. Und ich wünschte, ich hätte das Thema nicht angerührt.

»Ich kann in dich hineinsehen wie in klares Glas«, sagte sie. »Das konnte ich schon immer.

Du weißt das nicht«, fuhr sie nach einer Weile fort, »aber er drückt sich hier rum und schmollt. Er drückt sich hier rum und brütet vor sich hin. Du hast ihn mit hereingebracht. Er kennt meinen Geruch, und er wird einen letzten verzweifelten Versuch machen, dich zurückzugewinnen. Laß es nicht zu.« Sie sah zu mir herüber. Ihre Augen waren kalt und hell. »Laß nicht zu, daß er dich berührt. Wir werden lange brauchen, bis wir ihn loswerden.«

Also paßte ich auf. Ich achtete darauf, ihm nicht einen Zentimeterbreit nachzugeben. Ich betete einen Rosenkranz, zwei, drei Rosenkränze still vor mich hin. Ich sagte das Glaubensbekenntnis auf. Ich sagte jedes Fitzelchen Latein auf, das ich kannte, während wir den Teig mit den Fäusten kneteten. Und trotzdem ließ ich den Meßbecher fallen. Er rollte unter den ungeheuren Eisenofen, der zum Backen angeheizt worden war.

Und schon war sie bereit. Sie sah, daß er in meine Unachtsamkeit gefahren war.

»Unser guter Meßbecher«, sagte sie. »Hol ihn da unten raus, Marie.«

Ich griff nach dem Schürhaken, um den Becher unter dem Ofen hervorzuschieben. Aber ich hatte schon ein flaues Gefühl im Magen, als ich es tat. Und wirklich schoß ihr langer Arm wie eine Peitsche an mir vorbei. Der Schürhaken landete in ihrer Hand.

»Faß drunter«, sagte sie. »Faß mit dem Arm nach dem Becher. Und wenn dein Fleisch heiß wird, dann denk daran, daß die Flammen, die du spürst, nur ein Bruchteil der Hitze sind, die du in seiner höllischen Umarmung spüren wirst.«

So machte sie es immer, um einem eine Lehre zu erteilen. Ich war also nicht überrascht. Ich schauspielerte ohnehin, denn Öfen sind unten, direkt über dem Boden, nicht sehr heiß. Sie sind so gebaut. Sonst würde ja der Fußboden verbrennen. Also sagte ich ja und legte mich auf den Bauch und faßte darunter. Ich hatte vor, ihn rasch zu greifen und schnell wieder hochzuspringen, bevor sie sich eine neue Lehre ausdenken konnte, aber da geschah es schon. Ich tastete nach dem Becher, aber meine Hand schloß sich um nichts. Der Becher war nicht zu finden. Ich hörte, wie sie näher zu mir trat, einen langsamen Schritt. Ich hörte das Quietschen von dickem Schuhleder, das leichte Klatschen, wenn die Falten ihres schweren Rocks aneinanderschlugen, ein Rieseln von feinem gesiebtem Sand, irgendwo, vielleicht in ihren Eingeweiden, und ich hatte Angst. Ich versuchte, mich aufzurappeln, aber ihr Fuß senkte sich leicht hinter meinem Ohr, und ich wurde nach unten gepreßt. Der Fuß drückte stärker, unten an meinem Hals, und ich saß fest.

»Du bist so, wie ich war«, sagte sie. »Er will dich sehr.«
»Der will mich nicht mehr«, sagte ich. »Der hat genug. Ich hab den Becher!«

Ich hörte, wie sich die Klappe öffnete, ein zischendes Einatmen, und wußte, daß ich nichts hätte sagen sollen.

»Du lügst«, sagte sie. »Du bist kalt. Sündiges Eis bildet sich in deinem Blut. Du hast nicht ein Fünkchen Verehrung für Gott. Nur wilde, kalte, dunkle Lust. Ich weiß es. Ich weiß, was du fühlst. Ich sehe das Tier ... das Tier schaut mich manchmal aus deinen Augen an. Kalt.«

Das aufdringliche Schaben von Metall. Es dauerte einen Augenblick, bis ich wußte woher. Oben auf dem Herd. Kessel. Lehren. Sie stützte sich mit dem eisernen Schürhaken ab. Ich spürte, wie er sich wie die reine Gewißheit in den Holzboden bohrte. Ich würde sie nicht an Schürhaken erinnern. Ich hörte das Wasser, als es kam, aus der Tülle des Kessels kippte, abkühlte, während es fiel, aber immer noch kochendheiß, als es mich traf. Ich muß unter ihrem Fuß zusammengezuckt sein, denn sie drückte mich fester, und dann kroch der Schürhaken hoch neben meinem Arm, wie um ihn zu lenken. »Damit dein kaltes Aschenherz warm wird«, sagte sie. Ich spürte, wie geduldig sie sein würde. Das Wasser kam wieder. Meine Sinne wurden leer. Noch einmal. Ich konnte nur denken, daß der Kessel in ihrer Hand langsam abkühlen würde. Ich konnte es nicht aushalten. Ich biß mir in die Lippen, um ihr nicht mit einem einzigen Laut Befriedigung zu verschaffen. Sie gab mir noch mehr Grund, still zu sein.

»Ich werd ihn dir aus der Seele kochen, wenn du einen Ton von dir gibst«, sagte sie, »dann gieß ich dir das Ohr voll.«

Jeder Idiot mit einem bißchen Verstand wäre auf der Stelle umgekehrt und den Hügel hinuntergerannt, sobald Leopolda ihn aus ihrer Fußfalle gelassen hätte. Aber ich war inzwischen von ihrer schwarzen Intelligenz umgarnt. Ich konnte nicht mehr klar denken. Ich hatte so heftig gebetet, daß mir vermutlich im Gehirn ein Schräubchen gebrochen war. Ich betete, während ihr Fuß meinen Hals einquetschte. Während meine Haut aufplatzte. Ich betete sogar, als ich den Wind durchkommen hörte, der in den geborstenen Vogelnestern pfiff. Ich hörte nicht auf, als reines Licht einfiel und sich langsam hinter meine Augenlider wand. Gottes Angesicht. Nicht einmal das unterbrach mein fortgesetztes Lobpreisen. Worte kamen. Worte kamen aus dem Nichts und überfluteten meinen Geist.

Nun konnte ich viel besser beten als irgendeine von ihnen. Als alle zusammen mit voller Kraft. Das war bewiesen. Ich wandte mich ihr benommen zu, als sie mich hochließ. Meine Gedanken waren fort, und doch erinnere ich mich daran, wie überrascht ich war. Tränen glitzerten in ihren Augen, tief unten, wie die sinkende Spiegelung in einem Brunnen.

»Das war schwer, Marie«, keuchte sie. Ihre Hände zitterten. Der Kessel klapperte gegen den Ofen. »Aber jetzt habe ich das ganze Wasser verbraucht. Ich glaube, er ist weg.«

»Ich hab gebetet«, sagte ich blöde. »Ich habe mit aller Macht gebetet.«

»Ja«, sagte sie. »Mein Liebes, ich weiß.«

Wir saßen stumm zusammen, weil wir keine Worte mehr hatten. Wir ließen den Teig gehen und kneteten ihn noch einmal. Sie gab mir eine Schüssel Maisbrei, nahm die Wurst aus einem besonderen, verschlossenen Schrank und brachte sie zu den Schwestern hinein. Sie saßen am Ende der Diele und kauten ihre Wurst, und ich konnte sie hören. Ich konnte hören, wie sich ihre Zähne durch Brot und Fleisch bissen. Ich konnte mich nicht bewegen. Mein Hemd war trocken, aber der Stoff klebte an meinem Rükken, und ich konnte keinen klaren Gedanken fassen. Ich verlor allmählich das Gefühl dafür, wie ihr Denksystem funktionierte. Sie hatte sich mit ihrem Schürhaken an mir vorbeigearbeitet, und jetzt würde ich niemals eine Heilige werden. Ich verzagte. Ich hatte das Gefühl, keine innere Stimme mehr zu haben, nichts, was mich leiten konnte, keine Dunkelheit, keine Marie. Ich war drauf und dran, den Maisbrei den Vögeln hinauszuwerfen und mich davonzumachen, als die Vision flammend in meinem Innern aufstieg.

Ich war dahinplätscherndes Gold. Meine Brüste waren bloß, und meine Nippel leuchteten und blinkten. Sie waren mit Diamanten besetzt. Ich konnte durch gläserne Scheiben gehen. Ich konnte durch die Fenster schreiten. Sie lag zu meinen Füßen und schluckte das Glas nach jedem Schritt, den ich tat. Ich brach das durch nächste und wieder das nächste. Das Glas, das sie schluckte, mahlte und schnitt, bis ihre ausgehungerten Eingeweide nur noch ein feiner Staub waren. Sie hustete. Sie hustete eine Staubwolke. Und dann war sie nur noch ein schwarzer Fetzen, der fortflatterte und sich im Stacheldraht verfing, dort eine Unendlichkeit festhing und schließlich in Wind zerfiel.

Ich sah es mit offenstehendem Mund, während ich in matt hängende Zweige von Bäumen blickte.

»Steh auf!« schrie sie. »Hör auf zu träumen. Es ist Zeit zum Backen.«

Zwei andere Schwestern waren mit ihr hereingekommen, breite Frauen mit Händen wie Ruderblätter. Sie verteilten die Glut im Feuerloch unter dem riesigen Maul des Backofens und glätteten sie.

»Wer ist die da?« fragten sie Leopolda. »Gehört sie dir?«

»Sie gehört mir«, sagte Leopolda. »Ein sehr braves Mädchen.«
»Wie heißt du?« fragte mich die eine.
»Marie.«
»Marie. Meerstern.«
»Sie wird leuchten«, sagte Leopolda, »wenn wir ihr den dunklen Rost abgebrannt haben.«

Die anderen lachten, aber unsicher. Es waren milde und robuste Französinnen, die Leopoldas verschrobene Witze nicht verstanden, obwohl sie zu den Dingen, die sie sagte, Respektvolles murmelten. Ich wußte, daß sie nicht glauben würden, was sie mit dem Kessel getan hatte. Das stand ganz außer Frage. Also blieb ich stumm.

»Elle est docile«, sagten sie zustimmend, als sie gingen, um das Linnen zu stärken.

»Schmerzt es?« fragte Leopolda, sobald sie aus der Tür waren.

Ich antwortete nicht. Mir war schlecht vor Schmerz.

»Komm mit«, sagte sie.

Das Gebäude war jetzt vollständig still. Ich folgte ihr die enge Treppe hinauf in einen Gang mit kleinen Zimmern, vielen Türen. Ihre Zelle war die stillste, ganz am Ende. Drinnen roch die Luft schal, als sei die Tür jahrelang nicht geöffnet worden. Es gab eine grobe Strohmatratze, ein winziges Bücherregal, über dem ein Bild des heiligen Franziskus hing, eine struppige Palme, einen Hocker zum Sitzen, ein Kruzifix. Sie befahl mir, meine Bluse auszuziehen und mich auf den Hocker zu setzen. Ich tat es. Sie nahm einen Topf mit Salbe aus dem Bücherregal und begann, meine Verbrennungen damit einzureiben. Ihre Hände bewegten sich in langsamen großen Kreisen und legten den Schmerz still. Ich schloß die Augen. Ich erwartete, tiefe Schwärze zu sehen. Frieden. Aber statt dessen bäumte sich die Vision wieder auf. Meine Brust war immer noch mit Diamanten besetzt. Ich schritt durch Fenster. Sie aß die zerbrochenen Reste, die ich hinterließ.

»Ich gehe«, sagte ich. »Lassen Sie mich gehen.«

Aber sie hielt mich fest.

»Geh nicht«, sagte sie schnell. »Nicht. Wir haben doch erst angefangen.«

Ich wurde schwach. Meine Gedanken wirbelten jämmerlich durcheinander. Der Schmerz hatte mich stark bleiben lassen, und während er mich verließ, begann ich schon, ihn zu vergessen, ich konnte nicht festhalten. Ich begann mich zu fragen, ob sie mich wirklich mit dem Kessel verbrüht hatte. Ich konnte mich nicht erinnern. Mich daran zu erinnern schien das Wichtigste auf der Welt. Aber ich verlor die Erinnerung. Das Brühen. Das Gießen. Es begann zu zergehen. Ich fühlte mich, als fiele mein Bewußtsein aus den Angeln, flatterte im Wind und hinge am Haar meines Schmerzes. Ich entwand mich ihrem Griff.

»Er war immer in Ihnen«, sagte ich. »Noch mehr als in mir. Er wollte Sie noch mehr. Und jetzt hat er Sie. Hebe dich hinweg von mir!«

Das schrie ich, ergriff mein Hemd und rannte, indem ich es mir überwarf, zur Tür hinaus. Ich gelangte die Treppe hinunter und sogar bis in die Küche, aber egal, was ich mir einredete, ich konnte nicht zur Tür hinaus. Es war noch nicht zu Ende. Und sie wußte, daß ich nicht gehen würde. Ihr leiser Schritt war unmittelbar hinter mir.

»Wir müssen jetzt das Brot aus dem Ofen nehmen«, sagte sie.

Sie tat, als sei nichts passiert. Aber zum erstenmal war ich durch einen Spalt geschlüpft, den sie in ihrer Dunkelheit gelassen hatte. Hatte Zweifel angerührt. Ihre Stimme war so leise und spröde, daß sie am Ende des Satzes brach.

»Hilf mir, Marie«, sagte sie langsam.

Aber ich hatte nicht die Absicht, ihr zu helfen, obwohl sie mir ganz ruhig das Hemd hinten zugeknöpft und mir die großen Stoffhandschuhe zum Herausnehmen der Laibe in die Hand gegeben hatte. Jetzt hätte ich mich davonmachen können. Aber ich tat es nicht. Ich wußte, daß etwas sich seiner Vollendung näherte. Etwas war im Begriff zu geschehen. Mein Rücken war eine Wand singender Flammen. Ich drehte mich um. Ich sah zu, wie sie die lange Gabel in eine Hand nahm, um die Laibe anzustechen. Mit der anderen Hand griff sie den Schürhaken, um die Bleche nach vorn zu ziehen.

»Hilf mir«, sagte sie wieder, und ich dachte, ja, dies ist ein Teil davon. Ich zog mir die Handschuhe über die

Hände und zog die Tür an den Angeln auf. Der Backofen klaffte. Sie trat einen Augenblick zurück, um die erste Hitzewelle vorbeizulassen. Ich stellte mich hinter sie. Ich spürte die Hitze vor und hinter mir. Vorne, hinten. Meine Haut verwandelte sich in Blattgold. Es kam schneller, als ich dachte. Der Backofen war wie das Tor zu einer privaten Hölle. Gerade groß genug und heiß genug für einen Menschen, und der war sie. Ein Tritt, und Leopolda würde kopfüber hineinfliegen. Und das würde nur ein Millionstel der Hitze sein, die sie spüren würde, wenn sie schließlich in seiner höllischen Umarmung zusammenbrechen würde.

Heilige kennen diese Zahlen.

Sie beugte sich vor, mit ausgestreckter Gabel. Ich trat sie mit aller Kraft. Sie flog hinein. Doch der ausgestreckte Schürhaken traf die Rückwand zuerst, und sie prallte ab. Der Ofen war nicht so tief, wie ich gedacht hatte.

Einen Augenblick lang spürte ich eine Art dünne, heiße Enttäuschung, so wie wenn sich ein Fisch von der Leine losreißt. Nun war ich diejenige, die verlorengehen würde. Sie war erschreckend still. Sie wirbelte herum. Ihr Schleier hatte messerscharfe Kanten. Sie hatte den Schürhaken in der einen Hand. In der anderen hielt sie die lange spitze Gabel, die sie zum Anstechen der zarten Brotlaibkrusten benutzte. Ihr Gesicht verzerrte sich über ihren Schultern. Es lief blau an. Aber Heilige sind an Wunder gewöhnt. Ich empfand keine Spur von Angst.

Wenn ich schon verloren sein sollte, dann sollten die Diamanten schneiden! Dann sollte sie gemahlenes Glas essen!

»Du Hure Jesu Christi!« schrie ich. »Knie nieder und bitte! Leck den Boden!«

In diesem Augenblick stieß sie die Gabel durch meine Hand, dann hob sie den Schürhaken über meinen Kopf und schlug mich bewußtlos.

Es muß eine halbe Stunde später gewesen sein, als ich wieder zu mir kam. Alles war so merkwürdig. So merkwürdig, daß ich es kaum erzählen kann vor Entzücken über die Erinnerung. Denn als ich zu mir kam, fand tatsächlich folgendes statt: Ich wurde angebetet. Ich hatte irgendwie die Weihen einer Heiligen errungen.

Ich lag auf dem harten Sofa im Zimmer der Äbtissin ausgestreckt. Ich sah mich um. Es war, als sei mein geheimster Traum Wahrheit geworden. Die Schwestern des Klosters knieten vor mir. Schwester Bonaventure. Schwester Dympna. Schwester Cecilia Saint-Claire. Die beiden Französinnen mit den Händen wie Ruderblätter. Sie lagen auf den Knien. Schwarze Kapuzen waren über einige Köpfe gezogen. Mein Name summte im Zimmer auf und ab wie eine dicke Herbstfliege, setzte sich zwischen Lateinischem auf ihre Zungenspitzen, surrte die schweren blutdunklen Vorhänge hinauf, umkreiste ihre verhätschelten Köpfchen. Marie! Marie! Ein Mädchen, das in einen Wandschrank geworfen wurde. Das vor einem Gummiüberschuh Angst hatte. Das halb überwältigt war. Ein Mädchen, das zur Hintertür kam, wo sie ihren Abfall hinwarfen. Marie! Die den Becher nicht fand. Die ihren kalten Maisbrei essen mußte. Marie! Leopolda hatte ihr Gesicht in ihre Knochenfinger vergraben. Die Heilige Marie der Heiligen Spülwasser. Die Heilige Marie der Brotgabel! Die Heilige Marie vom Verbrannten Rücken und dem Verbrühten Po.

Ich lachte laut hinaus.

Sie schauten auf. Eine heilige Hölle brach los, als sie sahen, daß ich aufgewacht war. Ich verstand immer noch nicht, was sich abspielte. Sie beobachteten, sprachen, doch nicht zu mir.

»Die Male...«

»Sie hat die Hand geschlossen.«

»Je ne peux pas voir.«

Ich war nicht so dumm, zu fragen, wovon sie sprachen. Ich konnte nicht sagen, warum ich in weißen Tüchern lag. Mir war nicht klar, warum sie mich anbeteten. Aber das kann ich sagen: Es kam mir völlig natürlich vor. Das war ich. Ich hob meine Hand wie in meinem Traum. Sie war vollständig schlaff vor Heiligkeit.

»Friede sei mit euch.«

Mein Arm war vom Handgelenk bis zum Ellbogen getrocknetes Blut. Und er tat weh. Ihre Gesichter drehten sich wie flache Blumen der Anbetung, um den Bewegungen jener Hand zu folgen. Ich ließ sie durch die Luft schwingen, die Segnung einer Heiligen gewähren. Ich hatte geübt. Ich wußte genau, wie ich mich verhalten mußte.

Sie raunten. Ich stieß einen Seufzer aus, und ein goldener Lichtstrahl brach plötzlich durch das bewölkte Fenster und flutete direkt auf mein Gesicht herunter. Ein perfekter Glückstreffer. Sie mußten überzeugt sein.

Leopolda kniete noch immer im hinteren Teil des Zimmers. Sie hatte sich ihre Knöchel bis fast in den Rachen gepreßt. Ich kann euch sagen, als Heilige hat man Sinne so scharf wie ein Wolf. Ich wußte, daß ich sie jetzt im Visier hatte. Wie das zugegangen war, spielte keine Rolle. Das letzte, woran ich mich erinnerte, war, wie sie vom Ofen herübergeflogen kam und mich durchbohrt hatte. Und dies *eine* war mit größter Bestimmtheit wahr.

»Kommt näher, Schwester Leopolda.« Ich gestikulierte mit meiner himmlischen Wunde. Oh, sie tat weh. Sie blutete, als ich den dünnen Grind entfernte. »Kniet neben mir nieder«, sagte ich.

Sie kniete nieder, aber offensichtlich funktionierte ihr Kehlkopf nicht, denn ihr Mund öffnete sich, schloß sich und öffnete sich wieder, aber es kam kein Ton heraus. Meine Kehle schnürte sich in vornehmem Enzücken zusammen, was, wie ich gelesen hatte, einer Heiligen wohl anstand. Sie konnte nicht sprechen. Aber sie war geschlagen. Es stand in ihren Augen. Sie starrte mich jetzt mit all dem tiefen Haß des Rades aus teuflischem Staub an, das wild in ihrer Leere umherrollte.

»Was wollt Ihr mir denn sagen?« fragte ich. Und endlich sprach sie.

»Ich habe meinen Schwestern von deiner Passion erzählt«, gelang es ihr herauszustoßen. »Wie die Wundmale . . .: die Male von den Nägeln . . . in deiner Handfläche erschienen sind und dir angesichts der heiligen Vision die Sinne schwanden . . .«

»Ja«, sagte ich neugierig.

Und dann, einen Augenblick später, verstand ich.

Leopolda hatte sich mit ihrer Geistesgegenwart gerettet.

Sie war Zeugin eines Wunders geworden. Sie hatte die Gabel versteckt und dies den anderen erzählt. Und natürlich hatten sie ihr geglaubt, weil sie niemals gelernt hatten, wie der Satan kam und ging oder wo er sich einnistete.

»Ich habe es gleich gesehen«, sagte die Große, die das Brot in den Ofen geschoben hatte. »Demut des Geistes. So selten bei diesen Mädchen.«

»Ich habe es auch gesehen«, sagte die andere mit großer Befriedigung. Sie seufzte leise. »Wenn ich nur an ihrer Stelle wäre.«

Leopolda kniete kerzengerade, mit flammendem und zuckendem Gesicht, eine kaum zurückgehaltene Quelle sengenden Gifts.

»Christus hat mich gezeichnet«, stimmte ich zu.

Ich lächelte ihr wie eine Heilige ins Gesicht. Und dann sah ich sie an. Das war mein Fehler.

Denn ich sah sie dort knien. Leopolda mit ihrer Seele, die wie ein Gummiüberschuh war. Mit dem Gesicht einer verhungerten Ratte. Mit den verzweifelten Augen, die in dem tiefen Brunnen ihres Unrechts ertranken. Nach mir würde es niemanden mehr geben. Und ich würde fortgehen. Ich sah Leopolda auf dem Schlachtfeld ihrer Liebe knien.

Mein Herz war im Begriff gewesen, aus meiner Brust emporzuwallen mit der Schwärze meiner hitzigen Freude. Nun fiel es hinunter. Sie tat mir leid. Sie tat mir leid. Mitleid krümmte sich in meinem Magen, als würde ich von jenem Hakenstock durchbohrt. Ich war gefangen. Es war ein Gefühl, das schrecklicher war als jede Menge kochenden Wassers und schlimmer, als mit der Gabel durchbohrt zu werden. Und doch, und doch konnte ich nicht anders als es tun. Ich hatte schon die mehlige Vergebung einer Heiligen gelächelt. Ich hörte mich mit sanfter Stimme sprechen.

»Empfange den Dispens meines heiligen Blutes«, flüsterte ich.

Doch lag mein Herz nicht darin. Keine Freude, als sie sich herabbeugte, um den Boden zu berühren. Kein lasterhaftes Hüpfen. Ich fiel in die weißen Kissen zurück. Leerer Staub wirbelte durch die Lichtstrahlen. Meine Haut war Staub. Staub meine Lippen. Staub die schmutzigen Löffel meiner Fußspitzen.

Steh auf! dachte ich. Steh auf und wandle! Es gibt kein Ende dieses Staubes.

Wildgänse
(1934)

Nector Kashpaw

Freitag morgens gehe ich mit meinem Bruder Eli zu den Sümpfen und warte, bis die Vögel dort anfliegen. Wir haben uns ein kleines Versteck gebaut. Eli hat einen sechsten Sinn und eine Treffsicherheit, da kann ich nicht mithalten, aber er ist schüchtern und redet nicht gern. So gesehen, ist es eine gute Partnerschaft. Weil man mich zur Schule geschickt hat, bin ich auch der, der immer in die Stadt geht und verkauft, was wir schießen. Von den Nonnen, die für die Priester kochen, krieg ich meinen Preis, und dann geh ich heim und teile das Geld. Eli nimmt seine Flasche meistens mit in den Wald, aber ich gehe in die Stadt zum Fiedeltanz und poussiere mit den Mädchen.

Es ist also an einem Freitag, gegen Sonnenuntergang, in dem Sommer, in dem ich aus der Schule gekommen bin, und ich geh den Hügel rauf mit zwei Gänsen an jedem Handgelenk, die mit Lederriemen zusammengebunden sind. Nur damit das klar ist: Ich bin ein hübscher Junge, groß und schlank und ohne den Bauch, wie meinem Vater einer im Weg hängt. Ich kann mir die Mädchen aussuchen, sag ich immer. Aber das spielt eigentlich keine Rolle, weil ich schon beschlossen hab, daß Lulu Nanapush die Richtige ist. Sie ist die einzige, die ich will.

Ich muß beim Gehen an sie denken – diese verdammten Augen, die sie hat, scharf wie Eispickel, und wie sich ihre Lippen kräuseln. Ihr Körper ist rund und weich und doch an der Grenze zum Schlanken. Sie ist klein, aber nie ist sie ein Armvoll oder ein Augevoll, weil ich sie nie richtig anvisieren kann. Das weiß ich jetzt schon. Sie bleibt nie lange genug stehen, daß ich sie in einem Stück sehen kann. Ich erhasche den Glanz auf ihrem Haar, ein Blitzen des Arms, einen pfiffigen Schwung der Hüfte. Dann ist sie fort. Ich denke an ihre kleine, nasse Zunge, und ich muß auf der Stelle anhalten auf meinem Weg, bei dem Geschmack, der in meinem Mund zusammenläuft. Sie ist eine herbe Beere voller Saft, und ich weiß, daß sie mir gehört. Ich kann kaum warten, bis die Nacht anfängt. Sie wird im Busch auf mich warten.

Weil ich da so stehe, ganz verloren auf der leeren Straße, halb ertrunken in Lulus Reizen, sehe ich überhaupt nicht, wie Marie Lazarre heruntergesaust kommt. Ich höre sie erst, als es zu spät ist. Sie kommt pfeilgerade herunter wie ein Wagen ohne Bremse, wie ein Schnellzug. Ihre Augen sind auf mir, funkeln unter einem fleckigen Stück Laken. Ihre Hand ist fest in einen Kopfkissenbezug gewickelt, wie eine Boxerfaust.

»He«, sag ich, »brems mal, Mädchen.«

»Geh zur Seite«, sagt sie.

Sie versucht vorbeizugehen. Aus einem Reflex heraus pack ich sie am Arm, dann seh ich das Monogramm auf dem Kopfkissen. KHH steht darauf, in Buchstaben rot wie Wein. Kloster vom Heiligen Herzen. Was tut das an ihrem Arm? Man sagt, ich hätt einen messerscharfen Verstand, aber diesmal bin ich zu gescheit und schneid mich ins eigene Fleisch. Marie Lazarre ist die jüngste Tochter aus einer Familie von saufenden Pferdedieben. Das heilige Linnen stehlen, das paßt zu allem, was ich von dem Gesindel weiß, deshalb nehm ich an, sie hat den Kopfkissenbezug und andere Wertgegenstände bei den Nonnen mitgehen lassen. Wer weiß! Ich denke, vielleicht ist ein Meßkelch unter ihrem Rock versteckt. Und gleich darauf fällt mir ein, daß ich vielleicht 'ne Belohnung krieg, wenn ich sie zurückbringe.

Und weil ich für den französischen Verlobungsring spare, den ich Lulu Nanapush an den Finger stecken will, lasse ich Marie Lazarre nicht den Berg hinunter.

Nicht, daß es ein leichtes wäre, sie festzuhalten.

»Laß mich los, du blöder Indianer«, zischt sie. Ihre Zähne sehen kräftig aus, groß und weiß. »Du stinkst zur Hölle.«

Ich muß lachen. Sie ist doch nur ein spilleriges weißes Mädchen aus einer Familie, die so tief gesunken ist, daß man nie darauf käme, sie mit den Kashpaws auf eine Stufe zu stellen. Ich schüttle ihren Arm. Die toten Gänse, die an mein Handgelenk gebunden sind, schlagen gegen ihre Hüfte. Ich bring sie nicht von der Stelle. Sie steht fest in den Boden gepflanzt wie ein Baum. Sie fängt an zu kämpfen, um loszukommen, und ich schau den Berg hinauf. Keiner kommt aus der Richtung oder die Straße herunter, also laß ich sie's probieren. Ich spiele mit ihr. Dann tritt sie mich mit ihrer harten Schuhsohle.

»Kleine«, knurre ich, »spiel nicht mit dem Feuer!«

Vielleicht sollte ich das nicht, aber ich drehe ihr den Arm nach hinten und drück ihn fest nach oben. Dann schäm ich mich, weil plötzlich Tränen aus ihren Augen kommen und bitter und glänzend an ihren Wimpern hängen. Deshalb laß ich einen Moment los. Sie weicht ein Stück zurück. Aber nur, um zu zielen. Ihre braunen Augen werden glasig wie bei einem Nerz in der Falle, der verletzt ist, aber immer noch hitzig kämpft. Sie wirft sich nach vorn und rammt mir ihr Knie in den Magen.

Ich verliere das Gleichgewicht und stürze. Die Gänse ziehen mich nach unten. Irgendwie packe ich im Fallen den Puffärmel ihrer Bluse und reiße ihn ihr von der Schulter.

Da lieg ich auf dem Boden, auf allen vieren und beschwert von den Gänsen und umklammere dieses Stückchen himmelfarbenen Stoff. Zuerst denke ich, sie wird mir mit ihren Schuhen noch mehr Schaden zufügen. Aber sie steht nur da und guckt böse auf mich runter, zäh wie ein Zaun und bleich wie eine Birke, das Gesicht aufgelöst und wütend unter dem weißen Stoff. Ich denke, jetzt werden wohl die Tränen fließen. Sie wird schluchzen. Aber Marie gehört zu den Bäumen, die sich nur biegen und dann peitschend wieder hochsausen.

Sie beugt sich leicht vor und reißt mir den Ärmel aus der Hand.

»Bleib bloß liegen, du mieser Dreckskerl«, sagt sie.

Ich antworte nicht, kein Wort sage ich, ich schieß nur nach vorne, hau sie um und wälz mich auf sie, und dann halte ich sie unter meiner vollen Körperlänge zu Boden gedrückt.

»Jetzt können wir uns unterhalten, du kleine weiße Bohnenstange, du dreckige Lazarre!« brüll ich ihr ins Gesicht.

Die Gänse kommen mir jetzt zugute, ihr Gewicht an meinen Armen hilft mir, sie niederzudrücken; die toten Flügel flattern um uns; die Hälse baumeln, die schwarzen Augen glotzen wie gefroren. Aber Marie gehört nicht zu den Mädchen, die sich von ein paar toten Gänsen Angst einjagen lassen.

Sie starrt mir in die Augen, wütend und stumm, mit weiß zusammengepreßten Lippen.

»Wenn du mir das Kopfkissen gibst«, sage ich, »laß ich dich gehen. Ich bring das Leinenzeug zu den Nonnen zurück.«

Da bäumt sie sich mit solcher Heftigkeit zu mir auf, daß ich denke, sie hat nicht verstanden, wie wenig ich von ihr verlange. Ihre Augen sind starr und wild, Tieraugen. Mich schaudert's im Nacken.

»Schon gut«, sag ich mit vernünftigerer Stimme, »hör auf, es so festzuhalten, und ich laß dich aufstehen und gehen. Du hättest es nicht stehlen sollen.«

»Stehlen!« speit sie. »Stehlen!«

Ihr Mund öffnet sich weit. Wenn ich wollte, könnte ich ihr bis in den Bauch gucken. Dann gibt sie einen komischen Reibeisenlaut von sich, krächzt wie eine Krähe.

Sie lacht! Das ist doch die Höhe. Die Lazarre lacht mir ins Gesicht!

»Hör auf!« Ich lege ihr meine Hand auf den Mund. Ihre glatten weißen Zähne schnappen harmlos nach meiner Handfläche, aber ich bin noch nicht zufrieden.

»Laß mich hoch«, murmelt sie.

»Nein«, sage ich.

Sie liegt still, dann wird sie noch stiller. Ich seh ihr in die Augen und merke, daß ihre Tränen in den Augenwinkeln gefroren sind. Sie bewegt die Beine. Ich halte sie unten. Etwas passiert. Ihre Hüftknochen schließen sich um meine Hüften, und ich stecke in einem lockeren Schraubstock. Ich werde starr wie unter einem Schock. Da wird mir klar, daß ich in voller Länge auf einer Frau, nicht auf einem Mädchen liege. Ihre Brüste streifen meinen Oberkörper, weich und spitz. Ich kann nicht anders, ich muß mich ein winziges bißchen herunterlassen, um sie besser zu spüren. Und dann bin ich gefangen. Ich gebe nach. Ich kann nicht anders, denn zu meinem unendlichen Erstaunen ist Marie ganz weiches Entgegenkommen, anmutige Bewegung, kleines Gestoße, das mich unter ihren Rock lenkt, wo sie glatt, warm und seidig ist.

Als ich zurückkomme und als ich zu ihr hinunterschaue, weiß ich, wie schlimm ich geschwächt worden bin. Ihre Zunge legt sich gegen meine Handfläche. Ich weiß, wenn ich meine Hand wegnehme, wird das Mädchen lächeln, denn irgendwie bin ich bei dem, was ich an diesem Berg angefangen habe, besiegt worden. Und tatsächlich, als ich meine Hand wegnehme, sagt sie was.

»Ich hab schon Bessere gehabt.«

Ich weiß, daß das nicht stimmt, daß ich jetzt eben der erste war, und ich kann sogar das Zittern in ihrer Stimme hören, aber das ändert nichts. Sie jagt mir Furcht ein. Ich krabble von ihr weg und halte die Gänse vor mich. Obwohl sie nur ein kleines in den Dreck geworfenes Mädchen ist, setzt sie sich auf, aalglatt, streicht sich den schwarzen Rock über die Knie und bringt den Kissenbezug in Ordnung, den sie um die Hand gewickelt hält.

Wir sind nicht von Büschen geschützt. Jeder hätte uns sehen können. Ich seh mich verstohlen um. Auf dem Hügel scheinen die Fenster, die dunkel im geweißten Backstein sitzen, tausend sich verengende und weitende heilige Augen zu beherbergen.

Wie konnte ich nur? Jetzt fährt Panik in mich, mein Mund hängt offen, ich bin alles andere als sicher. Sie haben es gesehen! Ich kann kaum glauben, was ich getan habe.

Marie beobachtet mich. Sie sieht, wie ich blind zum weißen Gesicht des Klosters herumfahre. Sie weiß genau, was mir durch den Kopf geht.

»Ich hoffe, sie haben es gesehen«, sagt sie mit dem Krähenkrächzen.

Ich klapp den Mund zu, dann mache ich ihn auf, klapp ihn wieder zu. Wer ist dieses Mädchen? Ich spüre, wie mir in dem luftlosen Raum um sie der Atem wegbleibt wie einem dummen Fisch. Ich verliere die Beherrschung.

»Ich hab's nicht getan!« schreie ich mit überschnappender Stimme. Ich wirble zu ihr herum. Sie blickt auf die Gänse, die ich vor mich halte, um meine Scham zu verstecken. Ich rede wildes Zeug.

»Du bist schuld! Du hast mich gezwungen!«

»Ich dich dazu gezwungen!« Sie lacht und schüttelt ihre Hand, läßt den Kissenbezug herunterfallen, so daß ich die häßliche Wunde sehen kann.

»Ich hab dich zu überhaupt nichts gezwungen«, sagt sie.

Ihre Hand sieht schlimm aus, aufgerissen und geschwollen, und die Wunde ist nicht ausgewaschen. Wie sehr ich auch Angst habe, ich kann nicht umhin zu spüren, wie schlimm ihre Hand pochen und schmerzen muß. Dieser Gedanke läßt einen kleinen Schmerz durch meine eigene Hand schießen. Die Hand des Mädchens muß weh getan haben, als ich sie auf den Boden warf, und trotzdem hat sie nicht losgeschrien. Ihr Kopf auch. Ich muß mir Gedanken machen, was unter dem Verband ist. Haben die Nonnen sie erwischt und geschlagen, als sie versucht hat, ihr Linnen zu stehlen?

Die toten Vögel fühlen sich unendlich schwer an. Ich binde sie von meinen Handgelenken los und lasse sie auf die Erde fallen. Ich setze mich neben sie.

»Du kannst diese Vögel mit nach Hause nehmen. Man kann sie braten«, sage ich. »Ich schenk sie dir.«

Ihr Mund zuckt. Sie wirft den Kopf zurück und schaut weg.

Ich schäme mich nicht dafür, aber manchmal passiert folgendes: Wenn ich allein im Wald bin und die Fangleinen überprüfe, finde ich manchmal ein verwundetes Tier, das nicht so gestorben ist, wie es soll, oder – noch schlimmer – es lebt noch, so daß ich es aus seinem Elend erlösen muß. Manchmal ist es nur ein großer Vogel, den ich angeschossen habe. Wenn ich tue, was ich tun muß, schwillt mein Hals manchmal dick zu. Ich berühre die leidenden Körper, als wären sie getötete Heilige, die ich mit sanfter Achtung behandeln muß.

Genauso nehme ich jetzt Maries Hand. So halte ich ihre verletzte Hand in meiner Hand.

Sie sieht mich nicht an. Ich glaube, sie wagt es nicht, mich ihr Gesicht sehen zu lassen. Wir sitzen allein. Die Sonne fällt an der Seite der Welt herunter, und der Hügel wird dunkel. Ihre Hand schwillt dick und fiebrig an, wird schwer in meiner Hand, und ich will sie nicht, aber ich will sie doch, und ich kann nicht loslassen.

Die Perlen
(1948)

Marie Kashpaw

Ich wollte June Morrissey zuerst nicht haben, als man sie mir ins Haus brachte. Aber schließlich behielt ich sie doch, so wie ich später schließlich auch ihren Sohn Lipsha behalten sollte, als man ihn die Treppen heraufbrachte. Ich wollte sie nicht, weil es bei mir schon so viele Mäuler gab, die ich nicht stopfen konnte. Ich wollte sie nicht, weil ich die Kinder nachts in ein einziges Bett stapeln mußte. Eines der Babies schlief in einer Schublade der Frisierkommode. Ich wollte June nicht. Manchmal hatten wir nichts zu essen außer Brot mit Schmalz. Aber dann erzählten mir die beiden Betrunkenen, wie das Mädchen überlebt hatte – indem es im Wald Kiefernharz lutschte. Ihre Mutter war meine Schwester Lucille. Sie starb, allein mit dem Mädchen, draußen im Busch.

»Wir haben keine Ahnung, wie das Mädchen das geschafft hat«, sagte die alte betrunkene Frau, die ich nicht mehr als meine Mutter betrachtete.

»Lucille hat Blut gehustet«, erklärte der Morrissey, der winselnde Taugenichts, der meine Schwester nicht kirchlich geheiratet hatte.

»Du Schwein«, sagte ich. »Wo warst du, als sie starb?«

»Er hat auf den Kartoffelfeldern gearbeitet«, scharwenzelte die alte Betrunkene. Die Augen hatten sich tief in ihr Gesicht eingedrückt. Ihre Nase war breit geworden, und ihre Backen waren von schwarzen Adern durchzogen.

»Er hat sich wohl eher in seinem eigenen Dreck gewälzt«, sagte ich.

Sie standen auf der Treppe, weil ich nicht die Absicht hatte, sie auf meinen geschrubbten Boden hereinzubitten.

»Ich kann nicht noch eine Wildkatze aufnehmen«, sagte ich. Vielleicht habe ich Angst gehabt, Angst vor den Gefühlen, die mir kommen könnten. Ich wußte, wie es ist, ein Kind zu verlieren, das einem zu sehr ans Herz gewachsen ist. Ich hatte einen Sohn verloren. Ich hatte auch eine Tochter verloren, die fast im gleichen Alter gewesen wäre wie dieses arme, heimatlose Ding.

Diese Lazarres standen einfach da, gähnten und stocherten in ihren grauen Zähnen, und das Mädchen zwischen ihnen war höchstwahrscheinlich auch betrunken. Nicht älter als neun Jahre. Sie konnte sich kaum aufrecht halten. Ich sah sie an. Was ich sah, waren abgemagerte Knochen, ein Strang schwarzer Haare, ein Stück Lumpen am Leib, den ich nicht einmal dazu benutzt hätte, ein Schwein abzureiben. Um den Hals trug sie schwarze Perlen an einer silbernen Kette.

»Was ist das um ihren Hals, ein Rosenkranz?«

Sie fingen an zu lachen, schwankten gegen das Geländer und brüllten beim Versuch, den Witz loszuwerden.

»Das warn die Knopfaugen«, sagte die Alte, »die Nixwisser von Busch-Crees, die ham sie gefunden und ham sich nicht denken können, wer sie großgezogen hat, außer die Geister.«

»Die haben ihr die Perlen um den Hals gehängt.«

»Zum Schutz für sich.«

»Raus hier« – ich zog das Mädchen zu mir –, »bevor ich die Hunde auf euch hetze!«

»Bist dir wohl zu gut«, quasselte die alte Säuferin, »zu gut dafür, dir die eigene Scheiße abzuputzen, was? Hortest da Geld in deinem Glas. Und was ist mit deiner Mutter? Ignatius!« keifte sie. Das war der Name meines Vaters.

Der Morrissey hatte Verstand genug, sie die Treppen runterzuzerren.

»Prince!« brüllte ich. »Dukie! Rex!«

Die Hunde kamen gesprungen. Die beiden stolperten davon, wobei sie sich gegenseitig an ihren schweren, wegsackenden Armen hielten, und das war zum Glück auf lange Zeit das letzte Mal, daß mir diese Lazarres unter die Augen gekommen sind.

Also nahm ich das Mädchen auf. Ich behielt sie. Es dauerte nicht lange, bis ich sie am liebsten fester an mich gedrückt hätte als alle anderen. Sie war wie ich, und sie war doch nicht wie ich. Manchmal dachte ich, sie sei mehr wie Eli. Die Wälder waren schließlich in June, genau wie in ihm und vielleicht noch mehr. Sie hatte an Kiefernharz genuckelt, Gras geäst und Knospen abgebissen wie ein Reh.

Die einzige Lazarre, mit der ich je etwas anfangen konnte, war Lucille gewesen, deshalb versuchte ich von Anfang an, die Züge meiner Schwester in dem Mädchen zu finden. Ich nahm sie mit nach unten hinter den Schuppen, wo wir im Sommer die Badewanne stehen hatten, und schleppte einen Kessel kochendes Wasser und einen Kanister Brennstoff dorthin. Ich goß ihr Kerosin ins Haar und löste mit Lappen und Kamm die Nissen heraus. Ich weiß, wie das Kerosin auf ihrer Kopfhaut gebrannt haben muß. Aber sie rührte sich nicht, kniff nur die Augen fest zu und ertrug es. Das war die einzige Ähnlichkeit mit Lucille, die ich bemerkte.

Sonst sah ich nichts, während ich ihre bedauernswerten Überreste schrubbte und Salbe auf die wunden Stellen strich, nicht ein Merkmal, das von den Lazarres oder Morrisseys herstammte, und ich war froh darüber. Es war, als sei sie wirklich das Kind von denen, die die alten Leute Manitus nannten, die Unsichtbaren, die in den Wäldern wohnen. Ich merkte, schon als ich sie wusch, daß der Teufel nichts mit June zu schaffen hatte. An ihr war kein Mal. Wenn die Wunden geheilt waren, würde sie vollkommen sein. Als ich ihr das Haar aus dem Gesicht schnitt, sah ich, daß sie vielleicht sogar einmal hübsch werden würde. Ganz und gar nicht wie Lucille, dachte ich, oder sonst jemand von meinen Verwandten. Das war kein Wunder, aber es bewirkte, daß mir das Mädchen noch lieber wurde.

Sie war dunkel, aber trotzdem fing ihr Äußeres an zu glänzen und zu leuchten, sobald ich sie dazu brachte, wie ein Mensch zu essen. Ich schnitt ein Kleid von Zelda ab, eine von Gordies Hosen und ein Bluse, die mir selbst gehört hatte. Aber immer behielt sie die Perlen an. Es half nichts, wenn man versuchte, ihr zu erklären, daß das heilige Perlen waren, nicht einfach normaler Schmuck. Sie wich dann nur zurück und hielt sie mit den Fäusten fest.

Sie trug sie unbeirrt, obwohl die anderen sie neckten und von hinten daran zupften, wenn ich nicht hinschaute. In ihr war kein Teufel. Wenn er in ihr gewesen wäre, hätte ich das gemerkt. Sie redete kaum mehr als zwei Wörter mit jemandem und schlug nie zurück, wenn Aurelia sie in den Arm kniff oder Gordie ein Brötchen von ihrem Teller klaute.

Deshalb ertappte ich mich im weiteren Verlauf der Dinge dabei, daß ich für sie Partei ergriff.

»Gordie«, sagte ich zum Beispiel, »hör auf. Sie mag das nicht, wenn du sie am Haar ziehst.«

Es war, als hätte ich sie übernommen und wäre die Stimme geworden, die nicht von ihren Lippen kam, aber so deutlich in ihren großen, schrägstehenden Augen zu lesen stand. Am Anfang meinte ich zu wissen, was sie dachte, weil ich sie so gern hatte, aber es stellte sich heraus, daß ich überhaupt nicht wußte, was ihr so durch den Kopf ging.

Sie haben immer gern im Wald gespielt, und mir war es recht, wenn sie dort spielten. Sie konnten den ganzen Tag herumtoben und schreien, so laut sie wollten. Ich hatte nachmittags gern das Haus für mich. Die Kleinen schliefen, und Nector arbeitete irgendwo für jemand anderen auf dem Feld. Dann konnte ich nachdenken. Ich brauchte nicht still dazusitzen zum Denken; alles, was ich brauchte, war Ruhe. Ich schuftete, aber ich ließ meine Gedanken dabei hinausströmen wie Wasser über einen Damm. An dem Tag war ich am Buttern und Denken. Mit jedem Schlag meines Butterstößels kam ich voran mit meinen Überlegungen, was ich aus Nector machen wollte. Ich hatte meine Pläne, und es half ihm nichts, wenn er auch versuchte, sich aus ihnen loszumachen. Ich wußte von Anfang an, daß ich einen Mann mit Grips geheiratet hatte. Aber der Grips würde nichts nützen, wenn ich ihn nicht von der Flasche wegbrachte. Sein ganzer Grips würde den Bach runtergehen, da, wo der Schnaps hinfloß, wenn ich nicht die Löcher stopfte und ihn zermürbte, wenn ich ihn nicht jedesmal zurückholte, wenn er trank, und ihn mit starken Seilen ans Bett fesselte.

Ich hatte beschlossen, etwas Großes aus ihm zu machen,

hier im Reservat. Ich wußte nicht was, noch nicht; ich wußte nur, wenn er es erreicht hätte, dann würden sie nicht mehr »schmutzige Lazarre« flüstern, wenn ich aus der Kirche kam. Dann würden sie wünschen, daß *sie* die Frau wären, die ich war. Marie Kashpaw. Ich dachte an meine Mutter mit ihrem alten Fetzen von einer Decke als Gürtel und butterte so fest, daß die Sahne am Holz hängenblieb.

Ich hörte Geschrei, Zeldas hohe, unnatürliche Stimme in dem Ton, den sie anschlug, wenn was passiert war, was sie petzen konnte. Sie plumpste zur Tür rein.

»Was ist denn jetzt schon wieder?« fragte ich und dachte, Gordie hätte ihr vielleicht eine Klette ins Haar geworfen.

»June!« keuchte sie. »Mama, sie hängen June auf, draußen im Wald!«

Ich fuhr hoch. Es war, als ob mich ein Strick vom Stuhl hochzog. Ich rannte raus wie eine Verrückte, über das Feld, Zelda hinterher. Als ich hinkam, sah ich Gordie dastehen, mit dem Ende eines Seils, das oben um einen Ast geschlungen war. Das andere Ende lag in einer losen Schlinge um Junes Hals.

»Du mußt sie enger machen«, hörte ich June deutlich sagen, »bevor du mich hochziehst.«

Ich rannte hin und riß die Schlinge weg. Dann packte ich Gordies Ohr und versohlte ihm den Hintern. Als Dreingabe packte ich Aurelia und drosch auch sie kräftig durch. Als ich fertig war, warf ich sie hin und sah sie keuchend und wütend an.

»Wißt ihr, was ihr fast getan hättet?« brüllte ich.

»Sie wollte, daß wir sie aufhängen«, sagte Gordie. »Wir haben gespielt. Sie hat das Pferd gestohlen.«

»Sie hat gesagt, daß wir es machen sollen«, sagte Aurelia. »Sie hat gesagt, wo wir das Seil hintun sollen.«

Ihre Lügen machten mich rasend.

»Ich werd euch zeigen, wo man das Seil hintut«, brüllte ich. Ich war gerade dabei, einen Knoten hineinzubinden und es noch einmal auf ihnen tanzen zu lassen, als ich ein trockenes kleines Geräusch hörte, einen tränenlosen Schluchzer, der von June kam, und ich drehte mich um.

Sie stand ganz aufrecht da, groß und knochendürr und verzweifelt, den Rosenkranz um die Hand gewickelt, wie man ihn um die Hände von Toten legt.

»Du hast alles verdorben!« Ihre Augen blinzelten mich an und waren trocken, als sie das herauswürgte. »Ich hab ihr Pferd gestohlen. Deshalb sollte ich aufgehängt werden.«

Ich glotzte sie an.

»Kind«, sagte ich, »du weißt nicht, was Spielen ist. Ihr tut es nur im Spiel, aber wenn sie dich aufhängen würden, dann täten sie es in Wirklichkeit.«

Sie ließ den Kopf hängen. Ich hätte fast schwören können, daß sie wußte, was wirklich ist und was nicht, und daß ich trotzdem alles verdorben hatte.

»Du blöde alte Kuh.« Ich traute meinen Ohren nicht, aber diese Worte murmelte sie vor sich hin.

»Was?«

»Du blöde alte Kuh«, sagte sie noch einmal laut.

Ich packte sie hinten am Hemd und riß sie wie im Flug über das Feld. Sie war leicht wie ein Blatt. Ich stieß sie ins Haus. Dann nahm ich sie beim Kinn und packte ihr eine Handvoll Seifenflocken in den Mund. Keines meiner Kinder hatte mich jemals beschimpft. Sie spuckte und schäumte.

»Blödes altes Huhn!« keuchte sie noch einmal. Wie ich so ihr Gesicht ansah, verzerrt und wild, speiübel und grün von der Seife, da fragte ich mich, ob ihr wirklich klar war, was sie da sagte. War ihr Verstand vielleicht angeknackst? Die anderen Kinder glotzten an der Tür, befriedigt vor Entsetzen, begeistert über die Bestrafung.

»Hausarbeiten, los!« sagte ich. Sie verschwanden mit fliegenden Kleidern und flatterndem Haar. Dann setzte ich June vor mich hin und sah sie mir genau an.

Sie war so tapfer wie ich, diese June. Sie war bestimmt halb erstickt an den Seifenflocken. Aber sie spuckte sie nur vorsichtig in das Küchenhandtuch, das ich ihr in die Hand gab. Sie sah mich nicht an.

»Sieh mich an«, sagte ich.

Ich drehte ihren Kopf zu mir hoch und sah in ihre kummervollen schwarzen Augen. Lange sah ich hinein, als fiele ich einen Berg hinunter. Sie blinzelte ernst und erwiderte meinen Blick. In ihm war eine Traurigkeit, an die ich nicht herankam. Es war eine verletzte Stelle, sie war tief, und sie war immer in ihr, wie eine gebrochene Rippe, die einen sticht, wenn man atmet. Ich nahm ihre Hand.

»June Morrissey«, sagte ich, »deine Mama war meine Schwester.«

Sie sah mich an, immer noch, ohne zu sprechen.

»Deine Mama ist gestorben«, sagte ich.

Eine Wimper zuckte.

»Du kannst mein Kind sein und hier wohnen.«

Endlich sagte sie etwas zu mir, ohne eine Miene zu verziehen. »Ist mir egal.«

Vielleicht war es ihr egal, vielleicht aber auch nicht. Sie blieb verschlossen. Nector hatte damals keine Zeit für irgendeins der Kinder, bei seinem mickrigen Lohn und den Chips in der Spielhalle und dem selbstgemachten Wein. Wenn ich für die Kinder nichts mehr zu essen hatte, jagte ich hinter Nector her. Ich kannte alle Hinterzimmer. Ich nahm ihm das Geld aus der Hand, die sich gerade auf die Theke legte. Ich ließ ihm nichts. Er mußte heimkommen und betteln, wenn er mehr brauchte. So kam es, daß ich damals auch nicht viel Zeit für die Kinder hatte, und ich war in dem Sommer froh, wenn Eli herüberkam.

Im Frühjahr und im Sommer, wenn es mit den Pelzen nicht weit her war, sahen wir Eli öfters bei uns. Er wohnte in seiner Junggesellenhütte aus Lehm am anderen Ende von unserem Land. Er war einer, der nichts und niemanden brauchte, als Ehemann hätte der nichts getaugt, aber ich hatte ihn einfach gern. Eli trank, aber er verlor nie den Kopf. Er redete selten. Manchmal saßen wir den ganzen Abend zusammen im Zimmer und sprachen kaum was, obwohl ihm das Reden mit den Kindern leichtfiel. Ich horchte dann immer. Er hatte eine leise, weiche Stimme, als wenn er sich an etwas ganz nah ranpirschte. Er brachte ihnen Schnitzen bei, wie man Vogelstimmen erkennt und wie man auf zwei Fingern pfeift wie auf einer Flöte. June brachte er viel bei.

Oder sie ihm. Sie gingen mit ihren Schlingen in den

Wald und kamen nie mit leeren Händen heim. Sie gingen zu den Sümpfen, um Sumpfhühner zu schießen, und brachten eine Tasche voll winziger schwarzer, glitschiger Vögel mit. Nector war damals kaum zu Hause. Er arbeitete bis spät oder büchste zum Spielen aus. Wir brieten die Vögel und machten mitten auf dem Tisch einen hohen Turm aus ihren Knöchelchen. Und Eli sang seine Lieder. Wilde, unheilige Lieder. Cree-Lieder, die einen wehmütig stimmten. Jagdlieder, die Wild oder Frauen anlocken sollten. Er war nicht schüchtern, wenn er die sang. Ich hatte mit dem Flickzeug zu tun.

Mir viel auf, daß das Mädchen mehr sprach, seit er öfter kam. Sie hatte auf einem Schuttplatz eine zerfetzte Schirmmütze aufgegabelt und trug sie genau wie er, weich ins Haar gedrückt. Im Laufe der Zeit begann ich zu verstehen, was da lief. Einer Mutter konnte sie nicht trauen, nach dem, was im Wald passiert war. Aber Eli war etwas anderes. Auch er konnte Kiefernharz kauen.

Die alten Hühner fingen an zu gackern.

Sieben Sinne. Sieben Sinne für Klatschgeschichten hatten die damals. Sie kamen vorbei, an meine Tür, nur so zum Zeitvertreib. Ich ließ sie rein und kochte Kaffee. Das waren die, deren Geruch ich schon kannte, die Novenen machten und heilige Tage und die Nasen zu den Priestern hochreckten. Sie waren begierig, auszuschnüffeln, was in meinem Haus passierte.

»Wo ist denn Nector?« erkundigt sich die alte Lady Blue, unschuldig wie der junge Tag. Sie meint, sie hat ihn bewußtlos hinter dem Agentur-Pumpenhaus liegen sehen. Aber das war er doch wohl nicht?

»Wohnt dein Schwager Eli jetzt statt dessen hier?« Schlaue, verschrumpelte alte Bohnenhülse!

»Und wie ist das mit dem Mädchen«, sagt die alte, fette LaRue. »Traust du ihm denn, so allein mit ihr die ganze Zeit? Ich seh sie immer aus dem Wald die Straße runterkommen. Was haben die bloß immer in der Tasche?«

Ich lach nur, laß sie ihren Keil gar nicht erst reintreiben. Dann kehr ich den Spieß um, weil die ja gar nicht wissen, was ich alles in der Stadt aufgeschnappt habe: »Wie geht's denn Ihrem Sohn? Ist ja wirklich schlimm, daß er über die

Grenze ist. Ich hab gehört, er mußte. Nehmen Sie sein Neugeborenes zu sich?

Ich sag's Ihnen, nur zum eigenen Besten. Ihr Mann, der geht zur Lamartine, und die Tüte mit der Flasche hat er unterm Arm, Mrs. Blue.

Was macht denn Ihr Herz? Schlimm, daß Ihre Tochter Sie allein gelassen hat!«

Ich hab's nicht gern getan, diese alten Kühe an ihr eigenes schlechtes Leben zu erinnern. Aber ich mußte meine Pläne schützen. Es gab nur vorübergehend einen Haken dabei – Nector schlug noch einmal über die Stränge.

Eine Nacht und dann noch eine kam er nicht nach Hause. Am zweiten Abend sang Eli lange, bis die Kinder schlafend auf ihren Stühlen hingen. Wir mußten sie wegtragen und auf ihrem Ausrollbett verstauen, ein sauberes Puzzle von Armen und Beinen. Als sie alle in Reih und Glied lagen, gingen wir wieder in die Küche. Um diese Zeig ging Eli dann normalerweise zurück zu seiner Hütte. Aber anstatt aufzubrechen, setzte er sich wieder an den Tisch und rollte sich aus seinem Beutel einen Tabakstumpen.

Es war nichts. Ich nähte einen langen Riß zu. Eine noch längere Naht. Es war nichts. Aber ich spürte, daß seine Augen auf mir lagen, und ich konnte nicht zu ihm hochschauen. Der Stoff drehte sich in meiner Hand. Die Lampe brannte. Ich dachte an Kiesel am Seeufer, nackt wie Augen und glatt, und ich dachte an seine mageren Hände, und ich wagte, nicht mich zu bewegen. Etwas Dunkles und Schwankendes, gezackt wie der Kelch einer Blume, sammelte sich im Raum zwischen uns. Ich spürte, wie er aufstand. Ich hörte das Rascheln seiner weichen, fleckigen Kleider. Er tat einen Schritt. Das Dielenbrett knarrte. Ich wurde ganz hilflos bei dem Geräusch, und meine Hände verkrampften sich.

»Marie?« fragte er ganz ruhig.

Ich sah nicht auf.

Als ich nicht antwortete, ging er schnell zur Tür, ganz plötzlich, und lief hinaus.

Mein Kopf fuhr hoch. Ich sah direkt in Junes Gesicht. Geräuschlos wie Luft hatte sie sich aus all den anderen herausgeschält, stand wartend in der Tür und hielt Ausschau nach dem, was sie in der Luft gespürt hatte. Sie wußte nicht, was sie spürte. Ich legte die Nadel hin.

»Komm mal her«, sagte ich.

Sie kam wie im Traum, und ich hielt sie zum ersten- und einzigenmal auf dem Schoß. Ich hielt sie, streichelte ihr Haar und summte ihr ins Ohr. Sie tat, als schliefe sie, atmete gleichmäßig und rein. Ich streichelte die Perlen um ihren Hals. Dann überkam der Schlaf sie wirklich. Die Spannung verließ sie. Der Atem kam tief. Sie sank in sich zusammen wie ein leerer Sack. Ich hielt sie fest, bis meine Beine unter ihrem Gewicht gefühllos wurden, bis der Lampendocht rußte, bis das Dielenbrett wieder knarrte, und es war Nector, der hereinkam.

Ich war auf dem Stuhl eingeschlafen. Ich weiß nicht, wie lange er schon da gestanden und das Kind in meinen Armen angesehen hatte. Ich sah, daß er in der Mangel gewesen war. Er hatte rote Augen, war hohlwangig und betrunken. Als ich die Augen öffnete, fing er an, mit beiden Händen in seine Taschen zu greifen.

Er zog Geld heraus, Münzen und zerknitterte Dollars, und legte sie in das Flickzeug. Er zog Geld aus seinem Hutband. Er leerte seine Schuhe aus. Er hatte eine kleine Rolle in den Socken und einen Schein an seinen Gürtel geklemmt.

»Komm her jetzt«, sagte er. Das Geld war ein zerknüllter, glänzender Haufen. Ich rührte mich nicht. Er beugte sich vor und nahm June aus meinen Armen. Er legte sie auf das schmale Stück Bett, auf das sie gehörte, und dann kam er zurück in die Küche, um mich zu holen.

Ich fragte ihn nicht, wo er all das Geld her hatte.

Ich ging unter seinen Händen zu Boden und lag still. Ich rollte in seiner Strömung wie ein Stein im See. Er fiel über mich wie eine Welle. Aber wie eine Welle wurde er wieder fortgespült und hinterließ keine Spur davon, daß er dagewesen war. Ich war so glatt wie vorher. Ich schlief fest, und als ich aufwachte, war er weg.

Den ganzen Tag mit den Kindern spürte ich tief unten einen Gram, den ich noch nicht benennen konnte. Etwas in mir war geschrumpft und hatte sich in der Tiefe verhärtet. Und noch etwas. Er hatte nicht die Spur von Geld dagelassen. Als ich raus in die Küche ging, sah ich, daß der Tisch leer war. Als ob er überhaupt nicht heimgekommen wäre. Das nahm mir so den Mut, daß ich diesmal nicht losgehen und ihn zurückholen konnte. Ich war so tief am Boden, daß ich nicht einmal überrascht war, als das Mädchen zu mir kam, ängstlich und lautlos. Es überraschte mich nicht, daß sie von sich aus mit mir sprach.

Ich schälte Kartoffeln, auf demselben Stuhl, auf dem wir in der Nacht zuvor gesessen hatten. Aber da hatte sie ja geschlafen, und sie erinnerte sich bestimmt nicht daran.

»Ich möchte bei Eli wohnen«, sagte sie mit einer Stimme, die so klar war wie die Stimme, mit der sie die Anweisung gegeben hatte, sie zu hängen. »Ich geh zu Eli.«

»Gut, geh nur«, sagte ich.

Ich schälte weiter Kartoffeln. Eine lange Spirale und fertig. Ich sah nicht mal hin, als sie aus der Tür ging, und erst später im Jahr, als alles kahl war und der Regen herunterprasselte, ohne die Barmherzigkeit, sich in sauberen Schnee zu verwandeln, faßte ich mit der Hand tief in die Schmalzdose, in der ich meine Garnrollen, Flicken und Nadelbriefchen aufhebe. Ich wußte es, noch bevor ich sie berührte. Ihre Perlen in einem schwarzen Haufen.

Ich bete nicht. Als ich jung war, hab ich gelobt, daß ich mich nie dabei ertappen lassen würde, Gott anzubetteln. Wenn ich was will, hole ich es mir selbst. Ich geh nur in die Kirche, um den alten Hühnern zu zeigen, daß sie mich nicht unterkriegen.

Ich bete nicht, aber manchmal fasse ich die Perlen an. Es ist ein Geheimnis geworden. Ich sehe sie nie an, laß nur meine Finger zu ihnen wandern, wenn keiner im Haus ist. Es kommt selten einmal vor, daß ich es tue. Ich fasse sie an, und jedesmal, wenn ich es tue, denke ich an kleine Steine. Am Grund des Sees, ziellos von den Wellen umhergerollt; ich stelle sie mir poliert vor. Für viele Leute wäre das etwas Freundliches. Aber ich sehe nichts Freundliches darin, wie die Wellen sie kleiner und kleiner mahlen, bis sie schließlich verschwinden.

Lulus Söhne
(1957)

Am letzten Tag, den Lulu Lamartine als Henrys Witwe verbrachte, waren ihre Söhne draußen, tranken Bier und schossen auf Plastikflaschen. Der Bruder ihres verstorbenen Mannes, Beverly, saß ihr gegenüber am Küchentisch. Daß er einen Namen trug, den manche Leute als weiblich ansahen, hatte Beverly Lamartine in seiner Jugend dazu getrieben, seine Muskeln zu trainieren, und an manchen Stellen wölbten sie sich noch immer, hart wie Gußeisen, an anderen waren sie inzwischen erschlafft. Sein samtiger Bauch spannte die unteren Knöpfe des schwarzen Hemds, und Lulu sah darunter warme Haut. Sie sah auch, daß die Tätowierungen, die er und Henry an ihren Armen hatten anbringen lassen und die Lulu immer bewundert hatte, jetzt tiefschwarz und an den Rändern so verschwommen waren, daß sie kaum erkennen konnte, was sie darstellten.

Beverly merkte, daß sie die alten Tätowierungen anschaute, und schob seine Ärmel über den Bizeps hoch. »Na, riskier nur ein Auge.« Er grinste. Wie in alten Zeiten streckte er seine Arme über den Tisch, und sie heftete den Blick auf die Figuren, die an die betrunkenen Ausflüge der beiden Brüder außerhalb ihres Lebens erinnerten.

Es waren eine Puppe, ein Schädel, in dem ein Messer steckte, ein Adler, eine Schwalbe und Beverlys Name, Rang und Personenkennziffer.

Beim Blick auf seinen Arm mußte Lulu an die Tätowierungen ihres eigenen Mannes denken. Auf Henrys Arme waren eine Standarte mit dem Namen einer anderen Frau, eine Rose mit einem blutenden Stachel, zwei Eidechsen und, wie auf dem seines Bruders, Name, Rang und Personenkennziffer eingeritzt gewesen.

Manchmal konnte Lulu nicht dagegen an. Sie mußte an alles so heftig denken, daß ihr Kopf sich aufgeschwemmt und vollgesogen anfühlte wie eine Tür, die sich im Frühjahr verzieht. Er ließ sich nicht mehr richtig schließen, um die quälenden Gedanken draußen zu halten.

Gerade jetzt dachte sie an die beiden Eidechsen auf Henrys Armen. Sie malte sich aus, wie sie sich ineinander verschlangen, wenn er seine Arme um sie legte. Dann stellte sie sich vor, daß sie sich paarten, genau wie sie und Henry es getan hatten. Sie dachte daran, während sie Beverlys einsame Schwalbe ansah, einen Vogel mit ausgestreckten Schwingen, die so dunkel waren wie Tinte und in sein Fleisch hineinbluteten. Sie erinnerte sich an Beverlys Trick: die Flügel waren sorgfältig auf bestimmte Muskeln tätowiert, so daß der Vogel, wenn Beverly den Arm beugte, fast in einem Sturz- oder Tauchflug zu schweben schien.

Lulu hatte den Bruder ihres Mannes seit der Beerdigung im Jahre 1950, bei der der Sarg geschlossen gewesen war, weil Henry bei dem Autounfall so schlimm zugerichtet wurde, nicht mehr gesehen. Henry war betrunken auf die alten Nord-Pazifik-Gleise gefahren und entweder eingeschlafen oder ohnmächtig geworden, und sein Auto war quer auf den Schienen stehengeblieben. Alle, die an jenem Abend in der Bar gewesen waren, erinnerten sich an seine Worte, als er ging.

»Sie kommt da durchgesaust, mich seht ihr nie wieder.«

Zuerst hatten sie gedacht, er redete von Lulu. Aber schon damals wußten sie, daß sie nicht die Ruhe verlor, nur weil einer trank. Sie war die Lokomotive, von der Henry gesprochen hatte. Das merkten sie erst später, als die Nachricht kam und sein Sarg versiegelt war.

Beverly Lamartine war eine Stunde, bevor die Messe für seinen Bruder gehalten wurde, aus den Zwillingsstädten heraufgekommen. Er hatte die Trophäenfahne mitgebracht – ein schwarzes Hakenkreuz auf einem zerfetzten roten Tuch –, die er erbeutet hatte, um den ältesten Lamartine zu rächen, einen ruhigen Jungen, von dem kaum mehr einer sprach und der früh, noch im Ausbildungslager, umgekommen war.

Als die Männer vom Veteranenverein Henrys Sarg auf Seilen ins Grab hinunterließen, war schon eine Fahne der Vereinigten Staaten darübergebreitet. Beverly hatte die Trophäenfahne auseinandergefaltet. Er hatte sie in der Luft flattern lassen, und der Wind schien sie herunterzusaugen, wobei die schwarzen Arme des Emblems wie eine Spinne wirbelten.

Lulu hatte beim Hinsehen einen Schwächeanfall bekommen. Die plötzlich aufblitzenden Speichen des schwarzen Rades zuckten vor ihren Augen, und sie war schwindlig umhergewankt und dann über den Rand ins Grab getaumelt.

Die Männer waren noch immer dabei, Henry an den Seilen hinunterzulassen. Lulu stürzte mit der Trophäenfahne schwer in die Tiefe, und die Seile brannten den Sargträgern aus den Händen. Die Kiste schlug auf dem Grund auf. Die Leute schrien, und es gab ein großes Durcheinander, währenddessen Beverly hinuntersprang, um Lulu wiederzubeleben. Gemeinsam zerrten und hievten die Sargträger Lulu heraus. Die schwarze Kleidung schien sie noch kompakter zu machen, als sie schon war. Ihr rundes Gesicht und ihre molligen Hände waren bläßlich teigfarben, kalt und feucht vom Schock. Noch Stunden danach zitterte sie, stieß sinnlose Vokale aus, fuhr bei Geräuschen und Berührungen zusammen. Manche Leute, die glaubten, sie sei in das Grab gesprungen, um mit Henry zusammen begraben zu werden, dachten eine Weile viel besser von ihr.

Den größten Teil ihres Lebens hatte Lulu als Flittchen gegolten. Und das war noch gelinde ausgedrückt. Weniger freundliche Zungen hatten Anklagenderes zu sagen.

Warum zum Beispiel sahen – abgesehen von der Tatsache, daß Lulu Lamartine schon einmal liiert gewesen war – all die Jungen, die im Augenblick draußen vor Henrys Haus auf Milchflaschen schossen, so verschieden aus? Es waren acht. Einige trugen sogar Lulus Mädchennamen. Die drei Ältesten waren Nanapushs. Die nächstältesten waren Morrisseys, die den Namen Lamartine angenommen hatten, und dann gab es noch buntgewürfelte jüngere Lamartines, die einander genausowenig ähnelten. Rotes und blondes Haar war reichlich vorhanden; es gab auch braunes. Das schwarze Haar des Siebenjährigen paßte zumindest zu dem seiner Mutter. Dieser Junge trug den Namen Henry Junior und war ungefähr neun Monate nach Henry Seniors Tod geboren.

Eine Woche hin oder her, dachte Beverly und sah von Henry Junior draußen vor dem Fenster wieder auf die Frau an der anderen Seite des Tisches. Beverly war ganz sicher, daß er, und nicht sein Bruder, der Vater dieses Jungen war. In der Tat war Beverly mit einer heimlichen Absicht zurück ins Reservat gekommen.

Beverly Lamartine wollte Anspruch auf Henry Junior erheben und ihn mit nach Hause nehmen.

In den Zwillingsstädten gab es großartige Aufstiegsmöglichkeiten für Indianer mit einem gewissen Maß an natürlichem Durchhaltevermögen und Stolz. So sah Beverly das. Er war dunkler als die meisten, aber seine Eltern hatten sich immer als Franzosen oder Schwarz-Iren bezeichnet und andere, die sich für Indianer hielten, für recht rückständig gehalten. Sie hatten Beverly das Bedürfnis mitgegeben, es zu etwas zu bringen. Er schuftete wie ein Berserker.

Von Tür zu Tür hatte er die vergangenen achtzehn Jahre lang Schulbücher für das Lernen daheim verkauft. Das erstaunliche daran war schon, daß er auch nur ein einziges dieser Bücherpäckchen losgeworden war, denn er war kein gebildeter Mann, und hätten die Kunden, wie es natürlich gewesen wäre, ihn als Beispiel für den Nutzen seines Produkts angesehen, so hätten sie ihre eigenen Kinder diesen Seiten voller Rechenaufgaben und Leseübungen vielleicht nicht anvertraut. Doch wurden die Bücherpäckchen regelmäßig gekauft, da es Bevs Masche war, sein demütiges Auftreten und seine falsche Grammatik einzusetzen, um mit seinen schwerarbeitenden, nach oben strebenden Kunden ins Gespräch zu kommen. Sie hofften zu erleben, wie die höheren Talente, deren Erwerb sie sich selbst nicht leisten konnten, ihren eigenen Kindern eingeimpft würden. Beverlys Territorium war eine kleinstädtische Welt voller ernster Träumer. Einer von Bevs

Trümpfen, der normalerweise zum Verkauf führte, war, der Ehefrau oder dem Ehemann ein brieftaschengroßes Schulfoto seines Sohns zu zeigen.

Das war Henry Junior. Auf der Rückseite des Fotos stand: »Für Onkel Bev«, aber das sah der Kunde nicht, weil die kostbare Reliquie in einer durchsichtigen Plastikhülle mit Kartonrücken steckte. Dieser Schutz bewahrte sie vor Tausenden von schwieligen Fabrikarbeiterdaumen in den Arbeitervierteln von Minneapolis und den kleinen Städten hundert Meilen im Umkreis. Einmal im Jahr etwa schrieb Beverly an Lulu und bat um ein neues Foto. Es wurde ihm mit größter Bereitwilligkeit geschickt. Mit jedem Bild wurde Beverly vertrauter mit seinem Sohn und zur Erfindung weiterer Geschichten inspiriert, die er Tag für Tag auf den Türschwellen, jenen unschuldigen Bühnen für seine einstudierte Nummer, kunstvoll ausschmückte.

Sein Sohn spielte Baseball in einem strahlend weißen, an den Knien mit Gras beflecktem Dress. Er schlug alle paar Wochen unhaltbare Ball-Asse. Die Lehrer liebten den Jungen, weil er alle anderen Schüler aus eigenem Antrieb weit überflügelte. Sie ließen ihn mehrere Klassen überspringen, und er wurde von Kindern aus dem reichen Vorort Edina zu Parties eingeladen. Henry Junior setzte über gesellschaftliche und intellektuelle Hürden mit einer Leichtigkeit hinweg, die erstaunlich war für Bev, der gleichwohl seine sehnsuchtsvollen Kunden darauf hinwies, wie schnell die Jungen die ältere Generation überrunden.

»Gebt ihnen Flügel!« drängte er und ließ die billigen, holzhaltigen Seiten weich am Daumen vorbeistreichen. Das Geräusch des aufblätternden Papiers klang wie die Panik junger Vögel, bevor sie fliegen lernen. In der Regel kauften die Leute, und erst später, wenn sie sich dabei ertappten, wie sie das Rechtschreibheft zusammenrollten, um einer Fliege den Garaus zu machen, oder Telefonnummern auf die Rückseite des *Rechenbegleiters* kritzelten, wurde ihnen klar, daß ihre Kinder absolut kein Interesse daran hatten, die Welt durch Selbstaufklärung im Sturm zu erobern.

An manchen Tagen wurde der Sohn nach vielen Stunden des Geschichtenerzählens in Bevs Bewußtsein so real, daß er bei der Heimkehr in seine Wohnung fast erwartete, der Junge würde sich auf ihn stürzen, noch bevor er den Schlüssel ins Schloß steckte. Doch wenn das Schloß sich öffnete, verschwand sein Sohn, denn dann war Elsa da, und sie interessierte sich nicht sonderlich für Kinder, ob real oder nicht. Sie war Sekretärin und wechselte unaufhörlich die Arbeitsstelle. Mit erlesener Geschmacklosigkeit zurechtgemacht, verkörperte sie für Beverly den Inbegriff einer modernen Frau mit idealem Karriereleben. Ihr Gehalt variierte von Firma zu Firma nur um Cents, aber ihre Bedeutung und ihr Wert als eine des Metiers Kundige nahmen zu. Sie hielt sich für unentbehrlich, ließ aber ihrerseits Arbeitgeber in Zeiten höchster Not herzlos sitzen, um zu etwas Besserem aufzurücken.

Beverly betete sie an.

Sie war naturblond und hatte vogelartige Beine und, zugegeben, kein Kinn, aber dafür große blaue Kulleraugen. Sie rauchte auf exotische Weise, ließ den Rauch von der Zunge rollen und verkündete Bev oft, daß sie in zwei Wochen vielleicht schon über alle Berge sei. Dann wurde sie wieder weich. Die Zukunftschancen, die sie sausenließ, um mit ihm zusammenzusein, beeindruckten Bev jedesmal so sehr, daß er sogar aufhörte, sich darüber zu ärgern, daß Elsa ihn ihrer Familie in Saint Cloud nie anders als mitten im Sommer vorführte, wo sie dann seine perfekte Sonnenbräune bewunderten.

Der Junge jedoch, der überall und doch nirgends in seinem Leben war, paßte weniger gut in Bevs Phantasien darüber, wie er leben wollte. Der Junge verursachte ihm manchmal an versteckten, überraschenden Stellen Schmerzen, nachts, wenn er neben Elsa lag, seine Fingerknöchel leicht an ihr entschiedenes Rückgrat gelegt. Das war das Äußerste an Berührung, was sie im Schlummer duldete. Sie schöpfte sogar ihren Atem zum Schlafen mit einer gewissen unnachgiebigen Knauserigkeit, hielt ihn halsstarrig an und gab ihn dann in kleinen, explosiven Seufzern frei. Bev merkte das jedoch kaum, denn neben ihr rasten seine Gedanken durch die Decken und Wände.

Eines Nachts sah er sich auf Reisen. Er steuerte sein

nüchtern grünes Auto nach Westen, über die Grenzlinien seines Verkaufsgebiets hinaus, dann über die Staatsgrenze und weiter bis zu den unregelmäßigen und einsamen Feldern, den reichen, trocken-violetten Hügeln des Reservats. Dann war er zu Hause, da, wo sein Sohn in Wirklichkeit lebte. Lulu kam zur Tür. Aus Gewohnheit blendete er ihr Gesicht und ihren Körper aus, so daß sie in seinen Gedanken zu einer Puppe aus Mehlsäcken mit einem lockigen schwarzen Mop auf dem Kopf wurde. Sie war einfach nur froh, daß er endlich gekommen war, um ihr den Sohn, dessen Unterhalt ihr solche Schwierigkeiten machte, abzunehmen. Sie freute sich, daß Henry Junior in eine neue und bessere großstädtische Existenz entschweben würde.

Dieses Drehbuch wurde in den stillen Stunden, da er neben Elsa lag, so wahr, daß Bev sich sogar einredete, seine Frau würde sich schon mit Henry Junior anfreunden, trotz der Art und Weise, in der sie auf der Straße vor Kindern erschauerte und »Affen!« flüsterte. Und dann hatte er, als der nächste Arbeitstag halb vorüber war, Urlaub beantragt und einen Termin für eine große Durchsicht seines Autos ausgemacht.

Natürlich bestand Lulu nicht aus Mehlsäcken und Garn. Beverly hatte das in der Unmittelbarkeit ihrer Arme gemerkt. Sie hatte ihn zu einer Umarmung an sich gerissen, als er aus dem Auto stieg, und müde von der langen Fahrt, wirbelte sein Kopf einen Augenblick lang in einem Dunst von gelben Flecken. Als sie ihn freigab, schlenderten die Jungen herbei, mit unergründlichen Gesichtern und eine Spur mißtrauisch, um dann in einer Gruppe um ihn herumzustehen und zu warten, bis sie vorgestellt wurden. Es schienen so viele zu sein, daß er zuerst sprachlos war. Jeder von ihnen war Henry Junior aus einem anderen Tagtraum, in einem anderen Alter, und ihre ausdruckslosen Gesichter ähnelten sich so sehr, daß er nicht einmal den herausfinden konnte, dessen Foto im Regionalbezirk Upper Midwest die Rekordzahlen von Büchern für das Lernen daheim verkaufen half.

Als Lulu ihn vorgestellt hatte, war Henry Junior natürlich bestens erkennbar. Schließlich sah er wirklich genau wie auf dem Foto in Bevs Brieftasche aus. Er streckte ihm die Hand hin und drückte männlich zu wie seine älteren Brüder, was Bev freute, obwohl er nur mit Mühe einen Augenblick der Verwirrung über die völlige Gleichgültigkeit in den Augen des Jungen niederkämpfte. Er mußte sich ins Gedächtnis zurückrufen, daß der Junge ihn ja zum erstenmal sah. In der Welt eines Kindes sind unbekannte Erwachsene ununterscheidbar wie Bäume in einem Wald. Sogar die Handschrift hinten auf jenen Fotos war vermutlich, wo er es jetzt recht bedachte, Lulus.

Sie gingen wieder, begannen mit dem Schießen, und dann war Bev mit dem unerwarteten Problem der Mutter seines Sohnes konfrontiert, jener Frau, die er am liebsten ganz aus dem Spiel gelassen hätte. In einem Augenblick von Anpassungsbereitschaft beschloß er jedoch, alles an Überredungskünsten aufzubieten, was nötig sein würde. Er wollte die Situation auf die ideale Weise meistern, hart, aber diplomatisch. Außerdem hatte er jetzt, wo er sich von ihrer Umarmung erholt hatte, absolut keinen Zweifel mehr daran, daß alles seinem Plan entsprechend laufen würde.

»Tja, ja«, sagte er jetzt zu Lulu. Sie strich Butter auf ein Stück Brot, das so weich war wie die molligen Unterseiten ihrer Arme. »Ganz schön viel passiert in der Zwischenzeit.«

Sie stimmte zu, biß flink von ihrer perfekt bestrichenen Brotscheibe ab. Sie hatte einen Teelöffel Zucker darübergestreut und die Körnchen sorgfältig verteilt. So war sie. Trotz ihrer acht Söhne war ihr Haus pieksauber. Das Pralinenschälchen auf dem Tisch stand präzise auf seinem Spitzendeckchen. Alle ihre Polstermöbel waren gebürstet und glattgestrichen. Auf ihrem Couchtisch lagen ordentliche Stapel von den Illustrierten *Schicksal* und *Wahre Abenteuer*. An die Wände hatte sie zueinander passend gerahmte Porträts von Pudeln, jungen Kätzchen und ein kunstvoll gesticktes Porträt von Chief Joseph gehängt. Ihre Fensterbänke waren mit Nadelkissen in Form von prallen kleinen Hüten und Schuhen geschmückt.

»Die mach ich selbst.« Sie hielt einen winzigen verzierten blauen Damenschuh in der Hand. »Hast du eine Freundin? Ich schenk ihn dir. Hier.«

Sie schubste den kleinen Schuh über den Tisch. Er sauste über die Kante, fiel in seinen Schoß, und Beverly fing ihn schnell auf, denn er sah, daß ihre Hand nachkam. Er setzte den blauen Schuh zwischen sie, ohne auf ihre stillschweigende Frage nach seinem Status – Freundin, verheiratet oder noch auf der Suche – einzugehen. Er war erpicht darauf, das Thema Henry Junior zur Sprache zu bringen.

»Erinnerst du dich noch, wie...«, fing er an. Dann wußte er nicht, was er weiter sagen würde. Was tatsächlich herauskam, überraschte ihn. »Du, Henry und ich, wir haben zusammen Karten gespielt, da warst du noch nicht verheiratet, und die Jungs waren schon im Bett.«

Er hätte sich treten können, daß er damit herausgeplatzt war. Noch nach all den Jahren konnte er diese Erinnerung nie streifen, ohne sich mit der Hand über das Gesicht zu fahren oder lautlos zu pfeifen, um sie aus seinen Gedanken zu verbannen. Sie dagegen schien das die ganze Zeit hindurch nicht beunruhigt zu habem. Geschmeidig nahm sie die Geschichte auf: »Ach, ihr Männer«, lachte sie tadelnd. Ihr Gesicht ähnelte Beverlys Mehlsackpuppe so wenig, daß er sich fragte, wie er es ausgehalten hatte, sie sich all diese Jahre so vorzustellen. Ihr Mund war klein, beweglich, wie eine sich faltende Blume, und ihre Zähne waren ungewöhnlich winzig und weiß. Er erinnerte sich daran, daß er einst den Drang verspürt hatte, an ihrer Glätte zu lecken. Aber jetzt war sie mitten im Reden.

»Ich nehme an, ihr dachtet, ihr könntet eine arme junge Frau reinlegen. Ich weiß nicht mehr, wer es war, du oder Henry, der nach ein paar Bier zuviel vorschlug, daß wir von Penny-Poker zu Strip-Poker wechseln. Ach, ich muß heute noch darüber lachen. Ich hatte euch Männer in Null Komma nix bis auf die Boxershorts ausgezogen, und ich saß immer noch so warm und gemütlich da, wie man's nur haben kann. Ich hatte immer noch mein Kleid an und Schuhe an den Füßen.«

»Weil du diese Perlenketten anhattest, Ohrclips, Armreifen und Seidenstrümpfe«, schmollte Beverly.

»Strumpfbänder und zahlreiche weitere Miederwaren. Natürlich hatte ich das. Ich bin eine Frau der abnehmbaren Teile. Das solltest du doch inzwischen wissen. Ihr wart einfach nicht in der richtigen Liga für einen Strip-Poker.«

Sie war so tatkvoll, eine Hand vor die Lippen zu legen, als sie sich öffneten, und das kleine Zahnlücken-Lächeln zu verbergen, in das er zum Zeitpunkt jenes Spiels so vernarrt gewesen war.

»Willst du etwas wissen, was ich noch keinem erzählt hab?« sagte sie. »Nachdem ich deine Shorts mit meinen beiden Zweiern gewonnen hatte und Henrys mit meinen Achten und ihr nackt wart, da hab ich mich entschlossen, welchen ich heiraten wollte.«

Beverly war schockiert über dieses Bekenntnis, das sogar für Lulu kühn war. Einen Moment lang verschlug es ihm den Atem, weil ihre Worte die alten Zeiten so deutlich heraufbeschworen und seine Gefühle, nachdem sie beschlossen hatte, seinen Bruder zu heiraten. Er hatte diese Gefühle schließlich in der Gewißheit begraben, daß sie nicht die Richtige für ihn sei, für den Mann von Welt, der zu werden er im Begriff war. Er beglückwünschte sich noch Jahre danach dazu, aus ihrer trägen, ehrgeizlosen, aber nichtsdestotrotz starken weiblichen Umklammerung entronnen zu sein. Jetzt aber waren seine Vernunftgründe völlig hinweggefegt, und die Eifersucht trat ihn in den Bauch.

Lulu gurrte. Ihre Stimme war wie ein klirrendes Windglockenspiel. Billig, süß und aufreizend. »Manche Männer reagieren in so einer Situation und manche nicht«, erklärte sie. »Auf die Reaktion hab ich geachtet, wenn du verstehst, was ich meine.«

Beverly blieb stumm.

Lulu zwinkerte ihm mit ihren kecken, schimmernden Brombeeraugen zu. Sie hatte eine glatte, straffe Haut, die nur Falten bekam, wenn sie lachte, und immer wohlriechend gepudert war. Derzeit war ihr Haar noch dunkel und dicht gelockt. Später, als ihr Haus Feuer fing, sollte es verbrennen und nie wieder nachwachsen. Da ihr Gesicht weich und gleichzeitig aufmerksam war, wachsam wie das einer kleinen Katze, rundlich und zahm, aber mit Wildheit im Herzen, hatte sich Beverly in ihrer Gegenwart immer entblößt gefühlt, ausgeplündert, unbekleidet, auch schon vor dem Spiel, bei dem sie ihn nackt ausgezogen und, wie er jetzt erfuhr, seine Scham taxiert hatte.

Du hast deine Reaktion bekommen, als du sie gebraucht hast, wollte er sagen.

Doch selbst in seiner wachsenden Erbitterung verlor er die Beherrschung nicht so weit, daß er sich dazu herabgelassen hätte, das zu diskutieren, was nach Henrys Leichenschmaus geschehen war, als sie beide nach draußen gingen, um etwas Luft zu schnappen. Er krempelte seine Ärmel herunter und angelte eine zerknickte Packung Marlboro von ihrer Tischseite. Sie beobachtete seine Hand, als er das Streichholz anzündete, und ihre Augen verengten sich. Sie waren so schwarz, daß die Iris darin manchmal wie blaue Flammen erschien. Er fand sie ganz plötzlich herzlos und fragte sich, ob sie sich überhaupt an sie beide im Schuppen nach Henrys Leichenschmaus erinnerte. Aber ihm fiel nicht ein, wie er am besten danach fragen konnte, ohne sich auf ihre Ebene hinunterzubegeben.

Henry Junior kam ans Fenster. Er war hungrig, und Lulu machte ihm ein Sandwich mit Fleischwurst und Würzsauce. Der Junge war sieben Jahre alt, kräftig, mit Lulus zarter Haut und den fast asiatisch wirkenden Augen der Lamartines. Beverly beobachtete den Jungen mit elektrisierter Aufmerksamkeit. Er konnte eigentlich nicht sagen, ob ihn etwas an dem Kind an ihn selbst erinnerte, außer vielleicht dem Blick. Beverly hatte sich bemüht, seinen Blick zu trainieren wie ein Habicht, um ihn auf seinen Dienstrunden bei Blick-Duellen in Bars einzusetzen. Er machte sich auch gut bei seinen Verkaufsgeschäften, obwohl das Zivilleben seiner Intensität schon lange die Schärfe genommen hatte, genau wie seinen Muskeln, seinem unbeugsamen, wenn auch erschlaffenden Heldenleib, den er noch immer in jeder Krise aufbieten konnte. Dies war eine Krise. Der Junge schien die Technik, jemanden in Grund und Boden starren zu können, auf natürlichem Wege erworben zu haben. Beverly guckte als erster weg.

»Onkel Bev«, sagte Henry Junior, »ich hab so viel von dem Vogel auf deinem Arm gehört. Könntest du ihn mal fliegen lassen?«

Also krempelte Beverly erneut seinen Hemdsärmel auf und zwang sein Blut nach oben. Er beugte den Arm gewaltig, wieder und wieder, bis der Junge gelangweilt und zufrieden war und zurück zu seinen Brüdern floh. Beverly ließ seinen Arm vorsichtig sinken. Er war gefühllos. Das Knallen des Kleinkalibers kam eine Weile eindringlich und in schneller Folge, dann machten alle Jungen eine Pause, um neu zu laden, die Flaschen in einer Reihe vor dem Zaun aufzustellen und darüber zu streiten, wessen Schuß wo getroffen hatte.

»Sie bringen ihm Schießen bei«, erklärte Lulu. »Wir hatten zwei Rehböcke im letzten Herbst. Und Fasane. Diese Jungs bringen mir immer Fleisch auf den Tisch.«

Sie schwatzte weiter über sie alle, und Beverly hörte erleichtert zu und sammelte dabei Kräfte, um die Unterhaltung wieder in seine Richtung zu lenken.

Einer der ältesten Jungen ging ins Haskell Junior College, während ein anderer, Gerry, mit seinen zwölf Jahren die Grenzen des Missionsschulwesens testete. Lulu zeigte ihm Gerry unter den anderen. Bev konnte Lulu ganz deutlich in diesem Jungen wiedererkennen. Er lachte über alles oder schien seine Heiterkeit kaum zurückhalten zu können. Seine Augen waren schwarz und schlau, sie knisterten Funken. Beim Spielen führte er die anderen an, ohne ein Zeichen von Mühe, genau wie Lulu, deren Gesten wie versteckte Magnete wirkten. Er war ein großer Junge, ein geborener Führer, leichtfüßig und voller Kraft. Er schien von rascher Auffassungsgabe zu sein. Es sollte Berverly, viele Jahre später, nicht überraschen, zu hören, daß dieser Gerry zu einem naturbegabten Verbrecher und Helden herangewachsen war, dessen Gesicht in den Sechs-Uhr-Nachrichten auftauchte.

Lulu brachte er fertig, daß die jüngeren Söhne ihr tadellos gehorchten, stellte Bev fest, während die älteren sie in einem Ausmaß verehrten, das auch bei anderen Leuten nichts Geringeres duldete. Während ihre Stimme weitersprudelte, mußte Bev an ein Tarzan-Heft denken, das er einmal gelesen hatte. In diesem Heft wurde eine Königin von blutrünstigen Kriegern beschützt, die all ihre Feinde reibungslos ins Jenseits beförderten. Lulus Söhne waren zu einer Art Rudel zusammengewachsen. Sie hielten immer zusammen. Wenn ein Schuß traf, verlagerte sich das Gewicht ihrer schlaksigen Beine, die samt und sonders in den gleichen verblichenen Jeans steckten, als liefe eine gemeinsame Welle durch sie hindurch. Sie bewegten sich in Tanzschritten, die für ein uneingeweihtes Auge zu kompliziert nachzuahmen oder zu verstehen waren. Der Gleichklang ihrer Seelen war deutlich. Hübsch, schlank, von wilder Vielfalt, waren sie in völliger Loyalität aneinander gebunden, nicht durch Eid, sondern durch die einfache, bedingungslose Zugehörigkeit der einzelnen Glieder zu einem Organismus.

Lulu war plötzlich verstummt, um etwas aus ihrem Gefrierfach zu holen. In diesem stillen Augenblick kam Beverly etwas an den Jungen da draußen fast gefährlich vor.

Er beobachtete sie, wie sie sich in einer undurchdringlichen Masse von schwarz-weißen Turnschuhen, Sweatshirts, Baseballmützen und Kolben von Marlin-Gewehren um Henry Junior schlossen. Durch die Lücken zwischen ihren Körpern sah Beverly Gerry, dunkel und spannungsgeladen wie seine Mutter, hinter Henry Junior knien und ihm Arm über Arm zeigen, wie er das Kleinkalibergewehr anlegen, zielen und abfeuern sollte. Als Henry Junior vom Rückstoß des Fehlschusses zurückgeworfen wurde und stolperte, klopften die Jungen ihm den Staub ab und setzten ihn wieder hinter das Gewehr. Ganz langsam wich beim Zusehen Beverlys unbehagliches Gefühl von etwas Bedrohlichem einem gewissen wohlwollenden Verständnis für ihre Blutsverwandtschaft. Ihm fiel ein, wie er, Henry und Slick, der älteste seiner Brüder, in der High School immer füreinander geradegestanden hatten. Die Leute sagten immer, man könne nicht einmal eine Messerspitze zwischen die Lamartines zwängen. Nichts könne sie je entzweien. Und nichts hätte sie entzweit, nichts würde sie je entzweien.

Noch während er das dachte, wußte Beverly, daß es nicht stimmte.

Was sie entzweit hatte, war ein Jemand, und dieser Jemand stand ihm jetzt an der Küchenanrichte gegenüber. Lulu leckte eine unsichtbare Süße von ihren Fingern, nachdem sie ihr Zuckerbrot aufgegessen hatte. Ihre Zunge war klein, platt und blaß wie die eines Kätzchens. Ihre Augen hatten sich in Verwunderung geschlossen. Er fragte sich, ob sie seine Gedanken lesen konnte.

Sie tappte unbefangen auf ihn zu, und er stand in seltsamer Panik auf, als sie sich näherte. Er spürte sein Herz so eindringlich klopfen wie ein Fremder in Not, und dann berührte sie ihn durch seine Hose. Er war hilflos. Sein Mund fiel auf den ihren und reiste weiter, durch die Wände und Decken die Schichten hinunter, durch die breiten, warmen Spannen der Jahre.

Die Jungen kamen sehr spät am Nachmittag zurück. Bis dahin hatte Beverly seine Pläne für Henry Junior drastisch revidiert, bis hin zu einem Punkt, an dem er überhaupt keine Pläne mehr hatte. In benommener, schlagartiger und unglücklicher Verwirrung saß er auf der mit Deckchen geschmückten Couch und öffnete und schloß die Hände in seinem Schoß. Lulu fuhrwerkte in ruhiger, automatischer Besessenheit in der Küche umher. Sie schien Töpfe durch bloßes Daraufdeuten mit Essen zu füllen und Dinge aus dem Backofen zu nehmen, die sie nie hineingeschoben hatte. Der Tisch hüpfte und deckte sich selbst. Die Limonade schäumte in die Gläser, und die Milch seufzte zur Tülle. Der jüngste Sohn, Lyman, der in einen Hochstuhl eingezwängt war, beobachtete begierig, wie die Dinge sich um ihn herumplacierten. Alle setzten sich. Dann begannen die Jungen, sich mit einer wilden und erstaunlichen Zielstrebigkeit vollzustopfen. Bevor Bev seinen Teller einmal geleert hatte, hatten sie schon zum drittenmal genommen, und als er vom Nachtisch aufsah, hatten sie sich durch die Wand verflüchtigt. Der Jüngste war aus seinem Hochstuhl entschwebt und schlief außer Sichtweite. Das Zimmer war leer bis auf Lulu und ihn.

Er sah sie an. Sie wandte sich der Spüle voller Geschirr zu und verschwand in einer Dampfwolke. Nur die runde Rückseite ihres blaugeblümten Hauskleides war sichtbar, also beobachtete er diese. Jetzt war es zu spät. Er war gefallen. Er kam nicht umhin, an ihre eine gemeinsame Nacht zu denken.

Sie waren in den Schuppen gegangen, während die Erde über Henrys Grab noch feucht war und die Schnittblumen in ihren Zellophanhüllen noch Duft darüber hinströmten. Beverly hatte die kleinen Schreie auf Lulus Lippen weggeküßt. Er erinnerte sich. Dann riß die Leidenschaft sie beide hin. Sie klammerte sich an ihn, als ritten sie über bebenden Grund, ihre Zähne gruben sich in sein Ohr. Er war weder Mann noch Frau. Nichts dergleichen spielte eine Rolle. Und doch war er mehr Mann, als er je gewesen war. Der Gram über den Verlust des geliebten Menschen machte ihre winzigen Lebensflammen so traurig und wertvoll, daß es kaum eine Rolle spielte, wer was war. Das Fleisch war ihnen nur gegeben, damit die Flammen sich in einer Vereinigung berühren konnten, wie unvollkommen auch immer. Danach lagen sie zusammen und atmeten die Dunkelheit ein und aus. Er hatte zum einzigenmal in seinem Leben geweint, außer nach einem Einsatz im Krieg, und nach einer Weile kam er noch einmal in sie und schmeckte seine wunderbare Beständigkeit.

Lulu ließ ihn auf der Couch sitzen und zog sich in die heilige Domäne ihrer Weiblichkeit zurück, das Schlafzimmer mit seiner abschließbaren Tür, die sie nun einen Spalt weit offenstehen ließ. Sie zog den blau-weiß-karierten Bettüberwurf herunter, nahm die Kissen beiseite und legte sich vorsichtig mit über dem Magen gefalteten Händen hin. Sie schloß die Augen und atmete tief. Sie ging in sich, sank durch ihren Körper wie auf ein Floß von Dunkelheit, bis sie den tiefsten Grund ihrer Seele erreichte, wo es nichts mehr zu tun gab, als zu warten.

Die Dinge waren an Beverly vorbeigezogen. Die Nacht kam herab. Seine traurige Benommenheit ließ nach, und er versuchte, nicht an Elsa zu denken. Aber sie war da und feilte ihre orangefarbenen Nägel, wo er sich auch verbarg. Und dann war er schließlich auch stolz darauf, wie er sein Leben angepackt hatte. Er wollte zurück und Bücher mit Wortschatzübungen verkaufen. Im Reservat würde keiner sie kaufen, das wußte er, und der Gedanke versetzte ihn in Panik. Ihm wurde klar, daß die Verzwicktheit und Gefahr seiner Lage groß sein mußte, wenn er diese Grundtatsache vergessen hatte. Der Mond wurde schwarz. Die Büsche schienen sich ums Haus zu schließen.

Steck zurück, sagte er zu sich, während die Jungen sich in ihren unsichtbaren Betten und überall auf dem Fußboden rings um ihn wälzten und im Schlaf murmelten. Zieh dich zurück, wenn es sein muß, und vergiß Henry Junior. Jetzt endlich sah er der Kapitulation ins Auge, und er wußte, daß es das einzige war, wozu er überhaupt die Kraft hatte.

Er faßte den Entschluß, zurück ins Auto zu steigen, solange es noch dunkel war, und ohne Henry Junior zurück nach Minneapolis zu fahren. Er würde sich einfach aus dem Staub machen müssen, ohne Lulu auf Wiedersehen zu sagen. Aber als er von der Couch aufstand, ging er den Flur entlang zu ihrer Schlafzimmertür. Er blieb nicht davor stehen, sondern ging geradewegs hinein. Es war wie eine Gewohnheit, die er sich im Laufe einer Ehe angeeignet hatte. Die dichte Dunkelheit war mit Fliederseife parfümiert. Schimmernde grüne Speere wiesen auf ihrer Nachttischuhr die Zeit. Die Bettlaken raschelten. Er stand da und hielt sich an dem gedrechselten Holzpfosten fest. Und dann waren seine Adern voll warmer Asche, und die Zunge schwoll ihm im Hals an.

Er ließ sich hinunter in ihre Arme.

Wirbelnde Schwärze durchfuhr ihn, und es gab nichts anderes mehr zu tun.

Die Schwingen schlugen nicht so heftig wie gewöhnlich, aber der Vogel flog noch.

Der Sprung des Mutigen
(1957)

Nector Kashpaw

Ich hab nie viel gewollt, und gebraucht hab ich noch weniger, aber es kam einfach so, daß mir alles auf dem Silbertablett serviert wurde. Ich dachte immer, das rührte daher, daß ich ein Kashpaw bin. Unsere Familienmitglieder als letzte erbliche Führer dieses Stammes waren geachtet. Aber hier in der Gegend starben die Kashpaws aus, die Leute vergaßen sie, und immer noch bekam ich Angebote.

Was für Angebote? Fragt nur...

Jobs zum einen. Ich war kaum aus der Schule, und meine Ohren klangen noch vom Football-Spielen in Flandreau, da war das erste, was sie sagten: »Nector Kashpaw, geh in den Westen! Hollywood braucht dich!« Damals drehten sie jede Menge Western. Ich rede nicht oft davon, aber sie heuerten Leute für eine Szene in South Dakota an, und dieser Talentesucher pickte mich aus der ganzen Abschlußklasse raus. Seine Gesellschaft warb Statisten für die Planwagenszenen an. Wegen meiner Größe wurde ich für die Rolle des größten Indianers angeheuert. Die wußten aber wohl nicht, daß ich ein Kashpaw war, denn ich mußte gleich am Anfang sterben.

»Greif dir an die Brust. Fall vom Pferd«, befahlen sie mir. Und das war's schon. Der Tod war das Äußerste an indianischer Schauspielerleistung, was im Kino gefragt war.

Also dachte ich mir, daß es vollkommen ausreicht, das eine Mal zu sterben, daß man in seinem Leben nun mal sterben muß, und zog Leine. Ich sprang auf einen Zug, fuhr runter in den Weizengürtel und ging dreschen. Auch da kriegte ich Angebote. Die Jobs fielen mir nur so in den Schoß. Ein Jahr lang hab ich da gearbeitet. Ich überlegte schon, noch länger zu bleiben, aber da bekam ich einen Antrag, der mich auf immer aus Kansas vergraulte.

Unten in der Stadt lief ich so einer alten, reichen Frau über den Weg. Sie ließ ihr Auto anhalten, als sie mich vorbeigehen sah.

»Frag den Häuptling, ob er für mich arbeiten will«, sagte sie zu ihrem Mann da vorne drin. Ihr Mann, der ein ehemaliger Büffelsoldat war, tat es.

»Um was geht's denn?« fragte ich.

»Ich möchte, daß er mir für mein Meisterwerk Modell steht. Sag ihm, alles, war er tun muß, ist stillhalten und sich von mir malen lassen.«

»Klingt ziemlich einfach.« Ich schlug ein.

Der Lohn war 50 Dollar. Ich ging zu ihr nach Hause. Sie gaben mir etwas zu essen, und später schickten sie mich dann zu ihrer Scheune rüber. Ich ging rein. Als ich sie sah, in ihrem weißen Mantel und mit einem Hut wie einem kleinen schwarzen Pfannkuchen auf dem Kopf, tat sie mir leid. Sie war ein altes Wrack mit schiefen Zähnen. Sie stellte mich auf einen Holzblock, und dann sagte sie zu mir: »Legen Sie ab.«

Noch keiner hatte jemals so einfach zu mir gesagt, daß ich mich ausziehen soll. Also tat ich, als ob ich nicht verstünde. »Was soll ich legen?« fragte ich.

»Legen Sie ab«, wiederholte sie. Ich stand da und guckte verwirrt. Die und bemitleidenswert! dachte ich. Da fing sie an, es vorzumachen, indem sie an ihren Knöpfen riß. Ich war schon drauf und dran, hinzugehen und ihr zu helfen, da sagte sie, nah am Brüllen: »Ziehn Sie sich aus!«

Natürlich wollte sie mich ohne einen Fetzen Stoff am Leib malen. In ihrer Scheune hingen eine Menge Nacktbilder. Ich wollte nicht. Sie bot mir Geld an und noch mehr Geld, bis es schließlich so viel war, daß ich meine Würde vergessen mußte. Und so kriegte ich von dieser Frau runde 200 Dollar dafür, daß ich stocksteif in einer Windel dastand.

Später, als sie mir das Bild zeigte, konnte ich es nicht glauben. *Sprung des Mutigen* war der Titel. Noch später sollte dieses Bild berühmt werden und sogar in Bismarck im Parlamentsgebäude hängen. Da war ich also, wie ich von einer Klippe sprang, natürlich nackt, hinunter in einen Fluß voller Felsen. Der sichere Tod. Kennt ihr noch diesen Spruch von Custer? Nur ein toter Indianer ist ein guter Indianer. Also, nach all meinen Erfahrungen mit den Weißen würde ich dem Spruch noch hinzufügen: »Nur ein toter Indianer oder einer, der rückwärts vom Pferd fällt und dabei stirbt, ist ein interessanter Indianer.«

Als ich sah, daß die große, weite Welt nur an meinem Verderben interessiert war, zog ich wieder nach Hause, im hintersten Wagen von einem Zug. Auf der langen Fahrt kam eines Nachts der Mond in den Güterwagen. Frost lag in der Luft. Da dachte ich an das Bild und wußte, daß Nector Kashpaw die bedauernswerte reiche Frau, die ihn gemalt hatte, an der Nase herumführen und das wütende Wasser überleben würde. Ich würde den Atem anhalten, wenn ich eintauchte, und mich von der Strömung an die Oberfläche tragen lassen, um die scharfen Felsen herum. Ich würde nicht dagegen kämpfen, und so würde ich ans Ufer gelangen.

Wieder zu Hause schien es eine Weile, als ob es auch so laufen wollte. Alles war ruhig. Ich wohnte bei meiner Mutter und Eli in dem alten Haus, ging jagen, streifte herum oder hackte ein bißchen Holz. Ich mußte immer an das einzige Buch denken, das ich in der High School gelesen hatte. Aus irgendeinem Grund wollte der Priester in Flandreau die ganzen vier Jahre lang kein anderes Buch durchnehmen als *Moby Dick*, die Geschichte des großen weißen Wals. Das Buch kannte ich in- und auswendig. Ich hatte sogar ein Exemplar in der Schule geklaut und es in meinem Koffer mit nach Hause genommen.

Das führte zu einem weiteren berühmten Mißverständnis.

»Immer liest du dieses Buch«, sagte meine Mutter einmal. »Was steht denn da drin?«

»Die Geschichte von dem großen weißen Wal.«

Sie konnte es nicht glauben. Nach einer Weile sagte sie: »Ach, wollen die Weißen jetzt auch noch einen Wall bauen?«

Ich erzählte ihr, daß der Wal ein Meerestier und so groß

wie unsere Kirche sei. Auch das glaubte sie nicht. Aber wie sollte sie auch.

»Nenn mich Ishmael«, sagte ich manchmal, nur zu mir selbst. Denn er hatte das große weiße Ungeheuer überlebt, so wie ich aus dem Bild der reichen Dame entkommen war. Vom Wasser ließ er sich mit dem Sarg nach oben tragen. Ich hatte mich in meinem Leben bisher auch so treiben lassen und war nach oben gekommen wie er. Aber der Fluß war noch nicht fertig mit mir. Ich trieb zwar durch die ruhigen, lieblichen Stellen, aber irgendwo teilte sich der Fluß.

Dabei habe ich die anderen Angebote, die ich fortwährend bekam, noch gar nicht erwähnt. Dabei ging's nämlich um Bonbons, um süße Bonbons zwischen den Bettlaken. Da gab es Mädchen wie frische Sahnebonbons, hartgewordene saure Drops von verheirateten Damen, reiche Marshmallow-Witwen und sogar einen Mann, Steinsalz und Gerstenzucker in einem Dschungel von Unkraut. Ich tat nie etwas, um diese Angebote herbeizuführen. Sie ergaben sich einfach. Ich überlegte nie lange. Und dann verliebte ich mich richtig.

Lulu Nanapush war es, die mich gierig machte.

Im Internat, als wir noch Kinder waren, war ich zu ihr wie zu einer Schwester und teilte im Bus meine Erdnußbutter- und Sirupbrote mit ihr, damit sie nicht mehr weinte. Ich nahm sie ins Schlepptau, wenn ich in die Stadt ging. Im Kino kaufte ich ihr Lakritze. Dann wuchsen wir entfernt voneinander auf, und schließlich kam ich heim und sah sie am Freitagabend in der Menge tanzen. Sie tanzte mit zwei anderen Männern den Butterfly. Als ich sie sah, wußte ich zum erstenmal genau, was ich wollte. Wir fingen beide Feuer. Wir trafen uns hinter dem Tanzsaal und küßten uns. Ich wußte, daß ich mehr wollte von diesem süßen Geschmack auf ihrem Mund. Ich wurde selbstsüchtig. Wir flogen einander mühelos in die Arme.

Dann tauchte Marie auf, und das ist das, was ich einfach nicht verstehen kann: wie kann sich der Verlauf deines Lebens auf einen Schlag so ändern?

Ich weiß nur, daß ich den Klosterhügel raufging mit der Absicht, dort Gänse zu verkaufen, und daß ich den Hügel wieder runterkam und die Gänse immer noch am Arm hatte. Neben mir ging ein junges Mädchen mit einem Mundwerk wie ein Puff, obwohl sie unschuldig war. Sie ließ mich nur widerwillig ihre Hand halten. Aber ich hätte die Hand ums Leben nicht losgelassen und sie allein gehen lassen.

Sie schmeckte bitter. Ich sehnte mich nach diesem Unterschied, nach all den Jahren der leichten Süße. Aber ich hatte immer noch Lust auf Bonbons. Ich konnte von beidem nie genug kriegen, und das war mein Problem und der Grund, daß ich noch lange nach der Gabelung in meinem Leben weiter an Lulu dachte.

Nicht, daß ich viel Zeit zum Denken gehabt hätte, als die Ehejahre dann begannen. Ich habe jedes einzelne unserer Babies gern gehabt, aber manchmal mußte ich sie auf beiden Armen jonglieren und verlor den Halt. Wir beide verloren den Halt, Marie und ich. In einem Jahr starben zwei, ein Junge und ein kleines Mädchen. Es kam eine lange Stille, eine schreckliche Stille, bevor dann wieder überall Babies auftauchten. Als es wieder mit ihnen losging, waren sie überall im ganzen Haus. Unten in Schränken, in der Kommode, in Ausrollbetten. Hobst du eine Decke hoch, schon schrie darunter ein Bündel los. Ich verlor den Überblick darüber, welche unsere waren und welche Marie aufgenommen hatte. Es half ihr, daß sie sie aufnahm, nachdem unsere beiden anderen gestorben waren. Und es ging weiter so. Die Jüngsten schliefen zwischen uns, im Bett unserer Wonne, also kletterte ich über sie weg, um noch mehr davon zu machen. Es schien, als gäbe es kein Ende.

Manchmal machte ich mich davon. Ich mußte Abwechslung haben. Ich ging saufen, und Marie machte mir die Hölle heiß. Nach ein paar Jahren fingen die Babies an herumzulaufen, aber das bedeutete nur, daß sie Schuhe an den Füßen brauchten. Ich fügte mich. Ich legte mich ins Geschirr. Ich blieb viele Jahre lang darin und schaute kaum noch auf, um zu sehen, wie die Welt sich vorbeidrehte, voller Wunder und Wesen, während ich beim Heuballenpacken für weiße Farmer alt und grau wurde.

Im Nu verging so viel Zeit, daß es mich immer noch wundert. Viel Wasser lief den Berg runter, wie es immer heißt. Vielleicht waren es Stromschnellen, ein Wirbel, der mich so geschwind davontrug, daß ich nicht seitwärts schauen konnte, sondern meine Augen auf das trainieren mußte, was mir entgegenkam. Siebzehn Jahre Ehe und ein Kommen und Gehen von Kindern.

Und dann war es, als ob der Fluß stehenblieb.

Vielleicht hab ich meinen Blick zu schnell von der Strömung genommen. Vielleicht hatte mich die schnelle Bewegung der Zeit schwindlig gemacht. Ich erschrak. Ich erinnere mich an den Tag, an dem es passierte. Ich saß auf den Stufen und flickte gerade einen Topf von Marie, der kaputt war, als alles still wurde. Die Kinder hörten auf zu schreien, Marie hörte auf zu schelten. Die Babies schliefen. Die Kühe käuten wieder. Die Hunde streckten sich in der Hitze der Länge nach aus. Nichts bewegte sich. Kein Blatt, keine Glocke, kein Mensch, kein Laut. Es war, als sei sogar die Luft in sich zusammengefallen.

In dieser Stille hob ich den Kopf und sah mich um.

Und ich sah, wie die Zeit verging, wie die Minuten sich hinter mir anhäuften, noch bevor ich aus ihnen das Leben herausgepreßt hatte. Das ging so schnell, will ich damit sagen, daß ich selbst immer noch im Mittelpunkt saß. Die Zeit raste um mich herum wie Wasser um einen großen, nassen Felsen. Mit dem einzigen Unterschied, daß ich nicht so dauerhaft wie Stein war. In Kürze würde ich abgeschliffen sein. Es hatte schon angefangen.

Ich legte die Hand auf mein Gesicht. Ich war weniger geworden, weniger Muskeln, weniger Haare, ein weniger hartes Kinn, weniger von dem, was da unten immer vor sich ging. Weniger Angebote. Das war 1952, und ich hatte getan, was erwartet wurde – Kinder gezeugt, als Stammesvorsitzender amtiert. Darauf lief es hinaus. Und laßt euch von letzterem nur keinen Sand in die Augen streuen. Der Einstieg in die heiße Lokalpolitik brachte geringen Lohn und keinen Dank. Dabei hab ich nicht einmal für das Amt kandidiert. Jemand schrieb meinen Namen auf die Wahlzettel, und in der Nacht, in der ich den Posten annahm, wurde ich fast im Handumdrehen weniger. Im

Schlaf wuchsen mir graue Haare. Am nächsten Morgen hingen sie in den Kammzinken.

Weniger und weniger, bis ich 1952 auf meiner Treppe saß und dachte, daß ich wenigstens das festhalten sollte, was ich noch hatte.

In diesem Zustand war ich, als ich anfing, an Lulu zu denken. In Wahrheit war ich nie über sie weggekommen. Ich dachte daran zurück, wie geschwind wir uns beide auf die weiche Umarmung zubewegt hatten, bevor sich alles verhedderte und ich weitergespült wurde. Vor meinem geistigen Auge sah ich ihre Arme sehnsuchtsvoll ausgestreckt, während ich in die blaue Ferne der Ehe entschwand. Obwohl das ohne jede Anstrengung meinerseits passiert war, würde ich, um jemals zurückzukommen, gegen den Strom der Zeit schwimmen müssen.

Ich schüttelte meinen Kopf, um ihn klarzukriegen. Die Kinder fingen an zu schreien, Marie schimpfte, die Babies flennten, die Kuh stampfte und die Hunde jaulten. Der Augenblick der Stille war vorbei; er war kurz gewesen, aber als ich von der Treppe aufstand, war ich tatsächlich verändert.

Ich stellte den reparierten Topf auf den Tisch, nahm meinen Hut vom Haken, ging raus und fuhr mit meinem Pritschenwagen in die Stadt. Mein Gehirn sandte jene Art von flachem Schmerz aus, der normalerweise eine ausgedehnte Sauferei ankündigte, und dabei war mir gar nicht danach zumute.

Als ich dann in der Stadt war und beim Stammesbüro vorfuhr, kam Besaufen ohnehin nicht mehr in Frage. Ein Notstand war eingetreten.

Und an diesem Punkt verschlingt und verwirrt sich der Lauf der Ereignisse wieder.

Es ist Juli. Die Sonne ist ein grimmiger weißer Ball. Zwei riesige Kühlanhänger der Firma Polar Bear Refrigerated stehen im Hof der Geschäftsstelle, und was, glaubt ihr, haben sie geladen? Butter. Jawohl. Siebzehn Tonnen Überschußbutter, am heißesten Tag des Jahres 1952. Nichts Geringeres als das ist vonnöten, um mich mit Lulu zusammenzuführen.

Zufall. Ich steh da und streite mich mit den Fahrern rum, die die Butter ausladen wollen, als Lulu vorbeifährt. Ich seh sie, wie sie langsam und stoßfrei auf der Luxusfederung ihres Nash Ambassador Custom vorbeisegelt.

»He, Lulu!« schreie ich und winke sie in den kahlen, heißen Hof. »Hättest du ein paar Stunden Zeit?«

Sie rollt ihre Scheibe runter und sagt, vielleicht. Seit unseren Jugendtagen ist sie kühl und von oben herab. Ich denke an nichts anderes, als die Butter auszuliefern, das schwöre ich. Und doch, als sie aussteigt, ich kann nichts dafür, fällt mir eine interessante Besonderheit an ihrem Kleid auf. Sie dreht sich zur Seite. Ich sehe, daß es ihren ganzen Rücken hinunter geknöpft ist. Die Knöpfe sind klein, viereckig, massiv, wie die Pfefferminzpastillen, die in noblen Restaurants neben der Kasse angeboten werden.

Ich bin in der Hauptstadt der Nation gewesen. Dort hab ich gelernt, daß Tabakausspucken mißbilligt wird. Um mir das Tabakkauen abzugewöhnen, hab ich angefangen, mir Zigaretten selbst zu drehen. Deshalb hab ich das Zeug dafür in der Tasche, und ich dreh mir rasch eine, um mich von der Frage abzulenken, ob diese Knöpfe da, wo sie draufsitzt, wohl weh tun.

»Dein Auto ist klimatisiert?« frag ich. Sie sagt ja. Dann äußere ich eine Bitte, höflich und natürlich, ob sie mir helfen könne, diese Fünfzig-Pfund-Kisten Überschußbutter auszufahren, die todsicher schmilzt und ausläuft, wenn man sie in der Hitze stehen läßt.

Sie seufzt. Sie schaut verärgert. Hinten im Nacken ist ihr Haar kräuselig. Für sie ist Nector Kashpaw eine Plage. Sie sieht nichts aus ihrer Jugend an ihm. Er ist stumpf geworden. Steif. Kaum zu glauben, denkt sie, was er früher mal aufs Parkett gelegt hat. Sogar in seinen Augenbrauen ist schon ein wenig Grau darin. Kaum zu glauben, daß die Mädchen ihm mal nachgelaufen sind.

Aber schließlich braucht er ihre Klimaanlage, also was soll's? Das les ich in ihrem Achselzucken.

»Lad ein«, sagt sie.

Also wird das Auto vollgeladen, ich schieb mich auf den Beifahrersitz, und wir fangen an, die Butter auszufahren.

Wir machen es nicht nach einem bestimmten System, denn dies ist eine unerwartete Lieferung. Sie fährt in einen Hof, und ich zieh eine Kiste raus oder zwei, wenn die Leute Platz haben. Zwischen den Lieferungen sprechen wir nicht.

Jedesmal wenn wir wieder in den Hof der Dienststelle fahren, um neu zu laden, ist weniger Butter in den Anhängern. Die Leute haben davon gehört und kommen selbst, um sich die Kisten abzuholen. Es scheint erstaunlich, aber die ganze Ladung verschwindet schnell, zu schnell, denn immer noch ist zwischen mir und Lulu im Auto kein Wort gewechselt worden. Der Nachmittag hat sich zu seiner schlimmsten Temperatur aufgeheizt, so wird es mehrere Stunden bleiben. Das Auto ist innen glatt, weich gepolstert und kühl. Ich steige ungern aus, wenn wir in die Höfe fahren, Lulu lächelt und spricht mit den Leuten, die aus ihren Häusern kommen. Sobald wir allein sind, verstummt sie allerdings und summt eine Melodie, die sie im Radio gehört hat. Ich versuche mehrere Male durchzukommen.

»Es tut mir leid mit Henry«, sage ich. Ihr Mann ist auf den Bahnschienen verunglückt. Ich hatte nie Gelegenheit gehabt, zu sagen, daß es mir leid tat.

»Er war ein guter Mann.« Das ist die einzige Antwort, die ich bekomme.

»Wie geht's deinen Söhnen?« frag ich später. Ich weiß, daß sie eine ganze Menge hat, aber man würde es nie denken. Sie kommt einem so jung vor.

»Gut.«

In der Verzweiflung sage ich, daß sie eine Petunienrabatte hat, auf die viele Nachbarn weit und breit neidisch sind. Marie hat sie oft erwähnt.

»Meine Petunien«, sagt sie zu mir mit ausdrucksloser Stimme, »gehen dich überhaupt nichts an.«

Da ist mir für eine Weile das Maul gestopft. Ich verstehe, daß es zwecklos ist. Was immer ich tue, es ist jedenfalls nicht das, was sie will. Und die Wahrheit ist, ich weiß selbst nicht, was ich mir davon verspreche. Vielleicht nur einen Hinweis darauf, daß ich, Nector Kashpaw, mittelalter Butterausfahrer, einmal der junge Mann mit den harten Muskeln war, der sie vor so langer Zeit erregt und entflammt hat.

Wie sich jedoch herausstellt, bekomme ich sehr viel mehr. Nicht wegen irgend etwas, das ich tue oder sage. Es ist viel unerklärlicher.

Wir fahren zurück zur Geschäftsstelle nach der letzten Ladung, nur noch zwei Kisten auf dem Rücksitz, meine Kiste und ihre. Seit den Petunien hat sie nicht einmal mehr vor sich hin gesummt. Darum bin ich mehr als überrascht, als sie in einem plötzlichen Ausbruch sagt, wie schön es wäre, rauf zum Aussichtspunkt zu fahren und den Blick zu genießen.

Jetzt bin ich der Zauderer.

»Ich muß heim«, sage ich, »mit dieser Butter.«

Aber sie biegt einfach ab, rauf auf den Hügel. Ihre Haut glüht, als sei leuchtendes Gold unter ihrer Bräune. Ihr Haar ist trocken und elektrisch. Ich habe gehört, als sie jemandem erzählt hat, wo wir hielten, daß sie keine Zeit gehabt hat, es einzudrehen. Die Dauerwellenkräusel schießen hier und dort über ihre Stirn heraus. An mancher Frau würde das komisch aussehen, aber an Lulu sieht es schick aus, wie ihre winzigen Kristall-Ohrringe und das französische Rouge auf ihren Wangen.

Ich vergleiche sie nicht mit Marie. Das würde ich nicht tun. Aber wie ich mich nach Lulu sehne, ganz plötzlich, das ist schrecklich und traurig.

»Ich glaub, wir sollten das nicht«, sage ich zu ihr, als wir anhalten. Die Schatten strecken sich glatt und blau aus den Bäumen. »Sollten was?«

Sie dreht sich zu mir, ihr Mund ist ein festes, glänzendes Dreieck, ihre Wangenknochen sind hoch und ausgeprägt, ihr Kinn ein kleiner Kelch, ihre Augen funkeln, und sie beobachtet.

»Hier sitzen«, sage ich, »so allein.«

»Meine Güte«, sagt sie, »ich beiß doch nicht. Ich wollte ja nur die Aussicht genießen.« Dann tut sie genau das. Sie setzt sich zurück. Sie legt ihren Arm aus dem Fenster. Die Luft ist mild. Sie schaut hinunter auf das Gewirr aus Bäumen und Sumpf. Dann macht sie die Augen zu.

»Das ist eine verdammt schöne Stelle«, sagt sie. Ihre

Stimme ist undeutlich und zufrieden. Sie scheint nicht mehr böse auf mich zu sein, und deshalb kann ich das fragen, von dem ich gar nicht wußte, daß ich es die ganze Zeit fragen wollte. Es überrascht mich, als es mir von den Lippen kommt.

»Verzeihst du mir?«

Sie antwortet nicht gleich, was gut ist, weil ich mich erst daran gewöhnen muß, daß ich es gesagt habe.

»Vielleicht«, sagt sie schließlich, »aber ich bin nicht mehr dasselbe Mädchen.«

Ich will gerade sagen, daß sie sich nicht verändert hat, da merke ich, wie *sehr* sie sich verändert hat. Sie ist jetzt bei weitem klüger als ich, wenn sie versteht, daß sie anders ist.

»Ich bin jetzt auch anders«, kann ich zugeben.

Sie sieht mich an, und dann passiert etwas Wunderbares mit ihrem Gesicht. Es öffnet sich, wie wenn eine Blume ganz plötzlich aufblüht oder der Mond hinter einer Wolke hervorkommt. Sie lächelt.

»Dann wird deine Butter also schmelzen«, sagte sie, und dann lacht sie laut hinaus. Sie langt auf den Rücksitz und holt ein Stück hervor. Es ist in Wachspapier eingepackt, zerdrückt und weich, aber noch frisch. Sie schmiert mir etwas davon ins Gesicht. Ich bin so überrascht, daß ich einen Augenblick nur dasitze und mir blöd vorkomme. Dann reib ich mir die Butter von der Wange. Ich nehm ihr das Stück aus der Hand und leg es aufs Armaturenbrett. Als wir uns gegenseitig anfassen und küssen, ist Butter an unseren Händen. Sie geht ab, während wir uns berühren und uns dann gegenseitig die Kleider ausziehen. All diese Knöpfe! Ich sag, sie soll sich umdrehen, damit ich keine abreiße, dann knöpfe ich sie vorsichtig auf.

»Du bist wirklich anders«, stimmt sie jetzt zu, »besser.«

Ich will nicht, daß sie noch etwas sagt. Ich sag, sie soll stilliegen. Ruhig sein. Ich lasse die Rückenlehne mit dem Hebel nach hinten. Ich weiß, wie es geht, weil ich es mir vorher, während wir fuhren, überlegt habe. Aber das, was passiert, habe ich nicht geplant. Wie hätte ich das planen können? Wie hätte ich wissen können, daß ich die Butter vom Armaturenbrett nehmen würde? Ich reib ihr eine

Handvoll über das Schlüsselbein, dann umkreise ich ihre Brüste, dann lasse ich die Butter zwischen ihnen hinabgleiten über die rauhen kleinen Spitzen. Ich reibe Butter in einem Kreis auf ihren Bauch.

»Du siehst hübsch aus so«, sag ich. »Richtig geschmiert.«

Sie lacht, liegt da und faßt an die Stellen, wo ich mehr hintun soll. Ich tu es. Dann führt sie mich mit ihren Händen nach vorn in ihren Körper.

Um Mitternacht saß ich in meinem Pritschenwagen in jener Nacht im Juli. Ich war überrascht, erschöpft, mehr als nur ein bißchen erschrocken über das, was wir getan hatten, und es ging mir so gut. Ich fühlte mich gelöst und stark in der dunklen Brise, als ich nach Hause donnerte und die kalte Luft mir den Schweiß durch die Kleider saugte und meine Adern voll waren mit warmem, süßem Wasser.

Als ich in unsere Straße einbog, sah ich die Lampe noch leuchten. Das bedeutete, daß Marie wahrscheinlich noch aufsaß, um dafür zu sorgen, daß ich draußen im Schuppen schlief, falls ich betrunken war.

Ich ging hinein und ließ das Fliegengitter leise hinter mir zuquietschen.

»Hallo«, flüsterte ich und hoffte, mich in das dunkle Zimmer nebenan verdrücken und mich im Bett verstecken zu können. Sie saß am Küchentisch und las in einem alten Katalog. Sie schaute nicht von den Bildern auf.

»Hungrig?«

»Nein«, sagte ich.

Sie merkte schon an meinem Gang oder am Klang meiner Stimme, daß ich nicht getrunken hatte. Sie schlug ein paar Seiten um.

»Schau dir diese Waschmaschine an«, sagte sie. Ich beugte mich näher, um sie mir anzusehen. Marie sagte, ich stänke wie ein Butterfaß. Ich erzählte ihr von den 17 Tonnen schmelzender Butter und wie ich sie seit dem frühen Nachmittag herumgehievt hatte.

»Und drin rumgeschwommen bist du, was?« sagte sie mit einem Blick auf meine Kleider. »Wo ist unsere?«

»Was?«

»Unsere Butter.«
Ich hatte sie in Lulus Auto vergessen. Meine Zunge versagte. Ich war sprachlos, als ich meine plötzliche Schuld erkannte.
»Du hast sie vergessen.«
Sie knallte den Katalog hin und löschte die Lampe.

Ich hatte Arbeit als Nachtwächter in einer Fabrik für Wohnwagenkupplungen. Fünfmal in der Woche ging ich hin und saß in der Pförtnerloge. Die halbe Nacht war ich mit dem Besen zugange oder pusselte an anfallenden Reparaturen. Die andere Hälfte döste ich, schrieb meine Berichte vom Stammesrat und machte gelegentlich die Runde. In der sechsten Nacht der Woche ging ich von zu Hause weg wie gewöhnlich, aber sobald ich zu der Straße kam, in der Lulu Lamartine wohnte, bog ich ab. Ich versteckte das Auto in einer Lichtung im Gebüsch. Dann ging ich in der Dunkelheit die Straße zu ihrem Haus hinauf.

In dieser sechsten Nacht war es, als ließe ich meinen Körper am ruhenden Lenkrad des Pritschenwagens zurück und bezöge einen anderen, jugendlicheren. Ich bewegte mich, hexte Wasser. Ich war voller Untiefen, schoß in Stromschnellen dahin. Wenn ich in ihr Schlafzimmerfenster kletterte, stieg ich an. Ich war eine Flut, die an Brücken fraß. Unhaltbar. Ich rauschte in Lulu hinein, und das Wunder war, daß sie mich halten konnte. Sie konnte mich halten, ohne nachzugeben. Oder sie konnte mit mir fließen, sich in Wasserflächen und schlängelnden Wellen entfalten.

Ich konnte mich winden wie ein Seil. Ich konnte unter der Oberfläche verschwinden. Ich konnte zum Halten kommen, und Lulu war in jedem Augenblick da, nur sie; und keine Babies, auf die man aufpassen mußte, waren irgendwo in die Decken gewickelt.

Und so ging das fünf Jahre lang.

Wie ich es schaffte, zwei Leben zu leben, war ein Meisterstück von beträchtlichem Ausmaß. Die meiste Zeit bewegte ich mich in einem trüben Nebel von purer Müdigkeit. Ich schlief in all den Jahren nicht einen einzigen Morgen aus, denn überall hatten sich Babies verkrochen, die so eingestellt waren, daß sie ihr Gekreisch immer in dem Moment losließen, wenn ich anfing einzudösen. O ja, Marie nahm immer noch Babies auf. Wie bei der Butter gab es im Reservat einen Überschuß an Babies, und wir schienen von Zeit zu Zeit unerwartete Schiffsladungen zu bekommen.

Ich wurde nervös, und das war kein Wunder, bei all diesen Forderungen, die auf mir lasteten. Und was Lulu anging, so wurde das, was sorglos und unregelmäßig begonnen hatte, zu einer uhrwerkartigen Präzision an Zeiteinteilung. Ich mußte haargenau in der Nacht Nummer 6 kommen, mußte weggehen, eben bevor es dämmerte, und dazwischen alles an Vergnügen geben und nehmen, was aufzubieten ich imstande war. Je öfter ich Lulu sah, um so deutlicher merkte ich, daß sie nicht dem unerforschlichen Land des Nash Ambassador angehörte, sondern wirklich existierte, eine Frau wie Marie, mit einer langen Liste von Dingen, die man ihr tun oder zu ihr sagen mußte, damit sie zufrieden war.

Nun mußte ich die Listen von beiden abhaken, von Lulu und Marie. Ich hatte meine Schwierigkeiten, auseinanderzuhalten, was die beiden jeweils wollten und wann.

Eine Sache passierte noch in dieser Zeit, und zwar gebar Lulu ein Kind.

Als sie das Kind trug, da merkte ich, daß diese Frau nicht nur von dieser Welt war, sondern auch haargenau wußte, was sie wollte. Zum Beispiel gab sie nie zu, daß sie schwanger war.

»Ich setz Speck an.« Sie schnalzte mit der Zunge und tätschelte sich den Bauch, der hoch und rund war, während alles übrige an ihr schlank blieb.

Eines Nachts, als ich Lulu ganz dicht an mich drückte, spürte ich, wie das Baby sich bewegte. Sie sagte nichts, lächelte nur. Ihre weißen Zähne glänzten in der Dunkelheit. Sie schnappte spielerisch nach mir wie ein Tier. So brachte sie mich davon ab, zu fragen, ob das Kind von mir sei. Ich war eifersüchtig auf Lulu, und das wußte sie. Ich war eifersüchtig, weil ich sie nicht kontrollieren und mich nie darauf verlassen konnte, wo sie gerade steckte. Ich wußte, was für ein quicklebendiges, süßes Fleisch sie war.

Und trotzdem konnte ich nicht von ihr verlangen, treu zu sein, weil ich es auch nicht war. Ich hinterging Lulu durch meine Ehe mit Marie und natürlich umgekehrt. Lulu hielt mich straff an diesem Strick, während sie unabhängig herumwirbelte. Mit wem sie sich traf, was sie tat, ich werde es nie in Erfahrung bringen. Aber ich finde wirklich, der Junge sah aus wie ein Kashpaw.

Viele Male versuchte ich, die Zeit noch einmal anzuhalten, indem ich mir ein ruhiges Plätzchen suchte und mich dort hinsetzte. Aber in dem Moment, in dem ich mich auf die Ruhe einließ, an einen Baum gelehnt oder im geparkten Auto, oder wenn ich bei den Kühen saß oder einfach nur auf einem Stein rauchte, brachen unzählige Einzelheiten aus Liebe und Politik über mich herein. Es war, als hätte ich mein Bewußtsein leer geschöpft, nur damit sich ein neuer Schwall von – sagen wir mal den letzten Stammesneuigkeiten hineinergießen konnte.

Die Chippewa-Politik war mir ein Pfahl im Fleisch. Ich habe nie um den Vorsitz oder – wenn man's genau nimmt – überhaupt je um etwas gebeten, und trotzdem saß ich mittendrin in der brodelnden Politik. Ich ging nach Washington. Ich redete mit dem Gouverneur. Ich mußte kämpfen wie ein Wiesel, aber ich kämpfte mit einer auf dem Rücken festgebundenen Pfote, und das kam von dem Gezanke um eine neue Waschmaschine für Marie.

Eine Zeitlang wollte Marie damals nur eine Sache, die ich ihr geben konnte. Keine Liebe, keinen Sex, nur einfach eine Waschmaschine mit eingebauter Schleuder. Ich konnte es ihr nicht übelnehmen, bei all den Windeln und den Arbeitshosen und Hemden. Aber unser kleiner Geldvorrat war immer aufgebraucht, bevor auch nur an eine Anzahlung dafür zu denken war.

Dieses Gerangel und Gezerre ging ohne Unterlaß weiter. Es war schlimmer als damals, bevor ich innegehalten und die Butter vom Armaturenbrett genommen hatte. Lulu verbrauchte mich, während sie mir gleichzeitig meine Jugend zurückbrachte. Ich lebte hastig und heftig, wurde so rasant von der Arbeit nach Hause, zur Arbeit, in Lulus Arme und wieder zurück getrieben, daß ich kaum meine Gedanken beieinanderhalten konnte. Ich konnte auch nicht dagegen kämpfen. Ich mußte da hinhetzen, wohin ich getrieben wurde. Ich konnte nur hoffen, daß ich ans Land gespült werden würde, wenn alle, die etwas von Nector Kashpaw wollten, ihn völlig ausgewrungen hatten.

Als dann 1957 diese zwei Dinge passierten, war ich schließlich soweit. Es war fast eine Wohltat, um ehrlich zu sein, weil sie meinen Lebensweg ändern mußten.

Nummer eins war ein aalglatter, feister Cree-Vertreter aus Minneapolis, der ankam und sein Auto in Lulus Hof abstellte. Es war Henrys Bruder, Beverly Lamartine, ein aufwärtsstrebender, verschlagener Typ, der Lulu für einen Dollar erhängen würde. Das sagte ich ihr auch. Sie lachte nur.

»Der tut keiner Fliege etwas«, sagte sie.

»Ich bring ihn um, wenn er dich anrührt.«

Sie warf mir einen Blick zu, der besagte, es würde sich gar nicht lohnen, mich für so einen lächerlichen Bluff beim Wort zu nehmen, und sie wollte ja nicht sagen, was auf der Hand läge, außer vielleicht, und mir fuhr das wie ein Schuß durch und durch: »Wenn Marie nicht wäre...«

»Was?« sagte ich.

Sie biß sich auf die Lippen und beäugte mich. Es durchlief mich kalt. Mir dämmerte, daß sie daran dachte, diesen Stadtindianer zu heiraten, diesen pomadigen Veteranen mit Tätowierungen die ganzen Arme rauf.

»O nein«, sagte ich, »das tust du nicht.«

Ich verzweifelte bei dem Gedanken, aber ich war unfähig, ihren Amboßwillen ins Wanken zu bringen. Ich warf sie hin. Ich preßte ihre Arme zur Seite. Ich zog sie am Haar, so daß ihr Kinn hochfuhr. Dann versuchte ich, so gut ich konnte, sie zu meiner Puppe zu machen, die ich tanzen lassen konnte, rauf und runter, je nachdem, wie ich sie bewegte. Ja, das hab ich getan. Ihr Körper schwitzte und wand sich. Ich zwang sie, meine Lust in sich aufzunehmen. Aber als ich zurückfiel, gab es immer noch keinen Weg, Lulu zu besitzen, außer einem – Marie zu verlassen –, und das war unmöglich.

Zumindest dachte ich das.

In dieser Nacht verließ ich Lulu gleich, nachdem sie in die Kissen zurückgesunken war. Ich stieg in meinen Wagen und fuhr zum See. Ich parkte allein. Ich schaltete das Licht aus. Und dann zog ich, weil ich sogar in den stillsten Stunden, am Rand des Wassers, nicht still war, die Kleider aus und ging nackt ans Ufer.

Ich schwamm, bis ich ein plötzliches Ziehen in meiner Seele verspürte, nach Hause zu gehen und Lulu zu vergessen. Ich redete mir ein, sie in dieser Nacht zum letztenmal gesehen zu haben. Ich gab sie auf und tauchte hinunter zum Grund des Sees, wo es kalt, dunkel und still war wie auf dem Grund eines Grabes. Vielleicht hätte ich dort bleiben sollen und nicht kämpfen. Vielleicht hätte ich einen Atemzug tun sollen. Aber das tat ich nicht. Das Wasser schnellte mich hoch. Ich mußte zurück in das Gewirr meines Lebens.

Am nächsten Tag war ich froh über meinen Entschluß, Lulu für immer zu verlassen. Der Regionalentwicklungsplan kam durch. Ich war froh, denn wenn ich Lulu nicht schon vorher verraten hätte, hätte ich es jetzt tun müssen, und zwar wegen dem Land, auf dem sie wohnte. Es gehörte ihr nicht. Auch wenn sie Petunien pflanzte und das Vogelbad unter ihrem Fenster aufstellte, besaß sie das Land nicht, weil die Lamartines sich dort widerrechtlich niedergelassen hatten. Das Land hatte immer dem Stamm gehört, es tat mir leid, das herauszufinden, denn jetzt hatte der Stammesrat beschlossen, daß Lulus Land der ideale Platz sei, um eine Fabrik daraufzustellen.

Oh, ich machte Einwände. Ich tat, was ich konnte. Aber Regierungsgelder klingelten unter ihren Nasen. Am Ende wurde mir als Stammesvorsitzenden ein maschinengeschriebener Brief zur Unterschrift vorgelegt, der Lulu offiziell davon benachrichtigte, daß sie von ihrem Land verjagt wurde.

Meine Hand senkte sich wie in einem Traum. Ich schrieb meinen Namen auf die gepunktete Linie. Die Sekretärin faltete den Brief in einen Umschlag, und dann brachte ihn jemand zu Lulus Tür. Ich bemühte mich, den Dingen ihren Lauf zu lassen, aber ich saß hinter dem Steuerrad im der Falle. Ob es mir nun gefiel oder nicht, ich steuerte etwas, das außerhalb meiner Kontrolle war.

In dieser Nacht versuchte ich, Lulus Fenster außerhalb der Reihe einen Besuch abzustatten. Es war nicht die sechste Nacht der Woche, aber ich weiß, daß sie mich erwartete. Ich weiß es, weil sie mich abwies.

Und an diesem Punkt überkam mich das Leiden und Brennen mit einer Heftigkeit jenseits aller Vernunft. Kaum hatte ich Lulu aufgegeben, da wollte ich sie auch schon zurück.

Es ist eine heiße Nacht im August. Ich sitze im Lampenschein an meinem Küchentisch. Es ist die sechste Nacht, aber ich bin zu Hause bei Marie und den Kindern. Sie sind alle um mich herum, atmen tief oder murmeln im Traum. Aurelia und Zelda liegen zusammengerollt auf dem Ausziehbett neben dem Ofen. Zelda stöhnt in dem schwachen Licht und sagt: »Oh, schnell!« Ihre Beine bewegen sich und zucken, als ob sie etwas jagt. Ihr Kopf ist voller gekreuzter schwarzer Haarnadeln.

Ich habe meine braune rindslederne Aktenmappe neben mir, sie ist offen, und dickbepackte Schnellhefter, Broschüren und Notizen quellen aus ihr hervor. Ich nehme einen blaulinierten Block heraus und einen Bleistift, der noch nicht angespitzt ist. Ich schabe den Bleistift mit meinem Taschenmesser spitz. Dann mache ich das Messer sauber, klappe es zusammen und überlege, ob ich wirklich schreiben werde, was ein Teil meines Gehirns beschlossen hat.

Ich lecke meinen Daumen. Der Bleistift zieht Striche. 7. August 1957. Meine Hand fährt nach links. *Liebe Marie!* Ich lasse zwei Zeilen frei, wie ich es in der Staatsschule gelernt habe. *Ich verlasse Dich.* Ich drücke so fest auf, daß die Bleistiftmine bricht.

Zelda setzt sich kerzengerade auf und schnappt nach Luft. Sie war schon immer eine unruhige Schläferin. Als kleines Mädchen lief sie durchs Haus, um zu ihren Eltern zu kommen. Oft, wenn ich aufwachte, sah ich sie am Ende unseres Bettes stehen und mit beiden Händen den Pfosten festhalten, als zöge er sie irgendwohin.

Jetzt, fast ausgewachsen, runzelt Zelda über etwas in

ihrem Traum die Stirn, sinkt dann langsam zurück unter ihre Zudecke und verschwindet bis auf ein Fleckchen Stirn. Ich ergebe mich. Ich nehme den Bleistift in die Hand und fange an zu schreiben.

Liebe Marie!
Weiß nicht mehr, wie ich das durchhalten soll, wo es jeden Tag nur noch schlimmer wird. Ich hab Dich einmal geliebt, ja, aber schon lange treffe ich mich auch mit Lulu. Jetzt setzt sie mich unter Druck, und der Tag ist gekommen, wo ich aufstehen und gehen muß. Entschuldige. Ich habe bei ihr die wahre Liebe gefunden. Ich habe keine Wahl. Aber das bedeutet nicht, daß Nector Kashpaw die Seinen vergessen wird.

Nachdem ich diesen Brief geschrieben habe, falte ich ihn sehr schnell zusammen und schiebe ihn in die Aktenmappe. Dann reiße ich ein frisches Blatt ab und fange einen zweiten an.

Liebe Lulu!
Du hast mich so lange gewollt. So, jetzt hast Du mich! Hier bin ich, Mädchen, zum Zugreifen und hundertprozentig Dein. Dies ist mein offizieller Antrag, schriftlich niedergelegt.
    Der Deine, bis die Hölle zu Eis erstarrt,
    Nector

Und dann, vielleicht weil ich es doch nicht ernst meine, vielleicht muß ich es nur einmal loswerden, verschließe ich die Briefe in meiner Aktenmappe, blase die Lampe aus und suche mir um die schlafenden Kinder herum den Weg zu Marie. Ich hänge mein Hemd und meine Hose an den Bettpfosten und schlüpfe neben sie. Sie schläft immer auf der Seite, mit dem Rücken zu mir, um das Baby gerollt, das an der Wand liegt, damit es nicht hinausfällt. So schläft sie, seit ich einmal auf eins draufgerollt bin. Ich schmiege mich um sie und leg meinen Arm um ihre Taille.

Sie riecht nach Milch und Holzasche und sonnengetrockneter Wäsche. Marie hat nie einen Tropfen Parfüm benützt. Ihre Hände sind groß, zerfurcht von scharfen Messern, aufgerauht vom Bleichmittel. Ihr Rücken ist hart wie ein Brett. Und doch wärmt sie mich. Ich habe das Gefühl, ich möchte sie um etwas bitten, aber ich weiß nicht, worum. Ich liege hinter ihr, höre ihren Atem ein- und ausseufzen, und der Schmerz wird schlimmer. Er füllt meinen Hals wie ein Klumpen rohes Metall. Ich möchte sie umklammern und niemals loslassen, ich möchte weinen und ihr sagen, was ich getan habe.

Ich mache einen Laut zwischen meinen Zähnen, und sie bewegt sich, noch im Traum. Sie zieht meinen Arm tiefer herunter und murmelt etwas in ihr Kissen. Ich atme ein mit ihrem Atem. Ich atme wieder. Und dann wird mein Körper zu ihrem. Wir atmen vereint, und ich schlafe sanft ein und weiß immer noch nicht, was geschehen wird.

Ich schlafe wie erschlagen, die ganze Nacht, sehr fest. Als ich aufwache, ist sie schon mit Zelda in die Stadt gegangen. Sie sind früh aufgestanden und haben Äpfel eingemacht. Die Gläser stehen, Deckel nach unten, am einen Ende des Tischs, rötlich gold, hübsch, wie so die Sonne durchscheint. Ich koche mir meinen Morgenkaffee und kaue den kalten Hefekuchen, den sie mir hingestellt hat. Ich überlege immer noch, was ich tun soll. Es ist, als ob ich mein ganzes Leben lang bis jetzt nie eine Entscheidung habe fällen müssen. Ich hab immer getan, was gerade kam, bin gegangen, wo ich hingeführt wurde, habe angenommen, wenn ich gerufen wurde. Ich habe nie nein gesagt. Aber jetzt heißt es entweder – oder, und mein Kopf reicht nicht aus, um das zu verstehen.

Ich gehe nach draußen, und lange Zeit beschäftige ich mich damit, Holz zu hacken. Die Kinder können selbst für sich sorgen. Ich mühe und schlage mich mit dem Holz herum, spalte mit einem Keil und lege mich schwer in die Axt, als ob der Haufen, wenn er groß genug wird, mir sagen könnte, was ich tun soll.

Während ich arbeite, denke ich plötzlich an Lulu. Ich habe ein deutliches Bild vor Augen, wie sie auf dem Schoß ihres Schwagers sitzt. Ich sehe, wie Beverlys riesige

Pranke ausholt und sich um ihre Schulter legt. Lulus Kopf neigt sich zur Seite, und ihre Augen glänzen wie die eines Vogels. Er nickt ihr zu. Dann fällt sein Mund auf ihren.

Ich werfe die Axt hin. Die beiden Liebesvögel treiben mich ins Haus. Ich bin wie ein Wilder, durchwühle meine Aktenmappe. Ich finde den Brief an Marie und nehme ihn heraus, lese ihn einmal durch, dann beschwere ich ihn mit der Zuckerdose auf dem Tisch. Ich stopfe den Brief an Lulu in meine Tasche, und dann gehe ich.

Ich sehe nur eines, während ich die Treppen hinuntergaloppiere und in den Wald hinein: Lulus kleine rote Zunge, die über ihre Zähne streicht. Mein Herz bebt, aber ich kann nichts dagegen tun, daß ich jetzt immer mehr sehe. Ich sehe, wie sich sein großes Gesicht unter ihr Kinn kuschelt. Ich sehe ihre Hände hochfliegen, um seinen Kopf zu umfassen. Gekonnt rollt sie ihren Körper unter den seinen, und da breche ich durch das Unterholz, zermalme Blätter, fast zu blind, um den alten Wildpfad zu sehen, der sich durch den Wald schlängelt.

Ich krieche zu ihrem Haus hinauf, als wolle ich sie zusammen ertappen, obwohl ich gehört habe, daß er wieder in den Städten ist. Ich ducke mich hinter ein paar Büschen oben auf dem Hügel, in der Erwartung, daß ihre Hunde mich jeden Augenblick wittern. Ich schaue ringsum. Ihr Haus ist frisch gestrichen, gelb mit schwarzen Verzierungen, munter wie eine Biene. Die Petunien stehen davor, in zwei alte weißgestrichene Traktorreifen gepflanzt. Nach einer Zeit, als die Hunde mich nicht aufgestöbert haben, wird mir klar, daß sie fort sind, und ich sehe, wie töricht ich bin. Das Haus ist ruhig. Kein Beverly. Auch keine Jungen im Hof beim Autoreparieren oder Scheibenschießen. Sie sind weg, haben Lulu allein gelassen.

Ich lege meine Hände an die Stirn. Sie brennt, als hätte ich Fieber. Seit dem Nash habe ich Lulu nie mehr bei Tageslicht die Kleider ausgezogen, und mir kommt jetzt in den Sinn, daß ich das tun könnte, wenn ich zu ihrem Haus hinunterginge. Also bahne ich mir den Weg aus dem dichten Buschwerk hinaus.

Zum allererstenmal gehe ich zum Vordereingang und klopfe. Das kommt mir so normal vor, daß ich fast erschrecke. Etwas in mir ist drauf und dran, zu zerspringen. Ich brauche Lulu, damit sie mir zeigt, was dieses Schreckliche ist. Ich brauche ihre Hand, die mich hereinzieht und mich nach hinten in ihr Schlafzimmer führt, und ihre Stimme, die mir sagt, daß wir vom Schicksal füreinander bestimmt sind. Ich brauche sie, damit sie mir sagt, daß ich das Rechte tue.

Aber niemand kommt an die Tür. Kein Laut ist zu hören. Es ist ein heißer, stiller Nachmittag, und nichts regt sich in Lulus stumpfem Gras, obwohl ich jetzt das Gefühl habe, daß tief in den Bäumen, an allen Seiten, sich etwas langsam vorwärtsbewegt. Ein Tier, das groß ist, dicht behaart, namenlos. Diese Gedanken sind verrückt, ich weiß, und ich versuche, sie mir aus dem Kopf zu schlagen. Ich umrunde das Haus. Der Hinterhof ist der einzige Ort, an dem Lulus Ordnungsliebe gescheitert ist. Der Boden ist mit Autoteilen, Ölkannen, Zementbrocken und anderem nützlichen Gerümpel bedeckt.

Auch an der Hintertür macht keiner auf, deshalb setze ich mich auf die Veranda. Ich sag mir, egal, wie lange Lulu braucht, bis sie kommt, ich werde warten. Ich kann nicht gut warten, nicht wie mein Bruder Eli, der eine Stunde lang dasitzen kann, ohne einen Muskel zu regen, wenn sich Wild nähert. Ich kann nicht gut warten, aber ich versuche es. Ich drehe mir eine Zigarette und rauche sie so langsam wie möglich. Ich drehe eine zweite. Ich versuche an alles zu denken, nur nicht an Lulu oder Marie oder meine Kinder. Ich denke zurück an den verrückten Kapitän in *Moby Dick,* und wie ihm das Bein abgerissen wurde. Vielleicht habe ich unrecht gehabt, wegen Ishmael, meine ich, denn jetzt sehe ich Anzeichen des Kapitäns an mir selbst. Ich beuge mich vor und hebe eine Blechbüchse auf und drücke sie platt. Grundlos! Ein bißchen später schlage ich gegen die Wand ihres Hauses, bis meine Faust weh tut. Ich lasse den Kopf in die Hände sinken. Ganz laut sag ich zu ihr, sie soll schnell wiederkommen. Ich weiß nicht, was ich tue, wenn sie nicht kommt.

Ich bin müde. Ich hab angefangen zu zittern. Und da nehme ich den Brief raus, den ich in meiner Tasche zerknittert habe. Ich nehme mir vor, ihn hundertmal zu lesen, ganz langsam, bevor ich was anderes tue. Also lese ich ihn, Wort für Wort, bis die Wörter keinen Sinn mehr ergeben. Ich lese weiter. Ich zähle sorgfältig, konzentriere mich, bis ich plötzlich an Marie denke.

Ich sehe sie vor mir, wie sie jetzt den Brief findet. Zukker krümelt über den Tisch, während sie sich hinsetzt und in ihrem Schock aufweint. Ein Glas mit Äpfeln platzt. Die Kinder schreien erschreckt. Auf dem Herd läuft siedendes Fett über. Die Hunde heulen. Sie packt den Brief und zerreißt ihn.

Ich verzähle mich. Ich versuche, Lulus Brief noch einmal zu lesen, aber ich komme nicht durch. Ich zerknülle ihn zu einem Ball, werfe ihn zu Boden, dann zünde ich mir eine frische Zigarette an und fange an, sehr schnell zu rauchen, während ich eine zweite drehe, um meine Hände abzulenken.

Und so, genau so, passiert das Schreckliche.

Ich bin so begierig darauf, die nächste Zigarette zu rauchen, daß ich nicht merke, daß ich meine halbgerauchte, die am Ende noch glimmt, zu Boden geworfen habe. Sie ist genau auf den Ball aus Lulus Brief gefallen. Der Brief raucht. Ich merke nicht gleich, was passiert, und dann flammt das Papier auf.

Neugierig und benommen sehe ich zu, wie der Brief brennt.

Ich schwöre, daß ich nichts tue, um dem Feuer weiterzuhelfen.

Unkraut versengt in einem kleinen Kreis, und dann bricht ein Bündel schmieriger Lappen in Flammen aus. Es brennt schnell. Ich verlasse die Treppe. Ein alter Streifen Teppich kräuselt sich und erfaßt einen versteckten öligen Flecken im Gras. Die braunen Grashalme lassen Funken stieben und knistern, bis die Flamme auf einen Haufen von Holzspänen überspringt. Dahinter stehen Benzinkanister, die die Jungs aus Autowracks geholt haben. Ich mache einen Schritt zurück. Die Sonne geht in den Fenstern unter, schwarz und rot. Ich ducke mich. Die Benzinkanister platzen mit lautem Krachen. Blaue Lichter blitzen hinter meinen Augenlidern weiter, und jetzt lecken lange, ölige Flammen an der Hausseite hoch, züngeln wie

Schlangen an den Verandafenstern, suchen sich ihren Weg in die Küche, wo das Kerosin gelagert wird und wo Lulu ihre säuberlich mit Schnur gebündelten alten Zeitungen aufbewahrt.

Das Feuer ist nicht aufzuhalten. Die Fenster sind ein Hochofen. Sie springen heraus, es regnet Glas, aber ich schließe nur die Augen und bin unberührt.

Ich habe nichts getan.

Ich spüre die Hitze an meinen Beinen hochsteigen und sich sammeln, sie brennt für Lulu, aber sie brennt Lulu aus mir heraus.

Ich weiß nicht, wie lange ich da stehe, Zentimeter um Zentimeter zurückweiche, während das Feuer durch die Balken fegt, aber ich habe fast den Wald erreicht, bevor die Hitze auf meinem Gesicht mich dazu bringt, mich schließlich von dem Anblick zu lösen und mich umzudrehen.

In diesem Augenblick sehe ich, daß ich nicht allein bin.

Ich sehe Marie im Busch stehen. Sie ist vierzehn und wieder schlank. Ich kann nichts tun als hinsehen, in der Erde festgewurzelt. Sie steht groß da, aufrecht und streng wie ein Engel. Sie beobachtet mich. Rote Flammen von dem brennenden Haus glänzen und flackern in ihren Augen. Ihre Haut strahlt Licht aus. Wir stehen einander gegenüber, und dann fängt sie an, sich auf Wellen von Hitze zu erheben. Ihre Brust ist ein leuchtender Schild. Ihr Arm ist ein weißglühender Speer. Als sie ihn hebt, breitet sich der Busch hinter ihr aus, lodert auf wie Flügel.

Ich sinke auf die Knie, ein Mann von Lumpen und Zunder. Ich bin bereit, ebenfalls im Feuer zu brennen, aber sie streckt die Arme aus und hebt mich auf.

»Daddy«, sagte sie, »wir müssen hier raus. Komm, wir gehen.«

Fleisch und Blut
(1957)

Marie Kashpaw

Ich hatte wahrhaftig keinen Grund, diesen Hügel noch einmal hochzusteigen. Tagelang, wochenlang, nachdem ich gehört hatte, daß Schwester Leopolda im Sterben lag, redete ich mir ein, daß ich froh darüber war, sagte ich mir, gottlob werden wir diese verschrobene Seele los. Als ich an dem Morgen Gläser auskochte und Sirup goß, sagte ich mir im stillen vor, was sie verdiente. Die Gläser waren heiß. Sie verdiente, bei lebendigem Leib in eines hineingepackt zu werden ... Aber kaum stellte ich mir das vor, da tat sie mir schon leid, wie sie in ihrem schwarzen Fetzen in dem Einmachglas zusammengerollt saß und durch die Glaswand herausstarrte. So ging es immer. Über die Jahre hatte ich mir viele verschiedene Strafen ausgedacht, die ich der Nonne auferlegen wollte, die mir den Schädel gespalten und in meiner Hand eine Narbe hinterlassen hatte, die fest und kalt war, eine Narbe, die am Karfreitag schmerzte und bei Regen klopfte. Aber jedesmal, wenn ich sie mir dann in der Verdammnis vorstellte, wurde ich weich. Ich sah sie knien, mit totem Gesicht, ohne Liebe.

Ich stand in meiner Küche, schichtete Äpfel in Gläser und goß den kochenden Sirup mit Zimt darüber. Ich wußte, was ich wußte. Es war beständig abwärts mit ihr gegangen. In den vergangenen Jahren ihres Lebens waren es Stockschläge, Stühle, Bettlägerigkeit gewesen. Es hieß, sie bete 24 Stunden lang ununterbrochen vor sich hin. Es gab welche, die den Saum ihres Kleids berührten, um gesegnet zu werden. Als sei *sie* die Heilige. Dieses Gerippe! Ich kannte die Wahrheit. Sie mußte stärker beten als die anderen, weil der Teufel sie immer noch mehr liebte als alle sonst auf dem Hügel. Einmal durchlief sie die Leidensmysterien mit blutenden Füßen. Es gab welche, die die Kieselsteine aufhoben, auf die ihr Blut gefallen war. Ich nicht. Ich wußte, daß der Teufel sie mit seiner Hartnäckigkeit in die Gnade trieb. Sie wurde berühmt. Wie die heilige Theresa lebte sie viele Wochen lang von geweihten Hostien.

Aber ich hatte sie keine Kranken besuchen oder Traurige aufrichten sehen. Keine alltäglichen Wunder gab es bei ihr. Ihr Talent war der Geschmack am Schmerz, der Schaum vor dem Mund, und es überraschte mich nicht, daß ihre Sinne in jüngster Zeit kräftig verwirrt waren.

Ich hörte, daß man sie jetzt in ihrer kleinen Zelle hielt. Eingeschlossen. Ich hörte, sie hätte einen eisernen Löffel, mit dem sie auf die Bettstelle schlug, um Geister zu vertreiben. Funken flogen ihre Wände hoch. Man mußte ihr Zimmer sehr sauber halten, hörte ich, sonst leckte sie den Staub von den Fenstersimsen. Fussel waren ihre Mahlzeiten. Man wagte es nicht, zuzulassen, daß sich unter ihrem Bett Staubflocken ansammelten. Ich wußte, wie es dazu gekommen war. Ich wußte, daß es die Hitze war. Die ausgedehnte Hitze des Gebets hatte ihr Hirn zum Kochen gebracht. Ich wußte auch, was sie über ihren Appetit auf Staub nicht wußten.

Sie aß den Staub aus einem Grund: um sich mit dem Tod bekannt zu machen. So war sie jetzt erfüllt von dem Treibenden und Namenlosen.

Beim Einfüllen der Äpfel kam ich nun zum letzten Glas. Ich dachte so konzentriert an sie, daß ich mir den Sirup auf die Hand goß.

»Verdammte Hexe!« schrie ich, als sei sie es gewesen. Und vielleicht war sie es auch. Wer wußte schon, wie weit ihr Einfluß reichte?

Ich nahm meine Schürze ab und hängte sie über einen Stuhl. Vielleicht ein Zeichen. Meine Hand war verbrüht. Ich merkte es kaum. Ich würde den Hügel hinaufgehen.

»Ich geh sie besuchen«, sagte ich, um es laut zu hören. »Ich nehm Zelda mit.«

Das kam für mich selbst überraschend. Indem ich beschloß, das Mädchen mitzunehmen, wurde mir noch ein zweiter Grund klar: Ich wollte Leopolda besuchen, nicht nur, um sie zu sehen, sondern damit sie mich sah. Ich würde ihr zeigen, daß ich nicht von Oblaten des Fleisches Gottes gelebt hatte, sondern von der Frucht eines Mannes. Vor langer Zeit hatte sie meine Hingabe zu wecken versucht. Nun würde ich ihr zeigen, wohin sich meine Hingabe gerichtet und wohin mich das gebracht hatte. Denn jetzt gehörte ich zu den besseren Kreisen. Nector war Stammesvorsitzender. Meine Kinder waren gut erzogen und gebildet dazu.

Ich ging zum Kleiderschrank und zog das gute wollene Kleid heraus, das ich zu meinem Gang auf den Hügel anziehen wollte, selbst an einem so heißen Tag. Königsviolett hatten sie die Farbe im Kleidergeschäft in Grand Forks genannt. Ich hatte 20 Dollar in Raten dafür gezahlt und es an dem Tag getragen, an dem Nector mit mir an seiner Seite auf den Vorsitz vereidigt wurde.

Es war ein gutes Kleid, maschinell hergestellt, aus einem klassischen Stoff. Es war ein Kleid von der soliden Sorte, wie keine Lazarre es je trug.

Zelda war sechzehn, älter, als ich war, als ich mich auf die Nonne eingelassen und den Dämon aus ihrem Ärmel gezogen hatte. Zelda war älter an Jahren, aber nicht in ihrer Entwicklung; das heißt, sie wußte noch nicht, was sie wollte, während mein Entschluß sich von selbst gefaßt hatte, als ich den Hügel hinunterging. Vierzehn Jahre, älter war ich nicht damals, und doch war ich Frau genug, um Nector Kashpaw zu umgarnen. Aber Zelda schwankte noch, trotz all ihrer Vorzüge, und manchmal bemerkte ich, wie sie in einer träumerischen Stimmung über das Feld starrte.

An diesem Morgen hatte sie allerdings im Garten gearbeitet und die Jüngeren beaufsichtigt. Wie immer war sie dabei sauber und adrett geblieben.

»Wo gehst du hin?« fragte sie, als sie zur Tür hereinkam. »Du hast ja dein Kleid an.«

»Ich hab es an«, sagte ich, »weil ich die Nonnen besuchen gehe. Ich möchte, daß du mitkommst. Zieh dich schnell um.«

»Gut.« Sie ging immer gern dort hinauf. Mit einigen von ihnen war sie befreundet, und es konnte jeden Tag in der Woche passieren, daß sie zur Messe ging. Aber sie hatte sich noch nicht entschlossen, einen bestimmten Weg zu gehen.

Sie brauchte nicht lange. Sie hatte eine gebügelte weiße Bluse und einen Faltenrock an. Mit ihrem Geld von den Kartoffelfeldern hatte sie sich Söckchen gekauft. Ihre Halbschuhe waren strahlend weiß poliert. Man hätte nie geglaubt, daß dies die Enkelin von Ignatius Lazarre, dem alten Saufsack, war. Sie hatte sogar eine Schleife in ihrem Haar, das sie jede Nacht mit Haarnadeln einlegte, um es schön lockig zu kriegen.

Also gingen wir. Der Weg war weit genug, und die Straße war heiß, als wir aus dem Wald kamen. Weil ich mein Kleid anhatte, ließ ich mich nicht ins Schwitzen bringen. Der Hügel war staubbedeckt. Staub hing grau in sich verlagernden Ringen um die weißen Klostermauern. Es hatte nicht geregnet diesen Herbst, und die Ackerkrume wurde durch die Stadt geblasen. Doch wir gingen. Wir kamen an der Stelle auf der Straße vorbei, wo Nector versucht hatte, mir das Bein zu stellen. Wir waren schon oft an dieser Stelle vorbeigekommen, ohne daß ich an Nector gedacht hatte, aber heute fiel mir alles wieder ein.

»Hier hab ich deinen Vater kennengelernt«, sagte ich zu Zelda. Soweit ich weiß, ist das auch die Stelle, an der wir Gordon gemacht haben, aber so genau sagte ich das nicht.

»Dein Vater konnte einfach die Finger nicht von mir lassen«, prahlte ich plötzlich. Ich nehme an, ich sagte das, um einen anderen Ausdruck auf das Gesicht meiner Tochter zu bringen. Sie bekam gerade diesen ernsten, glasigen Blick, als müßte sie in den Brunnen ihrer Seele hinunterschauen. Aber jetzt fuhr sie zusammen und wurde rot.

»Mach doch nicht solche Kuhaugen«, sagte ich in ihr schockiertes Gesicht, »kann sein, daß du ein bißchen hinterher bist, wenn's um Männer geht, aber deine Zeit kommt auch noch.«

Danach sah sie mich nicht mehr an.

»Wieso besuchen wir sie?« fragte sie, nachdem wir ein Stück weitergegangen waren.

»Ihnen ein paar Äpfel bringen«, sagte ich. Ich hielt ein Glas mit frisch eingemachten Holzäpfeln in der Hand. Ich hatte den Baum zwölf Jahre zuvor eigenhändig gepflanzt, und lange Zeit war das der einzige Apfelbaum im Reservat gewesen. Dann hatten die Nonnen zwei auf ihrem Hügel gepflanzt. Aber die Bäume trugen noch kaum. Auf meinen konnte man sich verlassen.

»Und auch«, teilte ich Zelda mit, »um die alte Nonne zu besuchen, die meine Lehrerin war. Leopolda.«

»Ich hab nicht gewußt, daß die deine Lehrerin war«, sagte Zelda. »Sie ist ziemlich alt.«

»Und krank ist sie jetzt obendrein«, sagte ich. »Drum gehen wir sie besuchen.«

Wir kamen zur Tür. Der Rasen war zurückgeschrumpft, um Platz für einen Parkplatz zu machen. Lange, eckige Hecken führten nach beiden Seiten. Die Wände blendeten immer noch mit ihrer billigen weißen Tünche, aber die meisten Risse waren zugegipst, und die Vogelnester waren heruntergeschlagen worden. Das alte Kloster hatte ein paar neue Nonnen bekommen und es zu etwas gebracht in der Welt.

Ich zog an der Glocke. Sie machte einen tiefen und kostbaren Ton in der Diele. Ich hörte das Pochen von groben schwarzen Schuhen, das Rascheln von schwerem Stoff, und ein leichter Wind faßte mich. Ich hatte mir oft vorgestellt, wie ich hierher zurückkommen würde, an diese Tür, und immer war es das knochig geschnitzte Gesicht Leopoldas gewesen, das mich empfangen hatte, nicht Dympna, die jetzt die Tür öffnete und unbeholfen lächelte. Sie hatte nur noch drei Zähne in ihrem breiten bleichen Gesicht. Zwei waren oben und einer war unten. Das und ihre Augen, die so rot und leer waren, verliehen ihr das Aussehen eines großen Kaninchens.

Mir wurde die Merkwürdigkeit dessen, was hier geschah, bewußt. Mehr als zwanzig Jahre waren vergangen seit damals, als ich diesen Ort betreten hatte und auf dem Sofa der Äbtissin als Heilige angebetet worden war. Zwanzig Jahre, seit Leopolda mich mit ihrer Brotgabel durchbohrt hatte. Zwanzig Jahre, in denen auch ich es zu etwas gebracht hatte in der Welt.

»Wir sind gekommen, um Schwester Leopolda zu besuchen«, sagte ich.

»Herein! Herein!« Das Kaninchen schien erfreut und beäugte mein Glas. »Sind die Äpfel von eurem Baum?«
»Ja.« Ich hielt sie ihr hin.
»Das ist sicher deine Mutter«, schloß Dympna. Zelda nickte. Die Nonne erkannte mich nicht. »Bitte kommen Sie herauf.«
Sie nahm die Äpfel aus meinen Händen und führte uns den Gang entlang. Wir stiegen eine braun gefliese Treppe hinauf, an die ich mich erinnerte. Wir gingen einen kürzeren Gang entlang und blieben ganz am Ende stehen. Ihr ganzes Leben als Erwachsene hatte Leopolda in derselben Zelle verbracht. Dympna klopfte. Es war still.
»Vielleicht schläft sie«, sagte Zelda.
»Ich schlafe nicht«, sagte die Stimme, sehr leise, so daß wir sie von unserer Seite kaum hören konnten.
»Bitte gehen Sie hinein«, sagte Dympna. »Ich denke, sie erwartet Sie jetzt.«
Dympna verließ uns, und wir standen an der Tür, während diese aufsprang und sich langsam in die dämmerige Kampferluft von Leopoldas Zimmer öffnete. Ich trat zuerst ein, Zelda kam nach. Ich sah nichts außer den Bettlaken, die so weiß waren, daß sie fast leuchteten. Leopolda lag zwischen ihnen. Als meine Augen sich an das Licht gewöhnten, machte ich sie aus, ein Bündel von Holzstöckchen, in ein weißes Nachthemd gewickelt.
Nicht einmal Anmachholz für ein Feuer, dachte ich.
»Es ist dunkel hier drin«, sagte ich.
Sie antwortete nicht.
»Ich bin gekommen, um Sie zu besuchen.«
Immer noch Schweigen.
»Ich habe meine Tochter mitgebracht. Zelda Kashpaw.«
»Ich weiß nicht, wer Sie sind«, sagte sie schließlich.
»Marie.«
Ich öffnete die Vorhänge einen Spalt. Ein Lichtstrahl kam hindurch. Ich sah sie deutlich, in die Laken und Decken gewickelt, und ich war so überrascht über das, was ich sah, daß ich den Vorhang zurückfallen ließ. Sie war bis auf ihre Stöckchenknochen zusammengeschrumpft. Ihre Arme waren dünn wie Seile. Und ihr Haar. Das Haar schockierte mich erstens, weil ich immer gedacht hatte,

Nonnen hätten keins, und dann, weil es so seltsam aussah. Ihr Haar war schneeweiß und sproß gerade und dünn aus ihrem Schädel wie der Flaum von Löwenzahn. Ich hatte fast Angst zu atmen, als könnte es wegfliegen. Auch alles andere an ihr war schütter, wie eine abgestorbene Pflanze.

»Marie!« sagte sie plötzlich. Ihre Stimme wurde tief und heiser. »Meerstern! Du wirst glänzen, wenn wir das Salz verbrennen!«

»Wenigstens haben Sie mich nicht vergessen.« Ich tastete nach einem Stuhl und setzte mich. Zelda stand am Fußende des Bettes und beobachtete uns. Zuerst war ich erleichtert. Ich hatte erwartet, daß die Nonne toben oder völlig von Sinnen sein würde. Aber es schien, als sei ihr Kopf noch klar. Nur ihr Körper war beeinträchtigt. Sie begann mir leid zu tun, so ausgetrocknet und verschrumpelt. Das war immer mein Fehler. Denn ich nahm ihre Hand wie in normaler, tröstender Freundschaft und spürte sofort die grimmige, bedrohliche Stärke in ihr, unverändert nach all diesen Jahren.

»O nein, ich habe dich nicht vergessen«, sagte sie und drückte meine Hand noch fester. »Ich wußte, daß du wiederkommen würdest.«

Ich hatte nicht vor, mich in ihre Gewalt bringen zu lassen, besonders wo ich wußte, daß sie bei Sinnen war. Ich zog die Hand weg. »Sie haben mir leid getan«, sagte ich.

Aber das brachte sie nur zum Lachen, ein trockenes Knistern wie von Blättern, die man zertritt.

»Du tust mir auch leid, jetzt wo ich sehe.«

Es war dämmerig. Sie konnte nichts sehen, es sei denn, sie hätte die Augen eines Nachttiers, was ich bezweifelte, trotz ihrer wundersamen Kräfte.

»Warum?« fragte ich. Gediegen in meinem guten Kleid, war ich stolz und konnte das fragen. Aber ausgerechnet das Kleid war es, was sie sich heraussuchte, um mir ihre Verachtung ins Gesicht zu schleudern.

»So arm, daß du ein altes Oster-Altartuch zerschneiden und dir zurechtnähen mußtest«, sagte sie und zeigte mit dem Finger. Er war ein Stöckchen aus Glas.

»Sie sind blind«, sagte ich. »Das ist kein Altartuch, es ist gute Wolle.«

»Es ist lila.«

Wie sie die Farbe erkannte, weiß ich nicht. Ich vermute, sie hatte mich so vollständig gesehen wie ich sie, als das Licht durch den Spalt im Vorhang hereinfiel.

»Ich nehm an, du hast auch Bälger gekriegt von dem Indianer«, fuhr sie fort, ohne Zelda zu beachten, »elende, gemeine Bälger. So werden die alle.«

»Sehen Sie doch her«, sagte ich, »das ist meine Tochter.«

Jeder konnte sehen, daß Zelda nicht elend war und nicht gemein, und sie war bestens gekleidet. Die Nonne schien ein gewisses Interesse aufzubringen. Sie wandte sich Zelda zu, die in einem weichen Schatten still zu ihren Füßen stand. Sie sah Zelda an, wie sie so dastand. Sekunden vergingen. Dann bewegte Leopolda sich plötzlich und wandte sich wieder zu mir.

»Ja«, flüsterte sie. »Ähnlich. Sehr, sehr ähnlich.«

»Natürlich«, sagte ich und setzte mich zurecht, obwohl ich wußte, daß Zelda und ich uns überhaupt nicht glichen. »Und ich hab noch vier zu Hause, alle fast so erwachsen wie Zelda hier.«

»Wie kriegst du sie satt?« Die Nonne sah am langen Speer ihrer Nase entlang.

»Da hab ich keine Schwierigkeiten«, sagte ich, »mein Mann ist der Vorsitzende dieses Stammes.«

Ich machte eine Pause, um das in ihren Schädel einsinken zu lassen.

»Manchmal fahren sie ihn nach Washington«, sagte ich.

Die Nonne sah mich nur an. Ihre Augen waren zwei stetige lichtlose Strahlen.

»Einmal ist ein Senator bei uns gewesen«, sprach ich weiter. »Sie sind in den Wald auf die Jagd gegangen, aber sie haben nichts geschossen. Ein anderes Mal...«

Aber sie hatte schon angefangen, das trockene Geräusch von sich zu geben, ihr Gelächter, und ihr Mund stand schwarz und weit offen.

»...hat er mit dem Gouverneur zu Abend gegessen«, sagte ich.

»Dann hast du es also zu etwas gebracht in der Welt«, spottete sie und benützte dabei meine Gedanken gegen

mich. »Oder vielmehr dein Mann, so hört sich's an, nicht du, Marie Lazarre.«
»Marie Kashpaw«, sagte ich. »Er ist, was er ist, weil ich ihn dazu gemacht habe.«
Ich spürte, wie der Blick meiner Tochter sich auf mich richtete, aber was ich sagte, stimmte, und Zelda wußte das. Sie hatte gesehen, wie ich ihn vom Haus des Schwarzbrenners wegschleppte. Sie hatte gesehen, wie ich die ganze Nacht mit einem Axtstiel an der Tür saß, damit er nicht auf Schnapssuche ging. Sie hatte gesehen, wie ich ihn runterrationierte und seinen Schnaps mit Wasser mischte, bis Nector trocken wurde. Also wußte sie um die Wahrheit meiner Worte.
»Kein Zweifel«, sagte die Nonne. »Du hast ein gewisses Talent gehabt.« Ihr Atem war wie ein kleiner Windstoß, der Staub aufwirbelt, und ich erinnerte mich an ihre Hände auf meinem Rücken, wie sie eine buttrige Salbe in die Brandwunden rieben, die sie selbst verursacht hatte. Die Narbe in meiner Hand begann zu jucken. Ich hatte ein Talent gehabt, das stimmte.
»Ich bin hier lebend rausgekommen«, sagte ich. »Ich muß Talent gehabt haben, um das zu schaffen.«
Ich spürte, wie Zelda vor Verwirrung über das, was ich sagte, erstarrte.
Als die Nonne diesmal lachte, war es tief und heiser, wie trockene Zweige, die in ihrer Brust brachen, und es endete in einem Hustenanfall, der ihr Gesicht blauer anlaufen ließ, als ich es je im Zorn bei ihr gesehen hatte.
»Sie sind krank«, sagte ich und ließ Mitleid in meine Stimme fließen, »kränker als ein Hund. Sie tun mir leid.«
»Du tust mir leid«, sagte sie sofort wieder, »jetzt, wo ich sehe, daß du in der Hölle schmachten wirst.«
Aber ich hatte meine Antwort schon auf der Zungenspitze.
»Warum sollte ich in die Hölle kommen?« sagte ich. »Ich bin gut zu meinen Nachbarn, ich gebe meinen Kindern zu essen, was ich mir vom Mund abspare, ich habe Nector davor bewahrt, sich selbst Schaden zuzufügen.«
»Ah –«, fing sie an. Ich schnitt ihr das Wort ab.
»Sie sind diejenige! So stolz darauf, sich die Füße zu zer-

fetzen! Als Heilige angebetet zu werden! Und dabei sind Sie die ganze Zeit geizig und gemein zu den Kranken an Ihrer Tür. Ich hab's gehört!«

Wieder verfinsterte sich ihr Gesicht. Zelda streckte erschrocken die Arme aus. Aber ich war noch nicht fertig.

»Ich hab das hinter mir gelassen, als ich den Hügel hinuntergegangen bin. Staub, alles nur Staub. Ich hab's deutlich gesehen. Die Sanftmütigen werden die Erde besitzen!«

Die Nonne schöpfte gemartert Luft.

»Ich will die Erde nicht«, sagte sie.

Dann tat sie etwas, das mir zeigte, daß sie trotz allem, was wir geredet hatten, nicht richtig im Kopf war. Sie zog das Laken über sich und tauchte unter die Decken. Dann kam sie schnell wieder an die Oberfläche, mit dem schweren schwarzen Löffel in der Faust. Und dann fing sie an, auf die Stäbe der eisernen Bettstelle zu schlagen, und klopfte dabei Placken weißer Farbe ab und machte einen unheiligen Radau. Sie schlug und schlug. Zelda hielt sich die Ohren zu. Ich auch. Wir brüllten sie an, daß sie aufhören sollte, aber sie schlug nur noch lauter. Keiner kam. Da hatte ich die Nase voll. Ich langte rüber und packte den Löffelstiel.

Wieder hatte ich vergessen, daß sie die Kraft des Grabes besaß. Sie riß ihn mit Leichtigkeit wieder an sich.

»Das versuchen alle«, sagte sie.

»Ach ja?«

Und dann wußte ich, weswegen ich gekommen war. Es kam mir mit der Berührung des Eisens. Ich wollte den Löffel.

Ich wollte den Löffel, weil er eine glattgeschweißte Höllenklaue war. Es war der flachgehämmerte eiserne Schürhaken, mit dem sie mich gezeichnet hatte. Er hatte Kräfte. Er war wie ihre Seele, zusammengeschmolzen und in eine Form gegossen und hart geworden. Dieses war die Form ihrer Seele. Wenn ich diesen Löffel hätte, dann könnte ich mit ihr in meinem Topf rühren. Dann könnte ich mit ihr den Haferteig schlagen, den Fisch braten, das rauchende Fleisch herausheben. Jedesmal, wenn ich den Löffelstiel hielte, wüßte ich, daß sie nichts war als ein Geist, ein schwarzer Wind. Sie wäre hilflos in der Narbe in meiner Handfläche gefangen.

Ich würde den Löffel kriegen.

Ich beobachtete ihn. Der Löffel war groß, schwarz, abgenutzt, und doch konnte ich mich umgekehrt in seiner Rundung sehen, als sei er aus glänzendem Silber gemacht.

»Ich bin hergekommen, um Ihren Segen zu erbitten«, sagte ich zu ihr.

Leopolda funkelte mich an, den Löffel fest in ihrer Klaue. Sie sah mißtrauisch auf Zelda, die in ihrer Unwissenheit lächelte.

»Segnen Sie auch meine Tochter«, sagte ich. »Vielleicht wird sie einmal berufen.«

Interesse regte sich. Da war ich sicher. Sie war fasziniert von dem Gedanken.

»Darüber wird Gott entscheiden.«

»Ihr Segen hilft ihr vielleicht.«

Schließlich nickte sie.

Das war mein Plan: Erst würde ich sie Zelda den Segen geben lassen, und dann würde ich vor ihr niederknien, um meinen Segen zu bekommen. Aber genau wenn sie über meinem Kopf betete, würde ich nach vorn schnellen und sie aus dem Gleichgewicht bringen. Ich würde den Löffel packen, ihn ihr entreißen, ihn besitzen und ihn im Ärmel meines königsvioletten Kleides, das mitnichten ein Altartuch war, nach Hause tragen.

Zelda ließ sich auf die Knie nieder, und die Hand der Nonne hob sich. Es kam mir vor, als brauchte Leopolda bald eine halbe Stunde für ihr Segnungsgebet, so sehr genoß sie es. Ihre rechte Hand machte unzählige Kreuzeszeichen oder ruhte knöchern auf dem Haar meines Mädchens. Ihre linke Hand hielt geistesabwesend den Löffel. Aber sie legte ihn nicht hin.

Ich war drauf und dran, etwas zu unternehmen, um die Zeremonie abzukürzen, doch da kam Leopolda zum Ende ihrer Rede und beschloß sie. Sie machte ein paar abschiednehmende Schwenker über Zeldas Kopf, und Zelda wankte auf die Füße. Darauf kniete ich am Bettrand nieder und legte meine gefalteten Hände in günstiger Griffweite auf der Zudecke ab.

Als ich da so kniete, war ich überrascht, wie sehr es mich ergriff.

Das Herz klopfte mir bis zum Hals. Es war, als sei ich um Jahre zurückversetzt in die alte Marie, zu der das Dunkel sprach. Es war, als hätte ich einen vollen Kreis zurück zu jenem schroffen Mädchen geschlagen, einem letzten Kampf mit Leopolda, bevor sie davonwirbelte und ein Nichts wurde.

Als ich ihr ins Gesicht lächelte, lächelte sie zurück. Es war das breite, bleiche Grinsen eines Totenschädels. Sie hob die Hand.

Aber es war nicht die rechte, segnende Hand, die sie hob. Es war die andere, die linke, die immer noch den Eisenlöffel hielt. Die Hand hob sich. Unsere Blicke verhakten sich. Sie hob sich halb aus dem Bett mit ihrer tödlichen Kraft, um sich die Hebelwirkung zu verschaffen, die sie brauchte, um einen heftigen Schlag auszuteilen.

Ich erhob mich mit ihr, angezogen von ihrem Blick, und kannte ihre Absicht, als hätte sie, was sie vorhatte, ausgesprochen. Ihr Arm schlug herunter, aber irgendwie hatte ich ihr Handgelenk gepackt, und jetzt lehnten wir gegeneinander, vom Haß im Gleichgewicht gehalten.

»Auf die Knie!« sagte sie.

»Nein!«

Und dann versuchte ich mit meiner anderen Hand ihrem geschwächten Griff den Löffel zu entreißen. Aber sie hielt den Eisenstiel mit beiden Händen fest und grinste mir weiter ins Gesicht. Ich grinste zurück, nur um quitt zu sein, und in diesem Augenblick spürte ich, daß sie die Oberhand gewann, denn plötzlich spannte sich mein Gesicht, und die Luft um mich wurde drückend. Auf ihrem Atem, in dem ich kniete, lag der Geruch umgegrabener Erde. Ihr Blick, unter dem ich mich wand, war ein tiefes viereckiges Loch. Ihre Kraft war das unaufhaltsame Fortschreiten der Dunkelheit.

»Halt mich fest!« schrie ich voller Angst, denn es schien, als ob ich rasend schnell in ihre Augen fiele und mit Blumen und Erdklumpen bedeckt würde, wenn sie mich nicht zurückzöge.

Und sie zog. Sie stellte mich auf die Füße, und dann

setzte ich mich mit ihr aufs Bett. Sobald ich saß, ließ ich den Löffel los. Er fiel schwer auf ihre ausgelaugte, abgestorbene Brust und lag so kraftlos da wie sie.

Ihr Körper war so flach, daß ich kaum merkte, ob sie atmete, die Umhüllung ihrer Knochen so zerbrechlich, daß ich das Herz in ihrer Brust pumpen sah.

Lange Zeit saß ich schweigend mit ihr da.

Die Erde war so mild und tief. Noch vor dem Frühling würde sie hineingelegt werden, allein, und es gab keine Rettung. Mir blieb nichts mehr zu tun, nachdem ich sie all diese Jahre gehaßt hatte.

Wir waren still, als wir den Hügel hinunter- und durch die Wälder zurückgingen. Der Pfad im Wald war schattig, und es war fast kalt nach der Lohe der Straße. Die Sonne zuckte im Unterholz. Jedes Blatt wippte in der Luft. Während ich Zelda beobachtete, wie sie so vor mir ging, ihrer selbst so sicher und dünn, mit einer resoluten Schärfe, mit einem Sinn, der noch nicht wußte wohin, mit reinen weißen Söckchen und sorgfältigen Locken, überkam mich Verwunderung. Ich mußte an das Jahr denken, in dem ich sie austrug. Es war Sommer. Ich saß unter der Wäscheleine und atmete ganz ruhig, damit sie sich bewegte, und ich spürte, wie die Hand oder der Fuß mich unter meinem Herzen anstieß. Wir waren in einem Körper gewesen damals, und doch war sie eine Fremde. Jetzt waren wir uns nicht mehr so nahe, und doch kannte ich sie vielleicht besser.

Ihr schwarzes Haar schwang ruhig bei jedem Schritt. Sie sah so jung aus.

»Vielleicht gehe ich eines Tages dort rauf«, sagte sie, »auf den Hügel.«

»Und bleibst bei denen?«

»Ja.«

Das überraschte mich nicht. Und doch verspürte ich eine flaue Aufwallung, ein Bedauern, hatte das Gefühl, daß ich sie an den Schultern rütteln müßte, obwohl es mich plagte, daß sie sich nicht entscheiden konnte. »Fälle keine voreiligen Entscheidungen über dein Leben«, sagte ich.

»Ich sollte mir eine Arbeit suchen, wie Gordie!«
»Nein! Das solltest du nicht!«

Ich war drauf und dran, zu sagen, wie sehr ich sie brauchte, im Haus, aber ich sagte es nicht. Schließlich sollte sie die Freiheit haben zu gehen, dachte ich.

Als wir durch den Wald zu den Feldern kamen, hörte ich Nectors Schrotflinte. Die Jungen jagten im Sumpf Enten. Das Haus schien ruhig. Ich sah Aurelia, die sich im Hof mit Eugene und Patsy, den Kleinen, die ich in ihrer Obhut gelassen hatte, langweilte. Zweifellos wäre sie viel lieber mit den Jungs und June beim Jagen gewesen.

»Na, geh schon zu ihnen«, sagte ich, als wir in den Hof kamen. Aurelia stand auf und rannte. Man brauchte sie nicht zu überreden. Sie hatte einen Jungen in der Straße gern, einen Freund von Gordie. Sie hatte nie Schwierigkeiten, sich zu entscheiden.

Zelda ging vor mir ins Haus, um wieder ihre Arbeitshose anzuziehen. Ich stand im Hof. Nector war nicht zu Hause. Ich hob das Baby hoch, das ich für ein junges Mädchen von gegenüber hütete, weil es weinte, als es mich sah. Ich schaute hinüber zur Tür.

Zelda stand da, wie ein Schatten, hinter der Fliegentür.

»Beeil dich und zieh dich um«, sagte ich. Die Kuh muhte.

Aber sie rührte sich nicht, als ich sagte, daß sie sich eilen sollte. Sie sagte nichts. Es packte mich in der Kehle, daß etwas nicht in Ordnung war.

Als würde es uns schützen können, behielt ich das Baby in den Armen. Ich stieg die Stufen hinauf und blieb vor der Fliegentür stehen. Sie sah mich unverwandt an, und dann zog ich die Klinke zu mir.

»Hier, Mama«, sagte sie und gab mir den Brief.

Ich stand in der Küche, mit dem Brief in der Hand, und rührte mich nicht.

»Los«, sagte ich, »zieh dich um.«

Da ging sie. Ich faltete das Papier auf, und ich las.

Liebe Marie!
Weiß nicht mehr, wie ich das durchhalten soll, wo es jeden Tag nur noch schlimmer wird. Ich habe Dich einmal

geliebt, ja, aber schon lange treffe ich mich auch mit Lulu. Jetzt setzt sie mich unter Druck, und der Tag ist gekommen, wo ich aufstehen und gehen muß. Entschuldige. Ich habe bei ihr die wahre Liebe gefunden. Ich habe keine Wahl. Aber das bedeutet nicht, daß Nector Kashpaw die Seinen vergessen wird.

Ich faltete das Papier wieder zusammen und steckte es in die Tasche meines Kleides. Zelda kam zurück ins Zimmer.
»Wo hast du den her?« fragte ich sie.
»Unter der Zuckerdose.«
Sie zeigte auf den Tisch, und dann sahen wir beide hin, als würde der Tisch uns sagen, was wir als nächstes tun sollten. Ich konzentrierte mich angestrengt auf das, was ich sah. Den Kasten mit den Löffeln. Den Butterteller. Das Salzfaß. Irgendwie sahen diese Dinge viel bedeutungsvoller aus als die Zuckerdose. Sie war einfach nur aus glattem klarem Glas, unauffällig und vertraut im Sonnenlicht, halbvoll. Ich schaute zurück zu Zelda. Wir blickten einander an. Ihre Augen waren weit und starr, aber ich war nicht sicher, ob sie den Brief gelesen hatte oder nur über die seltsame Tatsache erschrocken war, daß ein Stück Papier mit meinem Namen auf diesem Tisch lag. Ich konnte es nicht sagen.
»Hör bloß die Kuh«, sagte ich. Ich fühlte mein Herz heftig schlagen. Es schnürte mir die Kehle zu. Ich wäre nicht fähig gewesen, ein weiteres Wort zu sagen.
Zelda horchte. Sie drehte sich langsam um, steckte die Hände in die Taschen und lief nach draußen. Ich ging mit dem Baby in das andere Zimmer und setzte mich aufs Bett. Das Papier knisterte in meiner Tasche. Ich brauchte die Stille. Ich hörte Patsy draußen vor dem Fenster summen. Sie war in Sicherheit. Die Kuh wurde still. Die übrigen waren beschäftigt. Ich konnte nachdenken.
Was sollte ich zuerst denken? Es schien, als würde das keine Rolle spielen. Deshalb wußte ich auch nicht, was ich denken sollte, denn natürlich wußte ich, daß es eine Rolle spielte, aber es gab nichts, worüber ich nachdenken konnte. Ich mußte daran denken, wie Mary Bonne, die in der Stadt lebte, ihren Mann mit einer fremden Frau in

ihrem eigenen Bett gefunden hatte. Sie ging zurück in die Küche, nahm ein Messer von der Wand und dachte sogar noch daran, die Klinge am Wetzstein zu schleifen, bevor sie reinging und damit auf die beiden einstach. Sie verletzte sie nur ein bißchen, aber es floß Blut. Ich dachte, der Anblick des Blutes der Lamartine würde mir guttun. Ich sah ihr Gesicht vor mir, angemalt und dreist, und ich dachte, ich würde es ihr am liebsten vom Hals reißen.

Und doch war ich eigentlich nicht wütend. Ich hatte nicht einmal das Gefühl, in meinem eigenen Körper zu stecken. Denn ich fütterte das Kind, bis es satt war und schlief und mir schwer in den Armen lag, und merkte es gar nicht. Ich überlegte mir, wie ich die Kinder ohne ihren Vater aufziehen könnte. Ich dachte an Eli, wie er immer stiller geworden war und kaum mehr aus den Wäldern kam. Er würde nicht vorbeischauen. Er dachte nie an Frauen. Er war selbst wie ein scheues Tier, wenn er in einem Haus gefangen war.

Dann sagte ich, dort im Schlafzimmer, ganz laut: »Er ist schließlich ein Mann!«

Aber das ergab keinen Sinn. Es bedeutete gar nichts. Daß alle Männer wie Nector waren, stimmte einfach nicht. Ich dachte an Henry Lamartine. Bevor er auf den Schienen umkam, wußte er bestimmt, daß seine Frau mit jedem in die Büsche ging. Als sie die Jungs kriegte, in allen Farben der Menschheit, konnte er doch sehen, daß sie nicht von ihm waren. Er sorgte für sie. Ich verstand Henry und fühlte mit ihm, während ich da saß. Ich wußte, warum er seinen Dodge quer auf die Schienen gestellt hatte und den Zug herankommen ließ.

Er mußte sie geliebt haben. Aber ich würde mich für Nector nicht auf die Schienen legen.

»Eher würde ich *ihn* umbringen«, sagte ich zu dem Zimmer. Ich merkte, daß das Kind sehr schwer war, und legte es aufs Bett. Meine Arme taten weh. Meine Kehle war zugeschnürt und trocken. Ich sah, daß Patsy zur Tür hereingekommen war und sich aufs Bett geworfen hatte, schlaff und erschöpft wie eine Lumpenpuppe. Sie schlief auch. Der Nachmittag verging, und ich saß immer noch da und hatte nicht überlegt, was ich als Nächstes tun sollte.

»Ich sollte die Kartoffeln schälen«, sagte ich zu mir. Bestimmt würden sie zumindest eine Ente mitbringen.

Ich ging also in die Küche und setzte mich mit einer Schüssel Kartoffeln hin. Ich hatte in meinem Leben schon genug Kartoffeln geschält, um alle Männer, Frauen und Kinder der Chippewas satt zu machen. Und immer noch kamen mehr auf mich zu. Es wirkte beruhigend, die rauhe Schale und die Augen zu entfernen und zu dem glatten Weiß vorzudringen. Ich aß eine Scheibe roh. Ich aß rohe Kartoffeln wie andere Leute Äpfel. Zelda half mir abends beim Kochen. Sie würde die Kartoffeln braten. Nachdem ich genügend geschält hatte, ging ich zur Tür und rief sie.

Und dann, als sie keine Antwort gab, wußte ich, daß sie weg war. Ich wußte, daß sie den Brief gelesen hatte. Sie war Nector suchen gegangen.

Es war nicht schwer, sich das zusammenzureimen. Was sollte sie sonst tun?

Ich ging zurück ins Haus und setzte mich mit den Kartoffeln hin, und ich verwünschte das Mädchen für das, was sie tat. *Ich* hätte es tun müssen. *Ich* hätte zur Lamartine gehen und ihn aus dem Bett zerren und mit einem Stock windelweich schlagen sollen. Und nachdem ich ihn geprügelt hätte, bis er auf dem Boden lag, hätte ich mich umdrehen und mir die Lamartine vornehmen sollen.

Doch mit der Zeit, als ich mich beruhigte, wußte ich, daß ich aus einem ganz bestimmten Grund nicht hingegangen war. Aus einem guten Grund. In dem Brief stand, daß er sie liebte. Ich fing an, noch mehr Kartoffeln zu schälen, ich weiß nicht wozu, aber jetzt war ich zum unerquicklichen Kern der Sache vorgedrungen, um den ich nicht herumkam. Er liebte die Lamartine, und das war ein Unterschied zu all den anderen Dingen, die er tat und die mich beschämten und mir das Leben schwermachten. Daß er sie liebte, daß er die *wahre Liebe* bei ihr gefunden hatte, das trieb mich dazu, alle Kartoffeln in diesem Haus zu schälen.

Ich hörte, wie Aurelia, June und die Jungs in den Hof kamen und sich stritten, wer dran sei, die Vögel auszunehmen und zu rupfen. Wahrscheinlich hat dann jeder seine eigene Gans saubergemacht. Ich hörte sie jedenfalls eine

Weile hinter der Scheune. Ich setzte ein paar Kartoffeln zum Kochen auf. Meine Hände taten weh, sie waren von Säuren angegriffen und voller Blasen vom Messer. Ich war wie jemand in einem Traum, aber mein ältester Sohn merkte es gar nicht.

Gordie kam mit einer zähen Gans herein.

»Sie hätte höher fliegen sollen«, sagte er. »Ich hab sie am Flügel erwischt.«

Er schaute in die Runde, auf die Schüsseln und Waschzuber voller geschälter Kartoffeln. Drei leere Jutesäcke lagen auf dem Boden, faltig wie Unterhosen, aus denen ein Mann eilig herausgestiegen ist.

»Wieso hast du'n das gemacht?« sagte er.

Ich sah ihn nur an. Wir beide zuckten mit den Schultern. Er war eben Nectors Sohn. Insgeheim dachte ich bei mir, daß der Nector nicht hinterherlaufen und ihn heimbringen würde. Ich war sicher, daß Gordie das nicht tun würde, obwohl es, wie bei Zelda, eine Zeit gegeben hatte, zu der wir im selben Körper gewesen waren. Er würde nicht gehen, obwohl ich ihn gesäugt hatte. Wir waren einander näher gewesen, als ich ihn trug, als wir einander noch gar nicht kannten, dachte ich jetzt. Ich vertraute ihm nicht.

»Hier drinnen ist es zu heiß für noch mehr Feuer«, sagte ich. »Macht draußen eins und bratet eure Vögel. Ich putze jetzt meinen Fußboden.«

»Jetzt, am Abend?«

Die Sonne ging sehr schnell unter.

»Du hast gehört, was ich gesagt habe.«

Er ging hinaus und machte ein Feuer im Hof, wo wir eine Feuerstelle aus alten Feldsteinen hatten, zum Kochen im Sommer. Alle blieben draußen. Ich gab Patsy eine zerdrückte Kartoffel zu essen und Milch zu trinken. Das Baby ließ ich über den Boden krabbeln und spielen. Ich saß da und sah ihnen zu und überlegte dabei, wie ich den Boden putzen würde. Ich sah mir mein Linoleum ganz genau an, all die abgetretenen Stellen und Risse, all die Stellen, wo die Blechleisten flachgehämmert werden mußten. Es war mein Stolz, diesen Boden glänzend zu halten. Unter den grauen Wirbeln, den Punkten und Blättern des Musters war Dachpappe und rohes Holz, auf dem ein Baby sich Splitter holen konnte. Das wußte ich, weil ich dieses Linoleum selbst gekauft, bezahlt und verlegt hatte. Es war ein guter, fester Belag, aber darunter knarrten die Bretter.

Es nützte nichts, nachzudenken. Ich legte das Baby schlafen. Ich füllte den Blecheimer mit heißem Wasser und Spiritus. Ich schleppte die Kartoffeln aus dem Weg. Dann nahm ich meine Scheuerbürste. Draußen redeten sie. Sie hatten ein Feuer. Sie konnten dort bleiben. Ich bin nie vor Gott oder sonst jemand auf die Knie gegangen, und vielleicht war die Schrubberei in dieser Nacht ein Vorwand, mich hinzuknien. Ich fühlte mich jedenfalls besser, soviel weiß ich, als ich das matt gewordene Wachs und den Dreck wegschrubbte. Ich fühlte mich besser, weil ich mich in der Frau wiedererkannte, die ihren Boden sauberhält, sogar wenn sie von ihrem Mann verlassen worden ist.

Ich hatte auf dem hohen Roß gesessen. Jetzt kniete ich. Ich putzte den Boden in meinem guten lila Kleid. In keiner Situation hatte ich je über mich selbst gelacht, aber jetzt mußte ich lachen. Ich dachte daran, wie es wäre, ein Altartuch zu zerschneiden. Die Nonne war schlau. Sie wußte, wo mein schwacher Punkt gewesen war.

Aber ich ging nicht unter, auch wenn er mich verließ. Ich konnte meine Furcht davor, wieder eine Lazarre zu sein, fahrenlassen. Sogar meine Furcht davor, Nector zu verlieren, konnte ich fahrenlassen, denn er war fort, und ich war fähig, den Boden zu putzen.

Ich nahm das Wachs. Dann fing ich an, Stückchen für Stückchen zu polieren.

Die Liebe hatte mich den Kopf von dem abwenden lassen, was zwischen meinem Mann und der Lamartine vor sich ging. Es gab noch immer etwas, womit Nector mich verletzen konnte, und jetzt schmerzte es, weil ich ihn liebte, und nicht, weil die alten Gänse schnattern würden.

Sie würden sagen, Marie Kashpaw läge jetzt mit der Nase im Dreck. Sie würden herumtratschen, wie ihr Mann sie um einen Dreck verlassen hatte. Sie würden sagen, ich hätte genau das gekriegt, was mir zustand, bei meinem stolz erhobenen Kopf. Aber mich würde es nicht kümmern, wenn Marie Kashpaw ein altes Altartuch tragen müßte. Mich würde es nicht kümmern, wenn Lulu Lamartine zur Frau des Vorsitzenden des Chippewa-Stammes werden würde. Ich würde immer noch Marie bleiben. Marie. Meerstern! Ich würde glänzen, wenn sie das Wachs abrieben!

Ich mußte lachen. Ich hörte die Hunde. Ich hatte mich bis zum Tisch vorgewachst. Ich wußte, daß ich hörte, wie Nector und Zelda in den Hof traten und heimkamen. Ich wrang meinen Lappen aus. Ich hatte mich von allen Seiten zugewachst. Ich dachte an den Brief in meiner Tasche. Dann dachte ich ganz plötzlich daran, was diese Marie, die daran interessiert war, Nector festzuhalten, tun sollte. Ich nahm den Brief. Ich tat etwas, was ich nie von mir erwartet hätte. Ich hob das Zuckerglas hoch, um den Brief wieder darunterzulegen. Dann überlegte ich. Ich stellte den Zucker ab und nahm das Salzfaß hoch. Das war viel eher etwas, was ich von Marie gedacht hätte.

Ich faltete den Brief genauso zusammen, wie er gewesen war, und legte ihn unter das Salzfaß. Und das hatte einen bestimmten Grund. Ich würde nie etwas über den Brief sagen, sondern ihn überlegen lassen. Manchmal würde er mich ansehen, und ich würde lächeln, und er würde bei sich denken: Salz oder Zucker? Aber er würde niemals sicher sein.

Ich setzte mich auf einen Stuhl. Ich nahm meine Beine vom Boden hoch, legte sie auf einen anderen Stuhl und wartete darauf, daß er die Treppe heraufkam. Als er es tat, ließ ich ihn herankommen. Schritt für Schritt. Ich ließ ihn lauschen, um zu hören, ob ich drinnen sei. Ich ließ ihn die Tür öffnen. Erst als wir einander sahen, hielt ich ihn auf.

»Ich habe gerade gewachst«, sagte ich. »Du mußt warten.«

Er stand da und blickte mich über den langen, glänzenden Zwischenraum hinweg an. Es rollte und schimmerte zwischen uns wie ein schöner See. Und der wurde tiefer. Ich sah, daß er drauf und dran war, den ersten Schritt zu tun, und ich ließ ihn, aber als er halb durch das Zimmer war, verdüsterten sich seine Augen. Er hatte Angst davor, wie tief es noch werden würde. Und so tat ich für Nector Kashpaw, was ich von der Nonne gelernt hatte. Ich streckte meine Hand durch das hindurch, was ihn ängstigte. Ich hielt sie ihm hin. Und als er sie mit der ganzen Kraft seiner Arme ergriff, zog ich ihn herein.

Eine Brücke
(1973)

Es war jenes rauhe Frühjahr, von dem alle glaubten, daß es nie aufhören würde. Den ganzen Weg im Jackrabbit-Bus nach Fargo schluckte Albertine den scharfen, eingepferchten Fahrgastatem, als könne sie die Fremdheit so vieler anderer Leute erfassen, indem sie mit ihnen die Luft austauschte, indem sie ihren eigenen Geruch durch den ihren ersetzte. Nicht ein einziges Mal schloß sie während der Reise die Augen, um einzudösen, denn dies war das erste Mal, daß sie irgendwo allein hinfuhr. Sie war fünfzehn Jahre alt, und sie war von zu Hause weggelaufen. Als der Himmel tiefer wurde und düstere violette Schatten über die Schneegräben warf, wurde sie noch angespannter, als sie es schon beim Betreten der gerillten Trittbretter des Fahrzeugs gewesen war.

Sie beobachtete aufmerksam, wie die Dunkelheit alles zudeckte. In den Innenhöfen der Farmen blinkten Lichter auf, täuschend nahe, wie warnende Leuchttürme auf See oder weitgestreute Sternbilder.

Der Bus fuhr in die Stadt ein, die Lichter verdichteten sich und wurden nach oben an die Wolkendecke reflektiert, ein durchdringendes Orangerosa, die über den Leuchtreklamen und niedrigen schwarzen Gebäuden schwebte. Aus dem Busfenster sahen die Straßen glänzend und tiefgrün aus.

Der Fahrer machte ein kurzes, krächzendes Geräusch ins Mikrofon und kündigte ihre Ankunft im Busbahnhof von Fargo an.

Als Albertine das Gebäude betrat, kam ihr die Masse der Leute in den am Boden befestigten Plastikstühlen wie ein großer Knoten vor, wie ein geschlossenes, gewundenes Band aus Mänteln, Tüchern, grauschwarzen *Herbst-*

Tragetaschen und breiten, blassen Wangen und Nasen. Sie wußte nicht recht, was sie jetzt tun sollte. Ein Stuhl war frei. Daneben quoll ein Aschenbecher auf einem Ständer fast über vor Kippen, zerdrückten Trinkbechern und plattgedrückten Strohhalmen. Albertine setzte sich auf den Stuhl und starrte die Uhr an. Sie runzelte die Stirn, als warte sie ungeduldig auf den nächsten Bus, aber das war nur eine Vorsichtsmaßnahme. Wie lange würde man sie hier sitzen lassen? Bis hierher hatte ihr Geld gereicht. Das zusammengepreßte, in einen dicken Pullover gewickelte Bündel von Jeans und Unterwäsche fühlte sich an ihrem Bauch beruhigend an wie ein Baby, und sie drückte es dicht an sich.

Lichter in allen Farben schwirrten an Gebäudewänden hinauf und hinunter, leicht gedämpft und verzerrt durch die dicken Glastüren. Sie sah rings um sich und dann wieder zur Uhr. Minuten vergingen. Furcht beschlich sie, während sie so auf dem Stuhl saß; sie würde bald hinausgehen müssen. Wie viele Stunden hatte sie noch? Die Uhr zeigte acht. Sie saß steif da, zählte die Augenblicke und wartete auf jemand, der ihr sagen würde, was sie tun sollte.

Jetzt, wo sie in der Stadt war, waren alle Tagträume, die sie gehabt hatte, unbrauchbar. Die blinde Menge oder die wütende Aktivität der Lichter vor dem Bahnhof hatte sie nicht vorhergesehen. Und dann kam es ihr vor, als hätte sie schon zu lange auf diesem Stuhl gesessen. Panik schnürte ihr den Hals zu. Ohne zu überlegen, nahm sie in fast verzweifelter Ausflucht ihr Bündel und betrat die Damentoilette.

Aus Angst vor Dieben nahm sie ihr Bündel mit in die Klokabine und hielt es unbeholfen auf dem Schoß. Danach wusch sie sich das Gesicht, kämmte sich und steckte die Spange neu fest, die ihr langes Haar aus der Stirn hielt, dann setzte sie sich in den Wartesaal. Sie ließ die Augen zufallen. Hinter den Lidern wogten verschwommene Formen nach draußen. Ihr Körper schien zu schrumpfen und sich zusammenzuziehen wie in kindlichen Fieberträumen, in denen sie jedes Gefühl für die tatsächlichen Proportionen verloren und sich selbst als bitterlich klein empfunden hatte. Sie war aus einem bestimmten Grund hierhergekommen, konnte sich aber nicht mehr erinnern, aus welchem.

Und da sie nichts Besonderes im Sinn hatte, schien der Mann, der nun auftauchte, genau das zu sein, was sie brauchte.

Er brauchte sie noch mehr, aber das wußte sie nicht. Er stand einen Augenblick gegen die Tür abgehoben, lange genug für Albertine, um zu bemerken, daß sein kurzes Haar schwarz war, seine Haut blaßbraun, dick und rauh. Er trug eine schmutziggrüne Armeejacke. Sie bekam sein Profil ausführlich zu sehen, das stumpfe Kinn, die große Nase, die harte Stirn.

Er war hübsch, zumindest sah er gut aus, und möglicherweise war ein Indianer. Möglicherweise war er sogar ein Chippewa. Er ging hinaus auf die Straße.

Sie machte sich hinter ihm her. Teils, weil sie nicht wußte, wonach sie suchte, teils, weil er Soldat war wie ihr Vater, und teils, weil er ein Indianer sein konnte, folgte sie ihm. Ihr kam es vor, als hätte er einen sicheren Weg durch die Tür auf die Straße gebahnt. Aber als sie nach draußen trat, war er verschwunden. Sie zögerte, dann befahl sie sich weiterzugehen, auf die auffälligsten Lichter zu.

Die Northern Pacific Avenue war die zentrale Durchgangsstraße durch die ganze Woge von schmuddelig-anheimelnden Indianerbars, Geschäften mit Westernkleidung, Pfandleihen und christlichen Erweckungsmissionen, welche die Stadt Fargo auszurotten versuchte. Der Streifen war im Zuge des örtlichen Stadtsanierungsprojekts zusammengeschmolzen: Asphaltflächen und heruntersausende betonierte Kreuzungsunterführungen drängten die verbliebenen Bars zu einem verschlungenen Gewirr zusammen, das um diese Stunde einsatzbereit erleuchtet war. Der riesige Umriß einer stilisierten Katze mit rotgeränderten Neonaugen blinkte und bewegte den glitzernden Schwanz. Weiter hinten warf ein Cowboymädchen von der Größe eines Hauses ihr Lasso in träge, herzförmige Schlingen. Unter ihren strahlenden Fersen hockten Männer, die in Papiertüten eingewickelte Flaschen herumgehen ließen.

Die Nacht war kalt. Albertine trat in den zurückliegenden Eingang eines kleinen Geschäfts. In seinem Schaufenster waren gebrauchte Toaster ausgestellt. Die andere Straßenseite war belebter. Sie sah, wie zwei Indianer, denen das Haar in pomadigen Strähnen ins Gesicht fiel, eine schlaffe, teilnahmslose Frau zwischen sich wegschleppten. Eine Gasse schluckte sie. Eine andere Frau in getigertem Rock und langen Stiefeln zeigte sich kurz in einer Türöffnung. Ein kleiner runder Orientale sprang aus dem Nichts und gestikulierte leidenschaftlich auf jemanden ein, der nicht da war. Er ging die Treppe zu einem Eingang hinauf, an dem ZIMMER stand. An dieser Tür, beschloß Albertine, wollte sie versuchen, einen Platz für die Nacht zu finden, wenn alles ruhiger geworden war. Für den Augenblick war sie es zufrieden zu beobachten, wobei sie von einem Fuß auf den andern trat und die Arme über ihrem Bündel gekreuzt hielt.

Dann sah sie den Soldaten wieder.

Er ging schnell, den Seesack auf die Schulter gestemmt, die andere Straßenseite entlang. Wieder folgte sie ihm. Sie trat aus ihrem Eingang und ging parallel zu ihm weiter, wobei ihr das Bündel an der Hand baumelte und gegen ihre Beine schlug. Er mußte an die einsneunzig sein. Sie war selbst groß und sich deshalb der Größe von Männern immer bewußt. Sie hielt an, als er vor einem Schaufenster voller Hemden mit Perlenknöpfen, Cowboyhüten aus Büffelleder und dicknasigen, verpfändeten Pistolen stehenblieb. Er blieb lange Zeit dort, ging von einem Stück in der Auslage zum nächsten. Er stand keine Sekunde still. Er rauchte hastig, nervös, in tiefen Zügen, und schnippte die Zigarette gegen seinen Mittelfinger. Er drehte sich nach allen Seiten um, nahm unentwegt wahr, wer vorbeiging oder was wo welches Geräusch machte.

Er wußte, daß das Mädchen ihm nachgegangen war und ihn beobachtet hatte.

Er wußte, daß sie ihn auch jetzt beobachtete. Er hatte sie auf dem Busbahnhof zum erstenmal bemerkt. Ihr glattes braunes Haar und ihre indianischen Augen zogen ihn an, obwohl sie zu jung war. Sie war groß, kräftig, doppelt so groß wie die meisten Vietnamesinnen. Lange Zeit hatte er keine Indianerin mehr gesehen, nicht einmal einen Mischling. Er war Soldat gewesen, jetzt Veteran, und neun Monate in den annamesischen Kordilleren im Einsatz, bis die nordvietnamesische Armee ihn irgendwo bei Pleiku gefangennahm. Sie hatten ihn ein halbes Jahr festgehalten. Er wurde nach der Evakuierung freigelassen, nachdem ein ehrenhafter Friede nicht errungen worden war. Nach der Heimkehr war er von bürokratischem Kram überschwemmt, von einem Militärpsychiater befragt und entlassen worden. Nur drei Wochen waren vergangen, nicht länger, seit der großen C-141 und dem Flugplatz Gia Lam.

Er betrachtete noch einmal das Fenster des Pfandgeschäfts.

Das reicht jetzt, dachte er. Er drehte sich zu ihr um.

Ihre Beine waren lang, leicht gebogen. Jeans lappten über ihre einwärtsgerichteten Stiefel. Sicher konnte sie gut mit Pferden umgehen. Eine Hand hatte sie in der Tasche eines billigen schwarzen Nylonanoraks vergraben. Vorbeifahrende Scheinwerfer erhellten in Abständen ihr Gesicht – es war breit mit kräftigen, hervorstehenden Wangenknochen. Noch nicht hübsch, ein Kind, das versuchte, alt auszusehen. So was konnte einen ins Kittchen bringen. Sie starrte durch den Verkehr zu ihm hinüber. Sie trug ein zusammengeknotetes Bündel.

Er hatte so viele gesehen, mit ihren Kindern, ihrer Habe, ihren Tieren in Tüchern über dem Rücken, unter der Brust, mit Bündeln, die auf schwachen Karren gezogen wurden. Er hatte sie unter Beschuß davonlaufen sehen, die Arme um kleine Päckchen geschlungen. Einige der Päckchen, locker gehalten wie ihres, explodierten. Henry Lamartine Junior trug tief in seinem Innern genügend sich immer noch nach draußen arbeitende Granatsplitter, um den Metalldetektor im Flughafen zum Ausschlagen zu bringen. Er war in einer kleinen, mit einem Vorhang verhängten Zelle gefilzt worden. Als er dem Sicherheitsbeamten erzählte, was los war, schaute der Mann ihn nur blöde an und sagte gar nichts. Henry hätte ihm am liebsten sein dummes Gesicht zerknittert, so wie man ein Butterbrotpapier zusammenknüllt.

Das Mädchen sah nicht dumm aus, nur jung. Sie wandte sich ab. Er dachte, sie würde weggehen mit diesem Bündel in der Hand. Sie konnte überall hingehen. Mögliche Gefahr. Bündelinhalt, der sich durch Fleisch fressen und Knochen treffen konnte. Es war ebensosehr das Gespür für die Gefahr, die fast süße Vertrautheit mit dem Risiko, die er inzwischen besaß, wie ihre Anziehungskraft, die ihn die Hand ausstrecken ließ, um den Verkehr anzuhalten und zu der Stelle hinüberzugehen, an der sie stand.

Es stellte sich heraus, daß er zu einer Familie gehörte, die sie kannte. Einer der verrückten Lamartines. Henry.

»Ich kenn deinen Bruder Lyman«, sagte sie. »Ich hab von dir gehört. Wie bist du freigekommen?«

»Ich bin wie mein Bruder Gerry. Gibt kein Gefängnis, das mich halten kann.«

Er grinste, als sie ihm ihren Namen sagte.

»Weiß der olle Kashpaw, daß du dich auf der NP Avenue rumtreibst?«

Albertine nahm seinen Arm. »Ich hab Durst«, sagte sie.

Sie gingen unter dem Lasso des Cowboymädchens durch und fanden in der *Round-Up Bar* einen Tisch. Nach zwei Gläsern gingen sie weiter, und dann zogen sie von Lokal zu Lokal.

Irgendwo später in der Nacht strich ihre Hand im Whiskeynebel über seine. Er ließ nicht mehr los.

»Kannst du irgendwelche Kneipenspielchen?« fragte sie. »Zeig mir eins.«

Er ließ ihre Hand fallen, und sie ballte sie zur Faust und schob sie in die Tasche. Das Bündel hielt sie immer noch fest zwischen ihre Füße geklemmt unterm Tisch. Er holte sich beim Barkeeper drei Steakmesser und zwei Wassergläser und brachte sie zum Tisch. Er stellte die Gläser 15 Zentimeter voneinander entfernt ab. Dann schob er die Messer übereinander, so daß sie eine Brücke zwischen den Glaswänden bildeten, eine Brücke aus Messern, die in der Luft hingen.

Albertine sah die wacklig aufeinanderliegenden Schneiden an.

Sie hatte Angst, aber sie erkannte das Gefühl nicht, weil es Teil eines Wirbels in ihrem Magen war, der sich wie Erregung anfühlte.

Als Henry und Albertine die Bar verließen, war es sehr spät nach den letzten Bestellungen, nach Lokalschluß. Die Straßen waren ruhig. Er legte seinen Arm um sie, und sie stolperte einmal unter seinem Gewicht.

Ein kleiner Schwarzweiß-Fernseher flimmerte auf einem hohen Regal hinter der Hotelrezeption. Präsident Nixons Gesicht zog über den Bildschirm. Der Nachtportier nahm Henrys Zehn-Dollar-Schein, warf ihn in die Kassenschublade und schob ihm schläfrig einen Stift und ein liniertes Blatt über die Theke. Der Portier war ein Berg von Fleisch, der sich zu einem kleinen, runden Schädel verjüngte. Während er auf die Unterschrift des Soldaten wartete, gähnte er so gewaltig, daß ihm Tränen aus den Augen liefen. Ihn interessierte nicht, daß der Mann und das Mädchen, beides Indianer oder Mexikaner, sich als Herr und Frau Sandmännchen eintrugen und nur eine Absteige zum Vögeln suchten. Völlig Wurscht. Er gähnte noch einmal.

Arschloch, dachte Henry, du faules Arschloch du. Er hatte eine betrunkene, heftige Abneigung gegen den Mann gefaßt. Ich könnte dem in seinen fetten Arsch treten, sagte er zu sich. Aber Albertine war ja da. »Empfehle Zurückhaltung«, sagte er laut. Sie schien es nicht zu hören. Das Haus befand sich abseits der Durchgangsstraße, und der kurze Flur im ersten Stock war ruhig. Henry schob sie leicht vor sich her, wobei er ihre Schulterblätter durch das aufgebauschte Futter der Nylonjacke berührte. Er schüttelte den Gedanken an den fetten Portier ab, so weit weg wie möglich. •

»Engel, wo sind deine Flügel«, flüsterte er ihr ins Haar. »Die müßten doch hier sitzen.« Er drückte seine Fingerspitzen fest gegen ihre hervorstehenden Knochen.

Ihr Lachen war hoch und weich. Er fummelte nach dem Schlüssel. Er war noch nicht wieder daran gewöhnt,

Schlüssel zu besitzen, und vergaß immer, wo er sie hinsteckte. Er tastete und klopfte sich ab, angelte schließlich den Zimmerschlüssel aus seiner Jacke und steckte ihn ins Schloß. Sie stand gelassen da, halb abgewandt von dem, was sie sehen würde, wenn die Tür aufging. Er winkte sie herein. Als sie drinnen war und unter dem grellen Deckenlicht stand, sah er, daß sie todmüde war, von ihren breiten Sägebockschultern an abwärts in sich zusammenfiel und daß die Spange ihr Haar zu einem wirren Knoten verzerrte. Er war betrunkener als sie. Sie hatte nach ein paar Gläsern aufgehört und ihn weiter trinken und reden lassen, bis er zuviel verschüttete und wußte, daß es Zeit war, sich zu trollen.

Es gab keine Tischlampe. Er drehte die Deckenleuchte aus und ließ die Lampe über dem Badezimmerspiegel brennen.

»Mußte aufs Klo?«

Zuerst schüttelte sie stumm den Kopf, nein, und sah zu Boden. Aber dann dachte sie, *dann kann ich die Tür zumachen, und er muß draußen bleiben.*

Sie ging an ihm vorbei. Er hörte, wie Wasser ins Waschbecken lief. Die anderen Geräusche, die sie zu übertönen versuchte, brachten ihn zum Lächeln. Frauen sind manchmal so wahnsinnig süß, daß es einem weh tut. Richtig weh tut es einem.

Müßt ich doch nie wieder hier heraus. Sie lehnte ihre Stirn an die kühlen Kacheln.

»Wenn Engel was gießen«, sang er gegen ihre geschlossene Tür, »dann komm nur herbei. Sie lassen sprießen die Blumen im Mai.«

Er hielt sich an den eisernen Bettstäben fest, versuchte seine Stiefel auszuziehen, ging auf die Knie.

»Such nur die Drossel und höre ihr zu ... Bei Gott, ich weiß, daß du da drinnen gepißt hast. Ich hab dich gehört. Es hat geklungen wie Regen auf einem Blechdach.«

Dann schlug er sich leicht auf die Brust wie in der kalten Missionskirche, in der er mit acht Jahren Ministrant gewesen war.

»Mea culpa, mea culpa, ich bin es nicht wert, daß du dich unter mein Dach begibst.«

Er versuchte aufzustehen.

Als er das Geräusch einer Zahnbürste hörte, schwankte er nach hinten und lachte. Es hörte sich lächerlich an. Mit steifen Beinen auf dem Boden sitzend, zog er Stiefel und Socken aus, dann stand er vorsichtig auf, um seine Hose abzustreifen und sein Hemd aufzuknöpfen. Er stellte die Flasche mit dem Four Roses Whiskey auf einen Stuhl, wo er sie erreichen konnte, und schlug die Decken auf dem Bett zurück. Dann kroch er hinein und beobachtete den Lichtspalt an allen vier Seiten der Badezimmertür.

»Da hat einer die falsche Größe eingehängt«, sagte er mit lauter, kritischer Stimme, »oder die ist im Rahmen geschrumpft.« Er lachte wieder.

Er ist verrückt.

Sie kam durch die Tür, legte sauber zusammengelegte Kleider ab und verschwand wieder. »Wenn ich die Augen zumache und mir ganz genau vorstelle, was du grade machst...« Er sprach zu der Flasche, dann schraubte er den Deckel ab. Mit geschlossenen Augen trank er den kratzenden Whiskey. Beim Schlucken blieb ein süßes Brennen, und als er die Augen wieder aufmachte, hatte sich sein Blickfeld verengt.

Er hat gesagt, diese Männer würden Trophäen erbeuten. Haut, die sie zwischen Buchseiten pressen.

Es gab oft ein Stadium in seiner Trunkenheit, in dem sein Blick wie ein Tunnel wurde, so, wie wenn man von der falschen Seite durch ein Fernglas schaut. Er mußte jetzt sehr aufpassen, um in Erinnerung zu behalten, wo er war. Er wagte nicht, die Augen von der schrumpfenden Tür zu wenden. »Bitte...«, flehte er das dunkle Zimmer an, »nicht...«, voller Furcht, daß etwas die Konzentration stören könnte. Aber er behielt die Kontrolle. Empfehle Zurückhaltung, empfehle Zurückhaltung, pochte sein Gehirn. Er begann jedes laute unsichtbare Rascheln mit einer bestimmten Bewegung zu verbinden, die die Frau beim Auskleiden machen mußte. Von oben nach unten. Er zog sie im Geiste mit langsamer Bedachtsamkeit und ohne Verlangen aus. Dann, plötzlich, war sie nackt. Sie hatte sogar die Socken zusammengerollt und sie in ihre Stiefel gesteckt.

Jetzt hätte sie herauskommen müssen, aber sie tat es nicht. Sein Herz pumpte.

Die Konzentration begann nachzulassen. Ihr Bild verflüchtigte sich. Er rollte vom Bett und machte sich auf den Weg zur Tür, wobei er sich an der Matratze entlangtastete, bis er sie nicht mehr fühlte und lange Meter eines endlosen Raums durchqueren mußte, in dem, seinem Gefühl nach, Wasser gegen seine Knöchel schlug. Das Rascheln hörte auf. Stille ist eine Warnung. Er war im Begriff, mit dem Fuß zuzutreten und zur Seite zu springen wie damals in dem Dorf dort drüben, aber von irgendwoher gewann er ein gewisses Maß an Selbstbeherrschung. Er umfaßte den Türgriff. Die Tür schwang nach innen auf. Das Licht schien sich in Flächen um sie zu bewegen, und der Tunnel wurde weiter.

Sie kauerte auf dem winzigen Bodenquadrat, immer noch angezogen, und das Bündel, das sie mit sich herumgetragen hatte, war geöffnet und rings um sie ausgebreitet.

Und er sah in ihr die Frau von damals.

Wie zum Teufel konnte man aus ihnen schlau werden?

Sie sah ihn an. Sie hatten das Bajonett genommen. Sie war außer sich. Du, ich, gleich. Gleich. Sie deutete auf ihre Augen und auf seine. Diese asiatischen Augen mit dem Schlupflid, wie bei einigen Chippewas. Ihr Blut floß.

Frag sie aus.

Sir, sie stirbt, Sir.

»Und was hätt ich denn schon fragen sollen? Hä? Was zum Teufel?«

Albertine sah ihn an. Sie starrte ihn geradezu an. Ihm wurde bewußt, daß er laut gesprochen hatte.

Das braune Haar fiel über ihr Gesicht, als sie sich vorbeugte, um ein rotes Taschentuch in ein kleines Viereck zu falten. Sie packte Sachen zurück in ihr Bündel. Er band sich ein graues Handtuch um die Hüften und ließ sich auf die Hockerkante nieder. Ihre Kleidung war zwischen ihnen ausgebreitet. Er bückte sich und hob einen dünnen Baumwollschlüpfer mit hoher Taille auf, faltete ihn und legte ihn zurück.

»Ich helf dir«, sagte er.

»Ich brauch keine Hilfe.«

Er legte die Hände in den Schoß. Er brauchte jetzt dringend Zigaretten, aber er wollte nicht zurückgehen und in der Dunkelheit beim Bett danach suchen.

»Könntest du mir meine Glimmstengel holen? Ich bin besoffen.«

Die Stimme blieb ihm im Hals stecken. Sie antwortete nicht, sah ihn auch nicht an, ging aber hinaus.

Ich sollte nicht hierbleiben, dachte sie. *Aber meine ganzen Sachen sind hier. Er hat Selbstgespräche geführt.*

Während sie weg war, merkte er, daß sein Gesicht, seine Hände und seine Brust kalt waren vor Schweiß. Seine Hände zitterten, als er die Marlboro anzündete.

Schwach, dachte er und hielt den Rauch in den Lungen. Aber mittlerweile war er an das Zittern gewöhnt, an diese Art von Zittern, die bedeutete, daß die Enge von ihm abfiel, ihn fallen ließ. Er zündete jeweils eine Zigarette an der andern an und warf die Stummel in die Schüssel unter seiner Hüfte. Während er ihr zusah, beruhigte sich sein Atem allmählich. Die Schwärze, die seinen Blick umrandete, fiel ab. Ihre Handbewegungen waren demütig und bestimmt. Sie hatte einen langen, geschwungenen Rücken und diese herausstehenden Schulterblätter, wie Flügel aus Horn.

Wie lang kann ich hier noch sitzen und mich von ihm so beobachten lassen? Sie hatte das Gefühl, als säße sie immer noch im Bus. Ihr Blut wallte.

»Bitte«, sagte er schließlich, als sie alles mehrere Male in Ordnung gebracht hatte, »können wir ins Bett gehen? Ich rühr dich nicht an. Bin eh zu besoffen.«

»Gut.«

Er nahm sie bei der Hand, führte sie aus dem Badezimmer und zog die Tür halb zu.

»Ich laß das Licht an, wenn's dir recht ist.«

Sie nickte stumm.

Sie zog ihre Jeans, Stiefel, Socken aus und schlüpfte ins Bett. Sie hatte noch ein langärmeliges Hemd und Unterwäsche an. Obwohl sie schon halb eingeschlafen war, als sie ihre Kleider zusammenfaltete, wurde sie hellwach, sobald sie neben ihm lag, und war sich seiner leisesten Regungen bewußt.

Gute Nacht. *Ich mach jetzt die Augen zu und tu, als ob ich schlafe.*

Aber die Verstellung schärfte nur ihre Empfindlichkeit für sein Atmen und für das Reiben des Bettzeugs an seinem Körper.

Das KREDITE-Schild auf der anderen Straßenseite tickte langsam und stufenweise, bis die Buchstaben vollständig waren, und leuchtete dreimal geräuschlos auf. Sie drehte sich zu ihm. Sie stützte sich auf ihren Ellbogen und knöpfte ihr Hemd auf. Er nahm ihre Hand weg und schob den Stoff von ihren Schultern. Sie trug einen dicken Baumwollbüstenhalter. Er legte beide Arme um sie und hakte ihn auf. Sobald sie nackt unter ihm lag, konnte er sich nicht mehr halten. In Panik versuchte er, sich in sie zu drängen.

Doch ihre Angst erregte ihn so, daß er schon kam, hilflos, an sie gedrückt, bevor er noch hart war. Sie war still und wartete, daß er etwas sagen würde. Sie berührte sein Gesicht, aber er redete nicht, deshalb rollte sie sich von ihm weg.

Henry war nicht mehr betrunken, kein bißchen mehr. Er wußte, daß er sie in einer Weile wieder haben wollen würde, richtig diesmal, und in dieser Erwartung lauschte er, wie sie zu schlafen vorgab. Ihr Rücken war gebogen, ein warmer Abhang. Sie schien von oben bis unten kantenlos zu sein. Er verspürte Staunen und rückte näher. Sie spannte sich an. Ihr Atem änderte sich.

Sie verströmte die muffige Wärme von Reisenden, Zigarettenrauch, den Geruch von Bussitzen, einen weinseligen Unterton von dem, was sie getrunken hatten, den Armeleutegeruch von Schnee, der in ungewaschenem Haar geschmolzen ist, eine blumige Hitze aus ihren Achselhöhlen.

Er dachte an einen Kopfsprung vom Flußufer, von einer Brücke.

Er schloß die Augen und sah das Wasser, die wirbelnden Muster da unten. Er drehte sie um, Gesicht nach unten, und nagelte sie von hinten fest. Er drückte mit seinen Knien ihre Beine auseinander und zog sie zu sich.

In die Kissen gepreßt, von ihnen umhüllt, griff sie nach den Stäben am Kopfende. Er schob sich in sie. Sie gab einen rauhen Laut von sich. Ihr Rücken war brettsteif, leistete Widerstand. Dann gab sie mit einem Schrei nach. Er berührte sie mit den gepolsterten Kuppen seiner Finger, bis sie unter ihm weich wurde. Sie öffnete sich. Ihr Becken brach weit auf wie die Blütenblätter einer hölzernen Blume, und er glaubte, daß sie kam. Dann kam auch er. Schwankend, dann ruhig nach vorn drängend, kam er, unter Flüstern, daß er sie liebe.

Danach ließ er sie los, legte sein Gesicht in das dunkle Haar hinter ihr Ohr und wollte Liebesworte wispern, aber sie drehte sich unter seiner Brust weg.

Sie zog sich so weit wie möglich von ihm zurück. Henry war es, als hätte sie einen tiefen Fluß überquert und sei verschwunden. Er lag neben ihr, von ihr getrennt, draußen, und ohne Möglichkeit zu folgen.

Endlich schlief sie ein. Ihr gleichmäßiger Atem war ein trauriger Trost. Er wickelte seine Hand in einen langen Strang ihres Haares und schlief schließlich auch ein.

Gegen Morgen konnte Albertine sich nicht mehr daran erinnern, wo sie war. Auch nicht mehr daran, woher der dumpfe Schmerz zwischen ihren Beinen kam. Sie drehte sich zu dem Mann herum und machte den Fehler, ihn im Schlaf zu berühren. Sein Name fiel ihr wieder ein. Sie war im Begriff, ihn auszusprechen.

Da schrie er auf. Explodierte.

Sie saß betäubt auf dem Boden, rang, an die Wand gelehnt, nach Luft, bis die Silben seines Namens ihr von den Lippen gingen. Draußen vor dem Zimmer öffnete und schloß sich eine Tür. Irgendwo drinnen hörte sie seinen Atem, ein langsames Tierkeuchen, das sie an die Wand gefrieren ließ. Er bewegte sich. Als er auf sie zukam, schlug der Geruch seiner rauhen Furcht ihr zuerst entgegen.

Automatisch kreuzte sie die Arme vor ihrem Gesicht. Ein dunkles, betäubendes Entsetzen hatte ihr Gehirn völlig lahmgelegt.

Aber als er sie berührte, weinte er.

Das rote Kabrio
(1974)

Lyman Lamartine

Ich war der erste, der in meinem Reservat ein Kabrio fuhr. Und natürlich war es rot, ein roter Olds. Ich besaß das Auto zusammen mit meinem Bruder Henry Junior. Es gehörte uns gemeinsam, bis seine Stiefel in einer windigen Nacht voll Wasser liefen und er mir meinen Anteil auszahlte. Jetzt gehört Henry das ganze Auto, und sein jüngerer Bruder Lyman (das bin ich), Lyman geht überall zu Fuß hin.

Wie ich genügend Geld verdient habe, um meinen Anteil überhaupt aufzubringen? Mein einziges Talent war schon immer, daß ich es jederzeit schaffte, zu Geld zu kommen. Ich hatte da so einen Sinn dafür, ziemlich ungewöhnlich für einen Chippewa. In dieser Hinsicht war ich von Anfang an anders, und alle erkannten das an. Ich war zum Beispiel der einzige Junge, den sie in die American Legion Hall zum Schuhputzen reinließen, und einmal zu Weihnachten ging ich von Tür zu Tür und verkaufte für die Mission Gebetskränzlein. Die Nonnen ließen mir einen Prozentanteil davon. Als ich einmal angefangen hatte, schien es, als ob das Geld um so leichter reinkäme, je mehr ich davon verdiente. Alle haben die Sache unterstützt.

Als ich fünfzehn war, kriegte ich einen Job als Tellerwäscher im *Joliet Café*, und da kam dann auch meine erste große Chance.

Es dauerte nicht lange, bis ich zum Hilfskellner befördert wurde, und dann kündigte die Schnellgerichtköchin, und ich wurde als Ersatz eingestellt. Und hast du nicht gesehen war ich dann Geschäftsführer im *Joliet*. Der Rest ist bekannt. Ich war noch eine Weile Geschäftsführer. Bald wurde ich Teilhaber, und dann gab es für mich natürlich kein Halten mehr. Es dauerte nicht lange, bis das ganze Ding mir gehörte.

Als das *Joliet* ein Jahr in meinem Besitz gewesen war, wurde es von dem schlimmsten Tornado weggepustet, den die Gegend hier je gesehen hat. Das ganze Ding ging zu Bruch. Totalschaden. Die Friteuse hing in einem Baum oben, der Grill war in zwei Stücke gefetzt wie Papier. Da war ich erst sechzehn. Ich hatte das alles auf den Namen meiner Mutter gekauft, und im Handumdrehen war es verloren, aber vorher hatte ich alle meine Verwandten samt deren Verwandtschaft zum Essen eingeladen, und dann hab ich noch den roten Olds gekauft, den ich schon erwähnt habe, mit Henry zusammen.

Als wir den zum erstenmal gesehen haben! Ich werde euch erzählen, wie es war, als wir den zum erstenmal gesehen haben. Jemand hatte uns rauf nach Winnipeg mitgenommen, und beide hatten wir Geld dabei. Keine Ahnung warum, es war nie die Rede von einem Auto oder so gewesen, wir hatten eben einfach unser ganzes Geld dabei. Ich in bar, ein dickes Bündel Scheine von der Versicherung vom *Joliet,* Henry zwei Schecks – einen Wochenlohn extra für die vorübergehende Entlassung und seinen regulären Scheck von der Kugellagerfabrik.

Wir gingen jedenfalls die Portage runter und schauten uns alles an, und da sahen wir ihn. Er stand da, parkte, in voller Lebensgröße. Wirklich, als wär er lebendig. Mir fiel das Wort *verweilen* ein, denn das Auto war nicht einfach nur abgestellt, geparkt oder so. Das Auto verweilte, still und glänzend, mit einem ZU VERKAUFEN-Schild im linken Vorderfenster. Und dann, bevor wir überhaupt richtig nachgedacht hatten, gehörte uns der Wagen schon, und unsere Taschen waren leer. Das Geld reichte grade noch für den Sprit bis zurück nach Hause.

Wir fuhren viel rum in dem Auto, ich und Henry. Einmal kurvten wir einen ganzen Sommer lang in der Gegend rum. Wir fuhren in Richtung Little Knife River und Mandaree in Fort Berthold los, und irgendwie fanden wir uns dann unten in Wakpala wieder, und dann waren wir plötzlich drüben in Montana auf den Rocky Boys, und dabei war der Sommer noch nicht mal halb um. Manche Leute halten sich bei Einzelheiten auf, wenn sie rumreisen, aber uns kratzten die gar nicht, wir lebten einfach unser normales Leben, mal hier, mal da.

Ich erinnere mich an diese eine Stelle mit den Weiden. Ich weiß noch, daß ich unter den Bäumen lag und daß es gemütlich war. So gemütlich. Die Äste bogen sich überall um mich runter wie ein Zelt oder ein Stall. Und still, es war ganz still, obwohl in der Nähe ein Powwow stattfand, so nah, daß ich es sehen konnte. Die Luft stand nicht, aber es war auch nicht zu windig. Wenn der Staub aufsteigt und so um die Tänzer in der Luft hängt, fühle ich mich wohl. Henry schlief mit weit ausgebreiteten Armen. Später wachte er auf, und wir fuhren wieder weiter. Wir waren irgendwo in Montana oder vielleicht im Blood Reserve – es hätte überall sein können. Jedenfalls haben wir da das Mädchen getroffen.

Ihr ganzes Haar lag in Schnecken um ihre Ohren, das war das erste, was mir an ihr auffiel. Sie hatte sich mit ausgestrecktem Arm an der Straße postiert, drum hielten wir an. Dieses Mädchen war klein, so klein, daß das Holzfällerhemd komisch an ihr aussah, wie ein Nachthemd. Sie hatte Jeans an und verzierte Mokassins, und sie trug einen kleinen Koffer.

»Hüpf rein«, sagt Henry. Also klettert sie zwischen uns.
»Wir bringen dich heim«, sag ich. »Wo wohnst du?«
»Chicken«, sagt sie.
»Wo zum Teufel ist das denn?« frag ich sie.
»Alaska.«
»Okay«, sagt Henry, und wir fahren los.
Wir kamen da rauf und wollten gar nicht wieder weg. Die Sonne geht dort im Sommer echt nicht unter, und die Nacht ist mehr so eine leichte Dämmerung. Man döst vielleicht mal weg, aber bevor man sich's versieht, ist man wieder auf den Beinen, wie ein Tier in der Natur. Man hat nie das Gefühl, daß man fest schlafen muß oder die Welt weit von sich schieben. Und gewachsen sind die Sachen da oben! Am einen Tag einfach nur Staub oder Moos, am nächsten Tag Blumen und Gras.

Das Mädchen hieß Susy. Ihre Familie hatte uns richtig ins Herz geschlossen. Sie gaben uns zu essen und brachten uns unter. Wir hatten unser eigenes Zelt, wo wir drin wohnten, neben ihrem Haus, und die Kinder kamen zu jeder Tages- und Nachtzeit zu uns. Sie konnten gar nicht aufhören, sich darüber zu wundern, daß Henry und ich Brüder waren, weil wir so anders aussahen. Wir erzählten ihnen, daß wir jedenfalls wüßten, daß wir die gleiche Mutter hätten.

In einer Nacht kam Susy uns besuchen. Wir saßen im Zelt und redeten von diesem und jenem. Die Jahreszeit ging ihrem Ende zu. Es wurde schon dunkler, und die Kälte wurde allmählich eine Spur gemein. Ich sagte zu ihr, es würde jetzt Zeit für uns, abzufahren. Sie stellte sich auf einen Stuhl.

»Ihr habt mein Haar noch gar nicht gesehen«, sagte Susy.

Das stimmte. Sie stand auf dem Stuhl, aber als sie ihre Schnecken auflöste, reichten die Haare runter bis auf die Erde. Wir rissen die Augen auf. Man sah gar nicht, wie viel Haar sie hatte, wenn es so ordentlich aufgerollt war. Dann tat mein Bruder Henry was Komisches. Er ging zu dem Stuhl und sagte: »Spring auf meine Schultern.« Das tat sie, und ihr Haar reichte über seine Taille runter, und er fing an, sich zu drehen, so rum und so rum, daß ihr Haar von einer Seite zur andern flog.

»Ich wollte schon immer wissen, wie es ist, wenn man langes, schönes Haar hat«, sagte Henry. Haben wir gelacht. Es sah so komisch aus, wie er das machte. Am nächsten Morgen standen wir auf und nahmen Abschied von den Leuten.

Auf zu neuen Taten, wie die Leute so sagen. Runter ging's durch Spokane und durch Idaho, dann durch Montana, und bald fuhren wir mit dem Wetter um die Wette, direkt an der kanadischen Grenze, durch Columbus, Des Lacs, und dann waren wir in Bottineau County und bald zu Hause. Fast die ganze Reise in diesem Sommer hatten wir gemacht, ohne ein einziges Mal die Motorhaube zu öffnen. Wie sich rausstellte, kamen wir grad so rechtzeitig heim, daß die Armee sich daran erinnern konnte, daß Henry sich freiwillig gemeldet hatte.

Mich wundert's nicht, daß die Armee sich so freute, meinen Bruder zu kriegen, daß sie ihn gleich zur Marine steckten. Er war jedenfalls gebaut wie ein Schrank. Wir zogen ihn immer damit auf, daß sie ihn in Wirklichkeit wegen seiner Indianernase wollten. Seine Nase war so groß und scharf wie ein Kriegsbeil, wie die Nase von Red Tomahawk, dem Indianer, der Sitting Bull umgebracht hat und dessen Profil überall auf Schildern an den Straßen in North Dakota ist. Henry ging ins Ausbildungslager, kam einmal zu Weihnachten nach Hause, und das nächste war dann, daß wir einen Brief aus Übersee von ihm kriegten. Das war 1970, und er schrieb, er wäre oben im nördlichen Hügelland stationiert. Wo genau, wußte ich nicht. Er war kein so toller Briefschreiber und bekam nur zwei fertig, bevor der Feind ihn erwischte. Ich hab mir nie merken können, aus welchem Teil jetzt die guten vietnamesischen Soldaten kamen.

Ich schrieb ihm mehrere Male zurück, obwohl ich nicht wußte, ob diese Briefe durchkommen würden. Ich hielt ihn immer über das Auto auf dem laufenden. Die meiste Zeit hatte ich es im Hof aufgebockt oder halb auseinandergenommen, weil die lange Fahrt ihm unter der Motorhaube doch ziemlich hart zugesetzt hatte.

Ich persönlich hab immer Glück mit Zahlen gehabt und machte mir nie Sorgen wegen der Einberufung. Ich mußte mir nicht mal überlegen, wie meine Zahl hieß. Aber Henry hat nie so ein Glück gehabt wie ich. Es dauerte mindestens drei Jahre, bis Henry heimkam. Da war der ganze Krieg in den Köpfen von der Regierung schon gelöst, denk ich, aber für ihn lief er immer noch weiter. In den Jahren hatte ich sein Auto bestens auf Vordermann gebracht. Ich betrachtete es immer als sein Auto, während er weg war, obwohl er sagte, als er ging: »Jetzt ist es deins«, und mir seinen Schlüssel zuwarf.

»Danke für den Ersatzschlüssel«, sagte ich. »Ich leg ihn in deine Schublade, für den Fall, daß ich ihn mal brauche.« Er lachte.

Aber als er heimkam, war Henry ganz anders, und soviel kann ich sagen, der Wandel war nicht zum Guten. Daß er als besserer Mensch rauskommt, hätte man wohl auch kaum erwarten können, ist mir schon klar. Aber er war still, so still, konnte nie mal wo gemütlich ruhig sitzen, sondern mußte immer aufspringen und sich bewegen. Ich dachte an die Zeiten, wo wir ganze Nachmittage ruhig dagesessen und keinen Muskel gerührt hatten, uns höchstens mal bequemer hingesetzt, und mit den anderen, die dabei waren, so geredet und einfach nur in die Gegend geschaut hatten. Damals hatte er auch immer einen Witz auf Lager gehabt, und jetzt konnte man ihn nicht mal mehr zum Lachen bringen, oder wenn er's mal tat, dann war es eher das Geräusch, das einer macht, der erstickt, ein Geräusch, das den anderen Leuten um ihn rum die Kehle zuschnürte. Die haben ihn dann eben meistens allein gelassen, und ich konnte es ihnen nicht verargen. Es war Tatsache: Henry war kribbelig und mies drauf.

Ich hatte einen Farbfernseher für meine Mutter und uns andere gekauft, während Henry fort war. Das Geld floß immer noch leicht. Jetzt tat es mir aber leid, daß ich ihn gekauft hatte, wegen Henry. Es tat mir auch leid, daß ich Farbe gekauft hatte, weil die Bilder schwarzweiß älter und weiter weg aussehen. Aber was soll man machen? Er saß davor und glotzte, und das war die einzige Zeit, wo er vollständig stillsaß. Aber es war die Art von Bewegungslosigkeit, die man bei einem Hasen sieht, wenn er erstarrt, bevor er losrennt. Er war nicht entspannt. Er saß in seinem Sessel und packte die Armlehnen mit aller Macht, als würde sich der Sessel mit hoher Geschwindigkeit bewegen und Henry, wenn er losließe, nach vorn rausschießen oder vielleicht mitten in den Fernseher krachen.

Einmal war ich im Zimmer und sah mit Henry fern, und da hörte ich, wie er mit den Zähnen auf etwas biß. Ich schaute rüber, und da hatte er sich die Lippe durchgebissen. Blut floß ihm am Kinn runter. Ich kann euch sagen, in dem Augenblick hätte ich die Röhre am liebsten in Stücke geschlagen. Ich ging drauf zu, aber Henry muß wohl gespannt haben, was ich im Sinn hatte. Er sprang aus seinem Sessel hoch und fegte mich aus dem Weg, gegen die Wand. Ich sagte mir, daß er bestimmt gar nicht wußte, was er da tat.

Meine Mutter kam rein, schaltete den Fernseher ganz ruhig aus und sagte, daß sie Abendessen gemacht hätte. Also gingen wir und setzten uns hin. Immer noch lief Blut an Henrys Kinn runter, aber er merkte es gar nicht, und keiner sagte was, obwohl jedesmal, wenn er von seinem Brot abbiß, Blut drauftropfte, er sein eigenes, mit dem Essen vermischtes Blut aß.

Wenn Henry nicht dabei war, sprachen wir darüber, was mit ihm werden sollte. Es gab keine indianischen Ärzte im Reservat, und meine Mom hatte Angst, dem alten Pillager zu trauen, weil der ihr vor langer Zeit den Hof gemacht hatte und auf ihre Männer eifersüchtig war. Er könnte sich an ihrem Sohn rächen. Wir hatten Angst, daß sie Henry dabehalten würden, wenn wir ihn in ein normales Krankenhaus bringen würden.

»Die machen einen nicht gesund in diesen Kästen«, sagte Mom, »die geben einem nur Medikamente.«

»Wir würden ihn auch gar nicht erst hinkriegen«, stimmte ich zu. »Also vergessen wir's am besten.«

Dann dachte ich an das Auto.

Henry hatte das Auto noch nicht mal angeschaut, seit er heimgekommen war, obwohl es, wie ich ja schon gesagt hab, in Tip-top-Zustand war und bereit zum Fahren. Ich dachte, das Auto könnte vielleicht den alten Henry irgendwie zurückbringen. Also paßte ich den rechten Moment ab und wartete auf meine Chance, sein Interesse an der Karre wieder zu wecken.

Eines Nachts war Henry irgendwohin weg. Da nahm ich einen Hammer, ging raus zum Auto und vergnügte mich kräftig an seiner Unterseite damit. Haute Beulen rein. Verbog das Auspuffrohr. Riß den Auspufftopf ab. Als ich mit dem Auto fertig war, sah es schlimmer aus als all die typischen Indianerautos, die ihr Leben lang auf Reservatsstraßen gefahren sind, und die sind ja, sagt man, wie die Versprechen der Regierung: voller Löcher. Es hat mir selbst ganz weh getan, das kann ich euch sagen! Ich warf Dreck in den Vergaser und riß das ganze Klebeband von den Sitzen. Ich tat alles, was ich konnte, damit es richtig schlimm aussah. Dann legte ich die Hände in den Schoß und wartete, bis Henry es fand.

Und dazu brauchte er länger als einen Monat. Aber das war in Ordnung, denn da wurde es gerade warm genug, nicht daß der Schnee schmolz, aber gerade warm genug, um draußen zu arbeiten.

»Lyman«, sagt er, als er eines Tages reinkommt, »das rote Auto sieht beschissen aus.«

»Es ist eben alt«, sag ich. »Da muß man mit so was rechnen.«

»Nix da!« sagt Henry. »Das Auto ist ein Klassiker! Aber du bist hingegangen und hast es zuschanden gefahren, Lyman, und du weißt, daß es das nicht verdient hat. Ich hab das Auto in Eins-A-Zustand gehalten. Du weißt das nicht mehr. Du bist einfach zu jung. Aber als ich wegging lief das Auto wie ein Uhrwerk. Jetzt weiß ich nicht mal, ob ich es überhaupt wieder zum Starten kriege, ganz zu schweigen davon, ob ich es jemals auch nur annähernd auf den alten Stand bringe.«

»Probier's doch«, sagte ich, als wenn ich sauer würde, »aber ich sag dir, es ist 'ne Schrottkarre.«

Dann ging ich raus, bevor ihm klarwerden konnte, daß er mehr als sechs Wörter hintereinander gesagt hatte.

Danach dachte ich, er würde noch erfrieren bei der Arbeit an dem Auto. Er war den ganzen Tag da draußen, und nachts stellte er eine kleine Lampe auf, legte ein Kabel aus dem Fenster und hatte dann Licht, damit er beim Arbeiten sehen konnte. Es ging ihm besser als vorher, aber das bedeutete noch nicht viel. Es fiel ihm leichter, die Sachen zu machen, die wir anderen auch taten. Er aß langsamer und sprang beim Essen nicht mehr ständig auf, um was zu holen oder aus dem Fenster zu schauen. Ich steckte meine Hand hinten in den Fernseher, das gab ich zu, und hantierte kräftig dran rum, so daß es jetzt fast unmöglich war, ein klares Bild zu kriegen. Er schaute ohnehin nicht mehr oft. Er war immer draußen beim Auto oder auf dem Sprung, um Teile dafür zu besorgen. Als es dann draußen richtig anfing zu tauen, hatte er es repariert.

Um die Zeit war ich schon ganz bedrückt wegen Henry. Wir waren früher immer zusammen gewesen. Henry und Lyman. Aber jetzt war er so ein Einzelgänger geworden, daß ich nicht wußte, wie ich das aushalten sollte. Deshalb packte ich die Gelegenheit beim Schopf, als Henry eines Tages freundlicher aussah. Nicht daß er gelächelt hätte oder so. Er sagte nur: »Komm, wir machen 'ne Spritztour mit der alten Kiste.« Nur die Art, wie er es sagte, gab mir das Gefühl, daß er sich wieder fing.

Wir gingen raus zum Auto. Es war Frühling. Die Sonne schien sehr hell. Meine einzige Schwester, Bonita, die gerade elf Jahre alt war, kam raus und wollte, daß wir uns für ein Foto nebeneinanderstellten. Henry lehnte sich mit dem Ellbogen auf die Windschutzscheibe des roten Autos, und er nahm seinen anderen Arm und legte ihn mir über die Schulter, sehr vorsichtig, als wäre er zu schwer zum Hochheben und als wollte er nicht das ganze Gewicht auf einmal ablegen.

»Lach mal«, sagte Bonita, und er tat es.

Dieses Bild. Ich schau es mir nicht mehr an. Vor ein paar Monaten, ich weiß nicht warum, holte ich sein Bild raus und hängte es an die Wand. Ich hatte damals ein gutes Gefühl, fühlte mich Henry nahe. Ich fühlte mich wohl mit seinem Bild an der Wand, bis eines Nachts, als ich fernsah. Ich war ein bißchen betrunken und high. Ich schaute die Wand hoch, und da starrte Henry mich an. Ich weiß nicht, was war, aber sein Lächeln hatte sich verändert, oder vielleicht war es auch weg. Ich weiß nur, daß ich es nicht mehr im selben Zimmer mit dem Bild aushielt. Ich zitterte. Ich stand auf, machte die Tür zu und ging in die Küche. Etwas später kam mein Freund Ray rüber, und wir gingen beide zurück in das Zimmer. Wir steckten das Bild in eine braune Tüte und falteten sie wieder und wieder zusammen, ganz fest, dann steckten wir sie ganz hinten in einen Wandschrank.

Ich seh das Bild immer noch, wie wenn es an mir zerrt, immer wenn ich an dieser Tür zum Wandschrank vorbeigehe. Ich habe das Bild ganz klar im Kopf. Es war so sonnig, daß Henry gegen das grelle Licht die Augen zusammenkneifen mußte. Oder vielleicht reflektierte die Kamera, die Bonita hielt, wie ein Spiegel und blendete ihn, bevor sie das Bild machte. Mein Gesicht ist voll in der Sonne, groß und rund. Aber er hat vielleicht zurückgezuckt, denn die Schatten in seinem Gesicht sind tief wie Löcher. Zwei Schatten biegen sich wie kleine Haken um die Enden seines Lächelns, wie um es einzurahmen und wie ein Versuch, es zu halten – dieses eine, erste Lächeln, das aussah, als täte es seinem Gesicht weh. Er hatte seine Armeejacke an und die lange getragenen Kleider, die er bei seiner Rückkehr und seitdem ständig trug. Nachdem Bonita das Foto aufgenommen hatte, ging sie ins Haus, und wir stiegen ins Auto. Im Kofferraum war eine volle Kühlbox. Wir starteten nach Osten in Richtung Pembina und zum Red River, weil Henry meinte, er wollte das Hochwasser sehen.

Die Fahrt dahin war schön. Wenn alles anfängt, sich zu verändern, zu trocknen, frei zu werden, fühlt man sich, als ob das ganze Leben vor einem liegt. Henry spürte das auch. Das Verdeck war unten, und das Auto summte wie ein Kreisel. Er hatte es wirklich wieder in Schuß gebracht, sogar das Klebeband auf den Sitzen war sorgfältig wieder befestigt und in Schichten aufgeklebt. Es war nicht so, daß er lächelte oder gar Witze riß, aber sein Gesicht kam mir klarer vor, friedlicher. Es sah aus, als dächte er an nichts Besonderes, außer an die nackten Felder und die Windschutzzäune und die Häuser, an denen wir vorbeifuhren.

Als wir ankamen, war der Fluß hoch und voller Wintergerümpel. Die Sonne schien noch, aber beim Fluß war es kühler. Hier und da lagen auf dem Ufer noch kleine Klumpen von schmutzigem Schnee. Das Wasser war noch nicht über die Ufer getreten, aber das würde noch kommen, das sah man. Es war gerade an der Grenze, stark angeschwollen, glänzend wie eine alte graue Narbe. Wir machten uns ein Feuer, und dann setzten wir uns hin und sahen der Strömung zu. Während ich sie beobachtete, spürte ich, wie sich in mir etwas zusammendrückte, hart wurde und gleichzeitig loslassen wollte. Ich wußte, daß nicht nur ich das spürte, ich wußte, daß ich das spürte, was

Henry im Augenblick durchmachte. Nur daß ich es nicht aushielt, dieses Zugehen und Aufgehen. Ich sprang auf die Füße. Ich faßte Henry an den Schultern und fing an, ihn zu schütteln. »Wach auf!« sag ich. »Wach auf, wach auf, wach auf!« Ich wußte nicht, was über mich gekommen war. Ich setzte mich wieder neben ihn.

Sein Gesicht war total weiß und hart. Dann brach es auf, wie Steine ganz plötzlich bersten, wenn Wasser in ihnen hochkocht.

»Ich weiß es«, sagt er. »Ich weiß es. Ich kann nichts dagegen machen. Es hilft nichts.«

Wir fingen an zu reden. Er sagte, daß er wüßte, was ich mit dem Auto gemacht hatte. Es sei doch offensichtlich, daß es kaputtgehämmert worden wäre und nicht einfach nur vernachlässigt. Er sagte, er wollte mir das Auto jetzt für immer schenken. Es würde nichts helfen. Er sagte, er hätte es nur in Ordnung gebracht, um es mir zurückzugeben, und ich sollte es nehmen.

»Kommt nicht in Frage«, sag ich, »ich will's nicht.«

»Ist schon recht«, meint er, »nimm's nur.«

»Ich will es aber nicht«, sag ich wieder zu ihm, und dann, um dem Nachdruck zu geben, nur um dem Nachdruck zu geben, versteht ihr, berühre ich seine Schulter. Er schlägt meine Hand weg.

»Du nimmst das Auto«, sagt er.

»Nein«, sag ich, »da mußt du mich schon zwingen«, sag ich, und da packt er meine Jacke und reißt den Ärmel ab. Die Jacke ist echt Spitze, Wildleder mit Nieten und Reißverschlüssen. Ich stoße Henry nach hinten, vom Baumstamm runter. Er springt auf und schmeißt mich um. Wir gehen im Clinch zu Boden, und im Hochkommen schlagen wir aus Leibeskräften mit den Fäusten zu. Er rammt mir einen in den Kiefer, daß ich das Gefühl hab, der hängt lose runter. Dann bearbeite ich seinen Brustkorb und lande einen Sauberen unter seinem Kinn, so daß sein Kopf nach hinten kippt. Er ist verblüfft. Er guckt mich an, und ich guck ihn an, und dann sind seine Augen voller Tränen und Blut, und zuerst denke ich, er heult. Aber nein, er lacht. »Ha! Ha!« sagt er. »Paß gut drauf auf.«

»Okay«, sag ich, »okay, kein Problem. Ha! Ha!«

Ich kann nichts dagegen tun, ich fang auch an zu lachen. Mein Gesicht fühlt sich dick und fremd an, und nach einer Weile hol ich ein Bier aus der Kühlbox im Kofferraum, und als ich es Henry weitergeb, nimmt er sein Hemd und wischt meine Bazillen weg. »Maul- und Klauenseuche«, sagt er. Aus irgendeinem Grund schafft mich das völlig, und eine Weile lachen wir wirklich, und dann trinken wir das ganze übrige Bier, eins nach dem andern, schmeißen die Dosen in den Fluß und schauen, wie weit, wie schnell die Strömung sie mitreißt, bevor sie vollaufen und sinken.

»Willst du zurückfahren?« frag ich nach einer Weile. »Vielleicht können wir uns ein paar nette Kashpaw-Mädchen angeln.«

Er sagt nichts. Aber ich merke, daß sich seine Stimmung wieder ändert.

»Die sind alle verrückt, die Mädchen hier oben, eine wie die andere.«

»Du bist auch verrückt«, sag ich, um ihn aufzuheitern. »Die verrückten Lamartine-Jungs!«

Er schaut zuerst, wie wenn er das in den falschen Hals kriegt. Sein Gesicht zuckt, dann klärt es sich auf, und er springt auf die Füße. »Stimmt!« sagt er. »Höllisch verrückt. Verrückte Indianer!«

Ich glaube, daß das wieder der alte Henry ist. Er wirft seine Jacke ab und fängt an, die Beine vom Knie aus rumzuschwingen wie ein exotischer Tänzer. Er ist in der Hocke und macht eine Mischung aus Ententanz und Hasenhüpfen, einen Tanz, wie ich ihn noch nie gesehen habe und auch sonst keiner auf dieser ganzen grünen Erde. Er ist wild. Er will bumsen! Er ist wieder oben und an mir und überall. Die ganze Zeit muß ich so sehr lachen, daß mein Magen sich völlig verknotet.

»Muß mich mal abkühlen!« schreit er ganz plötzlich. Dann rennt er rüber zum Fluß und springt rein.

Bretter und andere Sachen treiben in der Strömung. Sie ist so tief. Kein Laut kommt vom Fluß, nach dem Planscher, den er macht, deshalb renn ich schnell rüber. Ich schau rum. Es wird dunkel. Ich seh, daß er schon halb drüben ist, und ich weiß, daß er dort nicht hingeschwommen ist, sondern daß die Strömung ihn mitgerissen hat. Er ist weit weg. Trotzdem hör ich seine Stimme ganz klar herüber.

»Meine Stiefel laufen voll«, sagt er.

Er sagt das mit normaler Stimme, so wie wenn er es grad gemerkt hat und nicht weiß, was er davon halten soll. Dann ist er weg. Ein Ast kommt vorbei. Noch ein Ast. Dann spring ich rein.

Als ich aus dem Fluß komme, von dem Baumstumpf, auf den ich mich hochgezogen habe, ist die Sonne untergegangen. Ich geh zurück zum Auto, schalt das Fernlicht an und fahr an die Böschung. Ich leg den ersten Gang ein, und dann nehm ich den Fuß von der Kupplung. Ich steig aus, mach die Tür zu und seh zu, wie es sich sanft ins Wasser schiebt. Die Scheinwerfer greifen hinein, als sie untergehen, suchend, immer noch, auch als schon Wasser über das Heck strudelt. Ich warte. Die Drähte schließen kurz. Endlich ist alles dunkel. Und dann ist nur noch das Wasser da, das Geräusch, wie es geht und läuft und geht und läuft und läuft.

Die Waage
(1980)

Albertine Johnson

Ich saß vor meinem dritten oder vierten Jellybean, das ist Anislikör, Äthylalkohol, ein angezündetes Streichholz und eine kleine nasse Explosion im Gehirn. Links von mir saß Gerry Nanapush vom Chippewa-Stamm. Rechts von mir saß Dot Adare vom Einstmals-gewesen-, vom War-niemals-, vom Was-liegt-vor-mir-Volk. Noch in ihrem Bauch kauerte, inmitten seiner Flüssigkeit, das Kind ihrer Vereinigung, das Kind, auf das wir warteten, nach dessen Namen wir in einer gerammelt vollen, verdreckten Bar am äußersten Rand jener Stadt in Dakota eine angestrengte und ausgedehnte Suche veranstalteten.

Gerry hatte schon seit dreizehn Jahren dem Alkohol abgeschworen. Er trank Tonic-Water aus einem hohen Glas, in dem neben ein oder zwei Maraschino-Kirschen ein Halbmond von fleckiger Zitrone schwamm. Gerry war 35 Jahre alt, und er war fast die Hälfte dieser Jahre entweder im Gefängnis oder aus dem Gefängnis ausgebüchst und auf der Flucht gewesen. Er war auch jetzt kein freier Mensch und würde nie einer sein, und das war der Grund dafür, daß sein gelber Tennis-Schirm bis an die Kante seines Brillengestells herabgezogen war. Die Bar war nur schwach erleuchtet und verraucht; seine Brille war sehr dunkel. Die schlechte Sicht muß wohl der Grund gewesen sein, warum Polizist Lovchik ihn zuerst sah.

Lovchik kam auf uns zu, mit der Hand an der Hüfte, aber Gerry war über die Rückwand der Nische gesprungen und aus der Tür, bevor Lovchik nahe genug heran war, um eine eindeutige Identifikation vorzunehmen.

»Setzen Sie sich doch zu uns«, sagte Dot zu Lovchik, als er sich unserer Nische näherte. »Ich geb Ihnen einen aus.

Es ist so langweilig hier. Den ganzen Abend ist kein Mensch vorbeigekommen.«

Lovchik seufzte, setzte sich und bestellte einen Brombeerschnaps.

»Jetzt sagen Sie mir mal«, sagte sie und starrte ihn an, »ganz ehrlich, was halten Sie von dem Namen Schweineschnauze?«

Ich hatte Dot durch Gerry kennengelernt, in einer Bar wie dieser, nur noch vollgepfropfter mit emsigen Trinkern, Bautrupps, die in die Stadt gekommen waren, weil eine neue Interstate in der Nähe vorbeigeführt wurde. Ich war dort hängengeblieben, weil mir das Geld ausgegangen war und die Ideen, wohin ich gehen sollte. Ich war 22 Jahre alt und wußte, daß ich mit meinem Leben bald etwas anderes anfangen mußte. Aber egal, was das sein würde, zuerst mußte ich Geld verdienen.

Ich hatte gehört, daß Gerry Nanapush in der Gegend sei, und weil er wegen eines Hungerstreiks im Staatsgefängnis, den er angezettelt hatte, berühmt war und auch weil er Henry Lamartines Bruder und eine Art Freund von Tante June gewesen war, ging ich ihn suchen. Bei seiner Größe war er nicht schwer zu finden. Ich setzte mich neben ihn, und wir fingen ein Gespräch an, während dessen beträchtlicher Dauer wir immerhin so vertraut miteinander wurden, daß Gerry seinen Arm um mich legte.

Dot kam genau im falschen Moment herein. Sie hatte sowieso ein hitziges Gemüt, und die Schwangerschaft (Gerry hatte sie bei einem Gefängnisbesuch sechs Monate vorher in diesen Zustand versetzt) erhöhte ihre Reizbarkeit noch. Wahrscheinlich war es ganz natürlich, daß sie mir den Barhocker wegzog und mir an Leib und Leben wollte. Nur glaubte ich zu diesem Zeitpunkt nicht, daß sie mir nach dem Leben trachtete. Ich hatte ein falsches Bild von schwangeren Frauen. In meiner Vorstellung trugen sie unsichtbare Heiligenscheine und metzelten nicht wehrlose Mitmenschen nieder.

»Dich schlag ich zu Brei!« sagte sie und spuckte in die Hände. Ihre Hände waren klein, breit und tüchtig, mit spitzen Nägeln. Wenn ich trank, tat ich manchmal das Falsche, und diesmal tat ich wirklich das Falsche, obwohl ich auf dem Boden unter ihr lag. Ich fing an, über sie zu lachen, weil ihre Hände so klein waren (wenn sie auch stark und entschlossen aussahen – das hätte mir klarer sein müssen). Sie war drauf und dran, sich auf mich zu stürzen, mitsamt ihrem Sechsmonatsbauch, aber Gerry fing sie in der Luft ab und trug die Schreiende aus der Tür. Am nächsten Morgen trat ich zur Arbeit an. Es war mein erster Tag in diesem Job, und die einzige andere Frau auf der Baustelle war Dot Adare.

An diesem Tag funkelte Dot mich nur aus der Ferne an. Sie arbeitete im Wiegeschuppen, und ich war angeheuert worden, um am Fließband die Knöpfe zu drücken. Alles, was ich zu tun hatte, war, die Fließbandgeschwindigkeit auf Sand, Steine oder Kies einzustellen und dafür zu sorgen, daß es auf den richtigen Haufen zielte. Für jede Art von Material gab es eine Pyramide, und alles wurde zur Herstellung von Sichtbeton und Mörtel verwendet. Über den großen Hof sah ich Dot von Zeit zu Zeit aus dem kleinen Wiegeschuppen herauskommen. Ich konnte nicht feststellen, ob sie mich erkannte, und am Ende des Tages dachte ich, daß sie es vielleicht doch nicht tat. Doch am nächsten Morgen, als ich rüber zum Bauwagen Kaffee holen ging, wurde ich eines Besseren belehrt.

Sie kriegte mich irgendwie an die Längsseite des Wagens, weg von den Männern, und sagte kein Wort, hielt nur den Hirschfänger so, daß ich ihn sehen konnte, die Klinge auf mich gerichtet. Sie ließ den Griff tanzen, und die Spitze zuckte wie der pfeilförmige Kopf einer Grubenotter. Blind. Nach Körperwärme suchend. Ich fiel aus allen Wolken. Ich hatte eben den Plastikdeckel auf meinen Kaffee gedrückt, und er dampfte zwischen meinen Händen.

»Tut mir leid, daß ich gelacht habe«, sagte ich. Sie trat zurück. Ich pellte den Deckel von meinem Kaffee, nahm einen Schluck, und dann sagte ich wieder das Falsche.

»Und ich hatte es gar nicht auf deinen Freund abgesehen.«

»Warum nicht?« sagte sie sofort. »Was gefällt dir nicht an ihm?«

Ich sah, daß ich dieses Wortgefecht verlieren würde, egal, was ich sagte, und deshalb tat ich ausnahmsweise das Richtige. Ich schüttete ihr meinen Kaffee ins Gesicht und rannte weg. Später an dem Tag kam Dot aus dem Wiegeschuppen und brüllte: »Also gut!« Ich war dicht genug dran, um zu sehen, daß sie sogar grinste. Ich winkte. Von da an lief es besser zwischen uns, was für ein Glück, denn es stellte sich raus, daß ich eine so gute Knopfdrückerin war, daß ich innerhalb von zwei Wochen zum Wiegeschuppen befördert wurde, um Dot zu helfen.

Nicht daß Dot Hilfe brauchte, um die Laster zu wiegen, es war nur eine Formalität wegen des staatlichen Straßenbauamts. Ich kapierte das nie so genau, aber anscheinend hatte Dot eine Weile sowohl die Lastwagen gewogen als auch die Ergebnisse kontrolliert, bis jemand Wind von der Sache bekam. Die Firma stellte dann mich ein, um die Laster zu wiegen, und Dot war vom Staat angestellt, um dafür zu sorgen, daß ich das genaue Gewicht festhielt. In Wirklichkeit schlief, strickte oder aß sie den ganzen Tag. Zwischen den Lastwagenladungen tat ich das gleiche. Ich brauchte nicht mal von meinem Hocker aufzustehen, um die Laster zu wiegen, denn der Zeiger der Waage ragte durch ein rechteckiges Loch, und die Gewichtsanzeige erschien direkt vor mir. Die Standardkipper, die Dreiseitenkipper und die gelben Firmenlastwagen fuhren langsam auf eine Plattform, die neben dem Schuppen über den Waagebalken gebaut war. Ich schrieb das Gewicht auf einen kleinen rosa Zettel, klemmte das Papier in eine Wäscheklammer, die an einem Besenstiel befestigt war, und reichte es dem Fahrer hoch. Ich behielt eine Kopie des rosa Zettels auf gelbem Papier, das ich in einem Aktenkorb aus Metall ablegte. Kein Mensch holte den Aktenkorb je ab, deshalb hatte ich keine Ahnung, wofür die gelben Zettel waren. Die Firma bezahlte mich sehr gut.

Es war früh im Juli, als Dot und ich anfingen, zusammenzuarbeiten. Zuerst setzte ich mich möglichst weit von ihr weg und ließ die Augen nicht von ihren Nadeln, obwohl es mich ein bißchen schwindlig machte, ihr beim Stricken zuzuschauen. Es dauerte allerdings nicht lange, bis wir zu einem Einvernehmen kamen, und danach fühlte ich mich in Dots Gegenwart vollkommen wohl. Sie war eben nur ziemlich direkt und erklärte mir gleich am Anfang, daß nur drei Dinge sie in Wut brachten. Nummer eins war, wenn jemand mit Gerry flirtete. Nummer zwei waren Zigarettenschnorrer, Leute, die immer mit dem Rauchen aufhörten, aber dann deine rauchten. Nummer drei waren Pißameisen. Ich fragte sie, was das wäre. »Eine Pißameise«, sagte sie, »ist ein Mann mit fetten Arschbakken, der versucht, dir was zu verkaufen.« Ich wußte immer, woran ich mit Dot war, also vertraute ich ihr. Ich wußte, wenn ich es mit ihr verderben würde, dann würde sie mir erst mal drohen und Zeit zum Weglaufen geben, bevor sie mir was antun würde.

Mitte Juli wurde es in unserem Schuppen unerträglich, weil er die Hitze aus dem kahlen Hof aufsog und aufstaute. Wir saßen meistens draußen und zogen um die Hütte herum, um das bißchen Schatten, das es gab, auszunutzen, und ließen den rohen, heißen Wind von den Rübenfeldern den Schweiß von unseren Achselhöhlen und Beinen saugen. Aber die Jahreszeiten wechseln schnell in North Dakota. Den letzten Tag im August verbrachten wir damit, von einem eiskalten Fuß auf den andern zu springen, bis Hadji, der Vorarbeiter, eine säulenförmige Flasche mit Gas in den Schuppen schleppte. Er zündete sie an dem gespeichten Rad an der Spitze an, es strahlte auf, und von da an kauerten wir uns dicht an die Heizung, aßen, dösten oder saßen, ohne zu denken, in dem kleinen Umkreis von trockener Wärme.

Inzwischen wog Dot über 200 Pfund, hauptsächlich von Erdnußbutterplätzchen und Weißbrot mit Eiersalat. Sie war eine kleine, breitgebaute Frau mit schmalen gelben Augen und Lücken zwischen den kräftigen Zähnen. Als wir anfingen, zusammenzuarbeiten, trug sie ihr Haar kurz geschnitten. Als die kalten Monate kamen, war es zu dicken Büscheln herausgewachsen – braun am Ansatz, orange an den Spitzen. Die orange Tönung hatte nicht zu ihren Naturfarben gepaßt. Inzwischen war auch Dots Bauch rund und prall, denn im Oktober war sie fällig. Das

Kind saß hoch, und sie legte oft ihre Unterarme darauf ab, während sie strickte. Eine von Dots sonderbarsten Leistungen war, wie sie diese sanfte Tätigkeit in etwas Perverses verwandelte. Sie strickte wild, zurrte die Wolle um ihren Daumen, bis die Spitze weiß wurde, und zog jede Masche so fest, daß die kleinen Kleidungsstücke, die sie anfertigte, von allein standen wie Miniaturrüstungen.

Ich hatte den Eindruck, daß das Kind diese festen Maschen wohl auch brauchen würde, wenn es erst auf der Welt wäre. Obwohl Dot als werdende Mutter ein einigermaßen ruhiges Leben führte, war es offensichtlich, daß sie auch mit gefährlichen Elementen lockeren Umgang gehabt hatte. Das Kind war beispielsweise im Besucherzimmer des Staatsgefängnisses gezeugt worden. In einer Ecke, die die Kamera nicht ganz abtastete, war Dot auf Gerrys Schoß gesprungen. Durch ein in ihre Strumpfhose gerissenes Loch und einen Riß in Gerrys Jeans gelang es ihnen irgendwie, sich zu vereinigen und auf wunderbare Weise das Kind zu zeugen. Nicht lange nach meiner Unterhaltung mit Gerry in der Bar wurde er geschnappt. Diesmal ging er friedlich mit, ohne eine Schlägerei anzufangen. Er war ohnehin hauptsächlich deshalb im Gefängnis, weil er daraus ausgebrochen war; denn für sein Vergehen, tätliche Beleidigung, hatte er drei Jahre bekommen und Strafminderung bei guter Führung. Er schaffte es nur einfach nicht, diese drei Jahre abzusitzen oder sich gut zu führen. Er brach immer von neuem aus und wurde jedesmal wieder geschnappt, regelmäßig wie die Uhr.

Gerry war ein Ausbruchstalent, das muß man sagen. Keiner dieser Scheiß-Schuppen, ob aus Stahl oder Beton, könne einen Chippewa halten, prahlte er, und er hatte, trotz seiner enormen körperlichen Ausmaße, tatsächlich die Eigenschaften eines Aals. Einmal hatte er sich mit Schmalz eingefettet und war in einer einsachtzig dicken Gefängnismauer verschwunden. Einige dachten, daß er darin steckengeblieben wäre, auf ewig eingemauert, und daß nun er Glück bringen würde, wie die Knochen von Sklaven, die in die Chinesische Mauer eingemauert wurden. Gerry rieb sich zwar den Bauch über sein Glück, aber anderen brachte er durchaus kein Glück, denn plötzlich tauchte er an Dots Tür auf, und da war es an ihr, ihn zu verstecken.

Es gelang ihr fast einen Monat lang. Einen knapp einsneunzig großen, 250 Pfund schweren Indianer mitten in einer Stadt, die Indianer nicht schätzt, zu verstecken, ist schon mal nicht gerade leicht. Ein Monat war da wirklich eine Leistung, wenn man weiß, was das für sie bedeutete. Sie verbrachte den größten Teil ihrer Zeit damit, auf ihren geschwollenen Füßen zum Lebensmittelgeschäft zu tappen und die Nachbarn mit dem Ausmaß dessen, was sie für ihren Riesenappetit halten mußten, zu verblüffen. Stapel von Schweinekoteletts, ganze Brathähnchen, dicke Steaks verschwanden über Nacht, und da Gerry den Abfall tagsüber nicht hinaustragen konnte, warf er die Knochen manchmal aus dem Fenster, wo sie sich anhäuften und wo bald die Hunde lernten, auf ein Almosen zu warten, und dann um das, was es gerade gab, kämpften und sich balgten.

Schließlich beschwerten sich die Nachbarn, und eines Tages klopfte Lovchik, während Dot bei der Arbeit war, an die Tür ihres Wohnwagens. Gerry machte auf, seufzte und ging mit zum Auto. Er war so gut, wenn es darum ging, aus dem Knast auszubrechen, und so stümperhaft, wenn er wieder geschnappt wurde. Es war, als würde er magisch von der Polizei angezogen.

Dot kannte sein Problem und meinte, er sei doch wohl verrückt, zu glauben, er könne aus dem Gefängnis rausmarschieren und dann wie ein ganz normaler Mensch leben. Dot erklärte ihm, daß das so nicht lief. Sie riet ihm, eine Weile im Reservat zu verschwinden oder bei seiner Mutter Lulu, die eine lange, erfolgreiche Geschichte im Verstecken von Männern aufzuweisen hatte, unterzuschlüpfen. Sie riet ihm, einen anderen Namen anzunehmen, die Bartstoppeln über seine Lippen wachsen zu lassen, sein Aussehen zu verändern. Aber Gerry tat nichts dergleichen. Er wußte einfach, daß er nicht ins Gefängnis gehörte, obwohl er zugab, daß es ihm ganz gut getan hätte, als er jünger war; er hatte ja keine Ahnung gehabt, wie man sich als Verbrecher verhält, und hatte deshalb bei den Professionellen Unterricht genommen. Jetzt jedoch, wo er alles wußte, was man wissen konnte, sah er nicht ein, warum er im Gefängnis bleiben und wieder und wieder die gleichen Lektionen lernen sollte. »Eine Haßfabrik«, hatte er es einmal genannt und gesagt, daß es schwarze Gifte in seinem Magen produziere, die er nicht loswerden könne, obwohl er sich einen Finger in den Hals steckte und würgte und versuchte, trotz allem ein unbescholtener und normaler Mensch zu werden.

Gerrys Problem war eben, daß er an die Gerechtigkeit glaubte und nicht an die Gesetze. Er hatte das Gefühl, er habe zur Genüge gebüßt für sein Verbrechen, das er in einer trunkenen Rage begangen hatte, um mit einem Cowboy die Frage zu klären, ob ein Chippewa auch ein Nigger sei. Gerry meinte, so richtig hätten sie es nie klären können, aber der Cowboy wüßte jetzt zumindest, daß ein Chippewa, auch wenn er ein Nigger wäre, ein verdammt fieser und gemeiner Gegner sein konnte. Denn Gerry glaubte beim Kämpfen an keine anderen als die Reservatsregeln, und das will heißen, daß er dem Cowboy, nachdem sie sich voreinander aufgebaut hatten, als erstes mal in die Eier trat.

Danach hatte es eigentlich keinen großartigen Kampf mehr gegeben, und da sowohl weiße als auch indianische Zeugen dabei waren, dachte Gerry, die Sache würde folgenlos bleiben, falls sie überhaupt vor Gericht käme. Aber es gibt nichts Rachsüchtigeres und Entschlosseneres auf dieser Welt als einen Cowboy mit wunden Eiern, und das merkte Gerry bald. Er merkte auch, daß Weiße gute Zeugen sind, wenn man sie auf seiner Seite hat, weil sie Namen und Adressen und Versicherungsnummern und Telefon am Arbeitsplatz haben. Aber sie sind schreckliche Zeugen, wenn man sie gegen sich hat, fast so schlimm, wie wenn man Indianer als Zeugen für sich hat.

Nicht nur fehlte Gerrys Freunden jegliche Art von Ausweispapieren außer ihren Stammeskennkarten, nicht nur verschwanden sie plötzlich (nicht aus Bosheit, sondern nur, weil Gerry während der Zeit des Powwows vernommen wurde), sondern den wenigen, die er herbeigeschafft hatte, fehlte auch noch die Motivation, dem Richter oder den Geschworenen in die Augen zu schauen. Sie murmelten in ihren Bart. Gerrys Freunde hatten eben kein Vertrauen in das Rechtsprechungssystem der USA. Sie schienen sich im Gerichtssaal nicht wohl zu fühlen, und dies erhöhte in den Augen des Richters und der Geschworen ihre Unzuverlässigkeit. Wenn man der Amtsgewalt vertraut, vertraut sie einem anscheinend auch eher. So stellte sich das jedenfalls für Gerry dar.

Ein ortsansässiger Arzt lieferte ein Gutachten über die Testikel des Cowboys und meinte, seine Fortpflanzungsfähigkeit sei möglicherweise beeinträchtigt. Gerry wurde darüber ein bißchen böse und sagte im Gerichtssaal laut aus, er könne kaum glauben, daß er so viel Schaden angerichtet habe, denn die Eier des Cowboys seien ein sehr kleines Ziel gewesen und es sei dunkel gewesen und seine Zielfähigkeit sei ohnehin geschmälert gewesen wegen der zwei oder vielleicht auch drei Bier. Das machte natürlich alles noch schlimmer, und Gerry kriegte ein Urteil verpaßt, das für einen Erstlingstäter hart war, aber nicht schlecht für einen Indianer. Manche sagten, er sei noch gut davongekommen.

Nur ein Gutes habe die ganze Geschichte, sagte Gerry, und das sei, daß der Cowboy jetzt vielleicht keine kleinen Cowboys mehr kriegen könnte, obwohl, sagte Gerry weiter, er manchmal Alpträume habe, daß der Cowboy es doch schaffte, kleine Cowboys zu kriegen, allesamt von Geburt an mit grinsenden Gebissen, Stetsonhüten und winzigen pflaumenkernharten Eiern.

So war es eben schwer für Gerry, als Indianer unter diesen modernen Umständen den natürlichen Frohsinn seiner Vorfahren zu bewahren. Dennoch versuchte er es, und da er an die Gerechtigkeit glaubte und nicht an die Gesetze, wußte Gerry, wohin er gehörte – raus aus dem Gefängnis und an den Busen seiner jungen Familie. Und trotz der Tatsache, daß er ungeübt im ehrlichen Leben war, wollte er es. Er war sogar daran interessiert, Arbeit zu bekommen. Egal, was für eine. »Jede Arbeit, wenn's nur mal was anderes ist«, sagte Gerry. Sobald er frei war, wollte er auf der Stelle losgehen und sich um eine bewerben. Aber natürlich ließ Dot ihn nicht. Und deshalb, weil er mit Dot zusammenbleiben wollte, versteckte er sich in ihrem Trailer, obwohl ihnen beiden klar war oder klar sein mußte, daß es nicht lange dauern konnte, bis die Polizei kommen und Erkundigungen einziehen oder die Nachbarn plaudern würden und Gerry Nanapush wieder hinter Gittern wäre. Und so geschah es. Lovchik kam ihn holen. Und jetzt glaubte Dot, sie würde den Rest ihrer Schwangerschaft und die Entbindung ganz allein durchstehen müssen.

Dot war sauer, daß sie das allein durchstehen sollte, und außerdem war sie Gerry in tiefer und wahrer Liebe zugetan – soviel war klar. Sie strickte seine Abwesenheiten in dicke kleine Anzüge für sein Kind, Anzügchen, die mit ihren Farben einen Lastwagen auf einer dunklen Straße zum Halten gebracht hätten: Panzerschreckrot, Quetschblau, schreiendes Straßenarbeiterorange.

Das Kind war ein ebenso rastloser Gefangener wie sein Vater und wurde noch rastloser und ungebärdiger, als die Zeit der Befreiung nahte. Als Ort zum Absitzen einer neunmonatigen Strafe war Dot wirklich nicht sehr geeignet. Ihr Körper war ungastlich. Ihre Haut war lose, fahl und wie Polstermaterial über ihre kurzen, brettartigen Knochen drapiert. Wie der Schuppen, in dem wir unsere Tage verbrachten, schien auch sie unsolide gebaut und mit lose genagelten Gliedern und nur leicht gekitteten Gelenken in die Welt geworfen. Bei manchen schwangeren Frauen sieht der Bauch aus, als sei er schon immer dagewesen. Aber Dots Bauch hatte eine komische Form, war fast viereckig und machte den Eindruck eines eben erst angebauten, noch ungestrichenen Erkerfensters. Das Kind brauchte deutlich eine Erholungspause und war nicht daran interessiert, sich seine vorzeitige Entlassung zu verdienen, denn es hielt sie die ganze Nacht wach, indem es sinnlos an ihre Innenwände trat oder gegen ihre Blase schlug, bis sie fluchte. »Raus will das, und wie«, stöhnte die arme Dot. »Glaubst du, daß es vielleicht früher kommt?« Von außen jedenfalls sah das Kind aus, als sei es groß genug, um allein zu stehen und zu gehen und vielleicht sogar geradewegs aus der Wochenstation rauszurennen, kaum daß es geboren war.

Um diese Zeit ging die Sonne um sieben herum auf, und wir kamen bei dem Wiegeschuppen an, wenn der Frost noch dick auf dem Kies lag. Jeden Morgen zündete ich die Gasheizung an, indem ich den Stutzen aufdrehte, zurücktrat und dann das Streichholz so hinschnipste, wie man ein Tier mit scharfen Zähnen füttern würde. Dann sah ich eines Morgens durchs Fenster, daß die rote Knospe schon angezündet war. Aber als ich die Tür öffnete, war der Schuppen leer. Man sah allerdings Spuren eines nächtlichen Besuchers – Zigarettenkippen, ein paar Bierdosen, die zu flachen Scheiben zusammengetreten waren. Ich fegte alles hinaus und erzählte Dot kein Wort davon, als sie kam.

Sie schien jedoch zu wissen, daß etwas in der Luft lag; den ganzen Vormittag über hob sich ihr Gesicht von Zeit zu Zeit. Sie schnupperte, und sogar ich konnte den in der Luft hängenden Geruch von Schweiß, der wie saurer Weizen roch, den schwachen Dunst von durchschlafenen Kleidern und Benzin riechen. Einmal an diesem Vormittag sah Dot mich an und kniff ihre schmalen, verschleierten Augen zusammen. »Ich hab Schmerzen«, sagte sie, »immer mal wieder. Wie wenn es bald kommt. Na, ich kann nur sagen, der sollte lieber seinen Arsch in Bewegung setzen, der Gerry.« Danach schloß sie die Augen und schlief ein.

Ed Rafferty, einer der Fahrer, rangierte eine Ladung rein. Sie hatte Übergewicht, und als ich ihm den rosa Zettel gab, grinste er. Es gab auf dem Weg zur Zementfabrik zwei Waagen, muß man wissen, und wenn ein Fahrer die staatseigene Waage früh passierte, bevor die Staatsangestellten da waren, zahlte die Firma für alles, womit er durchkam. Aber es war kein illegaler Kies, der den Zeiger über die rote Marke auf unserer Waage drückte. Als ich nach drinnen zurückging, sah ich, daß das Gewicht bis direkt unter das Rote gesunken war. Ed fuhr los, immer noch lachend, und ich nahm an, daß er sich auf den Waagbalken gelehnt hatte, um das Gewicht zu erhöhen.

»Dieser Ed«, sagte ich, »hat mich doch wieder übers Ohr gehauen.«

Aber Dot starrte an mir vorbei, die Stricknadeln in den Fäusten erhoben wie ein Picador seine Lanzen. Ich zuckte

zusammen, als ich sie in so einer bedrohlichen Pose erstarrt sah. Es war nicht gerade eine Haltung, der man gern den Rücken zuwendet, aber ich drehte mich trotzdem um und folgte ihrem Blick zur Türöffnung, die plötzlich vom Körper eines Mannes ausgefüllt wurde.
 Gerry, natürlich war es Gerry. Er hatte das Gewicht über die rote Marke gedrückt und war dann hinuntergesprungen, katzenschnell trotz seiner Körpermasse. Ich hatte seine Schritte nicht gehört. Kies gab nach, das ja, doch knirschte er nicht unter seinen festsitzenden Schuhen mit den dünnen Sohlen.

Er war größer, als ich ihn aus der Bar in Erinnerung hatte, aber vielleicht kam das nur daher, daß wir so lange in dieser Puppenstube von Wiegeschuppen gelebt hatten, daß alles andere riesig zu sein schien. Er war so groß, daß er eine Schulter unter dem Türsturz vorbeugen und seinen Bauch rückwärts hereinziehen mußte, wobei er den Türrahmen mit seinen langen, weichen Händen auseinanderdrückte. Es waren Gerrys Hände, auf die ich schaute, während er den Schuppen füllte. Seine dicken Finger wirkten so anmutig und geschickt im Vergleich zu seiner weichen Massigkeit. Er gebrauchte sie so hübsch. Indem er sie in seinen beweglichen Handgelenken drehte, streckte er sie über die wenigen Zentimeter hinweg, die noch zwischen ihm und Dot waren. Dann spreizte er seine beiden kleinen Finger wie eine Dame beim Teetrinken und entwaffnete seine Frau. Er zog die Nadeln aus Dots Fäusten und untersuchte das kleine Kleidungsstück, das wie eine merkwürdige Frucht daran hing.
 »Is das aber hübsch«, sagte er, indem er die winzigen ebenmäßigen Maschen betrachtete. »Isses für das Kleine?«
 Dot nickte feierlich und senkte den Blick auf ihren Schoß. Es war ein fast zärtlicher Augenblick. Die Stille dauerte so lange, daß ich verlegen wurde und hinausgegangen wäre, wenn ich nicht hinter seiner Hüfte in der Ecke eingekeilt gewesen wäre.
 Gerry stand da und strich sich das schwarze Haar hinter die Ohren. Wieder war etwas merkwürdig Zierliches an der Art, wie er das machte. So viele Dinge, die Gerry tat,

ließen einen an die Art und Weise denken, in der eine schöne Kurtisane sich nackt vor einem Spiegel berühren würde – liebevoll und sich ihrer Anziehung bewußt. Er nickte aufmunternd. »Dann laß uns mal gehen«, sagte Dot.

Geschmeidig, grandios und überlebensgroß bewegten sie sich über den Bauplatz und ließen ihre Körper dann auf mysteriöse Weise in Dots Kleinwagen gleiten. Ich erwartete, daß das Auto sich nach unten ausbauchen würde, und dachte, der Auspuff müßte hinter ihnen auf der Erde herschleifen. Doch statt dessen flogen sie davon und wirbelten eine Gischt von Staub auf, der noch lange Zeit, als sie schon nicht mehr zu sehen waren, in der Luft hing.

Als sich der Luftwirbel hinter ihnen gelegt hatte, ging ich zurück in den Wiegeschuppen. Mir war öde zumute, tödlich öde. Und da mir alles so egal war, nahm ich Dots Nadeln auf und fing an zu stricken, jedenfalls so gut ich konnte, wobei ich den Faden nach jeder Masche nach hinten zog und mich immer mehr in meine Arbeit vertiefte, bis ich, wie es nun mal so geht, mit dem kleinen Kleidungsstück fertig war, die Wolle abriß und die losen Enden nach hinten unter dem Kragen des dicken kleinen Anzugs durchfädelte.

Ich vermißte Dot in den folgenden Tagen, Tage, die so gleich verliefen, daß sie nahtlos ineinander verschmolzen und einem jedes Bewußtsein raubten. Ich schien in einem Schwebezustand zu existieren und verbrachte meine Zeit damit, am Fenster zu sitzen und ins Nichts zu schauen, bis die Sonne unterging, wobei sie den ganzen Himmel blutrot färbte wie eine Wunde und mir das Herz zusammenklumpte. Nichts von dem, was ich fühlte, konnte ich mehr benennen, obwohl ich wußte, daß es eine Art Langeweile war. Zu lange hatte ich dasselbe Leben gelebt. Ich machte Hampelmann, Liegestütze und Kopfstand in dem kleinen Schuppen, um die Eintönigkeit zu unterbrechen, aber zuviel Einsamkeit greift das Gehirn an. Ich fragte mich, wie Gerry das ausgehalten hatte. Manchmal schnappte ich mir Fahrer aus ihren Lastwagen und redete laut, schnell und unzusammenhängend wie eine Wahnsinnige auf sie ein.

Zu anderen Zeiten konnte ich überhaupt nicht reden, weil mir die Zunge im Mund gerostet war.

Manchmal hing ich Tagträumen von Dot und Gerry nach. Ich hatte viele auserlesene Tagträume, aber der von ihnen war mein Lieblingstraum. Ich stellte sie mir in Dots langem Wohnwagen vor, beide hungrig. Mit wiegenden Köpfen, die gefaßten Hände wie gebogene Rüssel zwischen sich schwingend, bewegten sie sich durch die Küche und aßen mal hier, mal da aus den Schachteln und Tüten auf der Anrichte, wie schwerfällige Tiere, die in einem Wald allein sind. Wenn sie gegessen hatten, bewegten sie sich ins Schlafzimmer und ließen sich auf Dots gesteppte Luxus-Satinbettüberwurf nieder. Sie rieben sich aneinander, umschlangen sich und lösten sich wieder voneinander. Sie brachten den Wohnwagen auf seinem Fundament aus Mauerwerk und Sperrholz zum Schaukeln, und die Erschütterungen pflanzten sich fort und brachten in den Geschirrschränkchen ihrer etablierteren Nachbarn Tassen zu Fall und Teller zum Klappern.

Was aber war mit dem Kind, das zwischen ihnen schwebte? Wußte es solchen tragischen Stürmen zu trotzen? Es war schon eine Woche überfällig, und jeden Augenblick erwartete ich die freudige Nachricht. Ich war begierig, zu hören, was dabei herausgekommen war, und trotzdem war ich überrascht, als Gerry auf einer uralten, riesigen, nicht gerade vertrauenswürdig aussehenden Maschine mit Rostnarben, die keinem von all den Motorrädern glich, die ich je gesehen hatte, an die Tür des Wiegeschuppens gerumpelt kam.

»Sie hat nach dir gefragt«, zischte er. »Schnell, steig auf!«

Ich hievte mich hinter ihm hinauf, obwohl auf dem Sitz kein Platz mehr war. Ich krallte seinen glatten Rücken nach einem Halt ab und thronte schließlich, zumindest kam mir das so vor, auf der Kante seines schweren Gürtels. Durch den Sog war ich wie eine Fliege an ihn geklebt, und so rasten wir, zu einer einzigen Person vereint, dahin und wirbelten mächtigen Wind um uns auf. Autos wichen zur Seite, die Ampeln blinkten und flackerten auf der Hauptstraße. Fußgänger wandten den Kopf, um einen

Blick auf uns zu erhaschen – auf diesen vorbeizischenden Berg, der auf einem Spielzeugmotorrad balancierte, und an seine steile Nordwand geklammert ein mageres Halbblut, das etwas heulte, was sich über der Brücke brach, tiefer wurde und schließlich auf dem Parkplatz des St.-Adalbert-Krankenhauses verklang.

Im Wartezimmer ließen wir uns auf orangefarbigen Sitzschalen aus Plastik nieder. Die Stiftbeine spreizten sich zwar unter Gerrys Masse, hielten ihn aber über die vier Stunden Wartezeit aus. Krankenschwestern kamen vorbei, setzten sich wie Feldmöwen zwischen Berichte und Rezepte und beäugten uns mit reservierter Feindseligkeit. Gerry sagte kaum etwas. Und das war auch nicht nötig. Ich sah, wie seine Rippen und sein Kreuz schweißdunkle Flecken bekamen. Denn dieser hellerleuchtete Tunnel, das Wartezimmer und das Blechgestell mit Zeitschriften gehörten zu den Requisiten und unvermeidlichen Merkmalen staatlicher Institutionen. Von Zeit zu Zeit ging Gerry in der würdigen Art des Gefangenen oder werdenden Vaters auf und ab. Er machte ausgedehnte Ausflüge zur Toilette. Die ganze Schnelligkeit und Zierlichkeit seiner Bewegungen hatte sich verflüchtigt; er war nur noch ein armer, müder, dicker Mann in jenen Stunden, ein bedrohter, des Gefangenwerdens überdrüssiger Ehemann, der sich um seine Frau Sorgen machte.

Schließlich strömten die Möwen heraus und zogen Gerry zwischen sich mit hinein. Er blieb vielleicht eine halbe Stunde lang bei Dot drinnen und kam dann wieder heraus. Wieder ließ er sich nieder, und der Plastikstuhl zuckte unter ihm. Er sah verdutzt und benommen aus und ein bißchen verwirrt über das, was er gesehen hatte. Die dunklen Brillengläser rutschten ihm ständig die Nase herunter. Ich spürte neben ihm, wie das Nachbeben der Schockwelle von deren Epizentrum tief in seinem Fleisch, von dort, wo er sich am Abgrund entlangbewegt hatte, nach außen lief. Das Beben setzte sich in weiter werdenden Kreisen fort. Als es Gerrys Oberfläche erreicht hatte und er zu zittern anfing, stand er plötzlich auf. »Ich geh mal Zigaretten holen«, sagte er und entfernte sich eilig.

Seine Schritte beschleunigten sich fast zum Lauf, als er den Korridor entlangging. Während er auf den Fahrstuhl wartete, krümmte er seine gelenkigen Finger. Dot hatte mir erzählt, wie sie ihn einmal um eine Rolle Klopapier in den Laden geschickt hatte. Es dauerte acht Monate, bis sie ihn wiedersah, denn er war unterwegs dem örtlichen Polizeitrupp begegnet. Deshalb wußte ich jetzt, daß er beim Krümmen der Finger daran dachte, die Motorradhandschuhe über die Knöchel zu ziehen und loszulaufen. Vielleicht war dies das erste Mal in seinem Leben, wo es etwas gab, wofür zu rennen sich lohnte.

Mir war in diesem Moment, als sollte ich Gerry zumindest zu verstehen geben, daß es in Ordnung war, wenn er wegging, wegrannte, so weit und so schnell, wie er jetzt mußte. Obwohl ich mich schwer fühlte – mein Körper war schlaff geworden, und meine Lungen taten weh vom Rauch –, sprang ich auf. Ich machte ihm vom Ende des Korridors aus Zeichen. Gerry drehte sich um, fast widerwillig. Er guckte just in dem Augenblick in meine Richtung, als zwei von unseren Ortspolizisten – Lovchik und Harriss – die Feuertür aufschoben, die das Treppenhaus hinter mir abschloß. Ich hatte sie nicht bemerkt und war erschrocken, daß mein Winken bei Gerry so eine extreme Reaktion hervorrief.

Seine Haare standen zu Berge, und sein Körper dehnte sich wie ein Heißluftballon, der sich plötzlich füllt. Hinter ihm war ein breites, hohes Fenster. Gerry öffnete es und jagte das Fliegengitter mit einem eleganten Ballettkick in unsichtbare Weiten. Dann folgte er selbst, indem er sich unglaublicherweise durch den Rahmen quetschte wie ein fettes Kaninchen, das in seinem Loch verschwindet. Es war drei Stockwerke über dem asphaltierten Betonparkplatz.

Lovchik und Harriss erreichten das Fenster. Die Krankenschwestern folgten. Ich schlüpfte durch den Feuerausgang und rannte die Hintertreppe hinunter zum Parkplatz, im Glauben, daß ich Gerry dort zerschmettert und betäubt vorfinden würde.

Doch Gerry hatte bei der Wahl seines Fensters ausnehmendes Glück gehabt, denn das Auto der beiden Polizisten parkte direkt darunter. Gerry landete genau über dem Fahrersitz und beulte das Dach bis aufs Lenkrad ein. Er prallte von der Motorhaube ab und bestieg dann hinkend und vielleicht etwas benommen sein Motorrad. Aus Pflichtgefühl feuerte Lovchik mehrere Salven in die stillen Bäume unterhalb. Der Nachhall klang noch wider, als ich die Vorderseite des Gebäudes erreichte.

Ich kam gerade noch rechtzeitig, um zu sehen, wie Gerry Nanapush, von seinem göttlichen Sprung und seiner Rettung ermutigt, sich im Hechtsprung auf sein Motorrad warf und zwischen den ordentlichen Hecken, die den Krankenhauseingang markierten, verschwand.

Zwei Wochen später kamen Dot und ihre Tochter, die schließlich Shawn genannt wurde wie die meisten Mädchen, die in jenem Jahr geboren wurden, zurück, um wieder an der Waage zu arbeiten. Alles ging weiter wie vorher, außer daß Shawn uns während der langen Stunden beschäftigt hielt. Natürlich war sie groß, und sie hatte eine kräftige Lunge, die sie oft benützte. Wenn sie schrie, verzog sie das Gesicht in grimmige Babyfalten und ließ sich weder mit Lutschbeutelchen noch mit dem Schnuller besänftigen. Dot zog den Reißverschluß ihres Parkas halb auf, hob ihre Bluse hoch und ließ sie, wie es schien, stundenlang saugen. Wir konnten kaum glauben, was für einen Appetit sie hatte. Aber Dot war eine emsige Milchproduzentin. Ihre Brüste spannten unter den Nylonblusen wie zu stark aufgepumpte Fahrradschläuche. Manchmal, wenn sie glaubte, daß keiner herschaute, stand Dot auf und trug sie in ihren Armbeugen herum, denn ihre Schultern krümmten sich allmählich schon unter dem Gewicht.

Die Lastwagen kamen stündlich oder halbstündlich. Ich hörte das Zischen der Luftdruckbremsen und die Gänge, die nur Zentimeter von meinem Kopf entfernt knirschten. Mir kam zu Bewußtsein, daß ich zwar jeden Tag viele Tonnen wog, aber nie wissen würde, wie schwer eine Tonne eigentlich ist, es sei denn, es würde einmal eine auf mich stürzen. Seit Dot wieder da war, fühlte ich mich nicht mehr einsam. Bald würde die Bausaison zu Ende sein, und wir fragten uns, was wohl aus Gerry geworden war.

Wir hatten nur noch ein paar Wochen Arbeit vor uns, als wir hörten, daß Gerry wieder geschnappt worden war. Er hatte sich das falsche Reservat als Versteck ausgesucht – Pine Ridge. Wie immer wimmelte es dort von Bundespolizei und Panzerglasautos. Überall wurden Waffen gehortet, und sie waren leicht zu bekommen. Gerry verschaffte sich eine. Zwei Männer versuchten ihn festzunehmen. Gerry wollte nicht mitgehen, und als er loslief und die Schießerei anfing, schoß er zurück und tötete einen glattrasierten Mann mit dunklem Haar und hellen Augen, einen Staatspolizisten, dessen Bild dann in allen Zeitungen erschien.
 Sie steckten Gerry ins Gefängnis von Marion in Illinois. Er wurde in den Überwachungstrakt gelegt. Er empfängt seine Besucher in einem Raum, in dem keine Berührung erlaubt ist, wo die Stimme über ein Mikrofon übertragen wird und Blicke sich durch Plexiglasscheiben treffen und wo niemals ein Kind gezeugt werden wird.

Dot und ich arbeiteten die letzten Wochen über zusammen wie bisher. Einmal wogen wir die kleine Shawn. Wir hakten ihr Strampelhöschen auf, das schwer war wie eine Rüstung, und wickelten sie in eine leichte, gehäkelte Decke. Dot ging in den Schuppen, um die Gewichte einzustellen. Ich stand mit Shawn draußen. Sie war so ein kompaktes Kind, daß sie in meinen Armen schwer zu wiegen schien wie Blei. Ich legte sie auf die Rampe zwischen die Radmarkierungen und hielt sie einen Moment fest, dann nahm ich meine Hand langsam weg. Sie starrte gelassen in den aufgewühlten, fernen Himmel. Sie zuckte nicht mit der Wimper, als der Wind aus allen Richtungen kam und uns so fest entgegenblies, daß es einem Stein den Atem verschlagen konnte. Sie war so voller Leben, solch eine geballte Kraftdestillation aus Dot und Gerry, daß es schien, als müßte sie mehr wiegen als jede Lastwagenladung. Aber das war natürlich nur so ein Gedanke. Denn wie sich herausstellte, war sie zu leicht und brachte den Zeiger gar nicht zum Ausschlag.

Dornenkrone
(1981)

Einen Monat nach Junes Tod trank Gordie zum erstenmal, und von da an war das Bedürfnis in ihm, wie ein Angelhaken in seinem Kiefer, es kippte sein Handgelenk und schickte ihn hinaus, mit bohrenden Nadeln am Haaransatz und in den schmerzenden Händen. Von Anfang an waren es seine Hände, die ihn zum Trinken brachten. Sie erinnerten sich an Dinge, an die sich sein Kopf nicht erinnern konnte – den Schwung einer Hüfte, an straffe Brüste. Sie erinnerten sich noch weiter zurück an die Zeiten, die er mit June verbracht hatte, als sie beide noch klein waren. Sie hatten immer zusammengesteckt, wie Bruder und Schwester, hatten Enteneier geklaut, auf Grashalmen zwischen den Daumen geblasen oder Kühe gejagt. Gemeinsam gerieten sie auch in Schwierigkeiten. Sie stritten sich, versöhnten sich aber immer schnell und leicht, bis sie heirateten.

Seine Hände erinnerten sich an Dinge, von denen er seine Gedanken wegzwang – wie sie so plötzlich wütend von seinen Hüften hochgeflogen waren, daß er die Heftigkeit und die Geschwindigkeit der Schläge nicht mehr kontrollieren konnte. Er hatte beim Golden-Gloves-Wettkampf geboxt. Doch jetzt erinnerten sich diese Hände an die Zeiten, als sie June geschlagen hatten.

Daran erinnerten sie sich, während sie sich um die goldfarbene Bierdose wanden, die er unten bei Eli geschnorrt hatte.

»Das geht jetzt aber zu weit mit dir«, sagte Eli. Gordie wußte, daß er wieder einmal bei seinem Onkel Eli am Tisch saß, weil die orangeroten Punkte im Wachstuch da waren, unter seinen Augen. Elis Stimme kam aus der reinen weichen Dunkelheit, die sich von der erhellten Fläche um die Bierdose in alle Richtungen ausdehnte. Gordies Hände fühlten sich unsauber an, die Dose dagegen kalt und rein. Es war, als beschmutzten seine Hände etwas, das noch nie berührt worden war. So, wie das Licht darauffiel, schien es, als würde die Dose auf einem besonderen Altar angestrahlt.

»Ich bin verseucht«, sagte Gordie.

»Das kann man wohl sagen.« Eli sprach irgendwo außerhalb seines Gesichtskreises. »Du wirst noch da oben im Krankenhaus landen.«

Das habe er nicht gemeint, bemühte sich Gordie zu sagen, aber er wurde plötzlich von der Größe seiner Hände abgelenkt. So groß waren sie, so kräftig.

»Sieh dir das an«, sagte Gordie staunend und öffnete und schloß seine Faust. »Wenn die mich nur zum großen Kampf antreten lassen würden, hä? Wenn sie mir nur eine Chance geben würden.«

»Du hast einen großen Kampf geboxt«, sagte Eli. »Du hast einstecken müssen.«

»Stimmt«, sagte Gordie. »Das war nicht mal ein richtiger Wettkampf. Und ich hab nicht mal was gebracht.«

»So Sachen vergißt man«, sagte Eli. Er bewegte sich hinter dem Stuhl hin und her. »Iß das Ei. Ich hab's von beiden Seiten ein bißchen gebraten.«

»Kann nicht«, sagte Gordie. »Auch das Brötchen nicht. Mir ist zu schlecht.«

Seine Hände wollten nicht ruhig bleiben. Das hatte er schon bemerkt. Es gelang ihnen, eine erschreckende Vielzahl von Dingen zu tun, während er nicht hinschaute. Gerade hatten sie die Bierdose irgendwie verformt. Er nahm die Hände weg und betrachtete die Dose in ihrem glänzenden Scheinwerferlicht. Sie war in der Taille gebogen und an den Hüften gedreht wie der Torso einer Frau. Sie schaukelte im Luftzug vom Fenster sanft hin und her.

»Sie ist leer«, erkannte er plötzlich und zog die Dose wieder an sich. »Ich glaub, die war überhaupt gar nicht voll. Hätt ich gar nicht geschafft.«

»Was?« fragte Eli. Geduldig und mit ruhigem Gesicht aß er das Ei und das am Feuer geröstete Brot. Sein Schädel war braun und schien durch die dünnen grauen Stoppeln seines Bürstenschnitts. Blasses Licht stieg auf und fiel ins Zimmer. Es war sechs Uhr morgens.

»Willst du?« Eli bot dampfenden Kaffee in einem verformten fleckiggrünen Plastikbecher an. Er hatte dieselbe Farbe wie seine Arbeitskleidung.

Gordie schüttelte den Kopf und wandte sich ab. Eli trank selbst aus der Tasse.

»Du hast nicht vielleicht noch eins irgendwo, wo du's vergessen hast?« sagte Gordie traurig.

»Nein«, sagte Eli.

»Dann muß ich wohl los«, sagte Gordie.

Die beiden Männer saßen still da, dann schüttelte Gordie die Dose, stellte sie hin und ging zur Tür hinaus. Draußen wurde er plötzlich von solcher Entschlußkraft erfüllt, daß er, in einer Radspur balancierend, fast normal Elis kleine Straße hinunterging. Ein Schopf seines dicken Haares ragte steil in die Höhe, der Rest war plattgedrückt. Seine Gesichtszüge waren schlaff. Er hatte diese Woche kaum etwas gegessen, und seine Hose schlabberte, unter der Jacke fest zugezurrt, mit schmählich offenstehendem Reißverschluß.

Eli beobachtete ihn von seinem Stuhl aus und trank den Kaffee in kleinen Schlucken, um sein Blut zu wärmen. Er hatte das Fenster gern halb offen, obwohl es morgens immer noch kalt war. Als June bei ihm lebte, hatte sie auf dem Bett neben dem Ofen geschlafen, eine unförmige Masse zwischen den Steppdecken und den Armeewolldecken, wenn er hereinkam, um sie zu wecken, damit sie den Regierungsschulbus kriegte. Manchmal hatten sie zusammen gesessen und aus demselben Fenster in die kalte blaue Dunkelheit hinausgeschaut. Nur ungern hatte er sie um diese einsame Stunde weggeschickt. Ihr Mantel war rot. Alle ihre Kleider waren von den Nonnen. Einmal hatte er June ein Plastikschüsselchen mit bunten Badeölkugeln mitgebracht. Und da sie nicht kapierte, was das war, hatte sie eine in den Mund gesteckt und auch schon hinuntergeschluckt, bevor er sie daran hindern konnte. Als sie dann aus Enttäuschung und Scham angefangen hatte zu weinen, waren ihr Seifenblasen aus Mund und Nase gestiegen.

Eli lachte laut auf, dann hielt er inne. Er sah ihr Gesicht und den entsetzten Blick vor sich. Er saß da und dachte an sie, ohne zu lächeln, und sah zu, wie Gordie verschwand.

Zwei Autos fuhren auf der Straße an Gordie vorbei, aber keins hielt. Es war noch zu früh, um in der Stadt etwas zu bekommen, aber er hätte sich gern bis zu seinem Haus mitnehmen lassen. Es war eine Meile bis zu seiner Abzweigung, und sein Bedürfnis wurde größer mit jedem Schritt, den er machte. Er zitterte vor Kälte und Entbehrung. Die Welt war auf diesen Streifen gefrorenen Lehms zusammengeschrumpft. Die Bäume hingen in dichtem Nebel zu beiden Seiten, und das Knirschgeräusch, das seine Füße beim Zertreten der Eiskristalle machten, war unangenehm. Von Zeit zu Zeit blieb er stehen, um das Knirschen ersterben zu lassen. Er nahm die Hände vor den Mund, um sie anzuhauchen. Er berührte seine kalten Wangen. Die Haut fühlte sich gummiartig und tot an. Schließlich kam die Abzweigung, und er ging auf den See zu, an dem sein Haus lag. Irgendwie schaffte er es die Treppen hinauf und durch die Tür, dann kroch er über den Teppich zum Telefon. Er schaute sogar die Nummer im Telefonbuch nach.

»Ist Royce da?« fragte er die Frauenstimme. Sie reichte wortlos den Hörer an ihren Mann weiter.

»Immer noch am Trinken?« fragte Royce.

»Kannst du mir paar Flaschen vorbeibringen? Drei, vier langen mir. Ich zahl's dir, wenn ich meinen Scheck krieg.«

»Ich liefere nicht ins Haus und geb auch keinen Kredit.«

»Cousin . . . du weißt doch, daß ich arbeite.«

Es entstand eine Pause.

»Na schön. Kredit macht einen Dollar auf die Flasche, Hauslieferung macht zwei.«

Gordie plapperte sein Dankeschön. Das Telefon klickte. Im Wissen, daß er kommen würde, fühlte Gordie sich viel kräftiger, viel klarer im Kopf. Er wußte, er würde schlafen können, wenn er den Wein erst einmal hätte. Er merkte, daß er unter dem Tisch gelandet war und das Telefon heruntergerissen hatte. Er legte sich bequem zurück. Es war ein guter Aufenthaltsort.

Viel Zeit verging, Stunden oder Tage, und die Flaschen waren leer. Noch mehr Wein erschien. Eine Flasche half, die nächste nicht mehr. Es tat sich nichts. Er war zu weit gegangen. Er fand sich am Küchentisch sitzend, in einem Wust von trockenem Brot, Geschirr, aus dem er etwas gegessen haben mußte, Flaschen und ausgedrückten Zigaretten. Entweder ging die Sonne auf, oder sie ging unter, und obwohl er nicht das Gefühl hatte, so lange warten zu können, bis er herausfände, was nun stimmte, wußte er, daß er keine Wahl hatte. Er war hier mit sich selbst gefangen. Er wußte nicht, seit wann er nicht mehr geschlafen hatte.

Gordies Haus war einfach und sehr klein. Es war ein in zwei Teile geteiltes Rechteck. Die Küche und das Wohnzimmer befanden sich in der einen Hälfte, das Schlafzimmer und das Bad in der andern. Eine achtköpfige Familie hatte hier einmal gewohnt, aber das war lange her, in den alten Zeiten vor dem Wohnungsbauprogramm der Regierung. Gordie hatte das Haus gekauft, nachdem June weggegangen war. Er richtete es her, mit Noppenteppichboden, Linoleumfliesen und Farbe, mit Isoliermaterial und neuen Doppelfenstern, die auf den See hinausgingen. Er hatte schon immer gern an einem See wohnen wollen, und jetzt tat er es. Die ganze Zeit, die er hier wohnte, sehnte er sich nach June und war gleichzeitig erleichtert, ohne sie zu sein. Im Augenblick konnte er nicht glauben, daß sie nicht wiederkommen würde. Er war sein ganzes Leben lang mit ihr zusammengewesen. Es gab nichts, was sie nicht über ihn wußte. Als sie zusammen davongelaufen waren und jenseits der Grenze in South Dakota geheiratet hatten, war das nur eine Formalität für das Standesamt gewesen. Sie kannten einander schon längst besser als die meisten Leute, die ein Leben lang verheiratet sind. Sie kannten das Gute, aber sie wußten auch, wie sie sich gegenseitig verletzen konnten.

»Ich war gemein, aber du auch«, beteuerte er ins Zimmer hinein. »Wir waren ebenbürtig.«

Er kam zu dem Schluß, daß die Sonne unterging. Die Luft war jetzt dunkler. Draußen plätscherten die Wellen, und die Zweige rieben sich aneinander.

»Ich liebe dich, kleine Cousine!« sagte er laut. »June!« Ihr Name brach aus ihm heraus. Er hätte ihn am liebsten zurückgeholt, sobald er ihm entschlüpft war. Man soll niemals die Toten beim Namen rufen, sagte seine Mutter. Sie könnten antworten. Das wußte Gordie. Jetzt fühlte er sich sehr unbehaglich. Schlimmer als vorher.

Die Geräusche vom See und von den Bäumen beunruhigten ihn, deshalb schaltete er den Fernseher an. Er drehte die Lautstärke voll auf. Eine Sendung mit Sirenen und Schüssen lief. Er ließ sie an. Trotzdem konnte er nicht vergessen, daß er June gerufen hatte. Er hatte das Gefühl, als drücke etwas Böses von außen gegen die Wände. Die Fenster bebten. Er stand schwankend inmitten des Zimmers und horchte zu aufmerksam auf alles. Dann machte er die Lichter an. Er schloß alle Fenster und Türen. Immer noch hörte er etwas. Die Wellen rieben sich aneinander wie die nylonbestrumpften Beine einer Frau. Eicheln, die aufs Dach fielen, klapperten wie hohe Absätze. Ein leises Gemurmel war im Wind.

In der Ecke stand ein alter Staubsauger, an die Steckdose angeschlossen. Er schaltete ihn an, und die Vibrationen zerschlugen die Geräusche in der Luft. Das war besser. Zusammen mit dem Fernseher und dem Summen der Lichter war der Staubsauger eine entscheidende Hilfe. Er überlegte, welche Geräusche er noch in der Wohnung produzieren könnte. Er erinnerte sich an das Radio im Schlafzimmer und wankte durch die Tür, um auch das einzuschalten. Volle Lautstärke, beruhigende laute Musik ergoß sich daraus und verstärkte das Getöse. Er ging ins Badezimmer und schaltete den elektrischen Rasierapparat ein. Im Badezimmer gab es keine Vorhänge, und etwas ließ ihn zum Fenster blicken.

Ihr Gesicht. Junes Gesicht war da. Wild und blaß, mit blutigem Mund. Sie hob die knochige Hand und kratzte traurig am Glas. Als er aus dem Badezimmer rannte, wurde sie ärgerlich und begann dagegen zu trommeln. Das Glas barst. Er hörte es wie Musik auf den Badezimmerboden fallen. Alles war an, sogar der Backofen. Er stand im summenden Licht des Eisschranks, im Glauben, daß die kalte Strahlung ihn schützen würde. Doch sie war nicht aufzuhalten. Er konnte nichts tun, und dann tat er das Falsche. Er steckte den Stecker des Toasters rein.

Es gab einen lauten Knall. Dunkelheit. Ein Ball von rotem Licht fiel in seine Hände. Alles wurde völlig still, und genau in diesem Augenblick zwängte sie sich durch das Fenster.

Jetzt war sie im Schlafzimmer, zog die Leintücher vom Bett und ordnete ihre Parfümfläschchen. Sie wollte ihn holen. Er torkelte zur Tür. Sein Autoschlüssel. Wo war er? In der Hosentasche. Er schlüpfte durch die Tür, fiel die Treppe hinunter und prallte dabei irgendwie auf die Motorhaube des Malibu, der davorstand. Er kroch hinein, verriegelte alles und ließ dann die Zündung aufjaulen. Er schaltete die Scheinwerfer ein und schwenkte in schnellem Tempo blindlings aus dem Hof, wobei er in Schlaglöcher fuhr und mit dem Wagenboden aufschlug, bis er auf die Schotterstraße kam.

Zuerst war er so erleichtert über seine Flucht, daß er vergaß, wie schlecht es ihm ging. Er fuhr eine Weile fachkundig, dann verlor sich die Sturzsee von Furcht, die ihn aus dem Haus getrieben hatte, und er sackte halb blind nach vorne aufs Lenkrad. Ein Auto tauchte auf, weißes Licht, das blendete. Er fuhr an die Seite, um seine fünf Sinne wiederzufinden. In seinem Kopf flammte falsche Hoffnung auf eine weitere Flasche auf. Er würde in die Stadt fahren. Eine neue Flasche würde ihn wieder zu sich bringen. Die Straße bestand aus fünf Meilen ununterbrochener Kurven, und die Nacht war mondlos, aber er würde es schaffen. Er ließ ein paar Augenblicke lang den Kopf sinken und döste, um Kräfte zu sammeln.

Er kam zu sich, als das Licht vorbeibrauste und ihn hochschrecken ließ, weil es so laut und so nahe war. Er hatte sein eigenes Licht ausgeschaltet, und das Auto war ausgewichen, um nicht auf ihn zu prallen. Schwärze schloß sich über den roten Rücklichtern des anderen Wagens, und Gordie fuhr los. Er fuhr langsam und mit äußerster, trunkener Vorsicht, reckte den Hals dicht an die Windschutzscheibe und kniff dabei ein Auge zu, damit die Straße vor ihm sich nicht zweiteilte. Allmählich gewann er Selbstvertrauen, kurbelte sein Fenster herunter und fuhr

schneller. Er kannte die Straße zur Stadt auswendig. Der Kies schlug an die Radkappen, und der Wind blies kalt und süß in seinen gierigen und wäßrigen Mund. Er fühlte sich besser. Sehr viel besser. Die Abzweigung kam so schnell, daß er sie beinahe verfehlt hätte. Aber er riß das Lenkrad herum, schleuderte und fing sich halb auf der anderen Seite der Asphaltstraße wieder.
Und ebendort, während er sich darauf konzentrierte, die Geschwindigkeit der Kurve in den Griff zu bekommen, fuhr er das Reh an. Es trieb in den Schatten seiner Scheinwerfer. Die Lampen strahlten es starr an. Eine plötzliche Erscheinung, es verschwand. Gordie spürte den Schlag erst eine Weile nachdem er es tatsächlich angefahren haben mußte, denn als er schließlich angehalten hatte, mußte er fast zwanzig Meter zurückgehen, bis er es mit gespreizten Beinen merkwürdig auf dem Bauch liegend fand.
Er stand über dem Kadaver und stupste hier und da mit dem Fuß dagegen. Irgend jemand würde ihm im Tausch eine Flasche dafür geben, selbst wenn es nur ein zähes altes Reh war. Es war erstaunlich, dachte Gordie, so ein Tier allein zu finden, wie es aussah, ohne Kitz, wenn es nicht im Graben versteckt saß. Er blickte um sich und sah nichts, aber das Unterholz war hoch und die Luft schwarz wie Tinte.
Er beugte sich langsam vor, packte die zierlichen Fesseln und zog das Tier die Straße entlang.
Als er beim Auto ankam, ließ er das Reh fallen und fummelte in seiner Tasche. Er stellte fest, daß er nur den eckigen Zündschlüssel bei sich hatte. Er versuchte den Kofferraum zu öffnen, aber der Schlüssel paßte nicht. Der Kofferraum ließ sich nur mit dem runden Schlüssel aufschließen, den er zu Hause gelassen hatte.
»Verflucht nochmal!« schrie er. Alles war gegen ihn. Er konnte sich nicht daran erinnern, wann das angefangen hatte. Wahrscheinlich hatte sich seit jeher alles gegen ihn gekehrt. Er lehnte sich über die Wölbung des Kofferraums, dann drehte er sich auf den Rücken. Er zitterte heftig am ganzen Leib, und seine Kiefer hatten sich verkrampft. Der Himmel war eine undurchdringliche Flüssig-

keit, sternenlos und grimmig. Er hatte es früher eigentlich nie so recht kapiert, aber nun, da es zwei Schlüssel gab, um sein eines Auto zu öffnen, sah er ganz deutlich, daß das Leben einfach beschissen war und er in der Falle saß.

Es schüttelte ihn vor Übelkeit, er war aus seinem Kofferraum ausgesperrt, und zu seinen Füßen blutete langsam ein Reh.

»Dann pack ich es eben auf den Rücksitz«, sagte er, bevor Verwirrung herniederschmetterte. Der Sitz war aus Kunstleder. Es war wichtig, daß er eine Flasche bekam, mehrere Flaschen, um das Rütteln zu unterbinden. Wenn das Zittern ihn erst einmal richtig gepackt hatte, würde nichts mehr helfen. Es würde ihn zwischen seinen Zähnen hin und her schütteln, wie ein Hund, der einer Taschenratte das Genick bricht.

Er machte die hintere Tür auf, faßte das Reh unter den Vorderläufen, seinen Rücken zu sich gekehrt, kroch auf den Rücksitz und zog es nach. Es paßte gut auf den Sitz, die Beine waren noch wie zum Laufen gekrümmt, und es war noch ein wenig warm. Gordie öffnete die gegenüberliegende Tür und kroch hinaus. Dann ging er nach vorne herum und setzte sich auf den Fahrersitz. Er startete das Auto und fuhr auf die Schnellstraße. Jetzt war es schwerer, die Straße zu sehen. Die Nacht war dunkler geworden, oder das Zittern hatte seinen Blick getrübt. Vielleicht hatte das Reh auch einen Scheinwerfer beschädigt. Jedenfalls, da war er sicher, hatte das Licht abgenommen. Er versuchte das Zittern zu unterdrücken. Um es unter Kontrolle zu halten, schöpfte er tiefer, schauernd Luft, was seinen Zugriff vorübergehend zu lösen schien. Aber dann kam es wieder, beutelte ihn heftig von einer Seite seines Sitzes zur andern, so daß das Lenkrad in seinen Händen zuckte. Er fuhr jetzt unerträglich langsam, kaum fähig, den Kurs zu halten. Langsam zog eine Meile vorbei. Vielleicht noch eine. Dann kam er zu dem großen Anwesen der Fortiers. Der Hof war hell erleuchtet. Er fuhr ein paar Meter am Tor vorbei, und dann verursachte ihm etwas noch mehr Unbehagen als das Zittern. Er spürte jemanden hinter sich und warf einen Blick in den Rückspiegel.

Was er sah, ließ ihn in Panik und Entsetzen auf die Bremse treten. Die Ricke war hochgekommen. Sie war nur betäubt gewesen.

Mit aufgestellten Ohren und ernsthafter Wachsamkeit sah sie in den Rückspiegel und in Gordies Augen.

Ihr Blick war schwarz, endlos und schmelzend rein. Sie sah durch ihn hindurch in die geplagten, knüppelnden Wälder seiner selbst, in das klappernde Dickicht von Knochen. Sie sah, daß er sich seine eigene Dornenkrone geflochten hatte. Sie sah, daß er, wenngleich er es nicht wert war, sich diesen Trost auf die Stirn gesetzt hatte. Die Augen starrten an einen versteckten Ort, aber sie schlossen ihn aus. Ganz und gar. Er verstand nicht, was er im Begriff zu tun war. Er beugte sich nach vorn aus ihrem Blickfeld und tastete unter dem Vordersitz nach dem Reifenheber, einem flachkantigen Brecheisen, so dick wie ein Kinderarm.

Dann hob er es hoch. Er drehte sich um und ließ es krachend zwischen ihre Augen niedersausen. Sie sackte wieder auf den Sitz. Gordie fuhr los.

Als diesmal das Zittern anfing, ging es grenzenlos tief. Es war in den Knochen, dann im Knochenmark. Es lief durch ihn hindurch. Sein Kopf schnappte nach hinten. Er hielt an. Das Brecheisen lag auf seinem Schoß, für den Fall, daß das Tier noch einmal lebendig würde. Er klammerte sich daran, verschmolz seine Hände mit dem Eisen, um sie stillzuhalten.

Er saß auf dem Vordersitz, fest an das Brecheisen geklammert, und zitterte heftig. Er hörte laute Stimmen. Die Windschutzscheibe zerbarst in eine Spinnenwebe. Das Handschuhfach fiel auf, und das Radio schrillte. Das Brecheisen fiel nieder und brachte auch das zum Verstummen.

Das Zittern hörte auf, eine plötzliche Stille, die ihn überraschte.

In diesem klaren Moment kam ihm zu Bewußtsein, daß er soeben June getötet hatte.

Sie lag hingerekelt auf dem Rücksitz, der kurze Rock hatte sich über ihre Hüften nach oben geschoben. Der schneeweiße Schlüpfer leuchtete. Ihr Haar war in einem tiefschwarzen Wirbel zurückgeworfen. Was hatte er diesmal getan? Hatte er das Brecheisen benutzt? Es lag in seinen Händen.

»Beweise vernichten«, sagte er, aber seine Finger waren um das Eisen geklammert, als seien sie darangefroren. Nie mehr würde er seine Hände öffnen können. Er zersprang, er gab nach. Seine Beherrschung fiel in sich zusammen wie verwitterter Boden. Das Blut sauste in seinen Ohren. Er sah nicht, wohin er fiel, aber er wußte schließlich, daß er in einer Gegend von schrecklicher, riesenhafter Leere gelandet war, wo nichts mehr vertraut war.

Schwester Mary Martin de Porres spielte Klarinette, und manchmal, wenn sie Sorgen hatte oder der Schlaf nicht kommen wollte, komponierte sie selbst. Heute nacht erwachte sie mit weit offenen Augen aus einem merkwürdigen Traum. Für einen langen Augenblick glaubte sie undeutlich, zu Hause in Lincoln zu sein. Sie hatte sich ein kühles Bad eingelassen, die klauenfüßige Wanne gefüllt und das Wasser mit den Händen gemischt. Das Wasser roch scharf nach unzerstörbaren Metallen. Draußen summten die Zikaden, und die Schoten des Trompetenbaums färbten sich schwarz. Sie glaubte, wenn sie sich auszöge und in die Wanne stiege, würde sie sich verwandeln, würde sie unter dem Wasser atmen können. Aber vorher wachte sie auf. Sie drehte sich auf die Seite, merkte, daß sie sich in ihrem Zimmer im Heiligen Herzen befand, und streckte die Hand nach ihrer Brille aus. Ihre Uhr zeigte eins. Sie sah zu, wie der leuchtende Minutenzeiger vorwärtsglitt, und wußte, ohne auch nur den Versuch zu machen, ihre Augen wieder zu schließen, daß dies eine »ihrer Nächte« war, wie die anderen es an den Tagen, an denen sie ungewöhnlich verstimmt war, ausdrückten. »Schwester Mary Martin hat wieder eine ihrer Nächte gehabt.«

Ihre Nächte waren angenehm, solange sie währten, und das war ein Teil des Problems. Wenn sie in einer bestimmten Laune aufwachte und an ihre Klarinette dachte, schien Schlaf langweilig, sogar unnötig, obwohl sie genau wußte, daß sie nicht zu den Menschen gehörte, die ohne Schlaf auskommen konnten, ohne reizbar zu werden. Sie rollte aus dem Bett. Sie war eine kleine, biegsame, fleißige Frau, die viel jünger aussah, als sie tatsächlich war, das heißt, sie sah aus wie um die Dreißig und nicht wie zweiundvierzig. Auch die meisten anderen, stellten die Leute fest, sahen jünger aus, als sie tatsächlich waren.

»Hilft ja doch nichts«, murmelte sie und zog ihren alten grünen Morgenmantel über. Schon jetzt gab es ihr ein Hochgefühl, allein aufzustehen, ohne eine Menschenseele zu sehen. In Nächten wie dieser war sie von ihrer eigenen Jugendlichkeit überrascht. Ihre Beine fühlten sich elastisch und schlank an, ihr Körper straff wie der eines jungen Mädchens. Sie hob die Arme über den Kopf und streckte sich kräftig. Dann schlüpfte sie leise zur Tür hinaus. Es war die letzte Tür des Flurs, das ruhigste Zimmer von allen. Sie ging geräuschlos die Fliesen entlang, die Treppen hinunter, durch einen anderen Korridor und hinten um die Kapelle in einen kleinen Aufenthaltsraum, der mit unglaublichen Mengen von Häkeldecken und Kissen angefüllt war.

Sie schaltete die Stehlampe an und zog ihren Instrumentenkasten unter dem Sofa hervor. Kniend hob sie die Teile aus dem in festen Falten gelegten Samt und setzte sie zusammen. Sie nahm ein kleines, liniertes Notenheft aus einem Bücherregal. An seinen Rücken war schon mit einem Faden ein gespitzter Bleistift gebunden. Zuletzt, bevor sie sich setzte, legte sie sich eine riesige bienengelbe Decke um die Schultern. Dann ließ sie sich nieder, schlug den unteren Rand der gestrickten Decke um ihre kalten Füße, befeuchtete das Mundstück und fing an zu spielen.

Manchmal brachte es sie in einer halben Stunde zum Einschlafen. Andere Male stieß sie auf eine Melodie, und dann kritzelte sie sie nieder, wohin auch immer die Melodie sie trug, bis der Morgen dämmerte. Der Aufenthaltsraum war erst kürzlich an das Hauptgebäude des Klosters angebaut und gut isoliert worden, deshalb störte ihre Musik niemanden. In warmen Nächten öffnete sie sogar die Fenster und ließ die Geräusche hereinwehen, die von der unterhalb gelegenen Stadt her klar in der trockenen Luft schwebten. Es waren wilde Geräusche – rauhe Klagen, wirbelnde Fiedelmusik, Geknatter von auspufflosen Motoren und Quietschen von panischem Gasgeben. Dann, nach drei oder vier Uhr morgens, senkte sich eine Art benommener blauer Stille herab, und es gab nichts mehr als ihre eigene Musik und die schwarzen Grillen in der Mauer.

Heute nacht war die Musik, vielleicht wegen ihres Traums, der so vertraut wie unverständlich war, eine Spur bedrohlich und voller Wunder. Die Musik zog sie in Kreise von Erinnerungen. Ein Bild stieg in ihrem Gedächtnis auf, ein Baum, der voller Äste war wie der große Armleuchter auf dem Altar der Heiligen Jungfrau. Er war in ihrer Kindheit ihr Lieblingskletterbaum gewesen, aber nachts hatte sie das Knarren seiner Äste gefürchtet.

Sie hielt inne, von einer zufälligen Melodieführung besonders beeindruckt, und spielte sie mit leichten Variationen immer wieder, bis sie zu schön schien, um fallengelassen zu werden. Dann schrieb sie sie auf. Sie arbeitete still noch eine Weile weiter, da sie merkte, wie etwas, das sich zu einem Thema verdichten konnte, sich näherte und dann vor der Macht ihrer eigenen Idee wieder ferner rückte.

Eine Stunde oder vielleicht zwei vergingen. Die Luft war still. Schwester Mary Martin hörte nichts als die Musik, auch wenn sie aufhörte zu spielen, um die Noten aufzuschreiben. Ein schmaler Kiesweg führte hinten um das Kloster herum, aber vielleicht, dachte sie später, war der Mann durch das nasse Gras gegangen, denn sie hörte ihn nicht kommen, und bemerkte erst, daß sich jemand am Fenster aufhielt, als der Sims klapperte. Er hatte versucht zu klopfen, war aber statt dessen gegen den Rahmen gefallen. Mary Martin erstarrte auf ihrem Stuhl und legte die Klarinette auf ihren Schoß.

»Wer ist da?« sagte sie mit fester Stimme. Keine Antwort kam. Sie war ärgerlich, einmal, weil jemand in ihre Nacht eindrang, und dann auf sich selbst, weil sie die Jalousien nicht heruntergelassen hatte, denn der Himmel war schwarz, und sie konnte nicht einmal einen Schatten von der Gestalt des Schleichers sehen, während sie selbst wie auf einer Bühne sichtbar war.

»Was wollen Sie?« Noch immer kam keine Antwort, und ihr Herz klopfte schneller, obwohl die Fenster mit

Fliegengittern abgesichert waren. Sie konnte auch immer noch die anderen wecken, wenn es sein mußte. Aber sie selbst war diejenige, die immer geholt wurde, wenn es galt, schwere Kisten zu heben oder das Gemeinschaftsauto zu starten. Wahrscheinlich würde es ohnehin ihr zufallen, den Eindringling zu verscheuchen, auch wenn die anderen herunterkämen.

Sie griff nach oben und knipste die Lampe aus. Das Zimmer wurde völlig dunkel. Jetzt hörte sie seinen Atem rasseln, hörte, wie sein Zittern das Gitter in leichtes Schwingen versetzte. Ihre Augen gewöhnten sich an die Dunkelheit, und sie sah seine groben Umrisse, hinterhältig, schwer gegen das Fenster gesackt.

»Was wollen Sie?« wiederholte sie und erhob sich von ihrem Stuhl. Sie war im Begriff, die Klarinette auf den Teppich zu legen, behielt sie dann aber in der Hand. Wenn er durch das Fliegengitter käme, könnte sie ihn vielleicht damit auf Abstand halten. Sie ging hinüber in den dichten Schatten des Bücherregals nahe beim Fenster an der Wand, wo es ihm vermutlich unmöglich sein würde, sie zu sehen.

Ein leichter Wind blies durch das Gitter, und sie roch seinen sauren Gestank. Betrunken. Wahrscheinlich nur halb bei Sinnen.

Aber jetzt straffte er sich mit einem plötzlichen Ruck und sprach.

»Ich komme zur Beichte. Ich muß es beichten.«

Sie stand an der Wand neben dem Fenster, die Arme vor der Brust gefaltet.

»Ich bin kein Priester.«

»Segne mich, Vater, denn ich habe gesündigt...«

Die Stimme war undeutlich, töricht kindlich.

»Ich werde einen Priester für Sie holen«, sagte sie.

»Es ist, Scheiße, zehn Jahre her seit meiner letzten Beichte.« Er lachte, dann hustete er.

Der Wind erhob sich plötzlich kräftiger, ein kalter Windstoß vom Garten, und ein anderer, eigentümlich böser Geruch kam aus seinen Kleidern, zusammen mit dem Geruch von etwas undefinierbar Schlimmerem.

»Was wollen Sie?« sagte sie zum drittenmal.

Er schlug mit dem Ellbogen an das Gitter. Er wandte sich ab, umarmte sich, trommelte mit den Fäusten gegen seine Arme und schlug seine Stirn gegen den Fensterrahmen. Schließlich merkte sie, daß er weinte. Dies war die lautlose, gewaltsame Art, in der dieser Mann weinte.

»Gut«, sagte sie, wissend und ohne wissen zu wollen. Was er zu sagen hatte, würde etwas sehr Schlimmes sein. »Sagen Sie es mir.«

Und dann versuchte er ihr zu erzählen, stolpernd und stotternd, von dem Auto und dem Brecheisen und wie er June umgebracht hatte.

Eine flache, summende Spannung sammelte sich in der Dunkelheit um Mary Martin, während sie seine wirre Geschichte ordnete. Er konnte nicht aufhören zu reden. Er redete und redete. Endlich wurde es auch für sie Wirklichkeit. Er hatte gerade eben seine Frau umgebracht. Ihr Hals wurde trocken. Sie hielt die Klarinette mit beiden Händen vor ihre Brust, die Finger auf die warmen Klappen und das Ebenholz gepreßt. Sie hörte zu. Klarheit. Sie konnte nicht denken. Das Wort fiel in ihr Gehirn, aber ihr Gehirn war nicht klar. Die metallenen Klappendeckel waren seidig glatt. Sie vermeinte, das Blut an ihm zu riechen. Ein Knoten von Übelkeit bildete sich in ihrem Magen und wand sich auseinander, stieg ihr brennend in den Hals. Sie fühlte den dringenden Wunsch, von ihm wegzukommen und zu schlafen. Sie mußte sich hinlegen.

»Hören Sie auf«, bat sie. Ihr Hals schloß sich. Er verstummte auf ihr Wort hin. Aber es war zu spät. Sie sah, wie die Frau erschlagen wurde, hörte die Stange deutlich niederkrachen, sah das lebhafte rote Blut.

Ihre Fäuste waren harte Knochen. Tränen hatten die kleine Vertiefung gefüllt, an der ihre Brille die Wangen berührte, und rannen von dort direkt nach unten, an ihren Mundwinkeln vorbei. Die Tränen tropften ihr auf die Hände. Sie mußte etwas sagen.

»Sind Sie sicher, daß sie tot ist?«

Sein Schweigen sagte ihr, daß er sicher war. Er schien entspannter, leichter zu atmen, als ob es ihr zu erzählen ihm schon etwas von der Last genommen hätte. Sie hörte ihn seine Kleider durchsuchen. Ein Streichholz knisterte.

Es gab einen kurzen Lichtschein, und dann kräuselte sich schwächer Tabakrauch durch das Fenster und verschwand in dem schwarzen Raum. Etwas entzündete sich wütend in Mary Martin, als sie hörte, wie er den Rauch mit einem dankbaren Seufzer einsog. Licht drehte sich windmühlengleich hinter ihren Augen, rot und gezackt, und strömte eine Hitzewelle aus, die sie zum Fenster trieb. Wozu, das wußte sie nicht.

Jetzt stand sie zitternd nur Zentimeter von ihm entfernt und sprach in den Schatten seines Gesichts.

»Wo ist sie?«

»Draußen in meinem Auto.«

»Dann bringen Sie mich hin«, sagte Mary Martin.

Um zum Säulengang des Hintereingangs zu gelangen, mußte sie durch die dunkle Kapelle gehen. Eine Kerze brannte in weichem Orange in ihrem Glas vor der kleinen hölzernen Sakristei, in der die Hostie verwahrt wurde. Sie ging daran vorbei, ohne das Knie zu beugen oder ein Kreuz zu machen, dann zwang sie sich, stehenzubleiben und zurückzugehen. Die Ruhe des orangefarbenen Glanzes tadelte sie. Aber nachdem sie die Knie gebeugt und sich bekreuzigt hatte, fühlte sie sich nicht anders. Sie ließ ihre Klarinette auf einem der Stühle liegen und ging hinaus, um die Hintertür aufzuklinken. Sie trat in die kühle Nachtluft. Er war den Weg schon ein Stück hinuntergegangen, breitbeinig, um das Gleichgewicht zu halten. Sie trat die glühende Zigarettenkippe aus, die er ins Gras schnipste. Er blieb zweimal stehen, gab, gegen eine Regenrinne gelehnt, einem Anfall ihn überrollender Schauder nach, dann noch einmal an der Stelle, wo das Tor sich auf den Vorplatz öffnete. Sein Auto war schräg auf dem Parkplatz geparkt. Sie sah es sofort – ein langes, schnittiges grünes Auto, unmittelbar von der Hoflaterne beleuchtet. Er blieb leicht schwankend am Rand des Kiesplatzes stehen und nahm die Hand vor den Mund.

Sie hatte sein Gesicht noch nicht gesehen, und jetzt, als sie neben ihm stand, zwang sie sich hinzusehen, um, bevor sie zum Auto ging, darin etwas zu finden, das es unmöglich machen würde, ihn zu hassen.

Aber sein Gesicht war die faltige, stumpfe Maske eines

Betrunkenen, und sie wandte sich schnell ab. Sie ging hinüber zum Auto und ließ ihn dort zurück, wo er stand. Sie sah, daß der Rücksitz von der einen Seite erhellt war, deshalb ging sie darauf zu und holte dann tief Atem, bevor sie sich hinunterbeugte und durch das Fenster schaute.

Mary Martin hatte sich so sehr auf den Anblick eines Frauenkörpers vorbereitet, daß das Tier ihr vielleicht einen noch größeren Schock versetzte als die Frau, wenn sie dagewesen wäre. Beim ersten Blick auf dieses Fremde, Schreckliche kam ein lautes Gackern aus ihrem Mund. Ihre Beine, plötzlich alt, gaben nach, und eine ohnmächtige Welle von Schwäche durchlief sie. Es gelang ihr, die Tür zu öffnen. Es war kein Irrtum – graubraune Flanken, hängender Schwanz, gebogene Beine, baumelnder Kopf. Das Hoflicht zeigte es deutlich. Aber sie mußte es glauben. Sie beugte sich ins Auto, streckte die Hände vor und senkte sie vorsichtig auf das Reh. Das Fleisch war steif, aber das kurze Haar schien warm und lebendig. Der Geruch schlug ihr entgegen – der gleiche erschreckende Geruch, der an dem Mann gewesen war –, ein toter Moschusgeruch, den Tiere ausströmen, scharf und brennend und endgültig. Plötzlich und ohne Vorwarnung, als wollte ihre Brust zerspringen, brach das Weinen sie auf. Es kam mit harter Gewalt aus ihr heraus, laut in ihren eigenen Ohren, ein wildes Bersten von Lauten, die sie von innen leerten.

Als es vorbei war, fand sie sich auf dem Rücksitz, gegen den Tierkörper gedrängt.

Die Nacht hob sich. Der Himmel war blaugrau. Sie vermeinte den Tau im Staub und in der Stille zu riechen. Dann schüttelte sie fast träumerisch den Kopf zum Licht hin, einen Augenblick lang leer wie ein erwachendes Kind. Sie hörte die klagende Stimme, ein Echo ihrer eigenen, und erinnerte sich an den Mann am Rand des Kiesplatzes.

Sie kroch aus dem Auto, schüttelte sich die Krämpfe aus den Beinen und hielt auf ihn zu. Ihre Hände machten Gesten in der Luft, aber kein Laut kam aus ihrem Mund. Als er sah, daß sie auf ihn zukam, hielt er mitten in einem Schrei inne. Er wurde steif, schlug windmühlengleich mit den Armen und stolperte in einer stereotypen Furchtgebärde rückwärts. Hinter ihm im Kloster waren Lichter an. Mary Martin fing an zu laufen. Er drehte sich nach allen Seiten, warf Blicke, floh dann mit unglaublicher Schnelligkeit nach hinten an der Seite des Gebäudes entlang auf den langen Hof, wo die Obstgärten kamen, Kiefernpflanzungen, dann die Reservatswiesen und -wälder.

Sie folgte ihm, jetzt unter Rufen, zwischen die Apfelbäume, verlor ihn dort aber, und den ganzen Morgen, während sie darauf warteten, daß die Pfleger und die Stammespolizei mit Handschellen und Tragbahren und einem Haftbefehl kämen, hörten sie ihn schreien und auf den offenen Feldern heulen wie einen Ertrinkenden.

Liebeszauber
(1982)

Lipsha Morrissey

Ich habe eigentlich nie richtig was mit meinem Leben angefangen. Ich hab nie einen Fernseher gehabt. Grandma Kashpaw hatte einen in ihrer Wohnung im Seniorenheim, da bin ich dann hingegangen und hab meine Lieblingssendungen angeschaut. Eine Weile pflegte sie zu sagen, ich wäre der größte Nichtsnutz im Reservat, und ließ immer wieder die alte Platte laufen, wie sie mich vor meiner eigenen Mutter gerettet hätte, die mich in einen Kartoffelsack stecken und in ein Sumpfloch werfen wollte. Klar war ich Grandma Kashpaw dankbar, daß sie mich da gerettet und aufgezogen hat. Aber Dankbarkeit altert auch. Und wird schal nach einer Weile. Ich mußte aufhören, mich bei ihr zu bedanken. Eines Tages sagte ich zu ihr, ich hätte mich jetzt voll revanchiert, wo ich ihr doch immer aufs Wort gehorcht habe. Für Grandma würd ich nämlich alles tun. Das wußte sie auch. Außerdem hab ich mich um Grandpa gekümmert, und keiner sonst konnte das so, wo er doch eine richtige Plage geworden war.

Aber das war kein Problem. Ich kenne die Tricks von Leib und Seele in- und auswendig, ohne daß ich sie je gelernt hab, weil ich die Gabe des Handauflegens habe. Das ist was, damit muß man geboren sein. Ich hab Geheimnisse in meinen Händen, die keiner beschreiben kann. Nehmen wir mal Grandma Kashpaw mit ihren müden Venen, die in ihren Beinen verknotet sind wie Klumpen von blauen Schlangen. Ich nehm meine Finger, und ich schnipse damit über den Knoten. Da fließt der Zauber aus mir heraus. Die Berührung. Ich fahre mit meinen Fingern diese Landkarten von Aderflüssen hinauf, oder ich klopfe ihnen ganz sanft übers Herz oder mache kreisende Bewegungen auf ihrem Bauch, und das hilft ihnen. Sie fühlen sich viel besser. Manche Frauen zahlen mir 5 Dollar.

Nur bei Grandpa konnte ich das Handauflegen nicht anwenden. Der war eine harte Nuß. Manche Leute fallen eben mitten durch das Loch in ihrem Leben. Es ist unsichtbar, aber sie kommen nach einer Zeit dorthin, ohne zu wissen, wo es ist. Da ist diese Frau, Lulu Lamartine, die immer so vernarrt in Grandpa war. Sie hat ihn geliebt, seit sie ein junges Mädchen war, und hat immer gesagt, er ist ein Genie. Jetzt sagt sie, sein Verstand sei so voll geworden, daß er explodiert ist.

Warum soll ich daran zweifeln? Ich kenne das Gefühl, wenn die Kräfte in deinem Kopf zu stark werden. Ich sage immer, das ist der Grund, warum die Indianer sich betrinken. Sogar statistisch sind wir das klügste Volk auf der Erde. Trotzdem konnte ich es bei Grandpa kaum glauben, denn meine ganze Jugend über hat er für mich als Held dagestanden. Als es anfing, daß er in seine zweite Kindheit kam, da ist er durch verschiedene Stimmungen durchgegangen. Er stand im Wald und schrie sich die Seele aus dem Leib. Das hat mir Angst gemacht, allen hat das Angst gemacht, Grandma am meisten.

Dabei war er so gescheit, ob ihr's glaubt oder nicht, daß er *wußte,* daß er närrisch wurde.

Er hat es gesagt. Er hat es mir in dem Dezember gesagt, in dem ich die Schule nicht schaffte und mit dem Zug heim nach Hoopdance kam. Ich hätte ja nirgends sonst hingehen können. Er hat mich da abgeholt und es ganz geradeheraus gesagt: »Ich komm jetzt in meine zweite Kindheit.« Und dann hat er noch was gesagt, was ich noch weiß: »Ich bin dafür erwählt worden. Ich konnte nicht nein sagen.« Drum nehm ich an, daß ein Mann, der sein Leben lang so klug gewesen ist – Stammespräsident und Filmstar, und sogar im Parlament ist ein Bild von ihm und auf Schnupftabaksdosen –, daß der weiß, was er tut, wenn er ja sagt. Ich nehm an, er ist zu der zweiten Kindheit berufen gewesen, wie jemand anderes zum Priester berufen ist oder in die Armee einberufen wird oder so was. Drum hab ich nicht so genau zugehört, als der Arzt sagte, das wär eine Krankheit, die alte Leute kriegen, wenn sie zuviel Zucker essen. Kann mir doch keiner erzählen, daß ein Mann, der nach Washington gegangen ist und den Bürokraten die Hölle heiß gemacht hat, den Verstand verliert, weil er zuviel Milky Way ißt. Nein, der hat sich die zweite Kindheit selbst auferlegt.

Hinter diesen Liedern, die er mitten in der Messe hinaussingt, und diesen Geschichten, die jeder auswendig kennt, denkt Grandpa angestrengt über das Leben nach. Das Gefühl kenn ich. Manchmal werf ich einen Rauchschleier aus, damit ich dahinter denken kann. Ich trampe rauf nach Winnipeg und spiele sechs Stunden lang *Space Invaders,* aber die ganze Zeit hin und zurück denk ich dann so ziemlich tiefe Gedanken, die mich selbst überraschen, und dabei bin ich doch daran gewöhnt. Wenn es bei ihm auch nur die Gedanken wären, dann gäb es keine Probleme. Der Rauchschleier, der bringt eben die Sozialstruktur durcheinander, und Grandpa hat Sachen gemacht, die die Leute so zur Raserei treiben, daß sie ihn am liebsten in diese Keksdose werfen wollen, wo sie die Geistesgestörten verwahren. Davon ist er aber weit entfernt, da bin ich ganz sicher, aber sogar Grandma hatte Mühe, die Geduld zu behalten, als er anfing, sich zu der Lamartine zu schleichen. Er soll keine Süßigkeiten haben, aber Lulu gibt ihm welche. Das ist *einer* der Gründe, warum er hingeht.

Bald nachdem er anfing wegzulaufen, hat Grandma versucht, mich dazu zu bringen, Grandpa die Hand aufzulegen. Ich wollte nicht, aber bevor Grandma wieder damit anfangen würde, in welch schlimmem Zustand mein bloßer Popo war, als sie mich zu sich genommen hat, dachte ich, ich sollte zumindest so tun als ob.

Ich legte meine Hände auf beide Seiten von Grandpas Kopf. Wenn man ihn anschaut, würde man nicht denken, daß er verrückt ist. Er ist ein ansehnlicher Mann, wie die Lamartine sagen würde, hat noch all seine Haare und die Hälfte seiner Zähne, eine Nase wie ein Habicht und Wangen wie die Schneiden von einem Kriegsbeil. Sie haben sein Bild auf alle Touristenführer über North Dakota gedruckt und sein Gesicht sogar für künstlerische Gemälde abgemalt. Ich denk, man könnte ihn selbst schon ein

Denkmal nennen. Er fing an zu grinsen, als ich meine Hände auf seine Schläfen legte, und da wußte ich sofort, daß er wußte, wieso ich ihn berühre. Ich wußte, daß jetzt der Rauchschleier runterfallen würde.

Und ich hatte recht: nur für einen Moment fiel er.

»Komm, wir machen einen Feger«, sagte er über meine Schulter zu Grandma.

Den Ausdruck benützen sie hier in der Gegend nicht mehr viel, aber das muß schon was bedeutet haben. Es brachte sie im Nu auf die Palme.

Eigenhändig riß sie meine Hände von seinem Kopf und baute sich vor ihm auf, Pfund um Pfund ihm überlegen, und größer war sie auch, denn sie hatte noch einen Wachstumsschub im mittleren Alter, während er zusammengeschrumpft war, so daß sie ihn jetzt an Länge und Breite überragte. Sie funkelte ihn an und ließ ihren Sermon auf ihn los, wie er zu allen Tages- und Nachtzeiten wieder die Lamartine umschnurrt und verfolgt und sich damit richtig zum Narren macht.

»Und so viel zum Fegen hast du auch nicht mehr!« brüllte sie am Schluß und verblüffte mich damit so, daß mir der Kiefer runterklappte, denn wir Kinder hatten von jeher so getan, wie wenn das Rascheln, das wir nachts aus Grandpas und Grandmas Ecke des Zimmers hörten, gar nicht stattfand. Zumindest hatte sie bisher jedenfalls so getan. Ich sah, daß ihr Tränen in den Augen standen. Und da sah ich auch, wieviel Kummer und Liebe sie für ihn spürte. Und das versetzte mir einen richtigen Schock. Ich dachte nämlich immer, die Liebe würde mit den Jahren einfacher. Sie würde nicht mehr so weh tun, wenn sie weh tut, oder sich nicht mehr so toll anfühlen, wenn sie sich toll anfühlt. Ich dachte, sie würde sich glätten und alte Leute würden kaum mehr was davon merken. Ich glaub, ich dachte, sie würde sich einfach zusammenrollen und sterben. Und jetzt sah ich, wie sie sich aufbäumte wie eine Peitsche und um sich schlug.

Grandma liebte ihn. Sie war eifersüchtig. Sie trauerte um ihn wie um die Toten.

Und er lächelte einfach nur in die Luft, war gefangen in den Nähten seines Verstands.

Da wußte ich nicht, was ich tun sollte. Ich war in einer Zwickmühle. Sie waren wie Eltern für mich, so wie sie mich zu sich genommen und aufgezogen hatten. Ich verstand, warum sie wollte, daß er wieder so würde, wie er einmal war, damit sie wenigstens mit ihm streiten und mit ihm schlafen konnte und sich nicht von der Lamartine beschämen lassen mußte. Sie hatte ihn immer geliebt. Das ging mir plötzlich mit Macht auf. Einen ganzen Tag lang hatte ich so ein komisches Gefühl, das mir die Hände verkrampfte. Wenn man die Gabe des Handauflegens hat, dann packt einen dort die Sehnsucht. Ich hatte niemals so geliebt. Es hat mich richtig angemacht, als ich sie so streiten sah, und ich wollte am liebsten gleich losgehen und eine Frau suchen, die ich lieben wollte, bis einer von uns sterben oder verrückt werden würde. Aber in Wirklichkeit bin ich gar nicht so. Von Zeit zu Zeit heile ich mal jemanden innen ganz richtig, wenn's aber aufs Ganze geht, dann weiß ich nicht, ob ich die Ausdauer habe.

Und die braucht man eben, die Ausdauer, wenn man sich aufmacht, jemanden zu lieben. Ich wußte, daß mir diese Eigenschaft nicht einfach ohne Anstrengung zufliegen würde. Deshalb lenkte ich meine Gedanken wieder zu Grandma und Grandpa hin. Grandmas Seite spürte ich in meinen Händen und meinen verknäuelten Eingeweiden und Grandpas Seite in der Weite meiner eigenen Mentalität. Er war eines Tages gegen Mittag weggegangen und nicht mehr zurückgekommen. Er angelte mitten im Lake Turcot. Große Gedanken hatte er an der Leine, und er warf sie immer wieder hinein, um noch größerer Gedanken willen, die ihm, sagen wir mal, eine Erklärung dafür geben würden, wie wir auf diese Welt gekommen sind und warum wir so früh fortmüssen. Alles in allem konnte ich mir nicht vorstellen, wie ich Grandpa die Hand auflegen sollte, um ihn zurückzuholen, wenn sein wahres Inneres sich entschieden hatte, woanders zu sein, um zu denken. Es war schließlich nur ein Überbleibsel von ihm, das noch da war und Ärger machte, und meistenteils wurden wir damit ja problemlos fertig.

Außerdem war es schwer, mit ihm darüber zu reden, wieso er manche Sachen tat. Nehmen wir mal die Messe.

Ich bin da ziemlich häufig hingegangen, meistens wenn ich den Frust hatte, denn ich weiß zwar, daß höhere Macht überall wohnt, aber es ist etwas sehr Beruhigendes an dem kühlen grünen Innern unserer Missionskirche. Zumindest fand ich das jedenfalls immer. Grandpa war es, der mir da meine Illusionen geraubt hat, denn er hat das, was Pater Upsala die heilige Ruhe des Orts nennt, völlig kaputtgemacht.

Damals gingen wir nacheinander rein. Ich und Grandpa. Wir setzten uns in unsere Kirchenstühle. Dann fing der Rosenkranz vor der Messe an, und in dem Moment füllte Grandpa seinen Brustkasten, machte den Mund auf und schmetterte die Worte raus:

GEGRÜSSET SEIST DU MARIE VOLLER GNADE.

Er hatte eine kräftige Lunge.

Und so machte er weiter. Er ließ nicht nach. Er schrie und brüllte die Gebete hinaus, und ich nehme an, die Leute waren inzwischen schon an ihn gewöhnt, denn sie murmelten nur ihre eigenen Gebete, anstatt aufzuhören und zu glotzen wie ich. Ich kriegte einen roten Kopf, das geb ich zu. Ich puffte ihn ein- oder zweimal mit dem Ellbogen, aber das störte ihn gar nicht. Er machte weiter. Er schrie zum Himmel, er flehte wie ein Filmschauspieler und schlug sich beim »Herr ich bin nicht würdig« wie Tarzan auf die Brust. Ich dachte, er würde sich weh tun. Nach einer Weile hatte ich mich wohl daran gewöhnt, und da fragte ich mich dann, wieso wohl?

Ich also danach raus und ihn gefragt: »Wieso denn? Wieso hast du so gebrüllt?«

»Gott hört mich sonst nicht«, sagte Grandpa Kashpaw.

Ich kam ins Schwitzen. Ein richtiger kleiner kalter Schweiß brach mir am Haaransatz aus, weil ich wußte, daß er vollkommen recht hatte und daß es nur jahrelang verdammt noch mal kein Mensch sonst gemerkt hat. Gott ist taub geworden. Seit dem Alten Testament haben sich Gottes Ohren für uns verschlossen. Ich les ja nun viel. Außer dem Wörterbuch, das ich ständig benütze, hatte ich mal diese Bibel. Ich hab sie gelesen. Und ich hab rausgefunden, daß es da Widersprüche zwischen damals und jetzt gibt. Das fiel mir einfach auf. Damals hat Gott das Brot aus den Wolken regnen lassen, die Philipper dahingerafft oder Feuer runtergeschleudert in die Bordellviertel, wo die Leute erstochen wurden. Er trat sogar gelegentlich mal persönlich auf. Gott paßte auf, das will ich damit sagen.

Da hast du nun also deinen Gott im Alten Testament, und dann gibt es noch die Chippewa-Götter. Indianische Götter, gute und böse, wie den verschlagenen Nanabozho oder das Wasserungeheuer Missepeshu, das drüben im Lake Turcot wohnt. Das Wassermonster war der letzte Gott, von dem ich je gehört habe, daß er mal erschienen ist. Er hatte etwas für junge Mädchen übrig und hat mal eine von den Blues aus ihrem Ruderboot gegrapscht. Sie hat sich ans Ufer retten können, aber erst, nachdem dieses Monster seinen Willen gehabt hat. Jetzt ist sie eine alte Dame. Die alte Lady Blue. Sie läßt ihre Familie heut noch nicht in dem See angeln.

Unsere Götter sind nicht perfekt, das will ich damit sagen, aber wenigstens kommen sie mal vorbei. Sie tun einem 'nen Gefallen, wenn man sie richtig drum bittet. Man braucht nicht zu brüllen. Aber man muß, wie gesagt, wissen, wie man richtig darum bittet. Das gibt Probleme, denn das richtige Bitten war eine Kunst, die den Chippewas verlorengegangen ist, als die Katholischen Fuß gefaßt hatten. Auch jetzt noch muß ich mich fragen, ob höhere Macht sich verändert hat und wir brüllen müssen oder ob wir einfach ihre Sprache nicht sprechen.

Ich hab mich umgesehen. Wie sonst hätte ich denn alles erklären können, was ich in meinem kurzen Leben schon erlebt hab: King, der überall seine Faust reinrammt, Gordie, der sich runter ins Krankenhaus in Bismarck gesoffen hat, oder Tante June, die, von einem weißen Mann verlassen, in den Schnee gelaufen ist. Wie sonst könnte ich die Gelegenheiten erklären, wo das Handauflegen nicht funktioniert hat, und noch weiter zurück zu den alten Indianern, die durch den totalen Bakterienkrieg und die hundsgemeinen Abschlachtereien der Weißen ausgelöscht wurden. Seinerzeit waren wir Indianer so viel freundlicher als heute.

Wir haben sie aufgenommen.

O ja, ich bin verbittert wie ein alter Engerling, wenn ich nur dran denke, was sie uns angetan haben und immer noch antun.

Grandpa Kashpaw hat mir da also ein bißchen die Augen geöffnet. Hat es denn einen Sinn, daß man sich auf einen Gott verläßt, dem die Ohren verstopft sind? Genau wie der Regierung? Ich sage also gradeheraus, daß wir vielleicht nichts außer uns selbst haben. Und das ist nicht viel, wenn ich das mal persönlich sagen darf. Ich weiß schon, ich habe nicht so die eiskalte, harte Rübe, die man braucht, daß man alles versteht. Aber es gibt eben Dinge, die ich gern tun würde. Zum Beispiel würde ich manchen Leuten wie meinem Grandpa und meiner Grandma Kashpaw gern helfen, daß sie noch ein bißchen Freude haben an ihrem Lebensabend.

Ich hab ja schon gesagt, daß ich es nicht richtig fand, meine Gabe des Handauflegens direkt auf Grandpas Verstand anzuwenden, und dabei bin ich auch geblieben, aber bald darauf ist etwas passiert, was mich dann doch hat denken lassen, daß ihm ein bißchen Verstandzurechtrücken nichts schaden könnte und uns anderen auch nicht.

Es war, nachdem wir ihn eines Nachmittags im Sonnenhof des Seniorenheims mit Lulu Lamartine gesehen hatten. Grandpa hat dort immer gern herumgegraben. Er hatte seine kleine Löwenzahngabel dabei, und er stach links und rechts die Löwenzähne aus, während die Lamartine ihm dabei zusah.

»Er kratzt den ganzen Dreck auf«, sagte Grandma und sah aus dem Fenster der Lamartine zu, wie sie Grandpa zusah.

Die Lamartine war vielleicht halb so stattlich und groß wie Grandma, aber man würde bei den beiden sowieso nie an die Größe denken. Sie unterschieden sich noch auf eine andere, auffälligere Weise. Es war ein Unterschied wie zwischen einem Haus, das man mit Farbe und einem pingeligen Zaun auf Vordermann gebracht hat, und einem, das man in der weichen Erde verwittern läßt, das will ich damit sagen. Die Lamartine war abgestützt und vergittert, mit Läden behängt und mit Plastik verkleidet, während Grandma auf ihren nachgebenden Grundfesten niedersackte und sich verzog und ihr Haar die silbergraue Farbe von regengealtertem Holz annehmen ließ. Eben jetzt beäugte sie das kecke, geblümte Kleid der Lamartine mit so einem Blick, daß es mich zur Verzweiflung brachte. Ich wußte, wozu das bei Grandma führen konnte. Abwechselnd Zungenstürme und felsenhartes Schweigen sind für einen Mann schwer zu ertragen, sogar für einen, der es gar nicht merkt wie Grandpa. Also ging ich los, ihn zu holen.

Aber er war weg, als ich durch die kleine Gittertür huschte, die nach draußen auf den Hof führt. Es war auch keiner draußen, der mir hätte zeigen können, in welche Richtung sie gegangen waren. Nur der Löwenzahnstecher stak aufrecht in der Erde. Er brachte mich auf eine Idee. Ich schlich mich rüber zur Tür der Lamartine, horchte erst mal und klopfte dann. Keiner. Also ging ich durch die Aufenthaltsräume und um die Kartentische. Immer noch keiner. Meine Gabe führte mich schließlich zur Waschküche. Ich schob die Tür einen Spalt auf, ging rein, und da waren sie. Und er hatte sie sich doch tatsächlich richtig vorgenommen. Mann, und sie gab ihm, was sie konnte. Laken flappten auf den Wäscheleinen über ihnen, und Waschlappen, Kopfkissen und Hemden flogen durch die Luft, weil sie probierten, sich in einem hochbepackten, aber niedrigen Wäschewagen ein Plätzchen zu schaffen. Die Waschmaschinen und Trockner waren alle an, vollgestopft mit Münzen, und zitterten und stöhnten. Ich konnte nicht hören, was Grandpa und die Lamartine miteinander schnäbelten und gurrten, und sie hörten mich auch nicht.

Ich wußte nicht, was ich tun sollte, deshalb ging ich ganz rein und machte die Tür zu.

Die Lamartine hatte eine große, lockige hellbraune Perücke auf. Sah aus wie einer von diesen quietschenden kleinen Weiße-Leute-Hunden. Pudel nennen sie die. Die Perücke war es jedenfalls, die uns vor dem Schlimmsten bewahrte. Denn ich konnte ja wohl kaum losschreien und ihnen sagen, daß ich hier drin war, und ich konnte ja auch nicht gut probieren, ihn von ihr wegzureißen. Ich saß da, wo ich war, in der Falle. Ich konnte eigentlich nichts tun, als die Tür zuhalten. Ich hatte Angst, daß jemand anderes reinschneien und dem die Augen übergehen würden. Es kam dann aber so, daß der Lamartine in der Hitze der Umarmung, während ich versuchte, die Augen abzuwenden, die Lockenperücke vom Kopf hüpfte. Und falls ihr schon mal in was mittendrin gewesen seid, und dann bei dem anderen so eine große Veränderung eingetreten ist, dann müßt ihr eigentlich wissen, wie einem das seine grundlegendsten Bedürfnisse zunichte macht. Und nicht nur das, sondern ihre Perücke hatte auch noch beinahe ein Eigenleben. Grandpas Augen quollen schon bei dieser Veränderung über, und verdammt will ich sein, wenn das Ding sich nicht zusätzlich noch aufbäumte und ihm ins Gesicht sprang, als wollte es etwas mit ihm anfangen. Grandpa rappelte sich hoch, klar, und die Lamartine sprang nach ihm auf und sah ganz konfus aus. Sie starrten einander nur an, schnaubend und prustend, mit ganz komischen Blicken. Die Überraschung schien noch den letzten Rest von Verstand aus Grandpas Kopf zu treiben.

»Der Brief war schuld an dem Feuer«, sagte er. »Ich hätte es nie getan.«

»Was für ein Brief?« sagte die Lamartine. Sie war jetzt hoheitsvoll und elegant, trotz Glatze, wie eine exotische Königin. Ich gab ihr die Perücke wieder. Die Lamartine setzte sie sich auf den Kopf, und immer, wenn ich sie seitdem gesehen hab, konnte ich nicht anders, als sie mir kahlhäuptig vorzustellen und mit besonderen Kräften, wie von einem anderen Planeten.

»Das ist ja gerade noch mal gutgegangen«, sagte ich zu Grandpa, nachdem sie gegangen war.

Aber ich glaube, er hatte den Zwischenfall schon vergessen. Er stand einfach da, ganz ruhig und nachdenklich. Man hätte wirklich nicht gedacht, daß er verrückt war. Er sah aus, als wenn er gerade etwas Wichtiges sagen, sich erklären wollte. Er sagte dann auch etwas, aber es hatte rein gar nichts zu tun mit irgendwas, das einen Sinn ergeben hätte.

Er überlegte, wo zum Teufel er seinen Löwenzahnstecher hingetan hatte. Und da beschloß ich dann das mit dem Verstandzurechtrücken.

Unser Problem war jetzt nicht so sehr, daß er nicht voll da war, sondern daß das, was von ihm da war, so oft hinter der Lamartine herscharwenzelte. Wenn wir das bremsen könnten, dachte ich, würden wir vielleicht was erreichen. Aber da nützte mein Handauflegen eben gar nichts. Denn über was hätte ich denn mit den Fingern schnipsen sollen, um ihm Grandma treu zu machen? Genau wie das Durchhaltevermögen ist ja auch so eine Treue unsichtbar. Ich weiß, daß es etwas ist, was man erwerben muß, aber woher, das hab ich nie rausgekriegt. Vielleicht gibt's da gar keinen Grund dafür und keinen Reim darauf, so wie für mein Handauflegen, oder vielleicht ist es auch so eine Art Zauber.

Grandma Kashpaw kam dann schließlich darauf. Sie weiß viel. Obwohl sie nicht zugeben will, daß sie auch eine Spur indianisches Blut in sich hat, gibt's für mich keinen Zweifel, daß sie Chippewa-Blut hat. Wie sonst könnte man erklären, daß sie da so vor ihrer Fernsehsendung sitzt, in ihrem Sessel schaukelt und sich plötzlich zu mir dreht, und ihre braunen Augen sind hart wie Kieselsteine vom Seegrund.

»Lipsha Morrissey«, sagt sie, »du bist gestern abend weggegangen und hast dich betrunken.«

Woher hat sie das gewußt? Ich erinnere mich ja selbst kaum daran. Und dann sagt sie, daß sie eben so ein Gefühl hätte oder einen Schmerz an ihrer Narbe an der Hand oder ein Knirschen in der Schulter. Ständig erfährt sie Sachen durch kleine Beschwerden in den Gelenken oder von ihren Haushaltsgeräten. Einmal hat sie zu Gordie gesagt, er soll nie mit einem der verrückten Lamartine-Jungs mitfahren. Sie hatte in dem polierten Metall von ihrem Toaster was gesehen. Also tat er's auch nicht. Und tatsächlich hörten wir dann eines Tages, wie Lyman und Henry die Herrschaft über ihr Auto verloren hatten und im Fluß gelandet waren. Lyman kam wieder hoch, aber Henry schaffte es nicht mehr.

Dank Grandmas Toaster ist Gordie wahrscheinlich verschont geblieben.

Irgendwo in ihrem Blut weiß Grandma Kashpaw Sachen. Sie behält Dinge auch in Erinnerung, hab ich rausgefunden. Sie bewahrt alles schön ordentlich auf. Sie hat ein Gedächtnis wie diese Videospiele, die den Spielstand nie vergessen. Ein Grund, warum sie sich an so viele Einzelheiten erinnert bezüglich der Mühe, die ich ihr in meinem frühen Leben gemacht habe, ist, daß sie immer die Summe abrufen kann, wenn sie sie braucht.

So wie jetzt. Nehmen wir mal den Liebeszauber. Ich weiß nicht, woher sie sich an den erinnerte. Der kam aus ihrem Gedächtnis gekullert wie ein Komet aus der Ecke des Bildschirms.

Natürlich fängt sie damit an, daß sie auf damals zu sprechen kommt, wo ich in der Kirche das kleine Mißgeschick hatte, und hat sie mich da etwa mit patschnasser Hose sitzen lassen? Nein, hat sie nicht. Und bin ich da nicht froh darüber? Ja, bin ich. Und was willst du jetzt von mir, Grandma?

Aber als sie dann von dem Liebeszauber anfängt, da merk ich, wie es mir bei der Gefahr kalt den Rücken runterläuft. Liebeszauber, das ist eine alte Chippewa-Spezialität. Kein anderer Stamm kann das so gut. Aber Liebeszauber, das ist nichts, womit ein Laie rumhantieren soll. Man geht nicht einfach hin und besorgt sich einen, ohne daß man dafür zahlt. Bevor man überhaupt einen kriegt, muß man 'ne ganz schöne geistige Kondensation durchlaufen. Man muß das durchdenken. Den richtigen aussuchen. Man kann sich sein ganzes Leben kaputtmachen, wenn man die falsche kleine Zutat zerreibt.

Na ja, jedenfalls sagte ich zu Grandma, ich würde mal über den Liebeszauber nachdenken. Ich wußte, daß es das Beste wäre, zu einem Spezialisten zu gehen und ihn zu fragen, wie zum Beispiel den alten Pillager, der oben in einem Buschdickicht lebt und sich nie sehen läßt. Aber die Wahrheit ist, daß ich Angst vor ihm hatte, wie alle anderen auch. Er ist bekannt dafür, daß er Leuten den verdrehten Mund anhängt und ihnen das Herz lähmt. Mit dem alten Pillager ist nicht zu spaßen, und ich hab es immer für das Beste gehalten, ihm aus dem Weg zu gehen, wenn ich konnte. Und deshalb hab ich die Fäden selbst in die Hand genommen. Und getan, was ich selbst konnte.

Ich habe meine ganze Geisteskraft reingesteckt und

nichts zurückgehalten. Nach einer Weile hab ich angefangen, mich an Sachen zu erinnern, von denen ich hatte reden hören.

Ich hatte mal von jemandem gehört, der eine Zauberkette aus Samen trug, die aussahen wie kleine Perlen. Die wurden von einem Metallmesser angezogen, und das hat ihnen die Wirkung gegeben. Aber ich wußte nicht, wo diese Samen wuchsen. Bei einem anderen Liebeszauber, von dem ich gehört hatte, konnte ich auch nicht mithalten, denn wie hätte ich denn Frösche beim Akt fangen sollen? Was nämlich dazu erforderlich war. Die kleinen Tierchen sind so glitschig und fix. Und dann der stärkste von allen, der extremste, war mit Schnipseln von Fingernägeln und so was verbunden. Ich konnte doch beim besten Willen Grandpa nicht bitten, mich mit all den kleinen Körperbitzeln zu versorgen, die dieses Liebesrezept verlangte. Tagelang ging ich rum und versuchte, mir was auszudenken, das funktionieren könnte.

Na, dann fand ich es. Wenn es nicht grade Frühherbst gewesen wäre, es wäre mir nie eingefallen. Aber eines Tages saß ich unter einem Baum bei der Schule und sah zu, wie die Füße von Leuten vorbeigingen, da sagt mir was: Schau hoch! Schau hoch! Ich schaue also hoch, und ich sehe zwei Graugänse, die Sorte mit der kleinen Maske im Gesicht, diese Vögel, die ihr ganzes Leben lang zusammenbleiben. Ich seh sie direkt über meinem Kopf fliegen, natürlich machen sie sich bereit, in irgendeinem Sumpfloch im Reservat zu landen, aus dem sie bestimmt nicht lebendig wieder wegkommen.

Jedenfalls durchzuckt's mich. Diese Gänse, die paaren sich ein Leben lang. Und ich denk bei mir, wie wär's, wenn ich rausginge und ein Paar holte? Und was, wenn ich einen Teil davon, sagen wir das Gänseherz von dem Weibchen, Grandma zu essen gäbe und wenn Grandpa das andere Herz äße? Würde das nicht funktionieren? Kann ja sein, daß das alles unsichtbar ist, aber vielleicht ist es ja auch ein Zauber. Die Liebe ist eine steinige Straße. Das kann man schon mal mit Bestimmtheit sagen. Wenn es stimmt, daß die höheren Gefühle der Hingabe im Herzen wohnen, wie die Leute sagen, dann wären wir aus dem Schneider. Und wenn nicht, dann würde es auch keinem schaden, wenn er ein Gänseherz ißt. Ich fand, es würde den Versuch lohnen, und Grandma Kashpaw fand das auch. Sie hatte schon immer gewußt, ob eine Idee gut war oder nicht. Sie borgte mir Grandpas Gewehr.

Also ging ich raus zu einem bestimmten Sumpf, vielleicht war das exakt der gleiche Sumpf, in den ich dank Grandma Kashpaw doch nicht von meiner Mutter geworfen wurde, und dann hockte ich mich in einen schönen gemütlichen Binsenhaufen. Ich lud mein Gewehr. Ich aß ein paar von den weichen Fleischwurstschnitten, die Grandma mir für mittags gemacht hatte. Und dann wartete ich. Die Rohrkolben wehten über meinem Kopf hin und her. Die sehnigen Blaureiher spießten ihre Beute auf. Das, was ich auf der Welt am besten kann, das, wofür ich mein Leben lang trainiert habe, ist warten. Einfach nur dasitzen, das fiel mir nicht weiter schwer. Ich kam so ins Nachdenken über ein paar lustige Sachen, die passiert sind. Da ist doch mal Lulu Lamartines kleiner gelber Piepvogel, Haar-Zerroller sagt man, glaub ich, zu denen, in ihr Kleid reingeflogen und hat sich darin verirrt. Ich mußte daran denken, wie sie zitternd auf den Flur rausgelaufen ist und versucht hat, was zu brüllen. Die hat vielleicht 'nen Tanz aufgeführt, wie der Lump am Stecken, und der Witz ist, der Vogel kam überhaupt nicht wieder rausgeflogen. Bis heute spekulieren die Leute darüber, wo der wohl hingeflogen ist. Die fürchten, daß sie ihn vielleicht in ihrem Korsett erdrückt hat. Jedenfalls ist er nie wieder lebendig gesehen worden. Ich dachte eine Weile an lustige Sachen, aber dann hatte ich sie aufgebraucht, und schließlich fingen merkwürdige Dinge an mir durch den Kopf zu gehen.

Es kam ganz von selbst, daß ich an den Vetter der Lamartine denken mußte, der Armbanduhr hieß. Ich wußte gar nicht, wie sein richtiger Name war. Sie sagten Armbanduhr zu ihm, weil er als kleiner Junge die kaputte Armbanduhr von seinem Vater bekommen hatte, als der verschied. In seinem ganzen Leben hat Armbanduhr die Uhr von seinem Vater nicht abgenommen. Es war ihm egal, ob sie ging oder nicht, obwohl, nach einer Weile wurde er empfindlich, wenn die Leute ihn fragten, wie spät es sei, um ihn zu necken. Er hielt sie oft ans Ohr, als wenn er auf das Ticken horchte. Aber sie war ein und für allemal kaputt, sagten die Leute, oder jedenfalls dachten sie das.

Also, ich hab Armbanduhr eines Nachmittags in seinem Pritschenwagen sitzen und rauchen sehen, und um neun Uhr an dem Abend war er tot.

Und gestorben ist er am Tisch von der Lamartine. So wie sie's erzählt, hatte Armbanduhr gerade ein ordentliches großes Abendessen runtergeschlungen, und sie sagte zu ihm, ob er noch mal vom Warmen nehmen wollte, und da fiel er um, auf den Boden. Sie drehten ihn um. Er war tot. Aber jetzt kommt das Merkwürdige: Als der Sanitäter vom Seniorenheim ihm den Puls fühlte, merkte er, daß die Armbanduhr, die Armbanduhr trug, jetzt ging. Von dem Augenblick an, in dem er starb, fing die Armbanduhr an, perfekt zu gehen. Sie haben ihn mit der Uhr, die noch an seinem Arm tickte, begraben.

Das brachte mich ins Grübeln. Was, wenn irgendwelche Totengräber in zweihundert Jahren Armbanduhrs Sarg ausgraben würden und die Uhr immer noch ginge? Ich dachte daran, welche Frage sie sich wohl stellen würden, und zwar ist das diese: Wessen Hand hat sie aufgezogen?

Ich fing an zu zittern wie ein Grashalm, nur beim Gedanken daran.

Um nicht vom Thema abzukommen oder sonstwas: ich saß immer noch auf meinem Hintern im Sumpf. Es ging schon auf den späten Nachmittag zu, und immer noch hatten sich keine Wildgänse niedergelassen. Ich brauch euch ja nicht zu erzählen, daß nicht das Warten mich geschafft hat; es war die Kälte. Die Binsen waren schön weich, aber feucht. Mir wurde kalt, und ich überlegte gerade, ob ich gehen sollte, als sie landeten. Zwei Gänse, die hin und her schwammen, in voller Lebensgröße, und sich einander tief in die Nadelöhräugelchen guckten. Genau die, auf die ich wartete. Also hob ich Grandpas Gewehr an die Schulter, zielte tadellos, und bum! Bum! Ich gab zwei genaue Schüsse ab. Aber das Dumme war, die Schüsse trafen nicht. Ich konnte es kaum glauben. Ob der Schaft sich verzogen hatte oder der Lauf verbogen war, weiß ich nicht, aber jedenfalls flogen die Gänse ab in den dämmerigen Himmel, und Lipsha Morrissey blieb zurück in den Binsen, in der hereinbrechenden Nacht und mit nichts in seinen kalten Händen. Vor sich hatte er die Aussicht auf einen weiteren Tag in den Binsen bei knochenerweichender Kälte, und der Gedanke daran bedrückte ihn sehr.

Nun ist es ja gar nicht meine Art, überhaupt nicht, den Kopf hängenzulassen.

Also sagte ich mir, Lipsha Morrissey, du bist ein glückliches Arschloch, das schon längst, von Unkraut bedeckt, auf dem Grund von diesem Sumpf liegen könnte, aber statt dessen atmest du noch und leibst und lebst. Du hast vielleicht mal ein Problemchen im Leben, aber schließlich hast du die Gabe des Handauflegens. Du hast die Kraft, Lipsha Morrissey. Kannst du nicht bestreiten. Also streng mal deinen Grips an und denk dir was aus, wie du nicht den Kopf hängenlassen mußt.

Ich befolgte meinen Ratschlag. Ich strengte meinen Grips an. Aber damals sah ich nicht, wie meine Gedanken mich in die Irre führten, zu einem tragischen Ausgang, den keiner hätte erahnen können. Ich schob alle Gedanken an die Gefahren und an die Grenzen beiseite, denn ich hatte es satt, im Sumpf zu sitzen, und meine Füße waren eingeschlafen. Mein Gesicht tat weh. Mir war eiskalt, deshalb spielte ich mit dem Feuer. Ich redete mir ein, Liebeszauber wär was Einfaches. Ich redete mir ein, der alte Aberglaube wäre einfach nur das: ein aberwitziger Glaube. Ich redete mir zu, die 10 Dollar zu nehmen, die Mary MacDonald mir dafür gegeben hatte, daß ich ihr auf ihre arthritischen Gelenke die Hand aufgelegt hatte, und die anderen fünf, die ich von dem Gewinn beim Bingo am letzten Donnerstag noch nicht ausgegeben hatte. Ich redete mir zu, runter in den Red-Owl-Supermarkt zu gehen.

Und jetzt kommt das, was ich gemacht habe, so daß der Zauber ein Schuß nach hinten wurde. Ich schlug eine schlimme Abkürzung ein. Ich sah mir nämlich Vögel an, die tot und gefroren waren.

Na schön. Ich nehme an, daß ihr jetzt sagen werdet: »Gegen den Lipsha Morrissey gehört eine Klage wegen Fahrlässigkeit erhoben.«

Von solchen Klagen hab ich oft gehört. Früher hab ich immer gedacht, das ist so 'ne Art Gesang, in dem es ums Autofahren geht. Jetzt weiß ich's besser, und daß es das Gesetz ist.

Als ich mit den steinharten, schweren Truthähnen vom Red-Owl-Supermarkt zurückkam, disputierte ich mit mir über die Fahrlässigkeit. Der Glaube kam mir in den Sinn. Ich dachte so bei mir, daß man den Glauben eigentlich als Vertrauen entgegen der Wahrscheinlichkeit bezeichnen könnte und ob es wohl Beweise gibt dafür oder nicht. Wie klingt das? Ich dachte, wie sehr wir auch brüllen müssen, um von höherer Macht gehört zu werden, bedeutet noch nicht, daß es sie nicht gibt. Und es bedeutet auch nicht, daß das der Glaube ist. Es ist das Vertrauen, auch wenn die Götter nichts bringen.

Höhere Macht gibt Versprechen ab, von denen wir alle wissen, daß sie sie nicht halten kann, aber ist schon jemals jemand hingegangen und hat eine Fahrlässigkeitsklage gegen Gott erhoben? Oder gegen die Regierung der USA? Tut keiner. Glauben mag dumm sein, aber es hilft uns durch. Worauf ich hinauswill, ist dies: Ich redete mir schließlich ein, daß nicht die Gänseherzen die wirkliche Macht des Liebeszaubers ausmachen, sondern der Glaube an die Behandlung.

Ich glaubte es selbst nicht, ich wußte, daß es falsch war, aber da war ich schon so tief in meine Lüge reingeschlittert, daß ich darin festsaß. Und dann ging ich noch einen Schritt weiter.

Am nächsten Tag sortierte ich die Herzen aus den Papierpäckchen mit Innereien, die in den Truthähnen drin waren. Dann packte ich die Herzen in ein sauberes Taschentuch und trug sie beide hoch zur Mission zum Segnen. Ich wollte einen offiziellen Segen vom Priester, aber als der Pater die Tür vom Pfarrhaus aufmachte und dabei die Hände an einem kleinen Handtuch abwischte, war mir klar, daß er ein stark beschäftigter Mann war.

»Bongschur, Pater«, sagte ich. »Ich hab ein kleines Anliegen, um das ich Sie heut nachmittag bitten möchte.«
»Was ist es?« sagte er.
»Könnten Sie dieses Päckchen segnen?« Ich hielt ihm das Taschentuch mit den hineingebundenen Herzen hin.
Er sah sich das Päckchen an und hatte Zweifel.
»Es sind Truthahnherzen«, mußte ich ehrlicherweise erwidern.
Ein ärgerlicher Blick zog über sein Gesicht.
»Warum bringst du die Angelegenheit nicht zu Schwester Martin rüber?« sagte er. »Ich habe Verpflichtungen.«
Und deshalb ging ich, obwohl der Segen dann nicht so stark sein würde, mit dem Päckchen zu den Schwestern rüber.
Ich zog an der Glocke, und Schwester Martin wurde an die Tür geholt. Ich hatte sie als Musiklehrerin gehabt, aber damals war ich immer so schüchtern gewesen. Ich sprach immer so leise. Nun war ich größer als Schwester Martin. Als ich so auf sie runterschaute, sah ich, daß sie sich nicht so top auf Draht fühlte. Braune Ringe hingen unter ihren Augen.
»Was ist los?« sagte sie, ohne zu erkennen, wer ich war.
»Erinnern Sie sich an mich, Schwester?«
Sie blinzelte zu mir rauf.
»Ah ja«, sagte sie nach einem Moment. »Tut mir leid. Du bist der Jüngste von den Kashpaws. Gordies Bruder.«
Ihr Gesichtsausdruck wurde wärmer.
»Lipsha«, sagte ich, »so heiß ich.«
»Nun, Lipsha«, sagte sie und lächelte mich jetzt breit an, »was kann ich für dich tun?«
Es hieß immer, sie sei die freundlichste von den Schwestern auf dem Hügel droben, und das war sie wirklich. Sie nahm mich mit in ihre Privatküche und bot mir ein großes gelbes Stück Kuchen und ein Glas Milch an.
»Nun sag mir«, sagte sie und nickte zu meinem Päckchen hin, »was hast du da so sorgfältig in das Taschentuch gewickelt?«
Wie zuvor antwortete ich ehrlich.
»Ah«, sagte Schwester Martin. »Truthahnherzen.« Sie wartete.

»Ich hab gehofft, Sie könnten sie vielleicht segnen.«

Sie wartete noch ein bißchen und lächelte mit den Augen. Obwohl sie so freundlich war, fing ich an zu schwitzen. Schwester Martin konnte man nicht so einfach hinters Licht führen. Ich stolperte durch mein Gedächtnis nach einer Erklärung, schnell, die sie nicht abschrecken würde.

»Sie sind ein Geschenk«, sagte ich, »für die Statue von der heiligen Kateri.«

»Sie ist noch keine Heilige.«

»Ich weiß«, stotterte ich weiter, »in der Hoffnung, daß sie sie erküren.«

»Lipsha«, sagte sie, »davon habe ich noch nie etwas gehört.«

Also erzählte ich es ihr. »Also, die Wahrheit ist«, sagte ich, »es ist eine Art Medizin.«

»Wofür?«

»Liebe.«

»Ach, Lipsha«, sagte sie nach einem Augenblick, »du brauchst keine Medizin. Ich bin ganz sicher, daß dich alle Mädchen genau so mögen, wie du bist.«

Ich saß nur da und fühlte mich hundeelend, in mein Lügenpaket verstrickt.

»Ich sag dir was«, meinte sie, als sie merkte, wie mies ich mich fühlte, »mein Segen ändert da sowieso nichts. Aber es gibt etwas, was du tun kannst.«

Ich sah ohne Hoffnung zu ihr hoch.

»Sei einfach du selbst!«

Ich sah auf meinen Teller runter. Ich wußte, daß mit mir im Augenblick nicht viel Staat zu machen war, und kurz darauf ging es noch mehr bergab mit mir. Denn als ich zur Tür rausging, steckte ich meine Finger in die Schale mit Weihwasser, das von der Berührung der Nonnen her heilig war. Ich steckte meine Finger rein und segnete die Herzen schnell eigenhändig.

Ich ging zurück zu Grandma und setzte mich in ihrer kleinen Küche im Seniorenheim hin. Dann packte ich die Herzen auf dem Tisch aus, und ihre harten Achataugen wurden weich. Sie sagte, die Herzen würde sie gar nicht erst kochen, sondern roh essen, damit ihre Wirkung so stark wie möglich auf sie überginge.

Ich konnte kaum zugucken, als sie ihres runtermampfte. Das war wirklich echte Liebe. Ich machte mir nur Gedanken, wie sie Grandpa dazu kriegen würde, seins zu essen, aber sie sagte zu mir, sie würde sich schon was ausdenken, keine Sorge. Also machte ich mir keine. Ich sollte mich in ihrem Schlafzimmer verstecken, während sie das Essen für Grandpa auf einen Teller tat und das Herz so anrichtete, daß er es essen würde. Ich erhaschte einen Blick auf den Teller, den sie für ihn fertigmachte. Sie legte das Herz, klatsch, auf ein Stück Salat, wie im Restaurant, und fügte dann noch ein Häufchen mit gekochten Erbsen bei.

Er ließ sich nieder, während ich im anderen Zimmer horchte.

Sie sagte: »Nimm doch ein bißchen Kartoffelbrei.« Also nahm er ein bißchen Kartoffelbrei. Dann gab sie ihm ein kleines Stück gekochtes Fleisch. Er aß auch das. Dann sagte sie. »Warum rührst du denn deinen Salat gar nicht an? Siehst du das Herz? Ich hab es für dich gemacht, weil der Doktor sagt, daß dein Blut etwas zur Stärkung braucht.«

Ich konnte nicht anders, an dem Punkt linste ich durch einen Spalt in der Tür.

Ich sah Grandpa mit einem gewissen Gesichtsausdruck in dem Herz auf seinem Teller stochern. Er sah überhaupt nicht aus, als hätte er Appetit darauf, will ich damit sagen. Ich hatte Zweifel, daß unser Plan funktionieren würde. Grandma fing auch schon an, sich Sorgen zu machen. Sie befahl ihm noch einmal ziemlich laut, daß er das Herz essen sollte.

»Schluck's runter«, sagte sie. »Du schmeckst es ja kaum.«

Er aber starrte sie nur an. Die Art, wie er sie ansah, brachte mich auf den Gedanken, daß ich den Rauchschleier gleich ein zweites Mal fallen sehen würde, und so geschah es auch.

»Warum willst du denn unbedingt, daß ich das esse?« fragte er mißtrauisch.

Jetzt wußte Grandma, daß der Ofen aus war.

Sie wußte, daß er wußte, daß sie einen Zauber vorhatte. Er legte die Gabel hin und rollte das Herz auf seinem Teller herum.

»Ich will das nicht essen«, sagte er zu Grandma. »Es sieht nicht gut aus.«

»Aber es ist I a frisch«, sagte sie zu ihm. »Hundertprozentig.«

Er fragte nicht, hundertprozentig was, aber seine Augen nahmen einen noch argwöhnischeren Ausdruck an.

»Jetzt probier's schon!« sagte sie und nahm den Salzstreuer in die Hand. Sie wurde langsam ärgerlich. »Ist es nicht schmackhaft genug? Soll ich es dir salzen?« Sie schüttelte den Streuer über seinem Teller.

»Na schön, du spillriges weißes Mädchen!« Sie hatte Grandpa in Rage gebracht. Hopplahopp stopfte er sich das Herz in den Mund. Ich war im Begriff, laut zu gähnen und aus dem Schlafzimmer zu kommen. Mir schien es auch höchste Zeit, daß dieser Zusammenstoß von zwei Willen endlich vorbei war, da sah ich, daß er immer noch seine alten Tricks auf Lager hatte. Erst rollte er es in die eine Backe. »Mmmmmmm«, sagte er. Dann rollte er es in die andere Backe. Wieder: »Mmmmmmmmm.« Dann streckte er die Zunge mit dem Herz drauf aus dem Mund und nahm sie wieder rein, und es blieb keine Zeit, einzugreifen. Er hatte es zu weit mit Grandma getrieben. Sie wurde fuchsteufelswild. Sie war so böse, daß sie aufsprang wie ein geölter Blitz und ihm eins zwischen die Schulterblätter gab, damit er schluckte.

Nur verschluckte er sich eben.

Er verschluckte sich richtig schlimm. Man kann sich zu Tode verschlucken. Habt ihr schon mal an einem Tisch im Restaurant gesessen, wo obendrüber eine Liste mit Anweisungen hing, was man machen muß, wenn jemand etwas in den falschen Hals kriegt? Das läßt einen langsam kauen, soviel ist mal todsicher. Als Grandpa vom Stuhl fiel, schoß mir das kleine, graphisch illustrierte Schild durch den Sinn, das könnt ihr mir glauben. Ich sprang aus dem Schlafzimmer und tat alles, was mir nur möglich war, um das rauszuholen, was ihm im Hals steckte. Ich drückte unter dem Brustkorb. Ich schlug ihm auf den Rücken. Ich war verzweifelt. Aber jetzt kommt der Faktor, der entscheidend war: Er würgte nämlich nicht nur an dem Herzen. Es war mehr als das. Es waren noch andere Sachen, die ihn würgten. Es sah gar nicht so aus, als ob er sich wehren oder kämpfen wollte. Der Tod kam und schlug ihm an die Brust, und er ging mit, einfach so. Es tut mir von oben bis unten leid, was ich ihm mit diesem Herzen angetan habe, und sicher gibt's jetzt Leute, die sagen, Lipsha Morrissey will sich nur aus der Sache rausreden, und deshalb macht er so ein Getue darum, daß Grandpa aufgegeben hatte.

Vielleicht kann ich wirklich nicht zugeben, was ich getan habe. Mein Handauflegen hat jedenfalls nichts getaugt, das stimmt. Aber jetzt kommt, was ich gesehen habe, während er in meinen Armen lag.

Man hört, daß das Leben eines Menschen wie der Blitz vor seinen Augen vorbeizieht, wenn er in Gefahr ist. *Er* war in Gefahr, nicht ich, aber es war *sein* Leben, das mich überkam. Ich sah zu, wie er starb, und das war, wie wenn jemand in einem Zimmer die Jalousie herunterzieht. Seine Augen bewölkten sich und fielen zu, aber eben davor schaute ich in sie hinein. Er angelte immer noch mitten im Lake Turcot. Große Gedanken hatte er an seiner Angel, und er hatte einen halben Kasten Bier im Boot. Er winkte mir zu, grinste, und dann ging der Blinker unter.

Grandma war aus dem Zimmer gerannt und hatte um Hilfe gerufen. Ich sammelte all meine Kraft in meinen Händen und hielt ihn. Ich war so angespannt, daß ich nicht einmal atmen konnte. All die Zeit, die er mit mir verbracht hatte, all die Male, wo er mich auf seine Schultern geschwungen oder mir in den Blättern etwas gezeigt hatte, waren in diesen Augenblick konzentriert. Die Zeit jagte vor und zurück wie ein Flipper. Lichter blinkten, Kugeln hüpften und Gummibänder zirpten, bis ich plötzlich merkte, daß die letzte Kugel verspielt und nichts mehr da war. Ich spürte, wie seine Kraft ihn verließ, wie sie aus ihm herausfloß, um nie mehr zurückzukehren. Ich spürte, wie seine Seele schwächer wurde. Wie der Blinker im See unterging. Und ich spürte, wie die Gabe der Berührung sich in die Dunkelheit tief in meinem Körper zurückzog, aus der sie gekommen war.

Einmal, vor langer Zeit, waren wir beide zusammen angeln. Wir erwischten eine große alte Schnappschildkröte, die anfing, uns im Kreis rumzuziehen, als ob sie ein Motor wäre. »Diese Angelschnur hier ist verdammt gut«, sagte Grandpa. »Komm, wir lassen die Schildkröte dran und schauen mal, wo sie uns hinbringt.« So zogen wir hinter der Schildkröte her und sahen zu, wie sie von Zeit zu Zeit an die Wasseroberfläche kam. Das Ding hatte etwa die Größe eines Waschzubers. Sie zog uns zweimal rings um den See, und während sie da paddelte, witzelte Grandpa. »Lipsha«, sagte er, »wir sind froh, daß deine Mutter dich nicht wollte, weil wir immer nach einem Jungen wie dich gesucht haben, der uns auf dem See rumziehen würde.«

»Ich bin doch kein Schnapper. Schnapper sind so dumm, daß sie sogar weiterleben, wenn man ihnen den Kopf abhaut«, sagte ich.

»Das ist nicht Dummheit«, sagte Grandpa. »Das Gehirn sitzt bei denen eben im Herz, wie bei dir.«

Als ich jetzt hochschaute, wußte ich, daß die Sicherung zwischen meinem Herzen und meinem Kopf durchgebrannt war und daß es ein schreckliches Verstehen geben würde.

Grandma kam wieder ins Zimmer, und ich sah sie stolpern. Und dann ging auch sie zu Boden. Es war, als bräche ein Haus, von dem man kaum glaubt, daß es so lange stehen konnte, nachdem es Jahr um Jahr fürchterlichem Wetter standgehalten hat, plötzlich im schlimmsten Unwetter zusammen. Es ist verständlich, will ich damit sagen, und trotzdem kann man es kaum glauben. Du glaubst, daß ein Mensch, den du kennst, der Tod, Krankheit und Bankrott durchgemacht und von Rationsreis gelebt hat, daß der alles durchhält. Dann klappt er zusammen, und du siehst, wie zerbrechlich die Steine waren, die ihn gestützt haben. Du siehst, wie der Boden, den du für fest gehalten hast, ganz plötzlich schwanken kann. Du siehst, wie die Stoppschilder und die gelben Markierungen auf den Straßen, die du befahren hast, und all die Spielregeln, denen du gehorcht hast, verschwinden. Du siehst, wie die ganzen alltäglichen Dinge, auf die du gezählt hast, nur ein Traum waren, den du geträumt hast und mit dem du dein ganzes Leben bewältigst. Sie war über mir gewesen wie ein steiler Felsüberhang, der Lipsha Morrissey vom Weltall trennte. Und jetzt ging sie unter. Es war, als ob die Ufer nachgäben am Rande des Lake Turcot, und wo Grandpas Dahinscheiden nur der Blinker war, der von seinem größten Gedanken verschluckt wurde, da war ihr Sturz das Haus und der Fels darunter, der nachrutschte und den halben See bis hoch an die Wolken spritzen ließ.

Wo nichts war.

Man spielt diese Spiele und weiß nie, was man sieht. Als ich neben den beiden in den Traum fiel, sah ich, daß die Gebiete, die ich mir von alten Zeiten her verteidigt hatte, nur Wahnbilder des Bildschirms waren. Echozeichen aus Licht. Und ich war jetzt frei und ledig und pfiff durch den Weltraum.

Ich weiß nicht, wie ich zurückgekommen bin. Ich weiß auch nicht, von wo. Sie tätschelten mir das Gesicht, als ich wieder im Seniorenheim ankam, und ihr gaben sie Sauerstoff. Ich sah, wie ihre Brust sich fast unwillig bewegte. Sie seufzte, wie sie es immer tat, wenn jemand sie mitten in einer Perlenreihe störte, die sie gerade zählte. Ich glaube, es ärgerte sie unerhört, daß sie sie zurückholten. Ich erkannte es an ihrem Blick, als sie die Maske abnahmen, daß sie ihnen nicht verzeihen würde, ihre friedliche Ruhe gestört zu haben. Auch Lipsha Morrissey verzieh sie nicht. Sie sei hinausgetreten auf die Straße des Todes, sagte sie später beim Begräbnis zu den Kindern. Ich fragte, ob es auf dieser Straße Stoppschilder und Markierungen gegeben hätte, aber sie preßte die Lippen wie einen Schraubstock zusammen, so wie sie es immer tat, wenn sie sauer war.

Was mich nicht beunruhigte. Ich wußte, wenn sich alles geklärt hätte, würde sie keine Wahl haben. Ich würde jedenfalls nicht darüber spekulieren, wo die Schuld für Grandpas Tod landete. Wir hingen beide drin. Sie hatte ihn zwischen die Schulterblätter gehauen. Meine Handauflegerei hatte versagt, auf Nimmerwiedersehen.

All ihre blutsverwandten Kinder und die aufgenommenen wie ich kamen nach Hause, aus Minneapolis und Chicago, wohin sie vor Jahren umgesiedelt worden waren. Sie wohnten bei Freunden im Reservat oder bei Aurelia oder schliefen bei Grandma auf dem Fußboden. Sie waren geschlagen von Gram und Trauer, einer wie der andere. Bei der Beerdigung setzte ich mich mit Albertine ganz hinten in die Kirche. Sie war völlig abgemagert, und ihr Haar war ausgefranst, weil sie ihr ganzes Studium in zwei oder drei Jahre zwängte. Sie hatte entschieden, daß es ihr nicht reichte, Krankenschwester zu werden, und deshalb wurde sie jetzt Ärztin. Aber so, wie sie damit ihren Kopf strapazierte, sah das gar nicht gut aus. Ihre Augen waren vom Fahren und vom Weinen blutunterlaufen. Sie nahm meine Hand. Von hinten beobachteten wir die ganzen Kinder und Trauergäste, wie sie sich über ihre Gebete bukkelten, die Hände voller Papiertaschentücher. An irgendeiner Stelle in diesem langen, traurigen Gottesdienst verschob sich meine Wahrnehmung. Ich fing an, alles anders zu sehen, klarer. Die kniende Familie wurde zu Steinen auf einem Feld. Mir fiel auf, wie stark und zuverlässig der Kummer ist und der Tod. Bis zum Ende aller Zeiten würde der Tod unser Fels sein. So sah ich alles im richtigen Verhältnis, denn das erlaubt einem der Tod. Alle Kashpaw-Kinder hatten mir in ihrem Leben verschiedene Dinge angetan – ihre Verwandten mit mir geteilt, mir Geld geliehen, mich heimlich verprügelt –, und ich beschloß, und zwar wegen des Todes, daß ich uns hier und jetzt für quitt erklären würde. Wenn ich King je wiedersähe, würde ich ihm die Hand geben. Jemand anderem zu vergeben machte das Ganze erträglicher.

Alle begleiteten Grandpa in die nächste Welt. Und dann mußten die Kashpaws zurück an ihre Arbeitsstellen, und die waren zahlreich und eindrucksvoll. Ich trank ein paar Bier mit ihnen, und dann ging ich zurück zu Grandma, die irgendwie in dem Umtrieb von Traurigkeit über Grandpa und der Freude, einander zu sehen, verlorengegangen war.

Zelda hatte die ganze Zeit bis jetzt neben ihr gesessen. Eigentlich wollte ich mit Grandma reden und ihr sagen, wie leid es mir tat und daß es nicht ihre Schuld sei, sondern allein meine. Ich hätte es auch getan, aber Zelda warf mir einen von ihren strengsten Warnungsblicken zu, als ob sie sagen wollte: »Ich kümmere mich schon um Grandma, jetzt dräng dich der Frau doch nicht auf.«

Wenn Zelda nur wüßte, dachte ich, die traurigen Tatsachen würden ihr Verhalten schon ändern. Aber natürlich konnte ich ihr die finstere Wahrheit nicht sagen.

Es war schon später Abend. Grandmas Licht hinter dem Spalt unter der Tür war an. Ungefähr eine Woche war vergangen, seit wir Grandpa beerdigt hatten. Erst klopfte ich, aber es kam keine Antwort, also ging ich rein. Die Tür war nicht abgeschlossen. Sie war da, aber zuerst bemerkte sie mich nicht. Ihre Hände waren mit ihrem Rosenkranz verflochten, und ihr Blick war ganz von dem Sessel ihr gegenüber gefangengenommen, dem, der immer Grandpas Lieblingssessel gewesen war. Ich stand da und starrte mit ihr die kleinen grünen Noppen im Stoff an, die Plastikschoner auf den Armlehnen und den traurigen kleinen Haarwasserfleck, den er auf dem weißen Deckchen hinterlassen hatte, an das er immer seinen Kopf lehnte. Ich konnte ums Leben nicht rausbringen, was sie da anstarrte. Die leere Luft. Dann drehte sie sich um.

»Er ist noch nicht fort«, sagte sie.

Erinnert ihr euch noch an den Schüttelfrost, den ich vom Warten im Sumpf zum Glück dann doch nicht bekam? Jetzt überkam er mich. Ich spürte, wie er ganz tief in meinem Innersten anfing, da, wo sich die Furcht versteckt und auf den Angriff wartet. Er ging in Spiralen nach draußen, so daß innerhalb von Minuten meine Finger und Zähne zitterten und klapperten. Ich wußte, daß sie die Wahrheit sagte. Sie hatte Grandpa gesehen. Ob er wirklich da war oder nicht, spielte keine Rolle. Sie hatte ihn gesehen, und das bedeutete, daß ihn auch jeder andere sehen konnte. Und nicht nur das, sondern, wie das meistens bei diesen Geistern der Fall ist, er hatte einen bestimmten beunruhigenden Grund zurückzukommen. Und natürlich hatte Grandma Kashpaw den schon erforscht.

Ich setzte mich hin. Wir saßen zusammen auf dem Sofa und beobachteten seinen Sessel aus den Augenwinkeln.

Sie hatte ihn in seinem Sessel sitzen sehen, als sie zur Tür reinkam.

»Es ist der Liebeszauber, mein Lipsha«, sagte sie. »Er war stärker, als wir dachten. Nector ist sogar aus dem Tod zurückgekommen, um mich an seine Seite zu holen.«

Ich hatte Angst. »Wir hätten nicht damit herumpfuschen sollen«, sagte ich. Sie stimmte zu. Eine Weile saßen wir still da. Ich weiß nicht, was sie dachte, aber mein Kopf fühlte sich an wie verkehrt rum aufgesetzt. Ich konnte die Situation nicht genau überdenken, deshalb sagte ich zu Grandma, sie solle ins Bett gehen. Ich wollte auf dem Sofa schlafen und ein Auge auf Grandpas Sessel haben. Vielleicht würde er ja wiederkommen, vielleicht aber auch nicht. Ich glaub, ich habe vor dem einen genauso Angst gehabt wie vor dem andern, aber dann, als ich da in der Dunkelheit lag, dachte ich mir, daß vielleicht sogar aus meinen schrecklichen Fehlern noch etwas Gutes kommen könnte. Wenn Grandpa wirklich zurückkam, dachte ich, würde er bei vollen Sinnen zurückkommen. Dann könnte ich mit ihm reden. Ich könnte ihm sagen, daß alles meine Schuld sei, weil ich mit einer Macht gespielt hatte, die ich nicht verstand. Vielleicht würde er mir vergeben und in Frieden ruhen. Das hoffte ich. Ich beruhigte mich und wartete die ganze Nacht auf ihn.

Aber er hielt mich zum Narren. Er wußte, worauf ich wartete, und das war nicht das, was er wollte. Als die Dämmerung kam, hörte ich einen Schrei aus dem Schlafzimmer, der mir das Blut gerinnen ließ, und rannte hinein. Grandma machte das Licht an. Sie saß auf dem Bettrand, und ihr Gesicht sah hart, verkniffen und grau aus.

»Er war hier«, sagte sie. »Er kam und hat sich neben mich ins Bett gelegt. Und er hat mich angefaßt.«

Ihr brach das Herz. Sie weinte. Seine Berührung war so kalt gewesen. Nach einer Weile legte sie sich zurück aufs Bett, weil es Morgen war, und ich ging zum Sofa. Als ich da lag und einschlief, spürte ich plötzlich Grandpas Gegenwart und die Barriere zwischen uns wie einen angeschwollenen Fluß. Ich spürte, was ich ihm Schlimmes angetan hatte. Wie schrecklich der Ort war, an den ich ihn geschickt hatte. Hinter der Wand des Todes hatte er die

Lebenden beobachtet, wie sie aßen und weinten und sich betranken. Er war einsam, aber ich verstand, daß er nichts Böses vorhatte.

»Geh zurück«, sagte ich zu der Dunkelheit, voller Angst und auch voller Mitleid. »Du mußt jetzt bei Deinesgleichen bleiben«, sagte ich. Ich spürte, wie er sich zurückzog, wie ein Seufzer, und weniger wurde. Ich spürte seinen Geist, wie er zurück durch die Wände schrumpfte, durch die Jalousien und den Ziegelsteinhof des Seniorenheims. »Schau mal nach Tante June«, flüsterte ich, als er ging.

Ich schlief lange am nächsten Morgen, einen guten, festen Schlaf, ließ die Sonne schon mal aufgehen und die Erde wärmen. Es war nach Mittag, als ich aufwachte. Für meine Begriffe gibt es nichts, was einem besser bei schweren Entschlüssen hilft, die man unter dem Stress des Wachseins nicht fassen kann, als ein langer Schlaf. Sowie ich an diesem Morgen aufwachte, sah ich genau vor mir, was ich zu Grandma sagen mußte. Ich war in der vergangenen Woche demütiger geworden und hatte nicht nur die Gabe des Handauflegens verloren, sondern war in das Verstehen hineingestoßen worden, das von jetzt an an mir zehren würde. Dein Leben fühlt sich anders an, wenn du den Tod einmal gegrüßt hast und die Position deines eigenen Herzens verstehst. Von da an trägst du dein Leben wie ein Kleidungsstück vom Missionsbasar – leicht, weil dir klar wird, daß du praktisch nichts dafür bezahlt hast, liebevoller, weil du weißt, so ein gutes Geschäft wirst du nie wieder machen. Du hast auch das Gefühl, daß jemand es schon vor dir getragen hat und jemand es nach dir tragen wird. Ich kann das nicht erklären, noch nicht, aber ich beschäftige mich damit.

»Grandma«, sagte ich, »ich muß dir die Wahrheit über den Liebeszauber sagen.«

Sie hörte zu. Ich wußte, daß sie von da an mir zuhören würde, so wie ich früher ihr zugehört hatte. Ich erzählte ihr von den Truthahnherzen und wie ich sie segnen ließ. Ich erzählte ihr, daß das, was ich als Liebeszauber benutzt hatte, ein reiner Schwindel war, und dann sagte ich zu ihr, was mein Verstehen mir gebracht hatte.

»Nicht der Liebeszauber läßt ihn zu dir zurückkommen, Grandma. Nein, es ist etwas anderes. Er hat dich über die Zeit und die Entfernung geliebt, aber er mußte so schnell fort, daß er gar keine Gelegenheit hatte, dir zu sagen, wie er dich liebt, daß er dir keine Schuld gibt und daß er es versteht. Es ist ein wahres Gefühl, kein Zauber. Kein Supermarktherz hätte ihn zurückbringen können.«

Sie schaute mich an. Sie sah die Jahre und die Tage, von denen ich nichts wissen konnte, und sie glaubte mir nicht. Das merkte ich. Doch ein Ausdruck kam in ihr Gesicht. Es war wie der Blick von Müttern, die die Süße von den Augen ihrer Kinder trinken. Es war Zärtlichkeit.

»Lipsha«, sagte sie, »du warst immer mein Liebling.«

Sie nahm die Perlen von dem Bettpfosten, wo sie sie über Nacht immer hintat, und sagte, ich solle die Hand ausstrecken. Als ich das tat, schloß sie meine Faust um die Perlen und hielt sie eine lange Minute da fest, so fest, daß meine Hand weh tat. Ich weinte fast dabei. Ich weiß gar nicht richtig, warum. Tränen schossen hinter meinen Augenlidern hoch, und dabei war doch gar nichts. Ich verstand nicht, nur ihre Hand, die meine drückte, war so stark.

Die Erde war voller Leben, und der Löwenzahn wuchs dicht draußen vor dem Fenster, schon blühend, dick wie große gelbe Stößel. Sie ließ meine Hand los. Ich stand auf. »Ich geh raus und stech Löwenzahn«, sagte ich zu ihr.

Draußen war die Sonne heiß und schwer wie eine Hand auf meinem Rücken. Ich spürte, wie sie meine Arme hinunterfloß, aus meinen Fingern heraus und durch das Ende des Stechers in die Erde schoß. Mit jeder Wurzel, die ich packte, kam Ertrag, als sei ich ihrer geheimen Lehre verwandt. Die Berührung wurde stärker, während ich mich durch den grasigen Nachmittag arbeitete. Wie ein Samen entfaltete sich aus mir, aus der Schwärze, in der ich verloren war, die Gabe der Berührung. Die gezahnten Blätter voller bitterer Muttermilch. Eine begrabene Wurzel. Etwas Lästiges, das die Menschen ausgraben und zum Verdorren in die Sonne werfen. Eine Kugel voll mit schwachen Samen, die unzerstörbar sind.

Die guten Tränen
(1983)

Lulu Lamartine

1

Keiner hat meine wilde und heimliche Art je verstanden. Die Leute sagten immer, Lulu Lamartine ist wie eine Katze, die liebt keinen, die schnurrt nur, damit sie kriegt, was sie will. Aber das stimmt nicht. Ich habe die ganze Welt geliebt und alles, was in ihren regenfeuchten Armen wuchs. Manchmal schaute ich hinaus auf meinen Hof, und da glänzten die grünen Blätter. Ich sah die Ölschicht auf dem Flügel eines Stars. Ich hörte den Wind sausen und rollen wie das Geräusch von Wasserfällen weit weg. Dann machte ich den Mund weit auf, die Ohren und mein Herz und ließ alles hinein.

Nach einer Zeit zog ich dann meine Tür wieder zu und ging mit geschlossenen Augen zurück ins Haus. So saß ich da in meinem Haus. Ich saß da und hatte meine Augen über der Schönheit geschlossen, bis es Zeit war, den Sud für die Essiggurken zu machen oder die gekochten Beeren durchzudrücken, oder bis die Jungen heimkamen. Aber noch eine ganze Weile, nachdem ich die Welt hereingelassen hatte, war ich erfüllt. Ich wollte nichts außer dem, was ich hatte.

Wenn sie euch also erzählen, daß ich herzlos war und schamlos mannstoll, dann vergeßt nicht: ich liebte, was ich sah. Ja, es stimmt schon, daß ich all das getan habe, was sie mir anhängen. Das ist es nicht, was sie ärgert. Was sie so erbost ist, daß ich niemals eine einzige Träne vergossen habe. Mir tut nichts leid. Das ist ungewöhnlich. Wie wir alle wissen, haben Frauen zu weinen.

Es gab Zeiten.

Ich werde euch von den Männern erzählen. Es gab Zeiten, da ließ ich sie herein, nur weil sie ein Teil der Welt waren. Ich glaube, daß uns Engel in unserem Körper uns selbst fremd machen in der Berührung. So ließ ich meinen Körper auf die Erde gleiten wie einen schweren Sack, und ein paar Augenblicke lang verschmolz ich mit allem, was mein Herz bezwang. Da war dieser eine Mann, den ich zu vergessen versuchte. Der gutaussehende, bemerkenswerte Mann, der mein Haus abbrannte. Er tat es, nachdem ich zum dritten- und letztenmal geheiratet hatte. Das Feuer brannte mir den Kopf völlig kahl. Ich bezweifle, daß ich jemals wieder heiraten werde.

Es ist sowieso keine Zeit mehr dafür. Wenn ich Nector Kashpaw geheiratet hätte, hätte ich ihn vielleicht vergessen können, aber er trieb sich herum. Hierhin, dahin. Er war meine erste Liebe. Wir waren jung. Ein paar Abende redeten wir hinter dem Missions-Tanzsaal miteinander, und um Mitternacht hatten wir dann einen Termin verabredet. Dann, als der Tag näher kam, sah ich ihn nicht mehr. Schließlich wußte ich, daß er eine andere liebte oder zumindest mit ihr beschäftigt war.

Nachdem ich das rausgebracht hatte, heiratete ich aus lauter Trotz einen von dem Morrissey-Pack. Dann heiratete ich noch einmal aus Zärtlichkeit. Das macht zweimal. Und die ganze Zeit gab ich mir den Anschein, als würde ich Nector Kashpaw nicht beachten.

»Guten Tag.« Ich traf ihn in der Stadt. »Wie geht's dir denn?« Und ich hatte davon geträumt, nackt auf seinem Schoß zu sitzen, während die grüne Dunkelheit herunterbrauste. Oder ich hatte von seinen Händen geträumt, wie sie alles aufmachten.

Der eine, den ich aus Zuneigung heiratete, Henry, starb eines Winters auf einem gefährlichen Bahnübergang. Mir war immer klar, daß sie dort draußen automatische Schranken hätten anbringen sollen. Er blieb mitten in einem Sojabohnenfeld stecken, oder vielleicht hat der Zug auch seinen Warnpfiff nicht abgegeben. Das wird keiner je erfahren. Aber nach der Beerdigung hat meine heimliche Wildheit die Oberhand gewonnen.

Je mehr ich darüber nachdenke: ich hab Nector einfach nie dort hingekriegt, wo ich ihn hinhaben wollte. In meine Macht, nehme ich an, um meinen Willen zu bekommen. So habe ich die meisten gekriegt, komischerweise, denn ich hab nie so toll ausgesehen. Nur habe ich mir eben meine Jugend erhalten. Die konnten sie mir nicht nehmen. Sogar kahlköpfig und halb blind, wie ich jetzt bin, habe ich doch meine Jugend und mein Vergnügen noch. Ich lasse immer noch die Schönheit der Welt herein.

Obwohl es eine traurige Welt ist, wenn man die Liebe nicht richtig hinkriegt, auch wenn man es so oft versucht hat wie ich.

Nach Henrys Beerdigung kam ich heim und badete im Mitleid meiner acht Söhne; sie sind schon große Jungen, und nicht einer davon ist Henrys Kind im tatsächlichen Sinne. Aber durch die Macht der Gewohnheit waren sie seine Sprößlinge geworden. Sie leisteten mir in der Einsamkeit Gesellschaft. Und sie schauten weg und nahmen nicht wahr, was meine Wildheit mich tun ließ.

Es kommt mir gar nicht wie 26 Jahre vor, aber so lange ist es wirklich her, daß ich mein Haus auf dem schönen Hügel hatte, der dem Stamm gehörte. Henry hatte es dort gebaut. In diesem Haus pflegte Kashpaw mich nach Henrys Tod in tiefer Nacht zu besuchen. Ich ließ ein Fenster zur Hofseite offen, und er hatte immer eine Handvoll Fleischreste für unsere halbwilden Hunde dabei. Wenn er mich berührte, nachdem er hereingeklettert war, roch ich das immer zuerst. Einen reifen Tier-Tod-Geruch. Ich hatte eine Schüssel mit Seifenwasser neben dem Bett stehen, denn ich hatte Angst davor, diesen Geruch an meinen Körper zu lassen.

Er brachte mir solche Bilder in die Erinnerung.

Keiner weiß das, aber als ich sieben war, fand ich die Leiche eines Mannes im Wald. Ich ging dort oft hin und fegte mein heimliches Spielhäuschen, säuberte meine zerbrochenen Töpfe mit Blättern und pflegte mein Gärtchen aus Steinen und Federn. Ich ging dorthin und blieb oft stundenlang. Keiner wußte, wo ich zu finden war, und es suchte auch keiner sehr ernsthaft nach mir. Sie waren daran gewöhnt, daß ich allein loszog.

Mein Quadrat von gefegtem Waldboden war die Stelle,

wo ich den Mann fand. Er lag vor meiner Haustür, wie um sie vor Fremden zu schützen, wie ein Hund. Er lag ganz entspannt auf dem Rücken, die Mütze ins Gesicht geschoben, so daß ich zuerst nicht dachte, daß er tot wäre. Ich versteckte mich in einem Wildbirnenstrauch und wartete, daß er aufwachen, sich strecken, aufstehen und weggehen würde. Es war ein alter, abgerissener Landstreicher, dunkel und mager. Seine Kleider waren erdfarben aus einem düsteren Stoff voller Flecken und Löcher. Als er sich so lange nicht rührte, kam ich aus meinem Versteck. Ich bin noch nie geduldig gewesen. Mutig und aufgeregt nahm ich ihm die Mütze vom Gesicht, um ihn aufzuwekken.

Er hatte hineingestarrt. Ich meine in die dunkle Kuhle seiner kleinen braunen Mütze. Und jetzt starrte er in eine endlose Decke aus Himmel und Blättern. Ich wußte, wie falsch das war. Mein Körper erschlaffte, noch bevor mein Verstand die richtigen Worte erfunden hatte, um ihn zu beschreiben. Der Tod war etwas, dem ich bis dahin noch nie begegnet war, aber ich kann euch sagen, ich erkannte ihn, als ich ihn sah. Der Tod war *er*. Wie er in die gezackte Begrenztheit der Blätter starrte. Ich legte die Mütze zurück auf sein Gesicht. Dann verließ ich ihn, indem ich über ihn hinwegtrat. Ich ging in mein Spielhaus hinein und setzte mich hin, um nachzudenken.

Ich wandte die Augen nicht von ihm. Nachdem ich die Mütze zurück auf sein Gesicht gelegt hatte, schien er wieder zu schlafen. Ich saß einen ganzen Nachmittag lang da. Er bewegte sich nicht. Er wachte nicht auf. Er schien das Verrinnen der Zeit nicht zu bemerken. So wußte ich nach einer Weile, daß er mir gehörte.

Ich erzählte keinem Menschen, daß er da war. Er war das Beste, was ich je entdeckt hatte. Ich ging ihn am nächsten Morgen wieder besuchen, während der Tau auf seinen Kleidern noch naß war. Ich nahm die Mütze von seinem Gesicht und sah, wie seine Augen sich verändert hatten, sich bewölkt hatten wie Murmeln. Ich berührte die Mitte seines Auges mit der Spitze eines Grashalms, und er blinzelte nicht. Immer noch überraschte es mich, aber ich hatte immer weniger Angst. Mir schien, daß er aus irgendeinem Grund zu meinem Geheimplatz gekommen war. Wie kleine Mädchen so sind, und ich war auch nicht anders. Ich war neugierig. Na ja, vielleicht war ich neugieriger als die meisten anderen.

Er war so hoffnungslos arm, daß seine Kleider ihm fast vom Leib fielen. Der Tag ging vorüber. Ich machte mein Häuschen sauber, und dann kochte ich: Eicheln, Käfer, Erdbällchen. Ich machte eine Art von Essen, die noch toter war als er, und schob ihm einen Löffel voll zwischen die Lippen. Er hatte einen seltsam schartigen Mund. Er stand ein wenig offen, als sei er mitten in einem unaussprechlichen Wort erstarrt.

Es war jene Zeit des Sommers, bevor die Schule wieder anfängt, bevor die Blätter gelb werden und über Nacht abfallen, bevor ich mit dem Regierungsbus fahren und ins Internat mußte. Manche Kinder kamen von dort nie nach Hause, hatte ich gehört. Es war jene Zeit des Sommers, wenn das Leben sticht und juckt. Wenn einem sogar die Kleider weh tun.

Deshalb tat ich es auch. Deshalb tat ich auch das Schlimmste.

Löcher und Flecken mit nichts als einem alten roten Tuch als Hosengürtel, mehr hatte er sowieso nicht an. Zuerst überraschte mich der kalte, harte Stein seines Körpers. Ich streifte ihn nur zufällig. Eigentlich wollte ich ihn nicht anfassen. Ich band das geknotete Tuch auf, und seine Hose fiel von der Taille an auf. Es ging so leicht, daß ich zurücksprang. Die Hose war abgetragen und vermodert. Ich kann mich nicht mehr daran erinnern, was ich sah, und auch nicht, wie lange ich blieb. Aber bald danach fielen die Blätter in gelben Schauern von den Bäumen, und jedesmal, wenn ich an mein geheimes Häuschen kam, stieg eine Mauer von Gestank auf. Ich machte kehrt. Dann fuhr ich mit dem Regierungsbus hinunter zur Schule.

In diesem Bus weinte Lulu Lamartine alle Tränen, die sie überhaupt in ihrem Leben weinen sollte. Ich weiß nicht warum, aber danach trockneten sie einfach ein.

Jeder, der mich kennt, wird sagen, daß ich ein glücklicher Mensch bin. Ich ziehe durch mein Leben wie ein frischer Wind. Ich versuche, die Welt ohne Groll zu grüßen.

Ich könnte den Teufel persönlich beim Kartenspielen schlagen, weil ich zum reinen Vergnügen spiele. Ich mach mir nicht halb so viele Sorgen wie andere Leute. Alles geht vorüber. Ich denke, dieser Kashpaw war die einzige Ausnahme in meinem Leben.

Ich hing an ihm wie an keinem anderen. Ich wollte sein Bestes haben. Und ich habe es bekommen. Aber eine Zeitlang schien es, als hätte er mich durch die Liebe dahin gekriegt, wo er wollte. Er kam in mein Haus geschlichen, mit einem schlechten Geruch an den Händen, und ich ließ ihn sich erst waschen, bevor er mich berührte. Aber wenn er dann nach meiner Fliederseife roch, war es Schwärze, tiefe Schwärze, und gefiederte Insekten mit rubinroten Augen, die uns still in der Dunkelheit beobachteten. Keiner sonst wußte von uns. Keiner, wenn er dies nicht liest, wird es je wissen. So vorsichtig waren wir. Er hatte eine Frau, die einen Jungen und ein Mädchen durch ein böses Fieber verlor und dann so viele Kinder annahm, daß man sie kaum mehr zählen konnte.

Fünf Jahre lang ging das so, eine ganze Zeit über die Geburt von meinem jüngsten Sohn hinaus. Der war ein halber Kashpaw. Kein Wunder, daß Lyman Sinn für Geld hatte. Vielleicht wäre es noch unzählige Jahre so weitergegangen. Ich wollte nicht mehr, als ich kriegen konnte, ich war so ziemlich zufrieden. Aber dann bekannte der Politiker seine wahre Farbe, ein feiges Superweiß, und der Liebesknoten, den wir zwischen uns geschweißt hatten, löste sich.

Mein ganzes Leben lang habe ich nie an menschliche Messungen geglaubt. Zahlen, Zeit, Zentimeter, Meter. Das sind alles nur Tricks, um die Natur in Stücke zu hacken. Ich weiß, daß das großartige Weltgefüge sich von unserem Gehirn nicht ausloten läßt, deshalb versuche ich es gar nicht, ich lasse es einfach herein. Ich glaube auch nicht daran, Gottes Geschöpfe zu zählen. Ich habe nie die Volkszähler über meine Schwelle gelassen, obwohl sie sagen, daß es gut für die Indianer ist. Na, schönen Gruß von mir. Ich sag's ja, jedesmal, wenn sie uns gezählt hatten, kannten sie die genaue Anzahl, die sie loswerden wollten.

Das war schon meine Überzeugung, bevor diese gelbbärtigen Chimooks in ihren Schnürstiefeln ankamen, um das Land um Henrys Haus zu vermessen. Henry Lamartine hatte nie einen Antrag gestellt oder das Land richtiggehend gekauft, aber er wohnte darauf. Er hat auch nie sonderliches Vertrauen in Messungen gehabt. Er sah das genau wie ich. Wenn wir schon das Land vermessen, dann wollen wir es auch richtig tun. Jeder Meter und Zentimeter, auf dem du stehst, und wenn es oben auf dem höchsten Wolkenkratzer ist, gehört den Indianern. So sieht die Wahrheit in Wirklichkeit aus.

Aber natürlich, seit wann interessieren sich die Oberen für die Wahrheit?

Eines Morgens in aller Frühe landete eine Verordnung auf unserer Türschwelle. Sie war von Kashpaws Hand unterschrieben, als dem Repräsentanten der Stammesregierung, und die wiederum war eine Versammlung von Rotäpfeln, die Uncle Sam repräsentierte.

In der Nacht klopfte Kashpaw.

»Lulu«, sagte er, »das heißt doch nichts. Laß mich rein.«

Ich stopfte mir die Ohren zu und hetzte die Hunde auf ihn. Ich wollte nichts mehr mit seinen verlogenen Händen zu tun haben.

Ich war das Blut, das in seinen Schläfen pochte. Ich war der Schlag seines Herzens. Ich war die Nadel der Begierde. Ich arbeitete mich durch seinen Körper und stillte sein Verlangen. Und er war bereit, mich aus meinem Haus zu vertreiben!

O ja, die sagten, sie würden es woanders hinstellen. Und ob sie das getan haben!

Wie viele Male sind wir umgezogen? Die Chippewas hatten mal weit weg an der anderen Seite der fünf großen Seen angefangen. Wie wir von dort weg auf diesen einsamen Präriehügel abgeschoben worden sind, davon hat meine Großmutter immer erzählt. Die Geschichte ist zu lang, um sich jetzt darauf einzulassen. Ich will nur so viel sagen, daß ich mich geweigert habe, auch nur einen Schritt weiter nach Westen zu ziehen. Ich war fest entschlossen, zu bleiben, wo ich war.

Um diese Zeit tauchte aus dem Nirgendwo Henrys Bruder Beverly auf. Er wollte heiraten. »Ich hab die ganzen Jahre auf dich gewartet«, sagte er. Ich glaubte kein Wort, aber er kam mir so verloren und benommen vor, als wäre er durch sein ganzes Leben schlafgewandelt, bis er mir wieder in die Arme fiel. Ich hatte in meinem Herzen eine Schwäche für Beverly. Er war ein weicher, sanfter Mann, und ich dachte, er würde mir keine Schwierigkeiten machen, wenn ich ihn erst einmal hätte. Ich erzählte Kashpaw von der Heirat, als ich ihn das nächste Mal in der Stadt traf, so, als wäre es nicht weiter wichtig für ihn.

»Ich will mich wieder binden. Du kennst doch Bev Lamartine aus den Städten?«

Na, Nectors langes Gesicht wurde noch länger. Seine Augen wurden schwärzer. Und was ich in ihren Haßgruben sah, ließ mich das Kreuz schlagen, bevor ich wegging. So starke Liebe braut gleichstarken Haß. »Den bring ich um«, sagten die Augen. »Oder ich bring dich um.«

Ich dachte, dieser Zorn würde sich legen. Wir tun ja nicht einmal die Hälfte von dem, was wir androhen. Aber da hatte ich mich verschätzt, denn ich hatte nicht mit dem Stammes-Mob gerechnet.

Indianer gegen Indianer, soweit haben uns die Geldangebote der Regierung gebracht. Hier standen die Regierungsindianer, die ihre eigenen Leute von dem Land ihrer Vorväter wiesen, um eine moderne Fabrik darauf zu bauen. Dazu kam noch, daß es eine Fabrik war, die Sachen von falschem Wert herstellte. Andenken wie Armbandanhänger und Kriegskeulen aus Plastik. Ein Haufen von Albernheiten, das war's.

Träume und Schäume. Den Ausdruck habe ich in meiner Rede verwendet, als ich dem Stammesrat gegenübertrat. Ich stellte mich vor sie hin. Kashpaw erkannte mich. »Mrs. Lamartine hat das Wort«, sagte er.

»Die hat das Wort schon zur Genüge gehabt, und beim halben Rat dazu«, hörte ich eine Stimme flüstern.

Aber ich achtete nicht darauf, sondern hielt meinen Kopf stolz erhoben.

Ich redete. Ich schaute tief durch Nector Kashpaw hindurch und ließ meine Stimme durch die Postkartenindianerschönheit seiner persönlichen Träume und Schäume wandern. Der Schweiß hatte an seinem Arbeitshemd unter den Armen dunkle Flecke gemacht. Vielleicht hatte er Angst, daß ich erzählen würde, wie ich ihn jede Nacht die Hände waschen ließ, bevor er mich berührte, oder was die Insekten mit ihren blutroten Augen uns tun sahen.

Träume und Schäume seien das, sagte ich. Die billige, falsche Sehnsucht, die euch eure geldgierigen Zungen aus dem Maul hängen läßt. Die Regierung der USA wirft Krumen auf den Boden, und ihr laßt euch so weit herab, diese Dollars zu küssen, die eure eigenen Leute von ihrem Land vertreiben. Ich wurde wütend. »Was ist das anderes als *merde?*« schrie ich sie an. »Wertloser Tand!« Ich sagte ihnen, daß diese Tomahawkfabrik uns alle zum Gespött machen würde.

»Sie färbt sich die Haare«, hörte ich eine Stimme hinter mir flüstern. »Grau am Haaransatz.«

»Die Lamartines haben ihr Leben lang auf diesem Land gewohnt«, sagte ich. »Die Familie Lamartine verdient es, dort zu bleiben.«

Ein Sprecher schlug sich auf den Mund. Aber erst nachdem ich ihn »Schlampe« hatte rufen hören. Inzwischen waren bald hundert Leute im Saal. »Jeder von diesen Lamartine-Söhnen von einem anderen Vater.« Diese Stimme war laut genug, daß sie gehört wurde. Und dann sagte sie: »Sind nicht die Jüngsten von Nector?« Also hatte ich keine Wahl mehr. Ich drehte mich um. Ich schaute die Leute auf ihren Klappstühlen an. Manch ein Mann fand plötzlich etwas Wichtiges auf dem Boden zu studieren.

»Ich werde sie alle beim Namen nennen«, bot ich mit sanfter Stimme an. »Die Väter . . . Ich zeig sie euch auf der Stelle.«

Es war ganz still, und dann gab es eine Bewegung unter den Zuhörern. »Entschädigung für Lamartine!« sagten sie. »Geldliche Regelung!«

Erleichterung wehte durch den Saal, aber ich wollte nichts davon wissen.

»Wir wollen kein Geld«, sagte ich. »Wir bleiben auf unserem Land.«

Jeder einzelne von ihnen konnte es in meinem Gesicht sehen. Sie verstanden mich gut. Bevor ich den Haushalt der Lamartines verlegte, würde ich den Stamm mit einer Handvoll von Vaterschaftsprozessen traktieren, daß ihnen Hören und Sehen verging. Ein paar von ihnen hatten sogar schon ganz vergessen, daß ich einen Sohn von ihnen habe. Noch andere waren vielleicht nicht sicher. Ich sah, wie sich den Ehefrauen im ganzen Saal die Nackenhaare sträubten. So war das also. Schließlich brach die Versammlung auf. Aber wohin? Denn kurz danach brannte Henrys Haus ab.

Ich wünschte, Bev wäre von Minneapolis zurückgekommen und hätte Kashpaw daran gehindert. Das war nämlich das Merkwürdige an der Sache. Bev und ich wurden von einem Richter in Gegenwart der Jungs getraut. Eine Woche später sagte er mir, er hätte schon eine Frau. Ich sprach natürlich ein Machtwort. Ich kann eisenhart sein, wenn ich dazu gezwungen werde. Ich befahl ihm, dorthin zurückzugehen und sich scheiden zu lassen. Ich schickte Gerry, mein erwachsenes, baumstarkes Jungchen, mit ihm im Auto in die Städte, um ganz sicherzugehen, daß er sie abschieben würde. Wer immer sie war, ich brauchte Bev jedenfalls dringender.

Lange Zeit kamen weder Bev noch Gerry zurück. Bev war von dem Gedanken, daß Gerry mitging, angetan gewesen, aber er wußte wohl nicht, worauf er sich da einließ. Sie brachten meinen Jungen hinter Schloß und Riegel, und ich glaube noch heute, daß Bev ihn angezeigt hat. Graue Haare hab ich mir deswegen allerdings nicht wachsen lassen, denn bisher hat noch kein Weißer einen Knast gebaut, der den Sohn vom alten Pillager halten konnte.

Jetzt hab ich also doch den Namen von einem Vater rausgelassen, und umsonst dazu. Aber natürlich saß Pillager an dem Abend nicht im Ratssaal. Und wenn er von dem Feuer was gewußt hätte, dann hätte er dem Kashpaw die eigenen Hände damit versengt.

Woher ich das weiß? Wieso ich sagen kann, daß es Kashpaw war, der mein Haus angezündet hat?

Ich kann es sagen wegen dem, was ich in seinen Augen sah, als ich ihn durch und durch angeschaut habe, nachdem ich ihm auf der Straße von meiner Heirat erzählt hatte, als wäre er ein entfernter Bekannter. Mein Haus hat in seinen Augen gebrannt, und ich war darin gefangen, allein, von meinem eigenen Feuer entzündet. Die rotäugigen Motten waren aus den Bäumen herausgekommen, in denen sie sich versteckten, und sahen haarscharf wie tote Blätter aus. Von den hellen Flammen angezogen, waren sie hergekommen, um hilflos zu verbrennen.

In dieser Schicksalsnacht waren die Jungen alle, außer dem Jüngsten, Lyman, in die Stadt gegangen und trieben sich bei einem großen Jackpot-Bingo rum. Ich ließ Lyman nur einen Moment allein und ging rüber zu Florentines Haus, um ein bißchen Rationsreis einzutauschen, den sie übrig hatte und mir für Zigaretten und Eipulver geben würde. Wir tranken eine Tasse Kaffee, während ich dort war. Wir redeten von diesem und jenem. Das war die Chance, auf die sie warteten, mir mein Haus wegzunehmen. Als sie mir die zweite Tasse eingoß, sah ich Flammen aus der schwarzen Flüssigkeit aufsteigen, die aus der Kanne floß. Ich stand auf und ging, ohne mich zu verabschieden. Bis auf diesen Tag erzählt Florentine noch davon, wie die Lamartine in ihrem Kaffeestrahl sah, daß ihr Haus brannte.
Sie weiß nicht, daß ich es zuerst in Kashpaws Augen gesehen habe.
Sie weiß nicht, was ich sah, als ich in Sichtweite von meinem Hof kam.
Rauch hatte sich aus den Fenstern gewälzt und zu einer riesigen Röhre gewunden, die in der wohlkenlosen, windstillen Dämmerung schnurgerade in den Himmel stieg. Ich warf den Reis in die Luft wie bei hundert Hochzeiten und nahm die Beine in die Hand. Schon waren hinter mir Stimmen aufgetaucht, die auf der Straße riefen. Ich rannte auf dem kürzesten Weg, vergeudete keinen Atem und keine Zeit. Ich hatte Lyman schlafend in diesem Haus zurückgelassen, mit dem Radio in Hörweite. Ich rannte schnurstracks zur Tür hinein.
Natürlich erstickte ich fast. Ich ließ mich auf alle viere nieder und krabbelte unter der beschwerlichen Hitze wie ein Kleinkind von Zimmer zu Zimmer. Rauch. Das Dach war schon fast am Einstürzen, und Lyman war nirgends zu fin-

den. Aber mein Mutterherz wußte, daß er im Haus war. Ich machte unter dem Tisch halt, um mich zu orientieren, und da fiel es mir ein. Manchmal stieg er in meinen Wandschrank und legte sich neben meine Kleider und Schuhe. Er mochte die Dunkelheit darin, glaube ich. Den Frauengeruch von Stoff und Parfüm. Manchmal schlief er, wenn ich nach Hause kam, auf dem Boden dieses Wandschranks.

Ich krabbelte hinein. Er lag in meine Nachthemden gekuschelt, vom Schlaf überwältigt. Ich nehm an, daß ich ihn aus dem Schlafzimmerfenster hob und mich hinter ihm her in die Malven stürzte. Die Feuerwehrautos des Stammes waren zu der Zeit gerade alle kaputt. So war es geplant.

Und deshalb gab es, als wir alle in Sicherheit waren, nichts zu tun, als dabeizustehen und zuzusehen, wie es brannte.

Wie kommt es, daß wir diese Körper haben? Sie sind nur schwache Gefäße für das, was wir spüren. Es gibt Zeiten, da bin ich so von meinen Armen und Beinen eingeengt, daß ich mich darauf freue, sie dereinst hinter mir zu lassen. So, als ob der Tod mich befreien wird wie eine wandernde Wolke. Ich werde an den gezackten Blättern vorbeiziehen, in die dieser tote Landstreicher aus meiner Jugend hineinschaute. Ich werde dort draußen sein als ein Stück des endlosen Körpers der Welt und Freuden verspüren, die so viel größer sind als Haut und Knochen und Blut.

Nachdem das Haus zu ein paar schwarzen Scheiten niedergebrannt war, kamen sie her. Meine Leute. »Lamartine«, sagten sie. »Arme Lulu. Komm zu uns, ja?«

»Nein«, sagte ich. »Ich werde *hier* wohnen und nirgends anders.«

Und ich habe genau an der Stelle gewohnt, wo das Haus gestanden hatte. Zwei Monate lang haben wir da in einer Hütte gehaust, die aus verbogenen Blechplatten, geborstenen Brettern und verbranntem Holz gebaut war. Wir schleppten das Wasser in Kanistern her. Der Sommer war trocken und heiß. Meine Jungen schliefen in den Wracks unserer ausgebrannten Autos gemütlich und gut. Die Leute brachten uns Essen und Bier. Die Nonnen schenkten uns Kleider. Aber wir lebten dort wie ein Rudel wilder Tiere, und nach einer Weile kam es sogar denen schändlich vor, die gar nicht wußten, was Schande bedeutete. Schließlich baute der Stamm mit Regierungsgeld ein Zigarrenschachtelhaus für uns. Sie stellten es auf einen Streifen Land, den sie rechtmäßig von einem weißen Bauern zurückgekauft hatten. Das Land war sogar besser als Henrys, und man hatte einen Blick über die ganze Stadt. Von da aus konnte ich alles sehen. Ich akzeptierte ihre Entschädigung.

Die Zeit eilte dahin, bis jeder einzelne von meinen Jungen ein erwachsener Mann geworden war. Manche machten mir Kummer, auch wenn ich stolz auf sie war. Gerry war so einer. Ständig im Gefängnis und dann wieder draußen, aber er feuerte das indianische Volk an, das war sein Leben. Wie ich konnte auch er seine Wildheit nicht bezähmen. Der andere, der mir wild wurde, tat es unerwartet. Das war Henry Junior. Sein ganzes Leben hatte er alles richtig gemacht, und dann lehrte ihn der Krieg, daß richtig falsch war. Etwas zerbrach in ihm. Sein Verstand gab nach. Es war kein Herankommen mehr an ihn, als er zurückkam. Ich fing manchmal seinen Blick auf, und ich glaubte, ihn von irgendwoher zu kennen. Eines Tages wußte ich es. Er hatte denselben weiten, toten Blick wie der Mann in meinem Spielhäuschen. Da überraschte es mich nicht so sehr, aus Lymans Mund die Worte zu hören, an dem Tag, als er vom Fluß zurücktrampte.

»Es war ein Unfall«, sagte Lyman, als er zur Tür reinkam. Er sah selbst halbtot aus. Ich legte ihm eine Decke um die Schultern.

»Sag nichts.« Ich führte ihn zu einem Stuhl. Er setzte sich, noch im Schock.

»Das Auto fuhr rein«, sagte er. »Die Herrschaft verloren.« In seiner Stimme war ein falscher Ton, und ich wußte, daß er geplant hatte, das zu sagen. Ich wußte auch, daß kein Unfall Henry Junior das Leben hätte nehmen können, nicht nachdem er das Glück gehabt hatte, einen Krieg und das Gefangenenlager zu überleben. Aber wie damals, als sie kamen, um mir die Nachricht von Henry Senior zu bringen, sagte ich nichts. Ich wußte, was die Leute glauben wollten.

Eine Weile nach Henry Juniors Tod war Lyman verstört. Er war immer sorglos gewesen, hatte schöne Dinge und gebügelte Kleider geliebt wie ich selbst und die goldene Hand für Geld gehabt, von seinem Vater. Jetzt wurde er trübsinnig. Er kam nicht davon los, aber dann hat er langsam durch Arbeiten seine Einstellung zum Leben wiedergefunden. Er wurde Bauunternehmer, stellte seine Brüder ein und unterstützte uns auf diese Weise alle.

Und so hielten wir zueinander, auf diesem Streifen Land, der anfangs sonnenbeglüht und baumlos war. Frauen und Kinder, Schwäger, Cousinen, alle versammelten sich dort in Wohnwagen und anderen alten Autowracks. Eschenahorn und Eichenbüsche wurden gepflanzt und wuchsen heran. Wir hatten sogar ein Stück mit Stachelbeeren. Es wurde ein richtiges Nest von Lamartines. Ich hatte meine erste Tochter, mein letztes Kind, bekommen, als ich fast fünfzig war. Bonitas Vater war ein Mexikaner, der mit der Zuckerrübenernte wanderte. Deshalb ist ihr Name ein bißchen anders. Unser Leben ging weiter. Wir sahen die Fabrik hochwachsen und – so mußte es ja sein – wieder fallen. Keinen kümmerte es mehr, auf wessen Land sie stand. Sogar die größten Probleme verloren sich in dieser Zeit, einer gründlichen Zeit, die uns alle zugrunde richtete, wie Kashpaws Hände mit ihren blumigen Lügen.

Als ich über fünfundsechzig war und das Augenlicht verlor, ließ ich ein paar Beziehungen spielen, um eine kleine Zwei-Zimmer-Wohnung im Seniorenheim zu bekommen. Jahrelang hatte ich nur das Gerümpel besessen, das andere Leute mir verpfändeten. Plastikblumensträuße, die aussahen, als seien sie über Gräbern verblichen, Schüsseln aus fleckigem grünem Plastik, Kleider, die beim Bündelbasar je zwei für einen Vierteldollar weggingen. Ich warf alles hinaus und fing noch mal ganz neu an. Meine Wohnung hatte gestrichene Backsteinwände. Ich kaufte

Bilder von Bäumen, Tänzern, Wölfen und John F. Kennedy. Ich kaufte den Klassiker, der *Der Sprung des Mutigen* heißt und den alle haben, ob sie Kashpaw mögen und damit seine Jugend verehren wollen, oder ob sie ihn nicht mögen und sich deshalb über seinen nackten Sprung lustig machen.

Meine Jungs taten sich zusammen und kauften mir Möbel. Eine passende Garnitur. Und dann, als mein neuer Plüsch-Schaukelstuhl in der Mitte des Zimmers stand, als sie mir mein Radio angeschlossen und drum herum alles in Ordnung gebracht hatten, als meine Jungen mir mit Bier zugeprostet hatten und wieder zur Heimstatt der Lamartines aufgebrochen waren, saß ich da. Und mich stach der Hafer meiner letzten, goldenen, fließenden Tage.

Damit fängt die zweite Hälfte dieser Geschichte an.

2

Ich hatte nichts mit der Tatsache zu tun, daß Nector Kashpaw närrisch wurde.

Er hatte Hirn und Herz genug, brauchte aber beides nie für sich selbst zu benützen. Er kämpfte nie. Und als dann seine Sinne anfingen, ihm zu entgleiten, ließ er sie einfach langsam auströpfeln. So sehe ich das jedenfalls, nachdem, wie ich ihn kannte.

Mein Groll blieb, obwohl ich gewöhnlich nicht nachtragend bin. Aber er hatte das Schlimmste getan, das mir jemals jemand angetan hatte. Ohne mein Haar und ohne mein Haus konnte ich auskommen. Aber er hatte meinen Stolz getroffen. Vielleicht wuchs mein Groll gegen Nector so an, weil ich das böse Gefühl nie herausließ. Keiner hätte es geahnt.

Ich wußte, daß er im Seniorenheim war, aber ich hatte ihn und seine Frau Marie an dem Vormittag, an dem ich durch die Flure wanderte, noch nicht gesehen. Wie sich herausstellte, lief ich ihm dann direkt in die Arme. Meine Augen waren so schlecht, daß ich nur verschwommene Gestalten oder Löcher im Raum sah, und als ich am Süßwarenautomaten vorbeiging, dachte ich, daß er dazugehörte. Aber je weniger ich sah, um so besser hatte ich meine anderen Sinne ausgebildet, und deshalb spürte ich etwas, von dem ich wußte, daß es die Augen eines Mannes auf mir waren, noch bevor ich sagen konnte, wo er war.

Ich wandte mich dem Blick zu und sah die Gestalt, die ich als Kashpaw erkannte, obwohl sein Umriß unscharf, rissig und schwankend war.

»Guten Tag, Nector«, sagte ich.

Und jetzt hörte ich seinen Atem. Er sagte kein Wort.

»Ich bin's, Lulu«, sagte ich zu ihm. »Habe ich mich so verändert?«

Er wiederholte ausdruckslos meinen Namen, so wie er »Türklinke« gesagt hätte. Dann drehte er sich zu dem Süßwarenautomaten um und schlug heftig dagegen. Ich hörte, wie die kleinen Papierpäckchen in den Fächern hin und her rutschten und raschelten. Ein merkwürdiges, nicht begreifbares Zögern durchfuhr mich. Ein Teil von mir wollte weggehen. Die Leute hatten mir erzählt, daß er verändert war, aber wahrscheinlich hatte ich es nicht geglaubt. Jetzt hieß es entweder – oder. Er war hier. So sehr, wie ich weggehen wollte, wollte ich dableiben und einfach meine Arme um ihn legen, im hellen Tageslicht unserer alten Tage.

Er boxte noch einmal an den Blechautomaten und schlug dann mit der flachen Hand dagegen. So, wie er schluckte, klang es, als würde er weinen.

»Manchmal bleibt das Geld einfach drin«, sagte ich.

»Erdnußbutterplätzchen.« Er wandte sich von der beleuchteten Automatenfront ab. »Ich wollte eine Packung Erdnußbutterplätzchen«, sagte er. Und mir wurde klar, daß dieses bißchen Süßigkeiten das einzige war, was er im Kopf hatte. Ich war für Nector weniger als ein Stuhl oder ein alter Schuh.

War das nicht ganz typisch für ihn? Die Leute sagten, Nector Kashpaw hätte sich verändert, aber in Wirklichkeit war er noch mehr er selbst geworden als je zuvor. Ich verließ ihn, während er noch am Fenster des leuchtenden Automaten trauerte und in einer kindischen Woge von Frustration die Auslagen anstarrte. Es war noch zu früh, um zu erkennen, was ich für ihn empfand. Ich glaube, es tat mir leid, zu sehen, wie gierig er schon immer gewesen war und wie sehr sich das jetzt zeigte. Aber ich ging nicht zurück, um ihm eine Münze zu geben. Soviel bedeutete er mir doch noch, daß ich das nicht tat.

Also, wie ich schon gesagt habe, wohnte seine Frau Marie auch in dem Heim. Vielleicht erscheint es merkwürdig, daß ich von ihr bisher noch nicht gesprochen habe, aber das ist es eigentlich gar nicht. Ich habe ja noch nie gern die Existenz von Ehefrauen zugegeben, nicht wahr, und sie waren genauso erpicht darauf, Lulu Lamartine nicht wahrzunehmen. Wenn wir uns gegenseitig mit einem Fingerschnalzen hätten aus der Welt schaffen können, dann hätten wir das getan. Aber da wir es nicht konnten, taten wir das Nächstbeste und ignorierten einander. Das soll nicht heißen, daß ich sie nicht bemerkte. Sie war groß, ein bißchen gebeugt und hatte schlimme Beine. An heißen Tagen, nehm ich an, muß das Gehen ihr sehr weh getan haben.

Marie war schon immer groß darin gewesen, Dinge in die Hand zu nehmen, und kaum war sie ins Seniorenheim gekommen, da fing sie schon an, Pinokel-Abende zu veranstalten. Manchmal spielte ich Karten mit einem Vergrößerungsglas, und manchmal spielte ich nur nach dem Gefühl und danach, was ich hörte. Meine Ohren schienen zu Radargeräten gewachsen zu sein. So hörte ich, wie zwischen dem Bieten in einer Unterhaltung am anderen Zimmerende mein Name fiel.

»Wie er neulich mit Lulu am Süßwarenautomaten stand...«, hörte ich eine Stimme zu einer anderen sagen. Zu wem? Ich hatte das Gefühl, zu Marie.

Und tatsächlich hörte ich dann eine andere Stimme, die ich als die ihre erkannte, antworten: »Er ist wie ein Kind. Er muß seine Süßigkeiten haben, komme, was da wolle.«

Ich begriff, daß Marie von seiner Krankheit redete und nicht davon, wie Kashpaw immer in mein Fenster stieg. Aber das hätte es genausogut sein können. So, wie mich das traf, hatte sie schon recht. Er mußte wirklich immer sein Bonbon haben, komme, was da wolle, und ob nun Lulu oder Marie Schaden litt, indem er es sich nahm. Nur seine Gier spielte eine Rolle. Und das Seltsame daran war, ich liebte ihn darum. Wir waren von der gleichen Art. Da gibt's nichts dran zu rütteln. Wir haben uns unser Vergnügen genommen, ohne über die Berührung hinaus zu fragen oder nachzudenken. Wir waren so tief im Land unserer Gier versunken, daß ein Gerichtsbeschluß des Stammes und ein brennendes Haus nötig waren, uns herauszuziehen.

Während ich ihre Stimme hörte, versuchte ich mir vorzustellen, was Marie gedacht haben muß. Er kam jede Woche mitten in der Nacht. Sie muß gewußt haben, daß er keine Spaziergänge machte, um die Schönheit des Nachthimmels zu bewundern. Ich hätte es gern gewußt. Natürlich konnte ich sie unmöglich fragen. So, wie die Dinge lagen, war es wahrscheinlich zu spät, sie kennenzulernen. Ich dachte daran, einem der Unterhaltungs- oder Gesundheitskomitees beizutreten, in denen sie war, aber ich hatte nicht den Mumm dazu. Und außerdem wurde mein Augenleiden täglich schlimmer, fast als ob sich, je länger ich still im Seniorenheim saß und über das menschliche Herz nachdachte, mein Blick immer mehr nach innen richtete, bis ich für die Außenwelt fast blind war.

War es die Blindheit selbst, die so schwarz war, daß sie meiner lebenslangen Gier gleichkam? War es ein wahrer Rest von Verlangen in meinen Wünschen? Oder war das, was passierte, einfach blanke Dummheit?

Eines Tages schnitt ich im Hof Rhabarber zurück, als er mit einem Stock in der Hand hinter mich trat. Ich wußte wie durch einen Instinkt, daß es einer von diesen Löwenzahnstechern war, gezinkt wie seine Zunge.

»Stör mich nicht«, sagte ich und ging zurück ins Gebäude. Er kam hinterher. Ich mußte in der Waschküche nach einer Ladung Wäsche sehen. Er trat hinter mir in den Raum und machte dann die Tür zu. Ich drehte mich stumm zu ihm um.

»Lulu, ruf die Hunde zurück«, sagte er.

Nach all dem Groll und dem Mitleid konnte ich nicht anders als ihn in meine Arme nehmen. »Runter! Platz!« flüsterte ich. »Laßt Nector in Ruhe.«

Er hielt mich fest an sich gedrückt, und wir fingen an, uns zu küssen. Aber wie es so geht, dadurch, daß er mir die Perücke herunterstieß und Lipsha Morrissey unerwartet hereinplatzte, um zu fragen, was los sei, kam es eigentlich nicht sonderlich weit nach dieser ersten überraschenden Umarmung. Sobald ich frei war, lief ich raus und ließ meine Wäsche in den Trocknern Wäsche sein. Träume und Schäume. Das war alles, was ich damals brauchte. Ich hatte einmal dem Stammesrat die Meinung über seine vergänglichen Illusionen gesagt. Und jetzt stand ich hier und machte den großen Fehler meines Lebens um der Illusion willen noch einmal. Was ich für Nector empfand, das waren nur ungreifbare Träume, die aber bei all ihrer Falschheit nicht weniger stark waren. Er besaß kein richtiges Erinnerungsvermögen und keinen Verstand mehr. Das hätte ich wissen müssen.

Ich war unten in Grand Forks und überstand gerade meine Operation, als Nector Kashpaw starb. Ich sah kein gespenstisches grünes Licht, hörte keine Stimme. Nichts Ungewöhnliches geschah, um mir sein Hinscheiden mitzuteilen. Lyman erzählte mir am Tag danach davon, als er herunterkam, um mich zurück ins Seniorenheim zu bringen. Auf eine merkwürdige Art nahm ich die Nachricht ruhig hin, aber ich war dankbar, daß ich den Watteverband über den Augen hatte. Ich war froh, nicht alles zu zeigen, was ich empfand, und trotzdem muß Lyman etwas gemerkt haben.

»Er war mal dein Freund, nicht?« fragte Lyman nach meinem langen Schweigen. Seine Stimme war zögernd, fast traurig. Ich stellte mir Lyman mit ungefähr zehn Jahren vor. Damals war er knuddelig und bewahrte seine Zehn-Cent-Stücke in einer alten Nesbits-Limonadenflasche auf.

»Wo hast du denn was über mich und Kashpaw gehört?«

»Hier und da.«

»Ich war schon immer ein heißes Thema«, sagte ich.

Ich spürte, daß er nicht lächelte. Seit der Sache mit Henry war er nie wieder ganz der alte geworden.

»Weißt du was?« seufzte er nach einer Weile. »Ich will's eigentlich gar nicht wissen.«

Natürlich wußte er, daß Kashpaw sein Vater war. Was er in Wirklichkeit meinte, war, daß jetzt eben nichts mehr daran zu ändern war. Ich spürte seine Trauer. Am liebsten hätte ich meinen Sohn auf den Schoß genommen und ihn sich ausweinen lassen. Auch blind weiß eine Mutter, wenn ihr Junge in einem schmerzlichen Schweigen an sich hält. Wir packten und sagten auf dem ganzen Heimweg kein Wort mehr. Das teure neue Auto, das erste, das er seit dem Kabrio gekauft hatte, war innen kühl und kuschelig wie eine Höhle. Es war mir nicht aufgefallen, als wir zur Klinik hinuntergefahren waren, aber auf dem Rückweg war ich traurig bei dem Gedanken, daß wir bald an einem Ziel ankommen, unser Schweigen brechen und die weichen, tiefen Schalensitze verlassen würden.

»Laß uns irgendwann eine kleine Fahrt machen«, sagte ich, als er mich in mein Apartment brachte.

Aber er antwortete nicht. Er sagte nur, er müßte gehen.

Nichts hat mir je so weh getan wie der Tag, an dem Lyman mit Schlamm im Haar in meinen Wohnwagen kam. Jedesmal, wenn ich daran denke, ist das Schlimmste, daß Henry Junior durch Ertrinken zu Tode gekommen ist. Ich kann es nicht aus meinem Kopf kriegen. Der alte Pillager hat mir erzählt, damals, als wir eng befreundet waren, daß Ertrinken für einen Chippewa der schlimmste Tod ist. Nach allem, was man hört, werden die Ertrunkenen nicht ins nächste Leben gelassen, sondern gezwungen, auf ewig herumzuwandern, mit kaputten Schuhen, kalt, wund und zerlumpt. Es gibt für Ertrunkene keinen Platz im Himmel oder irgendwo auf der Erde. Und deshalb habe ich es nie leicht vergessen können, und das ist auch der Grund, warum ich sehr oft gegen den Brauch verstieß und Henry Juniors Namen laut über meine Zunge kommen ließ.

Ich wollte ihn wissen lassen, falls er es hörte, daß er immer noch ein Zuhause hat.

Nector Kashpaw starb nicht durch Ertrinken, aber er wanderte auch noch eine Weile herum.

Blind saß ich in meinem Zimmer und trauerte um Nector, obwohl ich wußte, daß wir in Wirklichkeit schon vor langer Zeit voneinander gegangen waren, in jener Nacht, in der meine Hunde ihm die Fleischstücke aus der Hand rissen und sich dann auf ihn stürzten. Ich hörte, wie ihr rohes Gebell ihn über den nächsten Hügel verfolgte, aus meinem Leben hinaus. Ich schrie innerlich so sehr und lachte doch gleichzeitig über die Vorstellung, ihn rennen zu sehen wie eine Witzblattfigur, daß ich mir den Kissenzipfel zwischen die Zähne stecken mußte. Aber nach dieser Nacht glaubte ich, daß er mir nie wieder weh tun könnte, auch mit seinem Tod nicht.

Es überraschte mich dann doch, wie sehr mir sein Tod zu schaffen machte.

Es hat so viele Dinge gegeben, um die ich niemals geweint habe. Ich wußte, wenn ich jetzt anfinge, müßte ich mir den ganzen Rest meiner letzten paar Jahre verderben. Außerdem waren keine Tränen in mir. Ich war unfähig dazu. Die Operation hatte meine Augen so austrocknen lassen. Ich mußte mir jemand suchen, um mir die Tropfen reinzuträufeln, weil Lyman sagte, er könnte es nicht. Ich sollte mich nicht bücken, nicht schreien und nicht herumhopsen, weil sonst die Naht in meinem Auge aufreißen könnte.

Deshalb hielt ich ganz still, als Nector nach der Beerdigung von der anderen Seite zurückkam, um mich zu besuchen.

Es war ein seltsamer Zeitpunkt dafür, sich an Arztvorschriften zu erinnern, aber ich war noch nie in so einer Situation gewesen. Natürlich konnte ich ihn nicht sehen, aber ich wachte sofort auf, als er meinen Namen flüsterte. Es war wie manchmal, wenn er in den alten Tagen zu mir gekommen und so geräuschlos durchs Fenster gestiegen war, daß er schon bei mir unter der Decke lag, wenn ich aufwachte, und dann drehte ich mich um ...

Und er war da wie vor so langer Zeit. Ich erinnerte mich an den Rat des Arztes, mich still zu verhalten. Ich spürte Nectors ausladendes Gewicht, kalt von der frühen Morgenkühle, und ich roch die Fliederseife an seinen Händen. Überall in meinem Zimmer hatten die Motten ihre Augen entzündet. Ich spürte ihre undeutliche Gegenwart und den Lufthauch von ihren fächernden Flügeln, von ihren büscheligen Fühlern, und die Nacht verging in seinen Armen, und die Dunkelheit hob sich nicht.

Neue Welten, dachte ich, jenseits von dieser. Dinge, von denen ich nie gehört hatte.

Und doch, als dann anscheinend der Morgen gekommen war, lief das Leben noch mormaler weiter als gewöhnlich. Ich hatte meine Bitte um eine Hilfskraft am Schalter eingereicht, aber sie hatten nicht genügend Personal für alle, die jemand brauchten. Deshalb erklärte Marie sich bereit, sich um mich zu kümmern. An diesem Morgen nun klopfte sie. Ich ließ sie herein.

Es gibt noch Neues, auch in dem Alter, wenn wir eigentlich schon alles einmal erlebt haben müßten. Wir setzten uns zum Kaffee hin und hörten uns im Radio die Musik am frühen Morgen an. Ich fand, daß Maries Stimme selbst wie Musik war, reif und ruhig. Ich war so gut im Zuhören geworden, daß ich schon den reinen Klang genoß. Ich schenkte ihr ein Kissen, das ich aus diesen Schaumstoffblütenblättern gemacht hatte, die man in Bastelpackungen kaufen kann.

»Das ist aber schön«, sagte sie. »Ich hab nie gelernt, wie man so was macht.«

»Sie haben immer zuviel damit zu tun gehabt, Kinder aufzunehmen«, sagte ich zu ihr.

Dann war da etwas, was ich loswerden mußte.

»Ich bin Ihnen sehr dankbar, daß Sie hierherkommen und mir helfen, das Augenlicht wiederzubekommen«, sagte ich. »Aber die Wahrheit ist, ich bereue nichts.«

»Es ist schon recht.« Sie war fast unpersönlich in ihrer Freundlichkeit. Ihre Stimme war heller geworden. »Da ist ein Muster von drei Linien im Holz.«

Ich verstand nicht, deshalb drückte sie es anders aus.

»Jemand mußte Ihnen die Tränen in die Augen bringen.«

Wir machten uns wieder daran, der Musik zuzuhören.

Sie erwähnte Nectors Beerdigung nicht. Wir sprachen gar nicht über Nector. Er war schon da. Zuviel hätte die Schleusen öffnen können, und unser Augenblick wäre verloren gewesen. Es war genug, einfach dazusitzen, ohne

Worte. Wir trauerten zusammen auf dieselbe Weise. Das war das Entscheidende. Es war genug. Zum erstenmal sah ich genau, wie eine andere Frau fühlt, und das tröstete mich überraschenderweise sehr. Es gab mir das Wissen, daß das, was in der Nacht zuvor und in der Vergangenheit passiert war, endgültig vorbei sein würde, wenn mein Verband herunterkäme.

Sie holte meine Augentropfen vom Tisch. Ich neigte den Kopf nach hinten und spürte, wie sie sanft das Pflaster von meinen Wangen zog. Sie wischte mir die Augen mit einem warmen Waschlappen ab. Ich blinzelte. Das Licht war verschwommen, aber ich konnte bereits sehen. Sie neigte sich herunter wie ein schattenhafter Berg, riesig und unscharf, so wie eine Mutter für ihr eben geborenes Kind aussehen muß.

Das Queren des Wassers
(1984)

1

Howard Kashpaw

Er beobachtete die Frauen in ihren blauen Nachthemden mit den Krügen auf dem Kopf. Sie gingen in Reihen immer rundum im Badezimmer. Manchmal verschwanden sie hinter den Schränken, dem Toilettenbecken oder der Badewanne, aber immer wieder kamen sie im Gänsemarsch dahinter hervor. Nie stolperten sie. Nie brauchten sie ihre Krüge zurechtzurücken. Ihr ruhiger Schritt beruhigte ihn. Unter den gesprungenen Kacheln gingen sie in nahtlosen Kleidern dahin.

Hin und wieder trat draußen sein Vater gegen den Tisch.

»Er ist schon wieder draußen. Jetzt bin ich dran.«

Ein Ton, der sogar dem Kind kindisch vorkam, war in der Stimme. Löffel, Schüsseln, Aschenbecher und Flaschen stießen aneinander. Das war nicht so schlimm. Das Schlimme war seine laute Stimme, die in Fluchen ausbrach und dann kindisch wurde. Seine Mutter kreischte.

»Und was ist mit uns? Was ist mit uns?«

Sie sagte, sein Vater könnte immer nur an sich denken. Sie kreischte, bis die Frauen an der Wand zitterten. King Juniors Alptraum war, daß einmal ihre Krüge zerbrechen oder ihre Arme abfallen würden bei dem Gekreische. Aber das passierte nicht. Das Wunder war, daß sie heil blieben, daß sie weiter vorwärts glitten und sich im Kreis um ihn bewegten.

In der Schule nannten sie ihn *Howard.* Und das kam so:
Der Lehrer in der ersten Klasse hatte zu seiner Mutter

gesagt: »Ihr Sohn ist sehr gescheit, Mrs. Kashpaw. Haben Sie ihm Lesen beigebracht?«

»Ich weiß nicht, wie er es gelernt hat«, hatte seine Mutter gesagt. »Außer vielleicht beim Fernsehen.«

King Junior sah sich alles an, aber gelernt hatte er es bei der Sesamstraße. Er las die Rückseiten von Cornflakes-Schachteln, Etiketten auf Dosen, die Überschriften in ihren Liebesromanheften. Er war den anderen Kindern in der Vorschule voraus, deshalb steckten sie ihn gleich in die erste Klasse.

»King Howard Kashpaw Junior«, sagte sein neuer Lehrer. »Mit welchem von diesen Namen möchtest du gerufen werden?«

Er hatte noch nie darüber nachgedacht.

»Howard«, hörte er sich zu seiner Überraschung antworten. So einfach war das. Seitdem hieß er in der Schule Howard.

Eines Nachmittags schnitten sie rote Papierherzen aus. Herzen, die ans Anschlagbrett geheftet werden sollten. Der Lehrer hatte einen schwarzen Wunder-Filzstift. Eines nach dem anderen gingen die Kinder nach vorn an seinen Tisch und benützten seinen Wunder-Filzstift, um ihren Namen mitten in ihr Herz zu schreiben. Die scharf riechende Tinte wurde vom Papier aufgesogen. PERMANENT stand auf dem Stift. »Das heißt für immer«, sagte der Lehrer, als Howard fragte. »Man kann es nicht ausradieren.«

»Gut«, sagte Howard.

Er setzte sich hin und sah zu, wie der Lehrer sein Herz an die Wand heftete. Die Wand war grün. Vor ihr schien das Herz merkwürdig zu pulsieren. Rein und raus. Er starrte das Herz mit seinem fest darinstehenden Namen an, und plötzlich bewegte sich etwas in ihm. Er spürte einen Ruck von Fremdheit. Einen Moment lang war es schwer, voller Bedeutung. Hier saß *Howard*. *Howard* war sowohl vertraut als auch anders. *Howard* wohnte in diesem Körper wie in einem Haus. *Howard* Kashpaw.

Zu Hause gingen die blauen Frauen weiter im Kreis. Ein Nachbar war gekommen und hatte mit einem Besenstiel an die Tür geschlagen. Danach wurden ihre Stimmen leiser. »Was sollen wir tun? Was sollen wir tun?« sagten sie. Er dachte, daß vielleicht die Polizei wiederkäme, um seinen Vater zu holen. Das war schon einmal mitten an einem normalen Tag passiert. Sie waren zur Tür gekommen und hatten die Ringe an den Handgelenken des großen King zuschnappen lassen. Jetzt hörte er seinen Vater und seine Mutter ins andere Zimmer gehen, dann waren sie still. Er lehnte sich an das Porzellanbecken zurück. Jetzt konnte er schlafen; das, weswegen sie gekreischt hatte, war vorbei.

2

Lipsha Morrissey

King Kashpaw gab mir Ratschläge: »Die Scheißer von der Armeepolizei wirste nicht los, keine Chance. Stell dich freiwillig. Ich weiß, daß diese Ärsche nicht von dir ablassen, Mann. Ich war bei der Marine.«

»Wo du schon überall warst«, sagte Lynette grob zu ihrem Mann. »Im Zuchthaus in Stillwater!«

»Scheiß drauf. Ich war in Vietnam.«

»Der ist sein Leben lang nicht von der Westküste weggekommen.« Lynette lehnte sich mit einem verschwommenen, vertraulichen Blick zu mir zurück. Nicht daß sie getrunken hatte. Sie kam mir wie k.o. geschlagen oder halb im Schlaf vor. »Trotzdem hören wir ihm zu«, zwinkerte sie. »Wie der wieder sülzt.«

King sah böse auf das kleine grün-gelb karierte Deckchen, das mitten auf dem Tisch lag, aber er nahm die Herausforderung nicht an. In den letzten paar Jahren war sein Gesicht aufgedunsen und angeschwollen. Er war ein Wrack von einem Sonny-Boy, mit einem weichen Bauch unter dem T-Shirt und Augen, die er gewöhnlich vor dem harten Licht zukniff. »Die Ärsche lassen bestimmt nicht von dir ab!« wiederholte er.

Er trank Seven-Up aus Dosen. So ungefähr ein Kasten

voll leerer Dosen lag in der Wohnung rum. Ich hatte ihn noch nie vorher Limo trinken sehen.

»Beiß dich doch selbst«, sagte Lynette zu ihm. »Ich würde mich nicht von den Bullen schnappen lassen.« Sie schüttelte den Kopf in meine Richtung. Ihr Haar hatte sie zu einem dichten roten Heiligenschein um das Gesicht frisiert. »Wie kommst du denn eigentlich dazu, dich bei dieser beschissenen Armee freiwillig zu melden?« fragte sie.

»Ich hatte so ein Gefühl, meine Mutter hätt's gern gesehen«, sagte ich.

Sie wurden unbehaglich still und warfen einander einen schnellen Blick zu. Da wußte ich, daß sie beide das Geheimnis kannten. Beide hatten die ganze Zeit gewußt, wer meine Mutter war. Es gab zu viele, die es gewußt hatten. Zu viele, als daß ich sie alle einzeln hätte hassen können. Darum lächelte ich nur, obwohl mein Magen wie eine rotierende Waschmaschine voller Groschen war.

Ich bin ja Kings Halbbruder, ein uneheliches Kind von June.

Die alte Lady, von der ich das weiß, das ist die, die Grandpa Kashpaw in seiner Jugend so bezaubert hat. Manche sagen, sie habe später bewirkt, daß er den Verstand verloren hat. Es war Lulu Lamartine, die Jabwa-Hexe, deren Miederwaren zum Alptraumkäfig kleiner Vögel wurden. Ich hatte keine sehr hohe Meinung von Lulu gehabt, wie die meisten, aber jetzt achte ich sie, weil ihre Motive – mir das zu erzählen – richtig waren. Sie hat sich bemüht. Sie hat mir das mit June in einer ganz einfachen Art erzählt, die mir klargemacht hat, daß es um Dinge unter Erwachsenen ging.

Nachdem sie es mir gesagt hat, hab ich versucht, ich hab's wirklich versucht, alles tief innen in meinem Hirn aufzunehmen. Aber da bin ich, wie ihr sehen werdet, wenn ich's erzähle, einem Versagen des Herzens erlegen. Am Schluß war das der überwältigende Grund, warum ich mich freiwillig gemeldet habe.

Aber um die Geschichte weiterzuerzählen: Ich ging eines Tages den Flur im Seniorenheim runter, als Lulu ihre Tür aufmachte und sich winkend rausbeugte. Sie hatte roten Nagellack an ihren Klauen und Anhängerkettchen die ganzen Arme hoch, und ihr Kopf war wie ein Schrank voller Krähen. Ein Tumult von Perücke.

»Komm mal rein«, sagte sie. »Junger Mann, wir müssen über etwas reden.«

»Das glaub ich nicht, Mrs. Lamartine.«

Ich war sehr vorsichtig. Um die Wahrheit zu sagen, ich hatte Angst vor ihr. Sie machte den Leuten Angst, nachdem der Verband von ihren Augen kam, weil sie über jedermanns Angelegenheiten Bescheid zu wissen schien. Keiner verstand das so gut wie ich. Ich hab ja nun das, was man die gottähnliche, heilende Gabe des Handauflegens nennt, und da weiß ich, daß so was reinweg möglich ist. Wenn sie irgendeine Macht hatte, war ich nicht derjenige, der daran zweifelte.

Um die Zeit war die Tochter von den Defenders weniger als zwei Monate schwanger, und Lulu wußte es, als sie nur ihre Hand berührte.

Als der alte Bunachi fälschlicherweise mit seiner Rente einen Kredit von 1000 Dollar von der Regierung kriegte, bat sie ihn um eine Überbrückungsanleihe. Er hatte die Sache geheimgehalten.

Und Germaine? Zu Germaine hat sie gesagt, sie soll aufhören, das Rationsmehl zu horten, und es weggeben, weil Würmer darin sind. Was soll man dazu sagen?

Scharfblick. Es war, als ob Lulu vom bloßen Anschauen wüßte, was die wahren, nackten Elemente deines Lebens sind. Das war nicht so, bevor sie die Augenoperation hatte, aber kaum daß der Verband ab war, da sah sie. Sie sah zu klar, als daß es noch gemütlich gewesen wäre.

Nur Grandma Kashpaw war kein bißchen aus dem Gleis wegen des Scharfblicks, den Lulu bewies. Sie und Lulu waren mit einemmal ein Herz und eine Seele. Das war auch seltsam. Wenn man sie sich nur zusammen vorstellt, wie sie über jedermanns Leben Bescheid wußten, als hätten sie einen direkten Draht zu all den geheimsten Gedanken, dann wundert's einen nicht, daß die Leute anfingen, ganz schnell an ihren Türen vorbeizugehen. Die hatten Angst, daß eine von ihnen rauslangen würde, sie in ihr Zimmer zerren und ihnen alle Geheimnisse erzählen, die sie versuchten, sich selbst nicht einzugestehen.

Und genau das ist natürlich Lipsha Morrissey passiert. Lulu packte mich.

Mag ja sein, daß sie weich und süß ist wie Konfekt, aber in ihrem Bizeps hat sie einen stahlharten Zug. Sie war mit ihren Nägeln unter meinen Kragen gefahren und hatte mich schon reingezogen, bevor ich überhaupt Atem holen konnte zum Schreien. In ihren Plastiksessel gedrückt und voller Angst, mich zu bewegen, um nicht eine verhängnisvolle Lawine von scharfkantigen Aschenbechern und bemalten Pudeln in Bewegung zu setzen, seufzte ich erst mal tief. Da sitz ich jetzt in der Falle, dachte ich. So sehr Angst hatte ich eigentlich gar nicht, vielmehr war ich sauer, daß ich so schroff behandelt worden war. Ich war ja sicher, daß ich alle meine Geheimnisse kannte und auch nichts zu verbergen hatte.

Aber da lag ich falsch. Kaum daß sie sagte: »*Ich hab das vor langer Zeit mit deiner Mutter besprochen*«, da wußte ich, daß sie mir was erzählen würde, vor dem ich die Tür verschlossen hatte.

Und als sie sagte: »Nicht mit deiner Stiefmutter Marie, sondern mit deiner leiblichen Mutter...«, wurden meine schlimmsten Ahnungen bestätigt.

»Ich will's nicht hören«, sagte ich gradeheraus zu Lulu. »Meine richtige Mutter ist Grandma Kashpaw. So seh ich sie, und warum auch nicht? Wo doch meine Blutsmutter mir einen Stein um den Hals binden und mich in den Sumpf werfen wollte.«

»Das hat man dir immer erzählt«, sagte Lulu ruhig.

»*Erzählt?*«

Klar, da biß ich an. Ich schluckte den Köder.

»Wie meinen Sie das?«

Sie nix wie los und ließ die Katze aus dem Sack.

»Du bist jetzt neunzehn Jahre alt?« Dann wären es zwanzig Jahre her, daß das passierte. »Mein Sohn Gerry – du kennst ihn, der jetzt in Illinois seine Zeit absitzt –, der war gerade aus der Schule. Eines Tages kam er heim und erzählte mir, daß er ein Auge auf diese schöne Frau geworfen hatte. Sie hat eine wunderschöne Figur, sagte er. Die hat Klasse. Er sagte nicht, daß sie auch sehr verwegen war, und auch nicht, daß sie schon verheiratet war und sogar ein Kind hatte. Das hat er mir alles nicht gesagt. Er sagte nur: Mom, ich glaube, die heirate ich. Er stellte mich vor vollendete Tatsachen. Der einzige Nachteil war, daß sie das war, was man als reifere Frau bezeichnen würde. Mehr Erfahrung hatte. Aber wem macht das schon was aus, ab einem bestimmten Punkt jedenfalls? Die Leute redeten, aber die beiden gingen zusammen und liebten sich. Na, das Unvermeidliche passierte ziemlich schnell. Diese hübsche Frau fing an, ein großes, weites Zeltkleid zu tragen. Mein Junge ging weg. Dann weiß ich nicht mehr, was zwischen ihnen war, denn nicht lange danach wurde deiner Grandma Kashpaw ein kleines Baby in die Arme gelegt. Die Frau ging zurück zu ihrem Mann, Gordie Kashpaw. Wie du weißt, haben sie danach nicht sehr glücklich weitergelebt. Und mein Gerry auch nicht. Im Grunde sieht's so aus, als hättest du das beste Leben von allen gehabt.«

Ich konnte es nicht fassen.

»Das soll wohl ein Witz sein«, sagte ich. »Ich bin nicht June Kashpaws Sohn.«

»Ihr Vater war ein Morrissey«, sagte Lulu, »mußt du dir mal vorstellen.«

Also stellte ich es mir vor. Mein Kopf fühlte sich an wie falsch draufgesetzt. Ein summendes Geräusch begann im Zimmer.

Ich sah sie an, und ganz plötzlich war da die nächste komische Sache: ich sah, daß Lulu Lamartine und Lipsha Morrissey die gleiche Nase hatten. Ihre war klein, halb eingedrückt, gerade und flach. Meine war eine größere, noch flachere Version von ihrer bis hinunter zu der eingedrückten Spitze. Es war, als wenn du was im Spiegel siehst, was nicht dein Gesicht ist.

»Sie machen mir eine Wahnsinns-Angst«, sagte ich. »Sie alte Hexe, Sie erzählen Lügengeschichten!«

»Du verzogenes Kind du«, sagte sie. »Von wem willst du es denn sonst hören? Alle wissen es. Grandma Kashpaw, die traut sich nicht, es dir zu sagen, weil sie dich wie einen Sohn liebt. Sie kriegt es mit der Angst, wenn sie sich vorstellt, daß du weglaufen könntest. June ist tot. Mein Sohn Gerry ist im Knast. Gordie wird langsam trokken, aber der würde es dir erst recht nicht erzählen. Und was zum Teufel soll's? Willst du wirklich der einzige sein, der nichts weiß?«

»Nein«, sagte ich.

Sie wurde zugänglicher. Der Blick aus ihren harten kleinen schwarzen Augen milderte und umflorte sich. Der schwarze Staubwedel aus Krähenfedern auf ihrem Kopf schien seine Flügel zu falten und sich niederzulassen.

»Ich hab einen Brief bekommen«, sagte sie, dann lächelte sie. »Dein Dad Gerry war so brav, daß sie ihn wieder zurück ins hiesige Zuchthaus verlegen. Es gibt kein Gefängnis, das den Sohn vom alten Pillager halten kann, der ist ein Nanapush. Du solltest stolz sein, daß du auch einer bist.

Ich bin die einzige, die nichts zu verlieren hat, wenn ich dir all das erzähle«, fuhr sie nach einer kurzen Pause fort. »Es ist ganz einfach. Entweder gewinne ich einen Enkel, oder ich verliere einen jungen Mann, der mich sowieso nie mochte.«

Ich saß total stumm da. Die hatte mich ganz schön rangekriegt.

»Und?« sagte sie nach einer Weile. »Welches von beiden?«

Nachdenken brachte mich die nächsten eineinhalb Tage keinen Deut weiter. Zuerst dachte ich, ich würde so tun, als sei nichts passiert, und einfach meinen Angelegenheiten nachgehen. Aber während ich im Reservat hierhin und dahin ging, die Bingo-Halle ausfegte oder auf dem Spielplatz Dosenringe aufsammelte, da konnte ich nicht anders, als mich doch mit dem Thema meiner selbst zu beschäftigen. Lipsha Morrissey, der in seinem kurzen Leben so viel gelernt hatte. Der die Gabe des Handauflegens verloren und wiedergewonnen hatte. Lipsha Morrissey, der jetzt drauf und dran war, zu wissen, wer er war.

Ich war durcheinander.

Hatte meine Mutter versucht, mich in den Sumpf zu werfen? Ich ging zu Lulu zurück und fragte.

»Nein«, sagte sie. »June war einfach völlig fertig wegen der ganzen Geschichte. Deine Grandma Kashpaw hat dich aufgenommen, weil sie in Wirklichkeit eine Schwäche für June hatte, genau wie sie auch eine für dich hat. Außerdem konnte Gordie nicht mit dem Sohn eines anderen Mannes umgehen. Alle sind eifersüchtig auf Gerry Nanapush in diesem Reservat.«

Ich war immer noch durcheinander.

Hatte mich June überhaupt mal erwähnt in der Zeit, während ich aufwuchs?

»Ja«, sagte Lulu. »Sie hat dich aus der Ferne beobachtet und gehofft, daß du ihr eines Tages vergibst. Sie hat sich Gedanken gemacht, warum du so komisch gewesen bist.«

»Bin ich komisch gewesen?«

»Na, *ich* hab dich nie komisch gefunden«, sagte sie. »Nur eben unruhig. Du hast nie gewußt, wer du bist. Das ist ein Grund, warum ich es dir gesagt habe. Ich dachte, das ist ein Wissen, das dich entweder stärkt oder bricht.«

Wieder saß ich total stumm da.

»Und?« sagte sie. »Stärkt's oder bricht's dich?«

Ich wußte es nicht. Ich versuchte immer noch, das alles zu begreifen. Es war das strapazierendste Problem, durch das mein Gehirn sich je hat durcharbeiten müssen. Ich weiß, daß Grandma Kashpaw versucht hat, mir zu helfen. Sie hat ihre Büchsen mit Rationsfleisch dazu verwendet, mich bei Kräften zu halten. Sie hat sich beim Altkleiderbasar der Mission mit der alten Lady Blue in die Haare gekriegt, um einen Stetson zu ergattern, der praktisch neu war außer einem Brandloch oben in der Krone. Eines Nachts sagte sie, daß sie den Banken nicht mehr traut, und zeigte mir, wo sie ihr Geld hingetan hatte. Sie hatte alles in ein kleines rosa Taschentuch gebunden und zwischen ihre Unterröcke gesteckt.

»Ich bin eine alte Frau«, sagte sie. »Wozu brauch ich das schon?«

Vielleicht hab ich das falsch gedeutet, aber je mehr ich darüber nachdachte, wie sie mich anschaute, als sie das sagte, um so mehr hatte ich das Gefühl, daß Grandma mir ein Angebot machte. Geld für den Bus vielleicht, die Chance, in meiner Verwirrung von hier wegzukommen. Was immer sie in Wirklichkeit gemeint hat, schließlich beging ich die böse Tat, die ihr vielleicht schon erwartet habt.

Ich stahl mich in Grandma Kashpaws Wohnung und klaute das Taschentuch mit dem Geld aus ihrer Schublade.

Während meine Hand nach dem Taschentuch tastete, hörte ich sie in der Dunkelheit atmen; sie tat, als schliefe sie. Ich machte genau das, wovor sie Angst hatte, ich rannte weg. Ich hätte um mein Leben gern gesagt, daß ich zurückkommen wollte, sobald ich könnte, sie irgendwie getröstet, aber ich konnte nicht. Mein Hals war zugeschnürt.

Und was konnte ein Taschentuchdieb schon zu sagen haben? dachte ich.

Ich bin zu diesem Verbrechen von der totalen Verwirrung getrieben worden. Meine Seele würde todsicher bestraft werden, wenn sie nicht sowieso schon verdammt war. Als ich aus dem Zimmer schlich, begann ich mich zu rechtfertigen. Ich rechtfertigte mein Verbrechen, indem ich so unglücklich war, daß ich hätte sterben können. Verwirrung herrschte. Es war eine trübe Traurigkeit, die durch mein Hirn fegte. Heulende Sirenen. Grundloser Ärger, und das war früher überhaupt nicht meine Art gewesen.

Mehr als alles andere ärgerte mich, daß sie es alle gewußt hatten.

Das war's also dann so ziemlich. Ich fuhr im Bus über die Raketenstützpunkte und durch die Sonnenblumenfelder, bis ich in unsere allseits beliebte Grenzstadt kam, und dann packte mich die Scham. Die Scham rollte über mich hin wie Wellen und Gezeitenströme. Ich war darin begraben wie in einer Grube. Ich nahm ein Zimmer in einem Hotel für alte Kriegsveteranen, und wie sie verbrachte ich meine Tage damit, am Fenster zu sitzen und 3,2prozentiges Bier zu trinken, und meine Nächte damit, im Aufenthaltsraum Krimis anzuglotzen. Die Scham hielt mich im Genick. Aber schließlich, als sie sich zu Spritzern und

Tropfen erschöpft hatte, war ich fähig, mich umzusehen. Ich war fähig, auf den Straßen rumzulaufen wie die jüngeren Penner.

Da lief ich dann den ganzen Tag hin und her und war nur ganz wenig neugierig, was ich als nächstes wohl tun würde. Beim Rumlaufen kam ich immer wieder zu einem bestimmten Fenster zurück. Da drin waren Bilder von ein paar sauberen Jungs mit Rohrzangen, die um ein Beet mit roten Blumen standen. Es gab eine Überschrift dazu. Sie lautete:

KOMM ZUR AKTIVEN ARMEE VON HEUTE

Schließlich ging ich in das Büro hinter diesen grinsenden Jungs rein. Im Nu, und bevor ich überhaupt nachgedacht hatte, war ich schon dabei, meinen Namen auf einen Papierblock zu schreiben.

Nachdem ich für meine Rohrzange und meine rote Blume unterschrieben hatte, ging ich zurück ins Hotel und schaute zu, wie Efrem Zimbalist jr. ein paar Drogensüchtige verfolgte. An einem bestimmten Punkt warf ich ganz zufällig einen Blick um mich rum, und da wurde mir plötzlich etwas klar. Mir wurde klar, wenn ich in die Armee eintreten würde und das Glück hätte, auch wieder rauszukommen, dann würde ich ein Veteran sein wie diese Burschen hier, die auf ihren Bartstoppeln rumkauten, von lang verpfändeten Medaillen träumten und sich in einsamen Nächten zum Trost um ihre geheimen Kriegsverletzungen zusammenkuschelten. Da war nicht viel drin, weniger als nichts. Mich überlief ein kalter Schauder, wenn ich daran dachte, daß ich hier enden sollte wie Schaum, der von den Wellen des Sees abgeworfen wird, wie Gischt, ganz verzogen und voller Risse wie Gerümpel und dem Verfaulen preisgegeben.

Das hier war die aktive Armee von *gestern*, dachte ich.

Furcht preßte mich nieder. Wenn ich diesen Folgen entkommen wollte, würde ich die Beine unter die Arme nehmen und rennen müssen.

Aber wohin? Das war mein Problem. Ich konnte es nicht ertragen, nach Hause zurück ins Res zu gehen, wo all diese blödsinnigen Kashpaw-Cousins schon die ganzen

Jahre über das Geheimnis meiner Herkunft kannten. Ich war zu geladen. Aber etwas anderes hatte ich eigentlich nicht. Es gab keine klare Richtung, die ich einschlagen konnte, nichts, was mich irgendwo hinzwang, bis ich mich dann endlich, wie oft in solchen Fällen, entschloß, mich selbst ganz gradeheraus zu fragen, was ich eigentlich genau wollte. Die Antwort kam schnell und überraschend.

»Ich will meinen Dad kennenlernen«, sagte ich laut.

Ein alter Sioux-Veteran, der sagte, er sei mit Ira Hayes im Iwo Jima gewesen, schob mir unter dem Schild

BITTE KEIN ALKOHOL,
DIES IST *IHR* AUFENTHALTSRAUM

eine mit einer Tüte getarnte Whiskeyflasche zu. Ich nahm einen langen Zug. Dann fing ich an zu weinen. Das heißt, die Tränen kamen aus meinen Augen. Ich gab keinen Ton von mir.

»Bei mir hat er auch oft diese Wirkung, Junge«, sagte der alte Mann. »Der putzt einen durch.«

So ließ ich die Tränen tropfen, und meine Hände pflückten an der Tüte, bis das Flaschenetikett mit Old Grand Dad sichtbar wurde und der Aufsichtsbeamte uns aufforderte, damit rauszugehen. Inzwischen war ich total fertig. Alles schien in einer scharfkantigen Stille zu hängen. Dort, vor dem abgeblätterten, abgetretenen Eingang zum *Rudolph Hotel*, geschah es, daß ich den Bescheid erhielt, was ich tun sollte.

»Iras Lieblingsmarke«, sagte mein Freund und schaute die leere Flasche zärtlich an. »Ach, zum Teufel.«

Im Weggehen warf er sie über die Schulter, und wums traf sie mich zwischen die Augen.

Wie ihr ja wißt und wie ich schon gesagt habe, bin ich manchmal mit der Gabe gesegnet, die Kranken anzurühren und sie von ihren persönlichen Schwierigkeiten zu heilen, ohne überhaupt zu wissen, was für welche sie haben. Ich hab so ein paar Kräfte, die, wenn ich es recht bedenke, wahrscheinlich vom alten Pillager auf mich gekommen sind. Und dann ist da noch die neuentdeckte Sache mit dem Scharfblick, den ich von Lulu geerbt habe, und dazu die wohlbekannten Lehren von Grandma Kashpaw über das visionäre Voraussehen von Ereignissen aus einem Klumpen Alufolie.

Ja, und all diese Kraftstränge zusammen, seht ihr, die haben mir diesen Blitz einer Vision eingegeben, als Iras Lieblingsmarke mich am Schädel traf.

Noch ist kein Scheißhaus von einem Betongefängnis gebaut, das einen Chippewa halten kann, dachte ich. Und augenblicklich wurde mir klar, dies war ein direktes, ortsbekanntes Zitat von meinem Vater, Gerry Nanapush, dem berühmten politisierenden Helden, dem gefährlichen, bewaffneten Verbrecher, dem Judo-Experten, dem Ausbruchsakrobaten, dem charismatischen Mitglied der amerikanischen Indianerbewegung und dem Raucher vieler Kinnikinnick-Pfeifen in den radikalsten Gruppen.

Das war ... Dad.

Meiner Vision zufolge würde er bald einen Ausbruch in die Freiheit unternehmen.

So kam ich also in die Zwillingsstädte. Nachdem ich aus dem Greyhound ausgestiegen war, begann ich einfach den Indianern hinterherzugehen, wo ich welche sah, und schließlich kam ich hin, wo ich hingehörte. Jetzt saß ich King gegenüber.

Eines will ich gleich mal klarstellen: Ich hab nie viel mit King anfangen können. Er war fies zu mir. Aber wir wissen ja, daß es Gründe gab, ihn zu besuchen. Erst mal mußte ich ihn einfach sehen, wo ich jetzt wußte, was ich wußte. Vielleicht würde sich alles ändern, jetzt, wo wir ganz formell Brüder waren. Der andere Grund war, daß King mit Gerry Nanapush eingesessen hatte. Ich glaubte nicht, daß King wußte, daß Gerry mein Vater ist, aber ich wußte, daß es eine Verbindung gab, eine starke Verbindung, vielleicht stark genug, um mich bei meiner Suche weiterzubringen. Ich mußte mich auf den Grund meines Erbes vorarbeiten.

King hat mir mal gedroht, daß er mich mit einem Brotmesser zersäbeln würde. Das hab ich ihm nicht übelgenommen, weil es in einem seiner häufigen geistesabwesenden Momente geschah, aber was ich ihm übelnahm, war die Art, wie er mich immer behandelt hat.

»Du Waisenkind«, sagte er immer, als wir klein waren. »Wer sagt, daß du ein Kotelett zum Essen kriegst? Das ist für die *richtigen* Kinder.« Oder er stahl mir meine Scheibe Büchsenfleisch. Es war egal, was es gab, immer nahm er mir meine Portion weg, und zwar aus purer Bosheit.

»Ach ja, danke schön, gib mir doch auch deine Brause rüber«, sagte er. »Die kriegen nur die *richtigen* Kinder.«

Und so weiter und so fort. Er tat sein Bestes, damit ich mich am Tisch des Lebens wie ein Bettler fühlte. Ich sollte nur die Krümel von den *richtigen* Kindern essen. Er spielte sich als Herr auf, bis ich dann so groß war wie er und mal wirklich vom Leder gezogen habe. Ich bin kein irrsinnig starker Kerl, aber treib es zu weit mit mir und ich werd wild. Schlagend und kratzend, beißend und tretend hab ich mich auf ihn gestürzt. Diesmal hat King mich noch besiegt, aber wenigstens hat er gelernt, daß man sich mit mir nicht nur zum Spaß einläßt. Ich frag mich jetzt, warum ich nie verstanden hab, was danach passiert ist. June kam aus dem Haus gerannt und trennte uns. Und dann zog sie mir, obwohl ich der Unterlegene war, mit ungewöhnlicher Schärfe die Hose stramm. Ich hatte King keinen bleibenden Schaden zugefügt. Aber ihr wahrscheinlich.

King muß wohl zehn gewesen sein, als ich ihm in die Fresse haute. Von da an kam es zwar noch hart an den Rand von Schlägereien, aber er quälte mich bei Tisch nie wieder so wie früher, und ich wiederum ging ihm so gut aus dem Weg wie möglich.

Also, was nun das Leben ganz allgemein angeht, ich bin ja eigentlich jahrelang unschuldig gewesen. Ich bin einfach und schlicht geblieben. Aber das konnte ich mir jetzt nicht mehr leisten. Ich war auf der Flucht. Ich schaute zu ihm rüber, wie er an der anderen Tischseite saß. Er war immer noch der King, der mich mit seinen wirren Einfällen gepiesackt hat. Aber er hatte sich verändert. Seine Knochen waren ins Fleisch eingesunken. Man sah ihm den Suff an. Der Verschleiß vom Gemeinsein hatte sein Gemüt so strapaziert, daß es nur noch an einem Faden hing. In seinen Augen war ein spöttischer Schimmer.

»Trink 'ne Limo, du trauriger Sack du«, sagte er und

schob mir eine Dose hin. »Ist nur ein Spaß. Hm. Ich bin heut Blaukreuzler, hab ich recht?«

»Ist wohl auch besser so«, sagte Lynette. Ihre Lippe war geschwollen. Sie hatte einen mürrischen Ausdruck an sich. Vielleicht hatten sie sich gestritten, oder vielleicht war es die zermürbende Wirkung dieser Wohnung. Ich hatte noch nie eine auch nur annähernd so trostlose Behausung wie diese gesehen, sogar das *Rudolph* hatte doch wenigstens richtige Fenster. Diese Wohnung war wie ein langer dunkler Wandschrank. Die schmalen Zimmer lagen nebeneinander. Die Luft war verraucht und dick. Die Wände waren in einem beunruhigenden Senfgrün gestrichen. An der einen Seite konnte man Leute den Flur rauf und runter trampeln hören, die andere ging auf eine schwach erleuchtete Fläche hinaus. Das war aber nicht draußen, sondern es war ein Schacht mit gespenstisch grauem Licht von einem schmutzigen Fenster oben im Dach. Ich sollte aber vielleicht erwähnen, daß es ein paar Versuche gab, etwas zu tun, um diese Zwielichtzone zu verschönern. Eine Maispflanze in einem Mehlkübel, die wie besoffen dahing, suchte Halt an der Wand. Ein runder kleiner Kaktus, eine Faust in einem Glas, drohte, ihn nur ja nicht zu berühren. Die Haut eines richtigen Alligators war an die Tür zum Wandschrank genagelt worden. Im Zimmer daneben hatten sie über dem Fernseher einen von diesen Samtteppichen hängen, auf denen kartenspielende Bulldoggen dargestellt sind.

Ich war gegangen, um das Zimmer nebenan zu besichtigen.

»Das ist aber hübsch«, sagte ich zu Klein King. Der Junge stierte in den Fernseher. Er guckte mich überhaupt nicht an.

»Klein King«, sagte ich. »He, du, ich bin's.«

»Der nennt sich nicht mehr Klein King«, sagte Lynette aus der Küche. »Er meint, daß er Howard heißt.«

»Howard?«

Der Junge schaute mich an und nickte.

»Seinen Dad braucht der nicht mehr«, sagte King, der in der Tür stand. »Er ist zu gut.«

Und das stimmte wirklich. Man konnte sehen, wie gescheit dieser Howard war. Die schwarzen Augen des Jungen hatten mich bei dem kurzen Blick regelrecht verschlungen. Er war ein mageres Bürschchen mit zu Berge stehendem Haar in derselben hellbraunen Farbe, die Lynettes Haar gehabt hatte, als es noch Natur war. Der Gegensatz zwischen der hellen Gesichts- und Haarfarbe und diesen tiefschwarzen Augen gab ihm so ein verblüffendes Aussehen. Er drehte sich wieder zum Fernseher um. Sein Gesicht, gefesselt vom Drama des alten Zeichentrick-Coyoten, der zum fünfzigmillionstenmal vom Erdkuckuck in tausend Stücke zerfetzt wird, hellte sich einen Augenblick auf.

»Mann, das war stark«, sagte er mit einer falschen kleinen Piepsstimme.

Sie zeigten den Coyoten total kaputt und ausgefranst.

Ich persönlich hab eigentlich immer gefunden, daß der Coyote es verdient hätte, diesen Piepvogel mal am Spieß zu braten.

»Mir tut der alte, listige Coyote leid«, sagte ich.

Das Kind sah mich an, als sei ich ein trauriger Fall.

»Das ist egal«, sagte er. »Trotzdem lassen sie ihn in die Luft gehen.«

Oder walzen mit Müllautos über ihn weg. Das taten sie als nächstes. Als er platt wie ein Pfannkuchen war, rollte ihn jemand zusammen und schickte ihn per Nachnahme nach Tijuana in Mexiko.

Es war noch früh am Abend, ein typischer Sonntagabend für die Familie King Kashpaw. Ich beschloß, sie ruhig Umstände mit dem Abendessen machen zu lassen, das war das mindeste. Ich würde mich für die Schweinekoteletts und die Brause entschädigen lassen, die King mir als Kind abgeluchst hatte. Ich konnte jedoch sehen, daß meine Gegenwart ihnen nicht gerade willkommen war. Etwas schien ihnen aufs Gemüt zu drücken. Sie seufzten ständig und schauten aus den Fenstern, die auf den Lichtschacht hinausgingen. Keiner würdigte es, als ich Lynette fragte, ob ich ihr mit dem Essen helfen könnte. Sie hatte nicht direkt so ausgesehen, als wollte sie überhaupt etwas kochen. Sie lehnte sich am Küchentisch zurück, knipste an ihrem kleinen roten Feuerzeug herum und stieß einen Ball von Rauch in die Luft.

»Ich streike«, sagte sie. »Heute abend tu ich was für meine Bildung.«

Auf der anderen Seite des Tischs schloß King die Augen und ließ einen Seven-Up knallen.

»Sie findet das komisch«, sagte er. »Ist es auch.«

Sie hatte einen langen blauen Pullover an und eine Bluse, die aussah, als wäre sie aus einem Duschvorhang herausgerissen. Hinter ihr in einem Karton lagen Illustrierte. Sie schnappte sich eine Handvoll, ging rein und setzte sich neben den Fernseher. Ich und King kippten die Seven-Ups.

Kurz darauf kam der Junge rein und machte den Kühlschrank auf. Er nahm eine Packung Milch raus und stellte sie auf den Schrank. Dann holte er sich eine Schüssel und einen Löffel. Er goß die Schüssel voll Milch. Dann langte er unter die Spüle und nahm eine Schachtel Frühstücksflocken raus.

»Er macht das alles rückwärts«, stellte King fest. »Er sollte erst die Flocken in die Schüssel tun und dann die Milch.«

Howard sagte nichts. Er trug die Schüssel und die Schachtel mit den Flocken vorsichtig hinein zum Fernseher. Es war, als wollte er ein religiöses Opfer bringen. Er und seine Mutter drängten sich um die Schachtel und saßen da wie Gespenster. Ich mußte fast lachen. Ich war so müde vom Bus, daß mir der Kopf schwirrte. Ich fragte: »Denkst du manchmal an den Sommer, in dem du zu Grandma Kashpaw gekommen bist? Als du klein warst?«

»Nicht so oft.«

Ich fragte mich, woran zum Teufel er denn dachte. Und dann fand ich, daß es wohl nicht schaden könnte, zu fragen.

»Und woran denkst du?« fragte ich.

Da war ich aber völlig platt, als er anfing, die Frage zu beantworten. Es war eine riesengroße Überraschung, kann ich euch sagen, zu erfahren, daß King Kashpaw noch was ganz anderes konnte als knurren, winseln und den

Macker mimen. Ich nehm an, die Nüchternheit hat ihn da zur Entfaltung gebracht oder so.

»Winzige Fische«, sagte er. »Es ist, als ob ich ewig und immer bei den kleinen Fischen hängenbleibe. Jedesmal, wenn ich mich hocharbeite – sagen wir mal, ich bin als nächster zur Beförderung dran –, dann haun sie mich übers Ohr. Immer haben sie irgendwas gegen mich. Ich schwimm weiter. Wieder bei Null. Bleib unten hängen bei den kleinen Fischen.«

Er knirschte mit den Zähnen, nahm die warme Dose in die Hand, dann quetschte er sie sanft, so daß sie gurgelte.

»Ich steig noch auf«, sagte er. »Eines Tages steig ich noch auf. Einen Indianer zwingt keiner in die Knie. Nur zu, Bruder, hä?«

»Stimmt«, sagte ich.

Ich konnte nichts machen, das Lachen saß mir hinterm Gesicht wie ein Nieser. Er hatte mich Bruder genannt!

»Was ist da so komisch dran?«

»Weiß nicht.«

»Mein Gott«, sagte er. »Man müßte doch meinen, daß die Indianer, die da hochgeklettert sind, sich mal um ihre eigenen Leute kümmern würden! Wenn die mal 25, 30 Mille verdienen, dann ziehen sie weg in einen Vorort und vergessen ihre Vettern. Sie rümpfen die Nase über dich. He, hast du mal was von der Nahrungskette gehört?«

»Ich hab Hunger«, sagte ich.

»Hast du Dope geraucht? Du alter Kiffer. Hör zu. Die großen Fische fressen die kleinen Fische, und die kleinen Fische fressen die noch kleineren Fische. Und der mit dem größten Maul, der frißt einfach jeden x-beliebigen Fisch, den er will.«

Ich stand auf. Sie hatten noch eine Packung Frühstücksflocken unter dem Küchenschrank. Lucky Charms, Glücksbringer. Ich goß mir Milch in eine Schüssel und schüttete dann die Flocken drauf wie Howard.

»Ja, ja«, sagte King, »nur zu, iß, was du willst. Ich hab dir ja schon erzählt, ich war bei der Marine. Vor den Arschlöchern kannst du nicht davonrennen. Die kriegen dich jedesmal. Ich war in Nam.«

Das war eine dicke Lüge, aber ich saß da und hörte zu.

Die Frühstücksflocken waren süß, lecker wie Bonbons, und die Milch machte satt. Ich schlabberte sie auf. In mir war ein verzweifeltes, hungriges Verlangen. Ich goß ständig nach und löffelte in mich hinein, so schnell ich konnte. Er merkte es kaum. Er war in seine eigenen Gedanken versunken.

»BINH.« Er machte ein knallendes Geräusch mit den Lippen. »BINH, BINH.«

Das war das Geräusch von heransausenden Geschossen, die neben seinem Kopf explodierten.

»Apfel, Apfel?«

»Was, Banane?«

»Hier rüber, Apfel.«

So hatten er und sein Kumpel – der kam aus Kentucky, sagte King – sich immer mit Code-Namen genannt.

»Und wieso habt ihr nicht einfach eure richtigen Namen genommen?« fragte ich zwischen den Schlucken. »Was'n der Unterschied?«

»Der Feind.« Er stierte mich an. Er legte wieder mit seinen Phantasien los. »Das ist ein kleines Volk.« Er streckte etwa auf Howards Höhe die Hand aus. »Siehst du kaum.«

Ich lehnte mich zurück. Meine ganze Körpermitte war angenehm mit Milch durchtränkt.

»Ist schon gut«, sagte er und wischte meine eingebildeten Bitten beiseite. »Ich red nicht so gern davon.«

»Na, gut«, sagte ich. »Ich versteh schon. Spielen wir Karten.«

Alles, nur um seine Gedanken von all dem Spaß abzubringen, der ihm in Vietnam entgangen war. Alles, nur um nicht daran denken zu müssen, was mit mir passieren würde, wenn die Armee mich schnappte. Was sie mit dem Lipsha-Morrissey-Typ machten, wollte ich nicht fragen. Ich wußte nur, daß ich kein Mitglied von irgend so einer Obstschüssel im Dschungel werden wollte, ganz zu schweigen davon, wie sie einem im Trainingslager den Kopf verrücken. Nichts für mich.

Ein Kartenspiel lag auf dem Sims des Fensters, von dem man auf den traurigen grauen Fleck Raum runterschaute. Ich dachte, daß sie es vielleicht hätten zumauern sollen. Dieser Schacht ging ganz runter bis zum Erdgeschoß. Man hörte geisterhaftes Türenschlagen, Stimmen im Eingang. Er hatte einmal elegant wirken sollen, aber jetzt lief es mir vor der weichen und drohenden Dämmerung kalt den Rücken runter.

»Poker?«

»Mhm«, sagte ich.

»Fünf-Karten-Protz.«

»Wilde Zwei.«

Ich mag die wilde Zwei. Ich mag's, wenn diese armselig kleine Karte die Strategie bestimmt.

Wir fingen an zu spielen. Die Dunkelheit kam sacht heruntergerieselt, also machten wir Licht an. Die Wohnung kam einem fast gemütlich vor, wenn es sowieso keinen Grund für Fenster mehr gab. Ich war ganz voll mit Milch und Frühstücksflocken wie ein braves Kind. Das Essen hatte mich in Form gebracht; Lynette machte Kaffee, und obwohl er wie Spülwasser schmeckte, das durch eine Autobatterie gelaufen ist, schluckte ich ihn dankbar. Wenn dieser Abend um den Tisch rum, mit King in einem Zustand von seltener Normalität, das Brüderlichste war, was wir je erreichen konnten, dann, beschloß ich, war das schon genug. Eines werdet ihr schon gemerkt haben. Ich ließ mir nicht anmerken, daß ich wußte, daß unsere beiden Vorgeschichten aus der gleichen Quelle stammen. Und ich hatte noch nicht nach Gerry gefragt. Ich hatte ein besseres Gefühl, wenn ich es bei mir behielt. Für den Augenblick war's mir nicht wichtig, zur Schau zu tragen, daß ich dazugehörte. Dazugehören war eine Sache der Entscheidung. Ich hatte durch Ausprobieren herausbekommen, daß das so war. Ich beschloß, daß ich dazugehörte, ob King das jetzt auch so sah oder nicht. Ich war jetzt ein richtiges Kind. Oder ein halbwegs richtiges. Ich zinkte mir ein As.

Ich hatte den Trick lernen müssen, wie man beim Kartenspielen bescheißt, als ich als Helfer im Seniorenheim gearbeitet habe. Die hätten einen sonst nach Strich und Faden ausgezogen. Für die war das nicht Mogeln, das war einfach ihre zweite Natur. Die Spiele waren immer fröhlich hundsgemein, und die tückischste Spielerin von allen war Lulu. Das Zinken, also die Karten mit kleinen Kratzern und Knicken kennzeichnen, während man spielt, hatte sie gelernt, als sie anfing, das Augenlicht zu verlieren. Es sollte einfach nur gewährleisten, daß sie beim Spielen die gleichen Chancen hatte, sagte sie. Ich hab das Zinken von ihr gelernt, bevor ich überhaupt wußte, daß sie meine Großmutter ist, aber vielleicht erklärt das, warum ich mich so leicht daran gewöhnt habe. Das Blut läßt sich nicht verleugnen. Vermutlich gibt es in den menschlichen Zellen ein Gen fürs Zinken.

Jedenfalls habe ich die Karten ziemlich gut kennengelernt. Ich habe immer ein Auge darauf, wo meine Buben im Spiel hinkommen, weil andere Leute die einäugigen Buben gern als wild bezeichnen. Ich habe eine Schwäche für den Buben. Der Herzbube, das bin ich – der, der kein Schwert in der Hand hat, sondern eine Bananenschale.

Ich erhöhte um einen Mond. Wir spielten nicht um Geld, sondern um Frühstücksflocken. Es war gerade kein Geld in der Nähe, und die Streichhölzer waren ihm ausgegangen, also benützten wir die Zuckerfigürchen, die mit in der Schachtel waren. Sterne bedeuteten hundert Dollar, Herzen fünfzig, Monde waren zwanzig, und der Rhombus galt zehn. Die Flocken selbst waren pro Stück einen wert. So lief das. Immer mal wieder knusperten wir ein bißchen was aus dem Pott, um uns bei Kräften zu halten.

Er steckte mich mit einem Full House in die Tasche, fegte die Bonbons auf seine Seite und warf sie sich einzeln in den Mund. Wir fingen noch mal an. Im Zimmer lief irgendein Film mit pausenlosen Ballereien. Ich überlegte, wie ich die Rede auf Gerry bringen könnte.

Wieder beschloß ich, den Stier bei den Hörnern zu packen. King gab.

»Du kennst also Gerry Nanapush von damals, als ihr beide in Stillwater wart«, sagte ich.

Die Karten flogen gleichmäßig aus seinen Händen. Er überschlug nicht eine einzige.

»Ach, Gerry«, sagte er mit einem verlegenen prahlerischen Lachen. »Wir beide waren *so*.«

Er legte seine letzten Karten hin und wand Zeige- und Mittelfinger umeinander.

»Das heißt, wir waren Kumpel, bis diese Arschlöcher

von Winnebagos anfingen, Gerüchte über mich zu verbreiten.«

»Ach ja?« Ich versuchte, in Führung zu bleiben. Die Sterne waren mir ausgegangen, und ich setzte jetzt Herzen.

Aber er wollte wohl nicht näher darauf eingehen. Ich wartete eine kleine Weile, und dann probierte ich etwas anderes.

»Stimmt das denn«, sagte ich, »daß sie ihn bei den richtig schweren Verbrechern im Sicherheitstrakt halten?«

»Nicht daß ich wüßte«, sagte King jetzt sichtlich unbehaglich. »Ich hab gehört, er ist wieder in Mandan. Das ist... nicht so fürchterlich abgesichert.«

King blies die Backen auf und schob seine Monde rüber.

Ich fragte ihn, ob er glaubte, daß Gerry diesen Bullen wirklich umgelegt hätte, oder ob es ihm nur angehängt worden wäre, wie so viele Leute nach dem Prozeß gesagt hatten.

»Nicht die geringste Ahnung«, murmelte King bloß.

Ich wünschte, er hätte es mir gesagt, denn das ist wirklich etwas, worüber ich mir Gedanken gemacht habe, wo Gerry jetzt mein Vater war. Hatte der wirklich einen lebendigen Mann erledigt? Ich wollte wissen, was für einem Samen ich entsprungen war. Die Fernsehpistolen knatterten. Wir spielten, ohne zu reden, und nach einer Weile ging mir auf, daß eindeutig etwas nicht stimmte und daß etwas in King vorging. Ein paarmal platzte er mit Stückchen von einem wortlosen Lied heraus, als ob er seine Gedanken von einem wunden Gegenstand ablenken wollte. Er zündete seine Marlboro immer am Stummel von der letzten an und ließ manchmal zwei in einem Aschenbecher weiterbrennen. Er konnte ja nicht so in ein Spiel vertieft sein, bei dem es um eine Schüssel Frühstücksflocken ging, deshalb überlegte ich hin und her, was wohl nicht stimmte. Ich hatte so eine Ahnung, daß es mit meinen Fragen über Gerry zusammenhing. Danach hatte ich Mühe, ihn auch nur ein einziges Spiel gewinnen zu lassen.

So gegen neun sah er dann langsam wirklich kribbelig aus. Er wischte sich Schweißperlen von der Oberlippe und biß sich auf den Daumen. Schließlich rückte er damit raus, daß er ins Zimmer nebenan wollte und die Nachrichten abpassen. Also hörten wir mit dem Spielen auf. Lynette war auf der Couch unter einem alten Mantel zusammengerollt, und der Junge Howard saß aufrecht auf dem Stuhl. Die Nachrichtensendung fing an, und da ging mir ein Licht auf über das, was King zu schaffen machte und was hier schon die ganze Zeit komisch war, vielleicht sogar, warum er keinen Alkohol trank.

Er mußte seinen Grips zusammenhalten.

Der Nachrichtensprecher redete. »Staatsverbrecher Gerry Nanapush ist entflohen, während er ins staatliche Zuchthaus in North Dakota verlegt wurde. Es wird vermutet, daß er sich im Drei-Staaten-Gebiet aufhält. Nanapush ist ein Meter fünfundachtzig groß und wiegt dreihundertzwanzig Pfund. Zuletzt wurde er gesehen in einer zerrissenen schwarzen Nylonjacke, Jeans und weißen Lederturnschuhen mit roten Streifen. Nanapush ist möglicherweise bewaffnet und muß als gefährlich eingeschätzt werden.«

Ich stieß einen Kriegsschrei aus. »Mit Vorsicht behandeln! Bitte nicht werfen! Bewaffneter und gefährlicher Chippewa!«

Ich schaute King an. »Einen Indianer zwingst du nicht in die Knie!« sagte ich. »Recht so, Bruder!«

Und da merkte ich, daß King und Lynette nicht lachten und auch kein bißchen aufgeregt waren. Unisono sagten sie: »Halt's Maul!« und drehten sich wieder zum Fernseher. Ich ließ mich dadurch aber gar nicht beirren. Es machte mir kein bißchen was aus. Für mich machte nur etwas aus, daß ich gewußt hatte, daß das passieren würde, und daß es jetzt tatsächlich passierte. Alle Anzeichen hatten darauf hingedeutet.

Stundenlang saßen wir wie gelähmt da, in den blauen Rauchkränzen und den Lichtstrahlen voller tanzendem Staub. Ich war glücklich im Geflimmer des Fernsehers, sie nicht. Aber alle vier warteten wir darauf, was jetzt passieren würde.

Ich horchte an den Sendungen, an dem Lärm und dem Geklirr vorbei, so genau ich konnte. Deshalb hörte ich es auch. Ich war nicht überrascht. Ich hörte es deutlich mit meinem extra speziellen Sinn. Unten schloß sich leise eine Tür. Schritte blieben am Grund des Dachfensterschachts stehen. Ein zartes Gekrabbel von Mäusen fand unter den Sternen statt, und plötzlich wurde Halt für einen Fuß gefunden. Vor meinen inneren Augen sah ich ihn in die dumpfe Luft springen. Die Kupferrohre bogen sich in seiner Hand nach außen. Die heißen Rohre, die in Asbest eingepackt und alle paar Meter mit einem Ring verbunden waren, führten das Innere des mit Dämmerung gefüllten hohlen Schachts herauf. Ich brauchte nicht aus dem Pseudofenster nach unten zu schauen, um zu wissen, daß er am Klettern war. Ich dachte, das ganze Gebäude muß es hören.

Das dachte ich, aber als ich zu King und Lynette hinübersah, stierten sie immer noch ausdruckslos in die Ionen, als ob ihre ganze Zukunft in den flimmernden Formen ausgemalt wäre. Sie zuckten nicht mit der Wimper, als er in der Küche einen Aschenbecher vom Fenstersims stieß. Sie fuhren nicht hoch, als seine zarten Schritte sich über den aufgeworfenen Boden vorwärtsschoben. Erst als er riesenhaft und sanft dastand und die silbernen Strahlen völlig verdeckte, erst als er mit seiner Hand wie mit einer Pistole auf sie deutete, hörten sie auf, sich treiben zu lassen, und nahmen sich zusammen. Ihre Gestalten lösten sich von dem Sofa im selben Augenblick, als sich die Gestalt des Jungen auf dem Stuhl verflachte. Ich schaute hinunter auf die Füße des Mannes. Sie schimmerten pilzbleich in der Dämmerung. Die gepolsterten Jogging-Sohlen waren so strahlend und schwammähnlich, daß es schien, als schwebte er weich auf uns zu.

3

Der berühmte Chippewa, für den Lieder geschrieben wurden, dessen Gesicht auf Protest-Plaketten abgebildet war, über dessen Schicksal in Gerichtssälen gestritten wurde, der Presse-Erklärungen an die Welt verschickte, der setzte sich an den schmutzigsten Küchentisch in ganz

Minnesota, mit seinem Sohn und seinem Zellenkameraden zusammen, und nahm ein Kartenspiel in die Hand.
Ein gezeichnetes Spiel.
Für die gezeichneten Männer, denn das waren wir alle. Ich war gezeichnet für die Verfolgung durch die Obrigkeit wie auch mein Vater, aber King war auf eine andere Art gezeichnet. Wie Gerry mit einer stillen Stimme, die gar kein Recht darauf hatte, aus so einem Berg hervorzukommen, der sich kaum zwischen Tisch und Wand quetschen konnte, erklärte, war King ein Petzer, ein Denunziant. Er hatte sich Gerrys Vertrauen erschlichen und es dann mißbraucht.
»Ich vertraue gern jemand«, sagte Gerry zu mir, indem er den Kopf schüttelte und mit seinen milden Augen blinkerte, »besonders allen meinen indianischen Verwandten. Ich habe ihm einmal alle meine Fluchtpläne anvertraut, ohne zu wissen, daß er ein Apfel war.«
Das heißt: außen rot und innen weiß.
»Dein Freund hier, dieser King Kashpaw, das war der King aller Spitzel.«
Ich schaute King an. Da saß ein Mann, dem man mit einem Blick den Schiß ansah. Sein Gesicht war bleigrau, seine Augen schossen von einer Seite zur andern, seine Lippen sahen taub aus. Er leckte sie ständig mit trockenen, glucksenden Geräuschen. Gerry hatte es so eingerichtet, daß King zwischen uns saß, eingekeilt und mit dem Rücken zur Wand hinter seinem kleinen Häufchen Glücksbringer.
»Warum ißt du nicht?« sagte er zu King. »Du wirst's brauchen können.«
»Glück wie die Iren. Und schau, wo es sie hingebracht hat!« sagte ich. Gerry schaute mich an und hob die Augenbrauen.
»Wie heißt du?« fragte er.
»Ich bin Lipsha Morrissey.«
Seine schrägen schwarzen Brauen blieben oben. Sein langes Haar war zu einem Schwanz zurückgenommen, und der dünne schwarze Schnauzbart hing ihm über die Lippen, so daß seine Zähne nur aufblitzten, wenn er breit grinste. Sein Grinsen blitzte jetzt auf, wölfisch weiß und

scharf in seinem großen, gelassenen Gesicht. Solange er nicht grinste, sah er aus, als schliefe er. Plötzlich warf er sein Haar zurück und lachte los. Er lachte eine ganze Weile. Es war ein lautes, freudiges und tröstliches Geräusch für Lipsha Morrissey, aber für King und Lynette muß es schrecklich gewesen sein. Die Art, wie er lachte, und dann der langsame, gründliche Blick, mit dem seine Augen mich stückweise in sich aufnahmen, als er sich wieder gesammelt hatte, gaben mir Grund, zu glauben, daß er wußte, wessen Sohn er anschaute. Ich war jedenfalls sicher, daß er mein Vater war. Seine Nase war noch größer als meine, aber an denselben Stellen eingedrückt. Aber was es mir wirklich verriet, waren seine Hände.

Die ganze Zeit, während er redete, grinste, ja sogar lachte, hielten seine Hände die Karten und ließen sie durch die Finger gleiten. Sie führten ein Eigenleben, das sie mit dem Kennenlernen der Karten verbrachten, und ich wußte genau, woher sie ihr Wissen hatten. Auch er besaß so etwas wie eine Gabe der Berührung. Hinter Gittern hatte er allerdings nicht viel Gelegenheit gehabt, sie auf Menschen anzuwenden. So hatten seine Hände ihr Talent in das Verständnis der Karten fließen lassen. Er senkte immer mal wieder kurz den Blick, um das Bild anzusehen, das seine Hände sich einprägten. Seine Finger bewegten sich um die Papierkanten und fanden die Nagelkerben. Sein Wolfslächeln funkelte. Das Zinken verlief nach einem System, das er wiedererkannte. Diese Zinken waren wie eine Unterschrift – die seiner Mutter. Ich hatte Lulus System nur gelernt, nicht umgestaltet.

»Sie hat's mir beigebracht«, sagte ich.

Er nickte nur, und wieder zeigten sich seine Zähne.

Er schaute King an, der quer durchs Zimmer starrte. Kings Blick war mit dem von Lynette verflochten, und ihrer war wie gelähmt. Sie drückte Howard an die Spitzen ihres Busens. In monotonem Widerstand sagte der Junge immer wieder: »Laß mich runter. Laß mich runter. Laß mich runter.«

»Laß ihn runter«, sagte Gerry.

Auf der Stelle ließ sie die Arme sinken. Der Junge fiel, ein Häufchen von losem Haar und herausstehenden Gliedern. Er stand auf, wischte sein T-Shirt ab und setzte sich wieder an den Fernseher. Lynette bewegte sich langsam rückwärts, bis ihr Hinterteil auf die Kante der Spüle stieß. Dort setzte sie sich einfach ab. Ihr Mund bildete ein kleines, gequetschtes O. Ihre Augen waren wild und wachsam wie die einer Ratte. Ich erlebte zum erstenmal, daß sie für das, was sich abspielte, keine Worte fand.

»Ich störe wohl«, sagte Gerry. »Bitte um Entschuldigung, daß ich hier reinplatze, ohne anzuklopfen.« Er klopfte auf den Tisch. »Kann ich mitspielen?«

»Wir haben gerade Fünf-Karten-Protz gespielt.«

»Protz? Das ist wohl nicht so ganz das Passende für den hier«, sagte er sanft und zeigte auf King. »Niete paßt da besser.« King grinste angewidert und verkniffen und nahm seine Karten auf.

»Sag deiner Frau, sie soll ihre Pfoten von der dreckigen Bratpfanne wegnehmen, die sie mir auf den Kopf hauen will«, fuhr Gerry ruhig fort.

Lynette nahm mit einem kleinen Quietscher ihre Hand aus dem Spülbecken und lief an uns vorbei. Wir hörten, wie sie im Zimmer nebenan den Telefonhörer abnahm und ihn dann wieder auf die Gabel pfefferte. Vermutlich war die Leitung nicht mehr intakt.

»Wir müssen entscheiden«, sagte Gerry ernst, indem er einen ausgefransten Zahnstocher aus seiner Brusttasche zog und ihn in den Mund steckte, »um was wir spielen.«

King fühlte sich viel besser, jedenfalls schien es so, als er auf seine Karten schaute.

»Ich hab Geld«, sagte er. »Ich hab Geld auf meinem Konto.«

»Wir spielen nicht um deine Schüttelschecks«, sagte Gerry. »Wahrscheinlich hast du deine Auszahlung eh schon verbraten. Um Geld spielen wir nicht. Aber wir müssen um was spielen, sonst ist es kein Spiel.«

King saß da und spannte die Schultern an. Er wurde wieder er selbst. »Ach, komm schon«, sagte er. »Wer hat dir denn erzählt, daß ich gegen dich ausgesagt hab? Hab ich überhaupt nicht.«

»Ich hab die Bänder gehört«, sagte Gerry mit einem runzeligen Lächeln voller Schlangenmilch. »Bänder mit Sachen, die ich keinem erzählt hab außer dir, mein Freund. Ja, wir müssen um was spielen. Wir brauchen einen hohen Einsatz, sonst es ist kein Spiel.«

»Wieso bist du hergekommen?« platzte King heraus. Er versuchte zu lachen, aber er mußte seine Karten hinlegen, um seine zitternden Hände zu verstecken. »Was willst du eigentlich?«

»Ich will spielen«, sagte Gerry ganz deutlich und langsam wie zu jemand, der eine andere Sprache spricht. »Ich bin zum Spielen gekommen.«

Ich hatte dagesessen und nur zugehört.

»Laß uns um das Auto spielen«, sagte ich zu King. »Wir spielen um den Firebird, den du von Junes Versicherungsgeld gekauft hast.«

Bei der Erwähnung meiner Mom wurde Gerrys Gesicht an den Rändern scharf.

»Junes Versicherungsgeld«, sagte er erstaunt.

Ich sah, wie seine Gedanken zurücksprangen, Verbindungen herstellten und an die Kreuzungspunkte unseres Lebens sprangen: seine Romanze mit June. Das Baby, das Grandma Kashpaw übergeben wurde. Junes Sohn von Gordie. King. Wie sie weglief. Wie ich aufwuchs. Und dann schließlich June, wie sie nach Hause wanderte in jenem Osterschnee, der, wie ich jetzt merkte, angefangen hatte, in diesem Zimmer weich weiterzufallen.

Ich merkte, daß Gerry nicht mit präzisen Rachevorstellungen hergekommen war, obwohl ihn Kings Zeugenaussage Jahre gekostet hatte. Gerry Nanapush war neugierig und von Erinnerungen geplagt. Deshalb war er hergekommen. Nur der Drang, das Leben dieser Ratte mit eigenen Augen zu sehen, konnte ihn dazu gebracht haben, vier Stockwerke Kupferrohre hochzusteigen und sich durch das kleine Küchenfenster zu quetschen. Nur diese Neugierde und der Drang, jemand wiederzusehen, der Ähnlichkeit mit June hätte, konnte ihn hergebracht haben.

Jetzt jedoch hatten Traum und Neugierde ihren Grund gefunden.

Da gab es das Auto, Junes Auto, das einen Weg zur sauberen Flucht darstellte. Wenn Gerry das Auto gewänne, würde ich hierbleiben, völlig klar, und King strengste Gesellschaft leisten, bis es meinem Vater gelang, die Grenze nach Kanada zu überqueren.

»Spielen wir um das Auto«, stimmte Gerry zu. »Junes Auto.«

Aber King wollte nicht um das Auto spielen.

»Es ist meins«, sagte er.

»Nein, in Wirklichkeit ist es Junes«, erklärte Gerry. »Jeder von uns könnte es für June verwalten.«

»Du verstehst das nicht«, sagte King. In ihm spielte sich ein Kampf ab, das Empfinden, was ihr Auto ihm bedeutete, schob sich durch einen tiefen Nebel von Unwillen. Aber am Ende konnte er doch nicht aussprechen, was er fühlte.

»Es ist nicht fair«, murmelte er. »Es ist einfach nicht fair.«

»Was ist schon fair?« Gerry hob die Karten auf, mischte und teilte sie noch mal aus. »Die Gesellschaft? Die Gesellschaft ist wie dieses Kartenspiel hier, Cousin. Wir kriegen unsere Karten ausgeteilt, bevor wir überhaupt geboren sind, und wenn wir dann heranwachsen, müssen wir eben spielen, so gut wir können.«

Wir nahmen unsere Karten auf.

»Also, das ist echt nicht fair«, sagte King. »Das ist ja lächerlich.« Sein Hals schwoll leicht an und ließ seine dicken Adern vortreten. »Bei Gott«, sagte er, »das ist nicht die Art, wie man einen amerikanischen Veteranen behandelt! Ich hab mich nie gedrückt, so wie du.« Er spuckte vor Ärger fast aus. Aber Gerry ließ nur seine Zähne aufblitzen, schief und strahlend weiß.

»Bin froh, daß ich nicht hinmußte«, sagte er. »Die haben mir nicht genug bezahlt fürs Morden.« Er seufzte und rechte sich die Karten zurück in die Hände.

»Wenn's dir hilft«, sagte er zu King, »dann sieh es nicht so, daß du ein Auto verlierst, sondern so, daß du deinen verräterischen Kragen rettest.«

King wurde ganz steif. Gerry saß jetzt schon zweimal lebenslänglich ab. Er würde zweimal sterben und wieder auferstehen müssen, bevor er dem Knast ade sagen könnte.

»Teil aus und sag an«, sagte King mit erstickter Stimme. »Fünf austeilen und gleich vorzeigen.«

Gerry schob mir die Karten über den Tisch und bedeutete mit einem Nicken, daß ich geben sollte. Sein Gesicht war kühl und heiter wie die Bilder von diesen chinesischen Göttern.

Ich mischte also sorgfältig. Ich sah vor meinem inneren Auge, wie sich die Muster ergaben. Ich teilte die Muster völlig gelassen aus, wobei ich mich streng an Lulus System hielt.

Ich teilte King ein Paar aus.

Gerry kriegte ein Straight.

Und ich. Mir gab ich eine vollständige Familie. Einen Royal Flush. Wir drehten unsere Hände um und zeigten die Karten, und dann gab es eine lange, angespannte Pause.

»Ich nehm die Schlüssel«, sagte ich.

Gerry rieb sich gedankenverloren das Kinn.

King brauchte lange, um die Schlüssel vom Ring abzukriegen. Während er dabei war, holte ich tief Atem und sah zu meinem Vater auf.

»Ich fahr«, sagte ich, »wo du hinwillst.«

King warf die Schlüssel hin, aber ich hörte sie nicht auf dem Tisch aufschlagen. Ich hörte es nicht, denn zwischen dem Werfen und der Landung erklangen dumpfe Schläge an der Tür.

»Aufmachen! Polizei!«

Jetzt war ich derjenige, der wie gelähmt war. Das Zimmer fing an, sich zu drehen. Entsetzliche Furcht davor, geschnappt zu werden, preßte mir den Leib zusammen. Es war noch schlimmer, als ich es mir je vorgestellt hatte. Ich hörte sie im Eingang trampeln und ihre Stimmen im Luftschacht widerhallen. Ich hörte ihre dröhnenden Stimmen, hörte die Patronen in ihren Pistolenhalftern klicken, hörte das Knirschen der Stahlgeschirre ihrer Gürtel an der Tür, und vor meinem inneren Auge sah ich, wie sich ihre rauhen roten Hände zu Fäusten ballten.

Eine Ewigkeit, wie es schien, saßen wir steif da wie die Stöcke.

Dann rührte sich jemand. Es war Howard. Er kam auf

seinen Zahnstocherbeinen aus dem Zimmer nebenan gerannt.

»Moment! Ich komm schon!« brüllte er. »Er ist hier!«

Der Junge rannte zur Tür, fummelte an der Klinke, die zu hoch für ihn angebracht war, und brüllte die ganze Zeit: »Er ist hier! Er ist hier!«

Und wie der Junge sich verändert hatte – von einem Tummelplatz huschender Phantome zu einem alten Mann. Plötzlich war er ein winziger, runzliger grauer Erwachsener, der sich konzentriert an die Klinke warf und dabei den Namen seines Vaters schrie.

Und wißt ihr, was mich am meisten erschreckte? Daß er den Namen seines eigenen Dad schrie!

»King ist hier! King ist hier!«

Ich saß da wie ein Klotz auf einem Baumstamm. Das war es, dachte ich, das war der Lohn für alles, was wir getan hatten. Das war der Lohn für den Vater, der endlich seinen Sohn kennenlernte, und für den Geist einer Frau, die in dem dunklen Raum zwischen ihnen gefangen war. Dies war der Lohn. Dies war die traurige Wahrheit.

Ich konnte allerdings nicht allzulange bei den traurigen Wahrheiten verweilen, denn schließlich schaffte Howard es, sie hereinzulassen. Schnaufend und heulend stand er da und deutete auf King. Ich dachte, die Bullen würden über den Tisch springen, Gerry beim Kragen packen und dann mich fesseln, und ich hatte gerade allen Mut zusammengerafft, um mich nur nach gehörigem Widerstand verhaften zu lassen, als ich feststellte, daß die Staatspolizisten immer noch in der Tür standen. Sie hatten nicht mehr als einen schnellen Blick durch die Wohnung benötigt, um festzustellen, daß Gerry nicht da war.

Ich wirbelte herum.

Er war weg. Verschwunden. Er hatte sich von seinem Stuhl in die Luft verdünnisiert. Wo mein Dad gesessen hatte, war nichts mehr als Luft. Meine Lippen formten seinen Namen, aber ich sprach ihn nicht laut aus. Bis heute glaube ich fest daran, daß er den Finger an die Nase gelegt hat und wie der Weihnachtsmann zum Luftschacht hinausgeflogen ist. Das ist die einzige Möglichkeit.

Die Polizisten murmelten etwas. King antwortete.

»Entschuldigen Sie die Störung, Sir«, sagten sie. »Guten Abend.«

Und dann machten sie die Tür zu, und wir blieben zurück. Das alles passierte so schnell, daß wir völlig überwältigt waren. Ich hatte nicht mal Zeit, erleichtert zu sein, daß sie gar nicht nach mir gefragt hatten. Howard lag auf dem Boden ausgestreckt, reglos, wie tot. Ich wußte, daß er sich nur tot stellte. Hätte ich auch getan an seiner Stelle. Ich hob ihn auf und legte ihn unter den Mantel auf die Couch. Es war ein Frauenmantel, ein altes, kariertes Ding mit einem abgerissenen Ärmel und aufgeschlitztem Futter. Aber er verströmte immer noch einen süßen, frischen Hauch von Parfüm. Ich roch das tröstlich Frauliche, als ich den Kragen um seinen Hals feststeckte.

»Ist schon gut«, sagte ich. »Du hast einen Augenblick den Kopf verloren. Wein ruhig ein bißchen.«

Aber es kamen keine Tränen. Er lag starr und wachsam da, bereit für den Schmerz. Der Verstand in seinen schwarzen Augen hatte sich wieder in eine unbekannte Tiefe zurückgezogen.

»Die Autopapiere«, sagte ich zu King. »Verdammt noch mal, die Autopapiere!«

Lynette schlurfte zum Brotkasten; ihre Zähne klapperten. Sie wühlte zwischen ein paar zerknitterten Papieren und trockenen Brotkrusten und förderte schließlich den Schein zutage. Sie legte ihn auf den Tisch und ließ King unterschreiben. Ich schnappte die Schlüssel, faltete das Papier zusammen, steckte es in meine Tasche, und dann verließ ich sie ohne ein Wort.

4

Das Auto war am rechten Kotflügel eingebeult, so daß der Scheinwerfer zur Seite strahlte. Ich hatte schon gesehen, daß in der schönen, glatten Karosserie Knicke und Beulen waren. Ich fuhr mit der Hand an der rassigen, nach innen gewölbten Linie der Motorhaube entlang, während ich auf den gewundenen Landstraßen ungefähr Richtung heimwärts fuhr. Ich hatte die Fenster auf, weil ich gute, frische

Luft brauchte. Ich war frei wie ein Vogel, wie die blauen Schwingen, die auf der Motorhaube brannten. Die Nacht war sanft und floß rasch nach beiden Seiten. Die summenden gelben Bogenlampen der Stadt lagen bald hinter mir, und die Luft fing an, von den Gerüchen der schmelzenden Erde kühn und süß zu werden. Ich wollte nur geradeaus durch die Nacht fahren und die weiche, nasse Stille mit meinem inneren Frieden durchschneiden. Ich wollte nie aufhören zu fahren, so schön war das Gefühl. Ich hatte einen vollen Tank, und ich war aufgedreht von Lynettes Kaffee und der Wucht der Ereignisse. Ich wußte, daß mein Dad entkommen würde. Er konnte fliegen. Er konnte sich in seine Bestandteile auflösen und fliegen und sich in Gestalten verwandeln, die sich behende befreiten: Eulen und Bienen, Autos mit Rennstreifen, Bussarde, Wildkaninchen und Staubteilchen. All diese Gestalten waren mit seiner austauschbar. Er war die Wolken, die vor den Mond trieben, die Entenflügel, die im Sumpf aufschlugen, er war ...

Ich wurde in meinen Gedanken richtig beredt, als ganz plötzlich das Wagenheck zu klopfen anfing. Ich fuhr langsamer, und es wurde lauter, deshalb nahm ich wieder Geschwindigkeit auf, und es wurde still. Ich dachte, es müßte der Wagenheber sein, der nicht richtig im Kofferraum befestigt war. Was sollte ich denn sonst denken? Ich fing erneut an, langsamer zu fahren, aber da fing das Klopfen wieder an, deshalb mußte ich gegenarbeiten und beschleunigen. Es kam so weit, daß es mir die Konzentration auf meine Gedankengänge störte. Eigentlich wollte ich nicht anhalten, aber ich dachte, ich müßte eben kurz an die Seite fahren und den Wagenheber festzurren. Also hielt ich an, und sobald ich stand, wußte ich, daß da etwas Merkwürdiges los war, denn das Klopfen fing wieder an, schnell und wie verrückt.

Ich sprang raus und wußte nicht, was um alles in der Welt ich davon halten sollte. Ich dachte, daß vielleicht ein Tier darin gefangen wäre. Diesem King würd ich es glatt zutrauen, einen Hund oder sonstwas in seinen Kofferraum zu sperren. Die Nacht war so dunkel. Ich wußte ja nicht, ob das Vieh mir vielleicht an die Kehle springen würde, deshalb hielt ich den Schlüssel am äußersten Ende, als ich ihn ins Kofferraumschloß steckte. Ich drehte ihn um und machte einen Satz nach hinten. Der Kofferraum sprang auf.

Ich konnte nicht erkennen, was drin war, aber jedenfalls war es groß und laut – es schluckte und seufzte und würgte. Schließlich merkte ich, daß es menschlich war, und eilte herzu, um den Körper herauszuziehen. Sobald er sprechen konnte, wußte ich natürlich, daß es wundersamerweise kein anderer war als Gerry Nanapush. Er war so eng zusammengerollt wie ein Baby im Mutterleib und so fest eingeklemmt, daß es einen richtigen Kampf kostete, ihn zu befreien.

»Um ein Haar wäre ich darin abgekratzt«, keuchte er, als er frei war und am Grabenrand saß.' »Ich hab ja nicht geahnt, daß mir die Luft so knapp werden würde.«

Ich konnte mir noch gar keinen richtigen Reim darauf machen, was da eigentlich vor sich ging. Nach einer Weile richtete er sich auf, nahm eine kleine Bürste aus seiner Tasche und striegelte sein Haar schön glatt zurück in seinen Schwanz. Ein scharfer Schweißgeruch war an ihm. Ich merkte, wie sehr er Angst gehabt hatte, und als ich die Autotür aufmachte, legte ich ihm eine Hand auf die Schulter, um ihm reinzuhelfen. Solche Dinge fordern ihren Tribut. Er konnte lange Zeit nicht sprechen, deshalb ließen wir uns einfach von der Straße weitertragen.

Meilen und Meilen lagen hinter uns, als er sich endlich aufraffte, mich zu fragen, ob ich bei der nächsten Kreuzung rechts abbiegen und dann fahren könnte, bis ich auf die kanadische Grenze stieße. Er sagte, er wäre dankbar, wenn ich ihn in der Nähe der Grenze rauslassen könnte.

»Ich hab da oben eine Frau und ein kleines Mädchen«, sagte er. »Ich will sie besuchen.«

»Diesmal schaffst du's«, sagte ich. »Daheim und frei.«

»Nein«, sagte er und streckte dabei die Arme aus, offensichtlich fühlte er sich besser. »Ich werd nie das haben, was man Zuhause nennt.«

Er hatte natürlich recht. Ich hatte mir das nicht klargemacht. Er konnte nicht zurück an einen Ort, wo er bekannt war und wo er herstammte. Egal, wo er sich niederließ, er würde immer über die Schulter zurückschauen müssen.

Egal was, er würde immer auf der Flucht sein. Dann redeten wir eine ganze lange Zeit über das Reservat. Ich brachte ihn aufs laufende über all die kleinen Streitereien und Skandale, die sich ereignet hatten. Er wollte alles über Lulu, seine Mutter, wissen, also erzählte ich ihm, wie sie angefangen hatte, mit Grandma Kashpaw den Laden zu schmeißen. Ich erzählte ihm, wie sie sogar für die Chippewa-Belange ausgesagt hatte und daß die Leute jetzt von ihr als Traditionsbewahrerin vom alten Schlag redeten.

»Wie die Zeiten sich ändern«, lachte Gerry. »Aber sie war schon immer verdammt gut vor Publikum.«

»Ihr Bild war in Washington in der Zeitung«, sagte ich.

»Ich hab's gesehen.« Er war still. Ich nehm an, er sehnte sich ziemlich nach ihr.

Nach vielen Meilen Fahrt fragte ich: »Hast du June gekannt?«

Diese Frage überraschte ihn völlig. Wir fuhren auf schmalen Straßen, die weniger befahren und weniger gut in Schuß waren. Die Dunkelheit war ungeheuer und dicht. Ich mußte langsamer und vorsichtiger fahren als vorher.

Nach einem Moment sagte Gerry, er hätte June gekannt, damals, als... Ein Weilchen danach platzte er heraus: »Potzdonnerwetter! Das war schon eine... so schön!«

»Das klingt, als ob du sie geliebt hast«, sagte ich schnell.

»Hab ich, und alle anderen haben's auch getan«, sagte er. »Ich weiß, daß sie früh ausgebrannt ist. Das habe ich gehört. Aber ich seh sie immer so vor mir, wie sie war, als ich zum erstenmal eingelocht worden bin.«

»Schlank.«

»Aber nicht zu schlank. Langbeinig. Immer mit einem netten, einem wirklich netten Lachen, aber sie war eine Schüchterne. Manchmal so weit weg, daß man sie nicht anfassen konnte.«

»Vielleicht hatte sie einen Tick. Einen komischen Tick.«

»Weiß ich nicht. Sie mochte die Ordnung. Wir wohnten immer in Motels. Sie hielt das Zimmer immer ganz ordentlich, räumte alles auf und machte das Bett jeden Morgen, obwohl sie es nachmittags ja abzogen.«

»Etwas, woran ich mich nicht erinnern kann«, sagte ich, »hatte sie hübsche Finger?«

»Hübsch?« sagte er. »Sie hatte die wunderschönsten Finger auf der ganzen Welt!«

»Ich würd auch gern wissen«, sagte ich, »ob du diesen Polizisten erschossen hast.«

Wenn ich euch jetzt erzähle, daß er *nein* gesagt hat, dann werdet ihr denken, daß er gelogen hat. Ihr werdet denken, im Rechtssystem der USA kriegt einer nicht zweimal lebenslänglich verpaßt für nichts und wieder nichts. Und ihr werdet euch nicht davon abbringen lassen, es sei denn, ihr kommt selbst mal mit diesem System in Konflikt. Dann werdet ihr euch wundern. Versprech ich euch.

Wenn ich euch erzähle, daß er *ja* gesagt hat, und euch beschreibe, wie alles passiert ist, dann wird es vielleicht gegen ihn verwendet. Tut mir leid, aber ich traue mich einfach nicht recht, hinzuschreiben, was er gesagt hat, ja oder nein. Wir bewegen uns da auf schwankendem Boden.

Sagen wir einfach, er hat geantwortet: »Das ist ein undurchdringliches Geheimnis. Keiner weiß es.«

Ich spürte, wie er lange Zeit zu mir rüberschaute, nachdem er gesprochen hatte. Ich konzentrierte mich darauf, ganz gerade zu steuern, und machte die Heizung an. Bis dahin hatte ich gar nicht richtig gemerkt, wie kalt es war.

»Genug jetzt von mir«, sagte er. »Wie steht's mit deiner Geschichte?«

Ich erzählte ihm alles über mich, was ich mir selbst eingestanden habe: wie ich zur Förderung meiner geistigen Fähigkeiten von der Schule abgegangen bin und auf eigene Faust gelernt habe; wie ich als Kind von den Kashpaws angenommen wurde und im Res geblieben bin, um mich um die Älteren zu kümmern. Ich glaube, daß mein Zuhause der einzige Ort ist, an den ich gehöre, und ich hab mich nie dafür interessiert, es zu verlassen, aber die Umstände haben mir das Spiel so aufgezwungen. Ich erwähnte das einzige Mädchen, dem ich je vertraut habe, Albertine. Ich erzählte, daß sie für mich wie eine Schwester war.

»Die hab ich auch kennengelernt«, sagte Gerry. »Ziemlich still.«

»Ach ja?« Mir war sie nie so vorgekommen.

»Du bist ein höllisch guter Kartenspieler«, lobte Gerry.

»Oh.« Ich wurde verlegen, weil ich ihn beim Geben ausgestochen hatte. »Du hast sicher im Gefängnis viel gespielt.«

»Da gibt's nicht viel anderes zum Zeitvertreib.«

Plötzlich platzte ich damit heraus: »Ich bin auf der Flucht vor der Armeepolizei.«

»Ach, da hakt's bei dir! Da hakt's bei dir! Ich wußte, daß bei dir was nicht stimmt.« Er fing an, sich auf sein großes Knie zu hauen, und schob sich in dem Schalensitz hin und her. Er schien aufgeregt.

»Dann stehen wir ja beide so gut wie mit einem Bein im Kittchen.«

»Da hast du verdammt noch mal recht«, stimmte ich zu.

Aber irgendwie war mir das, weil wir uns ja trennen mußten, nicht so ein wahnsinniger Trost. Er schlug sich ein paarmal mit der Faust in die Handfläche und lachte und schüttelte den Kopf. Plötzlich hielt er den Atem an und stockte.

»Du kannst ja noch gar nicht durch die Musterung sein.«

Ich sagte, daß ich das auch noch nicht sei.

»Dann brauchst du dir wegen der Armee keine Sorgen machen«, sagte er und ließ die Hand in den Schoß fallen.

»Das freut mich.«

Ich schaute zu ihm rüber. Aber er sah mich nicht an, und er rührte sich überhaupt nicht. Sein Kopf war abgewandt. Anscheinend beobachtete er die dunkle Szenerie, die sich um uns herum endlos entfaltete – leere Frühlingsfelder, stehendes Wasser und die Zeichen von menschlichem Leben, die Hoflampen, so bescheiden und vereinzelt.

»Schau mal«, sagte er. »Ich mußte nicht zur Armee, weil mein Herz angeknackst ist. Es macht manchmal ti-rum-ti-ti, statt ta-dum.«

»Oh«, sagte ich. »Hast du aber Glück.«

»Du hast auch Glück.«

Ich steuerte weiter.

»Du bist ein Nanapush-Mann«, sagte er. Ich spürte, wie er mich anschaute. Ich spürte das weiche, breite, ernste Gewicht seiner Gesichtszüge. »Wir haben alle diese komische Sache am Herz.«

Er streckte die Hand aus und berührte meine Schulter. Dann kam ein Augenblick, in dem das Auto und die Straße stillstanden, und dann spürte ich es. Ich spürte, wie mein Herz diesen kleinen, rülpsenden Hüpfer machte.

So vieles auf der Welt ist schon mal passiert. Aber es ist, als ob es nie passiert wäre. Alles Neue, was einem Menschen zustößt, ist für ihn eben das erste Mal. Sohn von einem Vater zu sein war so etwas. In dieser Nacht spürte ich eine Weite, als würde die Welt in Schößlingen nach außen wachsen und sich schneller vergrößern, als das Auge wahrnehmen konnte. Ich spürte die Winzigkeit, wie die Erde sich in kleine Stücke und immer weiter teilt. Ich spürte die Sterne. Ich spürte, wie sie sich mit seiner Hand auf meine Schulter setzten. Der Mond kam rot und warm herauf. Wir hielten einander bei den Armen, fest und männlich, als wir zur Grenze kamen. Eine Windschutzhecke verschluckte ihn. Ich wollte nicht, daß man meine Lichter sah, deshalb fuhr ich Meile um Meile im sanften, klaren Mondlicht umher, langsam, und spürte die behagliche Dunkelheit hinter und vor mir.

Ich schaltete die Scheinwerfer erst ein, als ich wieder auf die Landstraße fuhr. Kurz vor Dämmerung kam ich zur Brücke über den Grenzfluß. Ich war jetzt schon fast daheim, deshalb hielt ich mitten auf der Brücke an, stieg aus, um mich zu strecken, und aus irgendeinem Grund mußte ich daran denken, daß die Alten dem Wasser immer Tabak geopfert haben. Ich schaute über das Geländer hinunter.

Es ist ein dunkler, dichter, gewundener Fluß. Das Bett ist tief und schmal. Ich dachte an June. Unter mir spielte das Wasser in Strudeln oder wirbelte über versunkenen Autos. Wie undeutlich ich mich an sie erinnerte. Wenn das überhaupt einen Sinn gab, war sie ein Teil der großen Einsamkeit, die den dahintreibenden Strom hinabgetragen wurde. Ich sag euch, es war was Gutes an dem, was sie für mich getan hat, das weiß ich jetzt. Der Sohn, den sie anerkannte, hat mehr gelitten als Lipsha Morrissey. Der Gedanke an June packte mein Herz, trotzdem war es ein Glück, daß sie mich zu Grandma Kashpaw gegeben hat.

Ich hatte immer noch Grandmas Taschentuch bei mir. Die Sonne flammte auf. Ich hatte gehört, dieser Fluß sei der letzte Rest eines uralten Ozeans, der, viele Meilen tief, einst die beiden Dakotas bedeckt und alle unsere Probleme gelöst hat. Es war leicht, sich über uns immer noch diese weiten, unmäßigen Wellen vorzustellen, aber in Wahrheit leben wir ja auf trockenem Land. Ich stieg ein. Der Morgen war klar. Eine gute Straße führte weiter. So war es das einzig Richtige, das Wasser zu queren und heimzufahren.

Anmerkungen

Chinook: Indianer an der nordwestlichen Grenze der USA zu Kanada.

Zuteilungspolitik (policy of allotment): die Regierung der USA teilte 1887 (Allotment-Act) das Reservationsland unter indianische Einzelbesitzer auf, um sie zur Farmwirtschaft zu bringen. In der Folge kauften oft Weiße den Indianern das Land privat spottbillig ab.

In den Städten: gemeint sind die Zwillingsstädte Minneapolis und St. Paul.

Terminationspolitik: offizielle Regierungspolitik der fünfziger Jahre (Eisenhower): um die Assimiliation der Indianer zu fördern, sollten die Reservate aufgelöst, die Stämme mit einer Kompensationssumme und jeder Indianer mit 2000 Dollar abgefunden werden.

Sears: Versandfirma.

Oak Ridge Boys: Country/Western-Band.

Chevy: Chevrolet.

Michif: Chippewa-Mischling mit französischem Blut.

Cree: einer der nördlichsten Präriestämme.

Busch-Crees: Teil der Cree, die traditionell als Jäger und Nomaden leben.

Chief Joseph: wegen seiner Weisheit und Menschlichkeit berühmter Häuptling der Nez Percé (um 1890).

Büffelsoldaten (buffalo soldiers): schwarze Soldaten (wegen des dunklen gelockten Haares *buffalo*), die in der Kavallerie bei den Kämpfen gegen Indianer eingesetzt wurden.

Custer: George Armstrong Custer (1839-76), amerikanischer General, der im Sezessionskrieg und später vor allem gegen Indianer kämpfte.

C-141: Flugzeugträger.

American Legion Hall: das Gebäude der *American Legion,* eines Veteranenklubs.

Powwow: ursprünglich zeremonielle Feier beispielsweise eines Sieges, heute größeres Fest (auch unterschiedlicher Stämme) unter freiem Himmel mit Essen, Musik, Vorführungen, Tanz, zum Teil noch traditionellen indianischen Tänzen.

Olds: Oldsmobile.

Space Invaders: Video-Spiel.

Chimooks: Chippewa-Wort für »weiß«, »die Weißen«.

Uncle Sam: die USA (hier: die weiße Regierung).

Efrem Zimbalist jr.: Star der TV-Serie *The FBI,* in der er erfolgreich Verbrecher jagt.

Ira Hayes: Pima-Indianer aus Arizona, der im Zweiten Weltkrieg bei der Invasion der Pazifikinsel Iwo Jima teilnahm und danach als Held verehrt wurde.

Kinnikinnick (Algonkinwort für: Das Gemischte: Mischung aus getrockneten Blättern, Rinde, gelegentlich Tabak.

Der Listige Coyote (Wily Coyote): amerikanischer Fernseh-Cartoon, in dem der Coyote unaufhörlich vom Erdkuckuck (Roadrunner) an der Nase herumgeführt wird; in indianischen Märchen ist der Coyote nur gelegentlich plump und dumm, meist aber selbst der Schlaue, der andere hereinlegt.

Blaukreuzverein: christlicher Verein zur Bekämpfung des Alkoholgenusses.

Winnebagos: Indianerstamm in Wisconsin.

Apfel oder *Rotapfel* (red apple): außen rot und innen weiß, das heißt ein Indianer, der nur nach außen die rote Haut zur Schau trägt, dabei aber «weiß« denkt oder handelt.

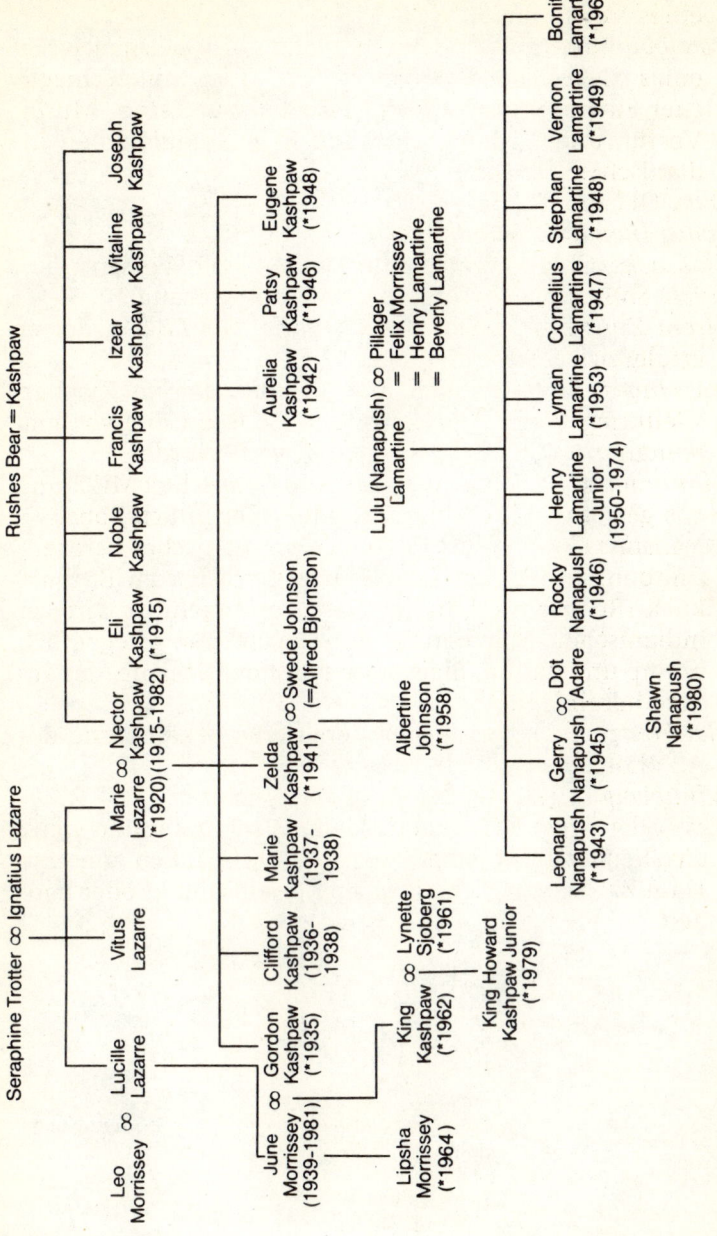

Inhalt

Die größten Angler der Welt 7
Heilige Marie 48
Wildgänse 67
Die Perlen 74
Lulus Söhne 85
Der Sprung des Mutigen 101
Fleisch und Blut 125
Eine Brücke 146
Das rote Kabrio 159
Die Waage 172
Dornenkrone 190
Liebeszauber 208
Die guten Tränen 237
Das Queren des Wassers 260
Anmerkungen 299
Stammbaum 301